EMBRASSEZ-MOI

Après avoir été professeur de lettres puis journaliste, Katherine Pancol écrit un premier roman en 1979 : *Moi d'abord*. Elle part ensuite à New York en 1980 suivre des cours de *creative writing* à Columbia University. Suivront de nombreux romans dont *Les hommes cruels ne courent pas les rues*, *J'étais là avant*, *Un homme à distance* ou encore *Embrassez-moi*. Elle rentre en France en 1991 et continue à écrire. Après le succès des *Yeux jaunes des crocodiles,* elle a publié en 2008 *La Valse lente des tortues* et en 2010 *Les écureuils de Central Park sont tristes le lundi*.

KATHERINE PANCOL

Embrassez-moi

ROMAN

ALBIN MICHEL

© Éditions Albin Michel S.A., 2003.
ISBN : 978-2-253-11465-9 - 1re publication LGF

À - i - - a - d

Prétendre que rien n'était arrivé... Nier. Il suffisait de nier. Pourquoi n'y avais-je pas pensé ? Pourquoi ? Alors la souffrance disparaîtra...

La nuit avait été calme. Pas de cris, pas de cauchemars, pas de coups de sonnette qui réveillent l'infirmière allongée sur son lit de repos. J'avais dormi d'un seul trait.

La vie allait redevenir belle puisque j'allais l'inventer ! Le jour, je ferai semblant d'appartenir au monde des vivants et le soir, je partirai dans le monde des rêves... de mes rêves.

Ce n'était pas la même infirmière que d'ordinaire. Celle-ci était jeune, brune, alerte. Elle avançait dans la chambre en dansant, et ses cheveux taillés en un casque noir brillaient dans les rayons du jour. Elle a tiré les rideaux d'un geste sec, sorti son thermomètre, clic-clac dans l'oreille, pris un Bic quatre couleurs dans la poche de sa blouse, inscrit ma température sur la feuille affichée au pied du lit, l'a considérée et a relevé la tête en s'exclamant : « Mais vous n'avez rien ! Vous êtes en parfaite santé ! »

J'ai fermé les yeux et j'ai décidé de ne pas lui répondre.

Elle me donnait raison, sans le savoir. Je n'avais

rien ! rien du tout ! Car il n'était rien arrivé... Tu entends, Mathias ? Il n'est rien arrivé !

Cela ne l'a pas empêchée de continuer à me houspiller. Vous avez vu le temps qu'il fait ? Qu'est-ce que vous faites à croupir dans cette maison de repos ? On est en avril, bientôt c'est l'été, et vous allez continuer à vous morfondre ici ? Qu'on soit en avril ou en janvier, j'ai maugréé, que m'importe ! Et si vous pouviez me laisser seule, j'apprécierais ! Je vous imaginais pas du tout comme ça ! elle a bougonné en refermant la porte.

Je passai le reste de la journée à somnoler, m'appliquant à simuler un profond sommeil dès que j'entendais ses pas de danseuse dans le couloir. Et le soir, avant de m'endormir, j'ai convoqué Mathias...

Il est entré dans la chambre avec son grand sourire, son grand front carré, ses sourcils noirs, il est venu s'allonger à côté de moi, il a posé sa main au creux de mon cou, il m'a raconté sa journée, il m'a répété combien il m'aimait. On a dormi serrés l'un contre l'autre. Il était chaud et doux.

Cette nuit-là, j'ai bien dormi.

Le lendemain matin et les jours suivants, l'infirmière est revenue. Elle entrait dans la chambre, ouvrait les rideaux d'un grand geste, clic-clac le thermomètre, clic-clac le Bic quatre couleurs sur la feuille de température, pointe de pieds, chassé-croisé, coulé, coupé, déboulé ! Pas un regard, pas un geste pour remonter les oreillers, pas un sourire. Elle me rappelait Louise : la même frange lourde, les mêmes yeux noirs, le même ovale parfait de visage, la même vivacité dans chaque geste esquissé, la même colère grondante qui s'échappait par bouffées. J'en vins à attendre sa visite chaque matin pour l'observer, les yeux mi-clos.

Louise... Louise jeune.

Nous ne nous parlions toujours pas. Jusqu'à ce matin où elle se planta devant mon lit.

– Ça fait trois plateaux-repas que vous ne touchez pas !

– J'ai pas faim...

– Et la télé ? Vous la regardez jamais ?

– Pas envie.

Je préfère ce que je me raconte dans ma tête, le soir ! Parce que ça y est, c'est pour de vrai maintenant, ma vie rêvée... Tous les soirs, Mathias revient, il s'allonge près de moi, il m'embrasse...

Le téléphone s'est mis à sonner, je n'ai pas décroché.

– Le téléphone, non plus ! Il est trop lourd peut-être ?

Je n'ai pas répondu. Elle tournait autour de mon lit en dessinant des huit comme une abeille consciencieuse et butée.

– Il faut vous secouer... Vous ne parlez à personne, ça fait huit mois que vous êtes ici !

– Je ne déteste personne. C'est juste que personne ne m'intéresse !

Elle avait l'air si triste que j'ai fait un effort.

– On vous a déjà dit que vous ressembliez à Louise Brooks ?

À son âge, elle ne devait pas savoir qui était Louise Brooks ! À son âge, elle ne devait jamais avoir vu un seul film en noir et blanc !

– On ne me le dit pas souvent ! Vous la connaissez, vous ?

– C'était mon amie, quand j'habitais New York.

Elle a interrompu sa danse bourdonnante, est retom-

bée d'un coup sec sur ses talons, a dit vous permettez ?
et s'est assise au bout de mon lit blanc.

– Racontez-moi...

J'ai fait un geste de la main pour lui signifier que
non, pas envie.

– Alors racontez-moi comment vous êtes arrivée aux
« Trois-Épis » ? Pourquoi ?

– Oh non ! s'il vous plaît, j'ai supplié. Pas ça, pas
ça...

– Ça fait combien de temps que vous n'écrivez
plus ?

Comme je ne répondais pas, elle s'est mise à me
poser des questions et à y répondre toute seule.

– Depuis que vous êtes malade ? Vous n'êtes pas
malade ! Vous avez eu un gros chagrin ? Un très gros
chagrin ? Quelque chose de terrible vous est arrivé ?

J'ai esquissé un sourire. J'avais eu un gros chagrin.
On pouvait appeler ça comme ça. Un très gros chagrin
cloué sur moi comme un cercueil de plomb.

– Vous n'avez plus d'envies ? Plus de désirs ? Vous
attendez simplement que le temps passe. Je connais cet
état, vous savez...

– Ça arrive à tout le monde... Ce n'est pas original !

– Il faut vous reprendre... Pourquoi vous n'écrivez
pas ? Vous n'avez pas le droit de ne pas écrire...

– C'est mon problème !

– Justement pas ! Qu'est-ce que vous en savez,
d'abord ? Vous ne savez pas l'effet que vos livres font
sur les gens ! Vous ne pouvez pas vous en désintéresser
complètement ! C'est trop facile ! Alors quoi ? Vous
écrivez rien que pour vous ? Moi, ma vie a changé un
jour grâce à un de vos livres ! C'est pour ça que,

12

lorsque j'ai pris ce poste, j'ai demandé à m'occuper de vous... Je voulais voir à quoi vous ressembliez !

– Vous avez quel âge ?

– Vingt-quatre... Vous m'avez sauvée... sans le savoir ! Alors je ne vous laisserai pas mourir à petit feu !

Elle peut faire ce qu'elle veut ! Dès qu'elle sera partie, je reprendrai mon rêve... Tiens ! si je ferme les yeux maintenant, je peux faire apparaître Mathias... Il vient jour et nuit maintenant.

À partir de ce jour-là, elle est revenue à la charge. Elle m'a forcée à manger, à marcher dans la chambre, à me promener dans le couloir, appuyée à son bras. J'avais de plus en plus de mal à retrouver ma vie rêvée. Le soir, je fermais les yeux, je convoquais Mathias, Virgile, Khourram, Walter, Bonnie, Candy, Carmine, mais ils n'apparaissaient plus aussi nettement qu'avant. Leur image se délavait au fur et à mesure que l'infirmière m'obligeait à vivre dans la vraie vie.

Elle m'a coupé les cheveux, mis de la poudre, du rose, du rouge, du noir sur les cils. Elle m'a forcée à me regarder dans une glace et, un jour, elle m'a forcée à écrire.

Elle a placé un ordinateur, emprunté au secrétariat de la maison de repos, sur mon lit et a ordonné vous allez écrire ! Chaque soir, je viendrai lire. J'ai pas encore trouvé d'imprimante, mais je ne désespère pas !

Ce jour-là, les fantômes ont disparu. J'ai eu beau fermer les yeux, les appeler, les dessiner, les supplier de ne pas me laisser tomber, ils se dérobaient et disparaissaient.

Et c'est ainsi que je me suis remise à écrire. Pour les beaux yeux de Louise la Jeune. C'est comme ça que je l'avais rebaptisée.

À la fin de sa journée, Louise la Jeune poussait la porte de ma chambre, s'asseyait au pied du lit, croisait les bras et disait allez-y, lisez-moi ce que vous avez écrit aujourd'hui. Elle écoutait, sérieuse, droite au bout du lit. Elle posait des questions auxquelles je répondais. Quand ce n'était pas trop douloureux. Parfois, je ne répondais pas.

« Autrefois, il y a un an, j'avais un amour si grand, si grand que je croyais toucher le Ciel... »

J'aurais pu écrire cette phrase comme première phrase de mon livre. Mais ce n'est pas celle-là qui me vint. C'est une autre, tout à fait différente. Je la refusai longtemps, mais elle insistait, s'imposait, tapait du pied. Alors, j'ai obéi, j'ai écrit ces mots si banals :

« Ce matin, le réveil, couvert de fourrure rose, a sonné à sept heures trois. »

Après tout s'est déroulé tout seul...

Sous le regard attentif de Louise la Jeune.

Ce matin, le réveil, couvert de fourrure rose, a sonné à sept heures trois. J'ai ouvert un œil dans la grande chambre de Bonnie Mailer, dans l'appartement qu'elle me prête quand je suis à New York. Nous avons souvent partagé cet appartement. C'était notre tanière, l'antre de deux guerrières affranchies. En tout cas, on se le disait. On avait la mine aiguisée, le nez en l'air, le parler bâclé de celles à qui on ne la fait pas, de celles qui croient avoir tout compris.

Situé au rez-de-chaussée d'un bel immeuble de trente-cinq étages, presque au coin de Lexington et de la 56ᵉ Rue, il m'a longtemps servi de refuge au fil de mes déménagements new-yorkais. J'y laissais de nombreux cartons où j'entassais en vrac lettres d'amour, pulls de chez Gap, programmes de théâtre, livres, cassettes, cahiers de notes, pinces à épiler, vitamines périmées, articles découpés. J'habitais en haut, en bas, à l'est, à l'ouest de la ville mais revenais toujours faire halte chez Bonnie Mailer. Dans la turbulente complicité qui nous unissait. Dans le deux-pièces obscur, gardé par Walter, le doorman de l'immeuble, qui veillait sur nous, tel un parrain sicilien armé jusqu'aux genoux.

Un appartement de célibataire que Bonnie occupait avant de rencontrer Jimmy le Magnifique. Avant que

Jimmy le Magnifique ne s'incline devant Bonnie la Coriace et ne lui demande sa main. Après dix-huit mois d'attente, le cœur à bout de souffle, les traits tirés par le chirurgien de l'immeuble voisin, le crayon noir barrant, sur le calendrier, chaque jour qui passait sans que Jimmy fasse sa demande, Bonnie avait enfin soupiré *oui*. Dûment baguée, Bonnie Mailer, devenue Mrs Hall, avait rejoint Jimmy dans son duplex en marbre rose et blanc face à Central Park, sur la Cinquième Avenue, abandonnant son logis de célibataire chevronnée, de célibataire obstinée puisqu'il n'était pas question qu'elle se marie avec n'importe qui. Il fallait qu'il soit riche, riche, et riche. Jimmy, avocat vif et rusé, possédait ces trois qualités. Jimmy, de plus, avait deviné que sous le corps de pierre de Bonnie battait un cœur bien irrigué qui, s'il refusait les prétendants sans fortune, agissait davantage par bon sens que par inclination. Que fait-on, en effet, flanquée d'un pauvre hère dans une ville comme New York ? Rien ou si peu de choses que les plumes de la romance s'engluent vite de goudron. Tandis qu'un riche très riche a plus de tours dans son sac pour atténuer les ravages du temps. Bonnie avait néanmoins gardé son appartement (au cas où Jimmy changerait d'avis et la répudierait...) puis, rassurée par les somptueuses gerbes de fleurs qu'il lui envoyait chaque mois pour fêter le jour anniversaire de leur rencontre, elle avait décidé de le louer. Pas de le vendre. On ne sait jamais. Une femme rouée n'est jamais trop rouée et, la chasse à l'homme étant ouverte jour et nuit à New York, Bonnie préférait garder un lieu paisible où se retirer en golden divorcée.

En attendant, il fallait débarrasser. Tout. Les placards, les penderies, les étagères. Nettoyer. Jeter. Trier.

Ceux qui ne rangent jamais s'exposent à de dangereuses rencontres quand ils se décident enfin à faire de l'ordre. Un vieux pull, un flacon de parfum éventé, une lettre froissée, et le passé revient frapper comme un esprit malin.

Pour le moment, j'ai échappé aux fantômes dangereux. Ceux qui vous terrassent quand vous mettez la main sur eux. J'ai soulevé quelques voiles de revenants malicieux qui soulignent le temps qui passe sans vous fracasser le cœur, mais j'ai peur des autres et remets toujours au lendemain le tri des étagères que je sais dangereuses, celles du haut dans le placard de gauche, chargées d'un vieux carton qui déborde de papiers et de lettres. Je sens que je vais me cogner aux souvenirs douloureux.

Comme hier, par exemple...

Hier, sur Lexington, j'ai acheté un déodorant Nivéa. Un déodorant pour hommes, bleu marine, sans alcool. Je n'ai pas fait attention, j'ai tendu la main vers le rayon et, séduite par sa couleur bleu marine, sa rondeur, la calligraphie de l'étiquette, je l'ai posé dans mon chariot avec le coton, les Kleenex, un pot de Nescafé et des muffins pour le petit-déjeuner. Quand je suis rentrée chez Bonnie, j'ai déballé mes emplettes, j'ai ouvert le déodorant et...

Il m'a explosé au nez.

Une bombe à retardement.

C'était lui. Il me revenait. Lui et son odeur d'homme fort qui ne cédait jamais. Lui, son sourire, sa bouche, ses bras qui se levaient après la douche pour appliquer le déodorant. Les larmes aux yeux, je l'ai rebouché n'importe comment. Jeté à la poubelle, vite, vite. Couru vider la poubelle dans le local à poubelles pour ne pas être tentée d'aller le repêcher et de le respirer à nouveau. Pas lui. Plus lui. Plus jamais, jamais, jamais lui. Plus jamais cette guerre que je perdais toujours et recommençais avec témérité. Il avait gagné : j'avais pris la fuite. Vaincue, en lambeaux, mais fière de partir la première. Fierté qui ne pèse pas lourd quand un déodorant Nivéa fait jaillir un fantôme en capuchon bleu...

Dans l'obscurité de la chambre, j'écoute le réveil sonner et sonner encore sous sa fourrure rose. Je suis à New York depuis trois jours et je n'ai toujours pas rangé. Je me connais, je fais la fiérote, mais je suis transpercée par la moindre odeur de Nivéa. Je respire mes doigts cherchant le fantôme d'hier puis les enfouis sous l'oreiller, prête à me les couper si le fantôme ressurgit.

Ce matin, j'ai rendez-vous. Avec Joan.

Il était près de huit heures hier soir quand j'ai enfin pu la joindre au téléphone. Joan, Bonnie et moi. Nous sillonnions la ville en nous donnant la main. Triomphantes et légères. Avec l'insouciance, l'appétit, l'insolence que donne cette ville qui se transforme en piles vibrantes sous vos pieds. New York, New York ! Joan a réussi. Elle a son émission sur CBS, une maison de production de films documentaires et elle est devenue, en plus de tout, trésorière de l'association des victimes du World Trade Center, son mari ayant trouvé la mort dans l'une des deux tours. Un emploi du temps de président de la République. Pas un seul espace blanc sur son agenda noir.

C'est elle qui a décroché, et non l'infâme Susan, sa secrétaire, qui écarte importuns et importunes en les giflant de son mépris. Joan a écouté ma proposition de déjeuner, dîner, goûter ou prendre un café (je lui laissais le choix et guettais dans sa réponse l'importance que j'occupais dorénavant à ses yeux), puis a dit huit heures trente, demain matin, au café en bas de mon bureau, le Cosmic Café, tu sais sur la 58e et Broadway, je n'aurai pas beaucoup de temps, je prends l'avion pour Washington à dix heures vingt-huit, je vais déposer une urne de cendres au mémorial des victimes, reviens à une heure, déjeuner avec Bill Mayor, café avec Eddie Worms, réunion de parents à l'école des garçons, cocktail downtown, dîner au Pierre... (elle lisait à haute voix les pages de son agenda) mais j'aurai trois quarts d'heure pour prendre un café avec toi. *Ciao, ciao bella, love you.*

Elle avait raccroché.

Je m'étais demandé si c'était une si bonne idée que ça, trois quarts d'heure pour renouer une vieille amitié... J'avais hésité à la rappeler pour décommander puis m'étais ravisée. Tu es à New York, la ville où les gens vivent à deux cents à l'heure, elle te fait un cadeau en te coinçant juste avant un Boeing et une remise d'urne, ne fais pas la fière, ravale ton amour-propre, tu n'es pas le centre de la terre, quand on aime, on est prêt à tout, tu l'aimes alors boucle-la.

Rendez-vous avec Joan. Huit heures trente au Cosmic Café. Sur Broadway et la 58e Rue. J'écrase le réveil qui s'énerve de mes atermoiements, et pose un pied par terre.

Le piège est tendu et je ne le sais pas.

Désormais tout va m'échapper...

J'ai retourné un sablier qui, inexorablement, va se vider.

Virgile dort à côté. Replié au bout du lit comme pour s'excuser de prendre trop de place. Même quand il dort, il fronce les sourcils et serre les poings. Il est rentré tard hier soir. Je l'ai entendu se déshabiller dans le noir, mais il ne m'a pas réveillée. C'est plus fort que lui : il ne se résout pas à dormir dans cette ville qui ne dort jamais. Il ne veut pas en perdre une miette et la guette à toutes les heures du jour et de la nuit. Il revient à l'aube chargé d'anecdotes, me les livre autour du café chaud. C'est son premier séjour à New York et il s'obstine à tirer des enseignements de chaque rencontre, de chaque observation. J'aime quand il est en mouvement, jeune chien qui renifle une contrée étrangère et rentre au petit matin bruissant de sensations nouvelles. Je profite de ce qu'il est endormi pour poser un petit baiser sur son épaule et me lève. Vais dans la cuisine, mets de l'eau à chauffer pour un café, file dans la salle de bains, peste contre le lavabo toujours bouché, décide de me laver les dents dans la baignoire et de rappeler à Walter qu'il n'a toujours pas envoyé de plombier. Par la fenêtre, j'attrape un bout de ciel new-yorkais bleu acier. Et le lavabo qui ne se vide toujours pas ! L'eau fait des bulles de savon grises qui viennent crever à la surface en souffreteux hoquets. Plong ! Plong ! Je les contemple, dégoûtée.

Justement, il est là, Walter. Dans l'entrée de l'immeuble. Trônant derrière son comptoir de doorman en chef. En uniforme, veste bleu marine, chemise blanche, cravate rayée et casquette sur la tête. Il a fière allure et ressemble à un pilote de ligne. Son vieux transistor, entouré d'élastiques, joue un tube des années soixante sur CBS-FM, *No particular place to go* de

Chuck Berry, et il bat la mesure de la tête d'un air enchanté. À soixante-dix-huit ans, il règne sur la vie de l'immeuble et sur une équipe de six hommes à tout faire. Il ne veut pas s'arrêter de travailler et enfile son uniforme chaque matin. Il s'ennuie avec sa femme à la maison et la télé qui marche tout le temps. Toujours souriant, son dentier en forme de clavier étincelle et ses yeux pétillent quand il me voit. *Hello sweetie ! Nice day today ! Everything's okay ?* Non, Walter, le lavabo de la salle de bains est toujours bouché, il vient quand le plombier ? Je m'en charge, promis. C'est toujours ce que vous dites ! Les femmes sont trop pressées, ce n'est pas fait pour être pressé, une jolie femme. Allez, souriez, il fait beau, le soleil brille...

Il a raison. Je laisse tomber. Je continuerai à me laver les dents dans la baignoire, accroupie en Indienne au pied du robinet et je frotterai des silex pour allumer les feux de la cuisinière.

Je respire le soleil et la ville, les odeurs de donnuts qui sortent du coffee-shop voisin, et les bouffées de chaleur moite et moisie qu'exhale la bouche de métro, pas loin. Huit heures du matin. C'est l'heure de la rentrée des bureaux et des hommes gris courent dans les rues de Manhattan. Les plus jeunes sont en chemise à manches courtes, les plus âgés en costume sombre. Ils aboient des ordres au téléphone vissé sur leur oreille ou traversent les rues en crabe pour gagner du temps.

« Il faut prendre le temps, sinon c'est le temps qui vous prend », disait ma grand-mère bohémienne.

J'ai tout mon temps. C'est mon luxe, ma richesse, le temps. Et j'en abuse. Je m'en fais des bagues et des parures. Je m'y prélasse comme dans un hamac. Je me remplis de temps à perdre, de temps à méditer. Plus je prends mon temps, plus je me remplis de sons, de couleurs, d'émotions, de safran, de piments. Un couple de vieux alcoolos qui picolent sans se regarder, un chien qui gémit comme s'il voulait parler, une petite fille qui tire la langue à un petit garçon dans l'autobus puis remonte sa jupe... J'ai un grand crayon, un grand carnet dans la tête et je baguenaude en notant tous ces détails qui réapparaîtront un jour prochain dans un livre, sans que je sache comment, sans que je sache pourquoi.

Bon-jour-tu-vas-bien-ce-matin ?

C'est le marchand de journaux pakistanais, à l'angle de la 56e Rue et de Lexington. Nous échangeons quelques mots de français chaque fois que je prends le *New York Times* et le *Daily News* dans sa boutique qui affiche UNIVERSAL MAGAZINES en grosses lettres de néon. Je-vais-bien-il-fait-beau-et-chaud, j'articule pour qu'il comprenne et il répond, enchanté, 66-degrés-aujourd'hui-et-pas-trop-humide-tu-vas-aimer-beaucoup... Hier, j'ai apprendre-le-temps-passé-composé, appris, j'ai appris le temps-passé composé. Il sourit et marmonne dur-le-français.

Je souris pour l'encourager. Il sort de sous le comptoir une vieille grammaire française de cours moyen deuxième année, et me la met sous le nez. Passé-composé des verbes du premier groupe. C'est-quoi-premier-groupe ? il demande, la tête retombant sur son épaule. Je soupire. Le premier groupe c'est chanter, aimer, respirer, folâtrer, donner, danser, oublier, oublier, oublier, oublier. Comme-premier-baiser ? Pas vraiment. Baiser, c'est un nom commun. Ça peut être un verbe aussi... mais ça ne vous regarde pas. Il opine. Sa tête retombe, lourde, sur l'autre épaule, il se concentre et... acheter ? Oui, acheter, c'est un verbe du premier groupe. Je le félicite et m'empare des journaux. Au revoir. À demain, tu-as-acheté-deux-journals, il répond, fier de lui, guettant mon approbation. Journaux, je réponds, un journal, deux journaux. Un cheval, deux chevaux. Un récital, des récitaux ? il ose, radieux. Non, un récital, des récitals... Je lis le découragement dans ses yeux bruns. Je vous expliquerai demain, d'accord ? Demain, c'est le futur ? Oui, c'est ça.

Louise apprenait l'accent new-yorkais avec un jeune serveur sur Broadway. Elle avait quinze ans et demi, venait de débarquer à New York, s'asseyait au comptoir, dégustait des sorbets aux fruits pendant qu'il lui enseignait le parler new-yorkais et la débarrassait de ses derniers accents de paysanne du Kansas.

Je pense à Louise quand je parle français avec le marchand de journaux. Je pense à Louise si souvent...

Je remonte vers Central Park et opte pour la 57e Rue. La belle rue avec ses boutiques de luxe, Chanel, Prada, Gucci, Vuitton, Hermès. Belle rue, belles dames, riches, très riches. Voilà que je parle comme le vendeur de journaux ! En face, sur le trottoir, les marchands à la sauvette installent leurs étalages de copies illicites. Ils vendent pour quarante dollars ce qu'on trouve à l'intérieur des luxueuses boutiques à quatre cents ou quatre mille dollars. Qui peut être assez fou pour s'offrir le modèle authentique ? Chaque fois, je me pose la question. D'ailleurs, qui est assez vain pour se barder de marques ? Moi, je les coupe au rasoir, les marques...

Tu coupes tout au rasoir ! Il n'y a pas que les marques ! Dès que quelqu'un ou quelque chose te déplaît, tu l'élimines sans le moindre état d'âme, murmure une petite voix en moi. Je lui ordonne de se taire, ce n'est pas le moment. Et reprends ma route en bombant le torse. Il fait beau, New York est à moi, et je vais prendre un café avec Joan la survivante, Joan trois fois mariée, deux fois divorcée, une fois veuve. Tom, son mari, avait quarante ans quand l'avion de l'American Airlines parti de Boston a explosé le bureau de l'US Steel Company qu'il dirigeait depuis les Twin Towers. Ils venaient de se marier. Il ne parlait pas beaucoup. Il contemplait Joan, attendri par sa rapidité, sa force et sa vulnérabilité. Elle le regardait, ébahie d'avoir trouvé un homme qui l'aime autant.

Cela n'aura pas duré longtemps...

Joan n'a pas pleuré. Joan ne pleure jamais. Elle n'a pas le temps. Joan se bat contre la ville qui roule et compresse, contre la vie qui la dévore, contre le temps qui passe et la menace. C'est écrit dans son contrat, elle ne doit pas vieillir puisqu'elle passe à la télévision. Au premier sillon, elle est virée, sans sommation. Joan serre les dents.

Puis j'irai réveiller Virgile et on ira se promener dans la ville.

Tu es venue pour ranger, pas pour te promener, reprend la voix raisonnable. La ferme ! Je rangerai quand j'en aurai envie ! Je ne me défilerai pas. J'ai promis à Bonnie de lui laisser l'appartement vide et je le ferai. Laisse-moi profiter de cette belle matinée de juin, du macadam encore frais de la nuit, des gratte-ciel dans la lumière froide du matin, de la lumière blanche et bleue de New York qui découpe la ville en cubes étincelants.

La petite voix se tait.

J'ai redressé le menton, fière d'avoir mouché ma conscience de fille appliquée et je reprends ma marche. Mon corps bat la cadence, suit le pouls de New York, mes pas retentissent au même rythme que les trépidations de la ville. Dents et œil aiguisés. Tout m'allèche ce matin. Je soupèse chaque humain avec un regard de cannibale. Manger, manger l'air chaud et doux de Manhattan, manger de l'homme, du détail humain, coucher celui-là dans mon lit, emprunter la dégaine de celle-là, goûter à la peau lisse et dorée de ce jeune coursier qui saute de son vélo ou refaire la natte blonde de cette abandonnée qui guette un fiancé qui ne viendra jamais. Je lis la détresse dans ses épaules voûtées. J'ai envie de la consoler, de lui redresser la colonne vertébrale. Je virevolte, règle son compte à chaque passant, distribue sourires et grâces en abondance. Rien ne me résiste. Je me gonfle de bien-être, la sève monte, irrésistible, imprègne le monde autour de moi. Je suis un baobab dont les racines soulèvent le macadam blessé de Manhattan.

Cela me prend parfois, cette force irraisonnée. Une joie de vivre, l'envie de tout voler, tout croquer, tout distribuer. Cela me vient avec la douceur d'une brise de juin, la couleur d'un taxi jaune au coin d'une rue, le frémissement d'un arbre... Je vibre à l'unisson d'un grand accord qui se plaque sur le monde, je suis belle, je suis bonne, je suis géante, si bien dans chaque fibre de ma peau que l'accord se prolonge et résonne, résonne. Cela dure une minute, une heure, deux heures ou plus, mais je goûte chaque parcelle de ce temps à faire craquer le temps, à le rendre élastique, à y enfourner toute la fougue, la jubilation, l'énergie du monde.

Je danse dans Manhattan, je fais des claquettes, j'enjambe les carrefours, je glisse, je vole, je m'élance...

Ce matin-là, juste avant huit heures et demie, juste avant de tourner au coin de la 58e Rue et de Broadway, je fredonne les mots de Virgile, ces mots qu'il litanie à tout bout de champ « la vie est belle », « la vie est belle », je suis à New York, ma tour de Babel, j'en connais chaque rue, chaque carrefour, je vais uptown, downtown, east, west, repère une vitrine, un nouvel immeuble, note un déménagement, plaque un souvenir, puis un autre. C'est sous cet arbre rabougri que j'ai donné mon premier baiser new-yorkais, je venais tout juste d'arriver, il s'appelait Paul, blond comme un crayon jaune, il étudiait la physique à Princeton, c'est devant ce restaurant français qu'a commencé ma romance avec Allan, c'est là, dans la file de ce cinéma, que nous avons rompu la première fois et là-bas, tout en bas de la ville, sous l'arche de Washington Square, qu'on s'est réconciliés... une première fois.

Ces souvenirs, ceux que je tire de mon plein gré de mon grand sac à oubliettes, je les aime, je les ai apprivoisés, j'en ai ôté les épines. Ils font partie de moi. Ce sont de vieux bonbons dont j'aime l'acidulé même si parfois ils ont un goût de larmes, mais si léger, si léger que le sel en est doux sur mes joues.

Je marche donc, gaillarde et légère, j'ordonne le monde et ma journée : Joan, Virgile, un café, les journaux, un bout de Central Park, les vitrines sur la Cinquième Avenue, le bus M4 jusqu'à Houston Street et un hamburger sur Broome Street... Virgile ne connaît pas les hamburgers du Broome Street Café.

Virgile boit du Coca glacé. Virgile mange des hamburgers, des tartines de mayonnaise, des bananes, des Mamie Nova au chocolat, les yeux fermés, plissés dans une extase mystique. Virgile raffole des comédies musicales et des tubes de l'été. Virgile achète tous les disques du hit-parade et les chante sous la douche. Virgile lit tous les livres, voit tous les films, toutes les pièces de théâtre, se rappelle le moindre détail sans faillir : le metteur en scène, les acteurs, l'année et le lieu de la première création. Virgile est une encyclopédie. Virgile est très sérieux quand il travaille. Pas sérieux du tout quand il ne travaille pas. Virgile tire une langue molle quand il se concentre, on dirait un attardé mental. Virgile s'endort à table, le menton dans la main, et je lui donne un coup de coude pour qu'il se réveille. Virgile s'habille chez H&M et met du gel sur sa longue mèche brune. Virgile m'aime à la folie, mais Virgile ne se laisse pas approcher. À la moindre caresse, il donne des coups de poing, des coups de tête, des coups d'épaule. Il faut l'embrasser à la sauvette. Sinon, il fait un bond sur le côté et se renfrogne. Ne chante plus, ne bondit plus, lance un regard affolé autour de lui. C'est attenter à sa vie que de le toucher. Je m'en fiche : je sais que Virgile m'aime et cela me convient tout à fait.

Ah ! J'oubliais : Virgile a peur des chats. Il grimpe sur une chaise dès qu'un félin ondule vers lui.

Virgile fait partie de mon grand sac de bonheur. J'aime Virgile et ses débordements. J'aime Virgile et ses empêchements.

27

Quand je rentrerai, je lui raconterai ma balade sur Broadway, ma bulle élastique, mon statut de reine du monde. Il me regardera de son regard brillant, légèrement envieux de tant de félicité. Et la joie dans ses yeux me fera enjoliver ma promenade. J'ajouterai une collision entre deux taxis, une girafe abandonnée qui s'est couchée à mes pieds, un orchestre de nains jamaïcains qui donnaient un concert en plein air, un homme armé qui a abattu deux policiers pour me faire traverser quand le feu était vert. Il murmurera encore, encore et je me régalerai à lui faire plaisir.

Louise aussi aimait que je lui raconte, tous les jours à quatorze heures trente, au téléphone.

Elle voulait tout savoir. Chaque détail l'arrachait un peu de son lit, de sa torpeur de vieille femme malade. J'étais son ambassadrice au pays des émotions, et elle réclamait son dû de chair fraîche. Et c'était comment hier soir ? Tu avais les cheveux propres ? Du parfum derrière l'oreille ? Du rouge à lèvres foncé ou clair ? Une belle toilette ou un vieux jean usé ? Il t'a abordée ? Qu'est-ce qu'il t'a dit en premier ? Tu l'as suivi chez lui ? Il embrassait comment ? Il prenait son temps ou embrassait voracement ? Il sentait bon ? Il parlait pendant l'amour ? Qu'est-ce qu'il disait ? En français, en anglais ?

Des détails, des détails, réclamait-elle en trépignant. La vie est dans les détails, tu le sais bien.

Et quand je laissais passer l'heure de notre rendez-vous, elle maugréait au bout du fil. C'est ça, oublie-moi, je suis un vieux débris, laisse-moi mourir... la prochaine fois que tu viens me voir, apporte-moi un revolver que je me tue tout de suite. Lou-i-se, je lui disais, je t'en prie, ne dramatise pas, je t'appelle quand même, même si j'ai un peu de retard. Mais moi, j'attends dès quatorze heures trente, j'attends au fond de mon lit où je me morfonds, tu ne comprends pas ? À soixante-seize ans on ne sert plus à rien, on est vieille, sèche et ridée, percluse de rhumatismes et de mélancolie.

Lou comme Loulou, i-i-i comme ces oui que tu te refusais à prononcer, zzze comme la pluie qui tombait à raccourci sur Rochester, cinglait tes fenêtres et te rendait folle.

Éteinte et grincheuse, magnifique et rieuse, ma complice impitoyable dans l'oreille de laquelle je versais mes confidences les plus intimes, les plus crues. Alors, son œil noir s'allumait et elle oubliait le lit encombré de dictionnaires où elle reposait. Elle aurait adoré l'histoire du déodorant Nivéa. Elle aurait poursuivi, cruelle et lucide, mais ce n'est pas de l'amour ça, c'est de la volupté ; l'amour de la chair fraîche, l'amour d'un corps d'homme qui se refuse, on n'aime pas un homme qui vous soulève de plaisir, on veut entrer en lui, s'y installer, le posséder... Il le savait, celui-là, et il te tenait à distance. C'est cette distance qui t'a rendue folle. Folle de lui. Pauvre folle !

Je serais demeurée silencieuse le temps de réfléchir, de faire le point. Elle m'aurait regardée, narquoise, avec son drôle de sourire à moitié de visage, ouvert et refermé comme l'éventail agité d'une douairière hautaine.

58ᵉ et Broadway. Je lève le nez. Le Cosmic Café se déploie en un long triangle. Des hommes pressés en sortent avec un gobelet de café et un donnut enveloppé. Petit-déjeuner vite avalé avant d'allumer l'ordinateur et de consulter les cours de la Bourse. Je m'étonne encore de leur air uniforme. Il faudrait les voir de face, assis à leur bureau, pour les reconnaître. Et encore. Ils passent à côté de moi sans me voir, sans deviner l'appétit d'eux qui vibre dans mes yeux, les darde, les saisit, les mastique tout crus. Femelle embusquée qu'ils ignorent, avides de rentabilité.

Je ferme les yeux, découragée. C'est toujours comme ça dans cette ville : les hommes ne regardent pas les femmes. Il n'y a pas de place pour le lent épanouissement du désir qui monte, monte, gonfle et éclôt en un soupir de bien-être étonné, de satisfaction éblouie, de reconnaissance brutale.

Je ferme les yeux et je les rouvre. Trois secondes ont passé peut-être. Pas plus. Trois secondes qui me précipitent dans le piège tendu au coin de la 58e Rue...

Trois secondes... et l'élastique claque.

M'éclate en pleine tronche.

M'aveugle de douleur.

Ma bulle a explosé sur une silhouette. Entrevue de dos. Pantalon beige, chemise bleue à manches retroussées, épaules larges, nuque de taureau, talons enfoncés dans le bitume et torse tendu en avant. Un chercheur d'or avide et cinglant qui boit les femmes comme on vide une chope de bière, s'essuie les lèvres et repart creuser sa mine, le regard luisant, tendu vers la pépite d'or qui brille au fond.

Le piège se referme, me serrant dans un étau qui m'empêche de respirer. Il est là. Devant moi. Cet homme qui sent le déodorant Nivéa.

J'articule son nom parce que je n'y crois pas. Mathias ? Ce ne peut pas être lui... Que fait-il ici ? À New York ? La dernière fois que je l'ai vu, c'était il y a un an, à Paris. En coup de vent. Il vivait à Londres et venait constater les dégâts de son absence, écouter les soupirs d'une femme amoureuse afin de repartir rassuré.

J'avais refusé de lui laisser voir mes blessures. Assis l'un en face de l'autre à une terrasse de café, on s'était mesurés, tapis dans une prudence enjouée. J'avais fanfaronné un bonheur majestueux avec un homme inventé, rien que pour lui faire mal. Pour l'éloigner. Pour qu'il ne revienne plus jamais. Pour ne plus jamais vivre cette chasse à l'autre, cette souffrance obsédante que rien ne peut distraire, qu'aucun homme ne peut guérir malgré tout le mal qu'on se donne pour l'oublier.

Et je m'en donnais du mal depuis un an ! Je ne faisais que ça. Je travaillais à oublier Mathias.

Il entre dans le Cosmic Café. Je reste immobile. Incapable de fuir. Si je bouge, il va me voir peut-être et je ne sais pas quoi lui dire. Je n'ai pas revêtu mon armure. Est-ce que je suis jolie au moins ? Dans l'euphorie de ma bulle, je me trouvais irrésistible, mais maintenant je ne sais plus et guette mon reflet dans la vitrine. Je m'étire, rentre le ventre, fais bouffer mes cheveux puis me juge pitoyable et laisse tout tomber. Tête, bras, épaules et jambes qui flageolent. Marionnette brisée. Plus de fils. Plus de machiniste qui me tient et me fait rebondir. Je ne veux pas qu'il me surprenne toute molle dans ma quête de lui, affamée de lui toujours, toujours.

Affamée de cet homme qui dit non. Qui ne se donne pas. Qui prend et reste muet, qui prend et disparaît.

Tout le temps.

Cet homme-là, sur Broadway, ce n'est peut-être pas de l'amour, mais ça lui ressemble étrangement. C'est le souvenir d'un corps qui soulevait en moi des tempêtes, ouvrait à la hache des failles qu'il ne refermait jamais, saccageait fierté, honneur, amour-propre, me traînait dans un plaisir empli de larmes, de boue, de blessures, d'éclairs stridents où je touchais le genou de Zeus. Ce grand corps carré, ces mains qui m'enveloppaient, cette bouche qui imposait sa loi que je recevais soumise, anéantie. Ce souvenir de femme vaincue me fait frémir encore et je le repousse de toutes les pauvres forces qui me restent.

C'est-à-dire que je ne bouge pas.

Je me fonds dans le mur de la cafétéria.

Toute droite, guettant la sortie de mon fantôme.

Quand il surgit avec son gobelet de café et son donnut plein de sucre, je reçois en pleine face l'arc de ses dents qui mord le beignet, l'arc de sa bouche qui déchire la pâte, l'enfourne, lèche de sa langue le sucre collé aux lèvres, un trou béant s'ouvre en moi, un trou au bord duquel je vacille, et je manque de me jeter contre lui, une dernière fois...

Rien qu'une fois comme avant...

Encore un peu, s'il te plaît...

Encore un peu...

Encore un peu de cette volupté si trouble, si lourde qu'on voudrait l'étirer comme du verre filé jusqu'à l'éternité... Encore un peu de ce temps sans aiguilles qui me précipitait dans une autre moi-même. Une force qui terrassait la mienne et m'aurait fait renoncer à toute fierté, si tu me l'avais demandé.

Mais tu ne demandais rien. Jamais. C'eût été trop dangereux. Je risquais de tout te donner. Et tu n'aurais pas su quoi faire de cette offrande. Recevoir, c'est prendre un risque, s'engager. Il faut rendre la monnaie. Tu préférais rester insaisissable et flou. Un jour, je me souviens, je t'avais demandé où tu étais né, dans quelle petite ville de Tchéquie tu avais vu le jour, et tu m'avais demandé, méfiant « pourquoi ? pourquoi me poses-tu cette question ? ». C'était déjà trop personnel.

Il passe. Sans me voir. Il a toujours sa tête carrée, ses dents de carnassier, son regard bleu qui dépèce le monde, son allure d'homme conquérant qu'une femme n'arrêtera jamais. Je le sais. J'ai tout fait pour l'embastiller. D'un coup de dents dans son beignet, il ravale ma marche triomphante au rang de promenade de femme seule, de femme errante sans amant pour l'électriser, et je me sens pauvre de corps tout à coup. Je n'ai plus son regard pour me proclamer femme. C'est moi qui suis devenue fantôme, lui qui prend toute la chair du monde pour s'en régaler.

Je vais m'effondrer sur une banquette en Skaï rouge du Cosmic Café. Assommée. Muette. Plus de voix dans la tête pour me rappeler à l'ordre. Ou me réconforter.

Je réclame d'une voix faible un café, bien noir sans crème ni sugar. Et un donnut, please. Pour goûter le tranchant de ses dents dans la pâte à beignets. Pour goûter d'autres morsures passées... Il mordait ma lèvre inférieure et je me cambrais, me débattais entre ses mains qui me maintenaient plaquée contre lui, je gémissais, il faisait « tss... tss » et recommençait jusqu'à ce que les larmes me montent aux yeux et qu'impassible, il vérifie de ses doigts que la plaie était bien là, saignante. Alors il passait l'index sur ma lèvre sanguinolente, goûtait le sang, satisfait... se détachait, reculait, reculait et...

Et je le suppliais de revenir, le suppliais de recommencer, lui offrais ma bouche meurtrie pour qu'il la meurtrisse encore.

Encore un peu...

S'il te plaît...

L'amour physique bute souvent sur une impasse, un sens interdit.

Pas avec Mathias...

Il avait cette science-là qui rend toutes les connaissances humaines bien dérisoires quand on y a goûté ne serait-ce qu'une seule fois, transforme le corps en volute pensive et l'âme en ogre débauché. Il prolongeait la vie en taquinant la mort, il conduisait de main de maître mon corps au bord d'un précipice qu'il me laissait goûter avant de l'y précipiter...

Dans le box voisin, deux Mexicaines prennent leur petit-déjeuner. Elles portent l'uniforme blanc et rouge du Cosmic. Elles se parlent à peine, quelques mots en espagnol pour demander de l'eau ou une serviette en papier, étalent leurs œufs au plat sur des toasts briochés, saupoudrent de sucre, mordent sans grâce dans le pain qui dégouline de gras et de jaune d'œuf. Leurs visages sont plats comme des médailles. Leurs lobes d'oreilles pendent, alourdis par des anneaux dorés. Leurs regards ne reflètent rien. Elles ruminent. Leur journée de travail a dû commencer tôt car je sens la fatigue ralentir leurs gestes, une mèche de cheveux tombe dans les yeux de l'une et elle ne la relève pas, un biper sonne à la ceinture de l'autre et elle ne répond pas.

Est-ce qu'elles connaissent la volupté, elles ? Ou le rut bâclé d'un mâle grossier qui désire juste se soulager puis retombe, satisfait, sur le côté ? Est-ce qu'elles supplient, réclament, attendent, palpitent ? Ou se laissent chevaucher, indifférentes, les paupières plombées de fatigue ? Est-ce qu'elles ont déjà franchi la frontière dont on ne revient jamais ? La frontière qui rend tous les autres amants fades et ignorants ?

J'observe le travail lourd de leurs mâchoires et en déduis que non. Elles ne mangeraient pas leurs œufs au plat comme des automates. Elles ne pourraient pas s'empêcher de penser à la frontière délicieuse en mélangeant le blanc de l'œuf, le jaune du beurre fondu, la limaille du sucre, le moelleux du pain brioché dans leur bouche mécanique. Elles auraient un petit sourire de connivence avec elles-mêmes, un petit sourire alangui, mystérieux qui marquerait une pause dans le rythme des mâchoires...

un infime temps suspendu qui rejoindrait l'éternité du temps...

allumerait une lueur dans leur face plate...

Elles seraient un tout petit peu reines, avec un début de traîne et une petite couronne en plastique.

La volupté, la connaissance de cette volupté, vous rend royale. Elle vous rend belle aussi. Transforme n'importe quelle pétasse en une amphore délicate qu'on a envie de profaner.

Il avait repéré l'effrontée de la frontière en moi, la gourmande intrépide, attirée par le vide. Il me l'avait dit le premier soir, la première nuit. Me l'avait affirmé en me regardant droit dans les yeux, m'ordonnant de ne pas faire la sainte-nitouche, de ne pas tourner la tête, ni pousser des petits cris de vierge effarouchée quand il me prendrait par la main et m'emmènerait loin, loin sur les remparts. Je sais qui tu es, m'avait-il dit le premier soir, la première nuit, cela fait un moment que je t'observe et je sais. Il saurait faire de moi ce qu'il devinait. Et il s'en réjouissait. J'écoutais ces menaces exquises, ces promesses d'un ailleurs affriolant et m'émerveillais de tant d'art de vivre. Je demandais à voir, goguenarde... Ils sont si rares les passeurs de frontières.

J'avais vu.

J'étais faite.

Pieds et poings liés.

Je m'échinais pourtant à résister, un reste de dignité, un souffle de réserve, mais je ne tenais pas longtemps... Ma bouche se remplissait de salive, un filet coulait sur le côté, je balançais la fille blonde et lisse par la portière sur le bord de la route et je me rendais.

Je montais à son bord.

Je me jetais contre lui.

J'acceptais la loi de l'homme.

Elle me vient de loin, cette loi de l'homme.

Elle me vient d'un homme.

D'un homme qui m'a appris l'homme, l'attente de l'homme.

Je me souviens... je reniflais son odeur de loin, le soir, quand il venait m'embrasser dans mon lit de petite fille qui attendait, l'odeur de son eau de toilette qui s'approchait, envahissait l'entrée, puis le couloir, tournait à droite, à gauche pour venir s'épanouir au-dessus de mon lit.

Ou passait sans me voir rejoindre ma mère dans le salon.

J'attendais.

J'attendais toujours.

Le désir fou pour l'homme est né de cette attente-là. De ce vide-là.

Il avait de grands bras, un grand nez, une grande bouche pleine de grandes dents, un grand sourire et une grande chaleur qui partait de ce sourire. Il se penchait vers moi, il me disait « ma fille, mon amour, ma beauté », et je devenais géante. Je touchais le Ciel, je flottais dans les nuages, je m'évaporais en mille gouttelettes... Mais il fallait toujours redescendre.

Redescendre.

Parce qu'il partait. Toujours.

L'homme, je l'ai imaginé à partir de lui.

Il m'a promenée en maintes errances. J'ai été furieuse, enchantée, blessée, mais il m'a laissé son goût, l'empreinte de ses grands bras qui, souvent, ne se refermaient pas.

Et j'y reviens toujours.

Il peut être digne ou indigne, il lui suffit à cet homme-là d'avoir de grands bras, de grandes dents, un grand sourire, une grande absence, de m'emmener loin, loin... et je remets mon sort entre ses mains.

Je m'abandonne.

C'est la loi de l'homme.

Ce mystère que je poursuis comme je l'ai poursuivi, lui avant.

Avec la peur au ventre de ne pas l'attraper. La peur de ne pas le garder.

La peur de ne pas être à la hauteur.

Toujours la peur.

Parce qu'il partait toujours.

Et moi, je lui cours toujours après.

Une forte femme noire est venue se planter devant moi. Elle essaie d'attirer mon attention par des raclements de gorge de plus en plus sonores. Je reviens à moi et l'interroge du regard. Je suis Susan, me dit-elle apparemment contrariée d'avoir passé tant de temps à signaler sa présence en vain, je viens de la part de Joan. Joan n'aura pas le temps ce matin de prendre un petit-déjeuner avec vous. Je note qu'elle laisse tomber sa voix métallique en fin de phrase comme un couperet de guillotine et qu'elle a bien du mal à cacher le dédain qu'elle a pour moi, inutile touriste qui pollue l'emploi du temps de sa patronne. Mais si vous voulez la voir quelques minutes, vous pouvez monter dans son bureau. Suivez-moi.

Je sens que c'est un ordre, qu'elle ne le répétera pas, que ce n'est pas la peine de poser des questions.

Je suis donc la forte femme noire dans un dédale de couloirs et de portes qui nous permet de passer du Cosmic Café au bureau de Joan sans sortir dans la rue. Une sorte de passage secret, note le grand crayon dans ma tête qui aussitôt entrevoit mille possibilités de fuites romanesques, de détectives bernés, d'amants éconduits. Nous montons dans l'ascenseur, elle appuie sur le chiffre 15, lance des « Hi » monocordes à deux hommes en bleu de travail qui montent avec nous, sans les regarder. Ne desserre pas les lèvres pendant tout le trajet, et me conduit jusqu'au bureau de Joan en balançant sa graisse de droite à gauche sous son ample djellaba noire. Je la regarde, fascinée.

Est-ce qu'elle a franchi la frontière, elle ?

Est-ce qu'un homme a déjà eu envie de la faire monter à ses côtés pour passer la frontière ?

Elle ne serait pas aussi rébarbative si elle l'avait franchie, rien qu'une fois. Elle y aurait gagné du moelleux, de la lascivité, de la compassion.

Oh ! Joan ! Que t'ont-ils fait avec leur clause idiote de jeunesse éternelle dans ton contrat de télé ? Tu es boursouflée de Botox ou autre substance gonflante. Ton visage bouffi crie qu'il ne veut pas vieillir pour rester à l'écran, garder ton emploi, payer ton appartement, ta voiture, ta maison de campagne et l'école privée de tes deux petits garçons. Ton front est si rempli qu'il retombe sur tes paupières. Et tu as des bajoues de hamster. Joan, Joan ! Tu étais si jolie quand tu étais pointue et fine...

Quand tu n'avais pas signé.

Susan me fait signe de m'asseoir dans un fauteuil recouvert de livres, de cassettes, de journaux, de gobelets vides et regagne son bureau sans me demander si je désire un café ou un verre d'eau.

Joan hurle au téléphone. Ou plutôt : Joan hurle aux téléphones. Elle en a un plaqué sur sa poitrine pendant qu'elle vocifère dans l'autre. Puis elle alterne, plaque le précédent pour hurler dans l'autre, change encore et encore. J'assiste à ce ballet d'haltères, muette et embarrassée. Suis-je supposée entendre ou me boucher les oreilles ? Suivre son regard ou étudier la pointe de mes chaussures ? Entre deux flexions de bras, elle me fait un geste de la main pour me dire qu'elle m'a vue, qu'elle est dans la merde jusqu'au cou et que je tombe très mal. Tout cela en mime Marceau pendant qu'elle écoute, contrariée, le discours d'une haltère ou de l'autre et reprend son souffle avant de vociférer à nouveau. Je comprends vaguement qu'elle est accusée de faire obstruction aux plaintes des familles des victimes du 11 septembre et de s'en mettre plein les poches. Puis j'attrape des bribes de phrases qui parlent de mafia de l'acier, de ces tonnes d'acier tordu, calciné qui ont encombré longtemps le « ground zero » ou, en termes moins élégants, le trou béant qu'ont laissé les deux tours en s'effondrant. Ces tonnes d'acier représentent des tonnes de dollars pour des ferrailleurs peu scrupuleux qui se disputent le droit de mettre la main dessus. En tous les cas, on lui en veut à mort, les dollars cliquettent, les victimes sont reléguées en chers, très chers disparus, et l'association des familles a engagé des avocats pour porter le litige devant une cour de justice et récupérer les billets verts.

On est loin de la main sur le cœur devant la bannière étoilée pendant que retentit l'hymne américain et que coulent les larmes d'une nation blessée. Joan est la personne la plus honnête, la plus scrupuleuse, la plus généreuse que je connaisse en Amérique. Si elle s'est investie dans l'association des victimes du 11 septembre, c'est justement pour défendre les faibles et les opprimés qui ignorent les rouages du monde judiciaire.

Elle me tend le *Daily News* en m'intimant, d'un coup de menton énergique, de le lire sur-le-champ. Je lui fais signe que je l'ai déjà et que je le lirai à tête reposée, quand j'aurai tout mon temps. Elle prend des notes, lit à voix haute des bouts d'article, somme l'un de s'expliquer, l'autre de se rétracter, menace de se répandre dans la presse et raccroche, vibrante de colère.

Elle a reposé les deux haltères, remis ses boucles d'oreilles, allumé une cigarette et crie à Susan de venir tout de suite prendre une lettre en copie. Là, je sens que je vais carrément gêner, fais mine de lever une fesse de mon fauteuil, espérant qu'elle va interrompre mon geste et me dire de me rasseoir, m'accordant quelques précieuses minutes où l'on pourra enfin s'étreindre, réchauffer notre amitié, compatir, supputer, développer une stratégie pour moucher ces médisants, mais elle se précipite vers moi afin que je termine mon envol et prenne la porte. Je suis désolée, me dit-elle, je n'avais pas prévu ce coup bas, je t'appelle en rentrant de Washington...

Je sais qu'elle ne le fera pas, qu'une kyrielle d'autres personnes auront d'ici là noirci son agenda, que j'aurai giclé des urgences sympathiques pour redevenir une simple touriste de passage à New York qu'on peut se contenter de prendre au téléphone pour babiller. Mais j'opine, toujours muette. Lui broie les mains et les épaules en signe de solidarité et me retrouve dans le couloir pendant que l'éléphantesque Susan m'explique en roulant des yeux globuleux que je peux retrouver mon chemin toute seule, qu'elle n'a pas le temps de me raccompagner. Du balai ! L'article paru dans le *Daily News* l'a fait passer du rang de simple secrétaire à celui de vestale du culte et elle n'est pas fâchée de me voir m'éloigner afin de savourer sa toute nouvelle promotion.

Fin de ma rencontre avec Joan.

Sans que j'aie pu prononcer un seul mot.

Une scène de film muet.

Je me retrouve dans le couloir à la recherche de l'ascenseur qui, si ma mémoire est bonne, doit se trouver au bout à gauche, après la fontaine à eau. Il me suffira alors d'appuyer sur le bouton « 0 » pour me retrouver saine et sauve au rez-de-chaussée, livrée à de nouvelles aventures que j'espère plus amicales et tranquilles.

Je ne pleure ni ne ris. Je suis ahurie. Et je fais le calcul rapide de la charge d'hostilité et de chagrin que j'ai accumulée depuis que le réveil en fourrure rose a sonné ce matin.

J'ai encore le goût du donnut dans la bouche et une empreinte de dents dans le cœur. J'ai besoin de repos, de faire halte dans une demeure amie ou une solitude reposante. J'ai vécu trop d'émotions pour un matin de juin à New York. Et il n'est que neuf heures quinze...

Et je vais repasser devant la cafétéria...

Bien obligée...

Mais qu'est-ce que tu crois ? murmure la petite voix, il travaille dans une banque, il ne livre pas des pizzas, ne passe pas son temps dans la rue en bas... Quelle idée aussi de t'être amourachée d'un homme qui brasse des chiffres, parcourt la planète et vit en vieux renard ? Tu ne pouvais pas choisir un troubadour aimable ? On ne choisit pas ! Ce serait trop facile ! Le désir n'est pas un serviteur que l'on commande, les pieds en éventail, armée d'une baguette ! Ce n'est pas un contrat, le désir. On n'échange rien dans l'étreinte voluptueuse, on repart en arrière toujours, toujours.

Je pétris le *Daily News* et le *New York Times* entre mes mains et titube jusqu'à l'ascenseur. C'est alors qu'un géant pétulant et désarticulé me bouscule avec sa sacoche de coursier, m'écrase chaque doigt de pied et s'engouffre dans l'ascenseur en frappant de son poing massue les chiffres allant de zéro à quinze, qui s'allument en guirlande, me forçant à une descente en omnibus. Les écouteurs de son walkman dépassent de son bonnet bariolé. Il scande les paroles du rap qu'il écoute à tue-tête en se projetant contre les parois de l'ascenseur et son sac rebondit en claques sourdes sur ses cuisses, menaçant de s'ouvrir et de se renverser. Je me réfugie dans un coin, attends que les portes s'ouvrent et que je sois libérée. Enfin, un bref signal musical annonce l'arrivée au niveau zéro de l'ascenseur fou qui atterrit dans un soupir pneumatique. Les portes s'écartent, libérant le flot d'énergie du géant autiste et je m'enfuis.

En tortue. La tête enfouie dans les épaules comme pour parer un nouveau coup tordu du hasard en goguette. Je longe la façade redoutée du Cosmic Café et un nouveau choc sous forme de pensée m'assomme, armé celui-là d'un large point d'interrogation : que fait-il ici, à New York ? Est-il seul ? Est-il avec une autre ? Qui est cette inconnue qui chemine à ses côtés sans avoir les côtes transpercées, reçoit ses baisers sans se dénouer tremblante de le perdre ?

Ses baisers...

Et le souvenir me fait plier encore.

Je me tasse, haletante et fiévreuse, la nuque en avant, le corps prêt à en recevoir la morsure délicieuse.

Qui a osé chanter les roses de l'amour et ses festons guimauve ? Un vieux grigou qui voulait écouler son stock d'images pieuses ?

Je vois poindre l'idée qui germe dans ma tête : me transformer en planton et faire le guet dehors, attendre, attendre dans la tourmente de la ville pour le guigner, goûter la douleur qui monte jusqu'à mes lèvres, les mordre jusqu'au sang...

Pour le suivre en douce ? Et pour qu'il me repère ? Je ne suis pas douée pour filer l'adversaire. Je le sais. Alors, je dis bien haut qu'il n'en est pas question et ce qui me reste de raison me ramène à la maison.

Demain, peut-être...

Demain. Je m'installerai avec ma sébile et de grosses lunettes. Et ma canne d'aveugle me servira de guide...

Demain, demain...

Un autobus me frôle sur la 57e Rue, je saute sur le trottoir en le maudissant. Pourrait faire attention ! Sur son flanc s'étale une longue fille brune avec le casque étincelant et noir de Loulou. Elle pose pour une pub de shampoing qui ravive les couleurs lavage après lavage. Hello Lou-i-se ! je murmure à la fille étalée sur le bus. On te met vraiment à toutes les sauces, ma Lou-i-se... En France, le savais-tu, ta silhouette brune et ton casque légendaire ont longtemps servi à vendre un parfum Cacharel. Il fut numéro un des ventes, grâce à toi ! On t'avait emprunté, pour le film publicitaire, ton prénom, ta démarche féline, ta grâce pâle et meurtrie.

Loulou ? disait une voix. Oui, c'est moi, répondait une jeune femme, mystérieuse et fragile.

Combien de jeunes gens sont tombés amoureux de cette femme emmitouflée et longue ! Combien de jeunes filles ont acheté le parfum pour respirer ton charme noir !

L'autobus freine et vient se garer devant moi. Je me retrouve nez à nez avec Lou-i-se. Tu irais, toi ? je demande en interrogeant l'œil noir de la pub l'Oréal. Tu irais te planter demain à l'aube au coin de la 58e Rue ? Tu prendrais ce risque-là ?

La fille au casque noir tremble sur le flanc du bus, agitée par les trépidations du moteur à l'arrêt. Elle tremble et semble réfléchir. J'irais, c'est sûr... murmure-t-elle alors que le bus redémarre et l'emporte dans un crachat de fumée noire. Son fantôme se redresse et bondit à mes côtés. Elle me prend par le bras.

Je ne peux pas le nier. J'y allais toujours... C'était plus fort que moi.

Oui mais...

Je sais... Je sais... J'ai appris qu'on ne gagne rien à essuyer rejets et critiques. Certains disent que ça fortifie le caractère... Je ne suis pas d'accord. Les rejets que j'ai endurés ont atrophié mon âme, y ont laissé des cicatrices profondes et durables. Tu sais pourquoi je ne suis jamais, jamais allée voir mes films ?

Je secoue la tête.

Je vais te raconter...

Elle me tient par le bras et nous allongeons le pas en passant devant le Carnegie Hall. Tiens ! Ils ont refait le Russian Tea Room, dit Louise en tournant la tête, trop clinquant ! J'aimais mieux avant... Je venais y déjeuner quand j'avais de l'argent !

Raconte, Louise, raconte...

La première fois que j'ai fait l'actrice, je suis allée, le soir, voir les séquences tournées dans la journée avec une bande de copains. On était tous réunis devant ces premiers rushes et... j'avais un peu le trac. Bien sûr, je n'en montrais rien. Je me disais suis-je belle, suis-je bien ? suis-je rien ? C'est cela que je redoutais le plus...

Et alors ?

Alors... Ils ont éclaté de rire quand je suis apparue à l'écran... Et on te paie pour ça ? ils ont dit en se tenant les côtes. On te paie pour que tu marches devant la caméra sans rien faire d'autre ! Mais on peut tous être acteurs à ce tarif-là !

Ils riaient, ils riaient...

Je n'ai rien dit, bien sûr. J'étais bien trop fière... J'ai fanfaronné... Mais oui, ils me paient et ils me redemandent ! J'ai déjà trois projets signés pour cette année... Mais je n'ai plus jamais regardé ni les rushes ni mes films.

Quand, plus tard, je me suis mise à écrire et que j'envoyais mes articles aux journaux qui me les retournaient barrés d'un grand trait, « pas pour nous », « trop court », « trop long », « trop universitaire »... j'ai bien failli renoncer à la seule activité qui me rendait heureuse. Et quand un homme avec qui j'avais passé la nuit, pour le seul motif que j'avais envie de lui, m'humiliait en public le lendemain matin, je disparaissais dans ma chambre, marquée au fer rouge de la honte... Il en faut du courage pour s'exposer ainsi. Ou de l'inconscience. Ou l'envie de se brûler et de se faire mal... Mais j'irai. Et tu iras aussi. Tu iras te poster demain au coin de Broadway et de la 58e Rue.

Elle s'écrie « oh ! mon bus ! », lâche mon bras et repart s'allonger sur le flanc du véhicule...

Louise... Tu me raconteras encore l'histoire de cet homme-là qui t'avait humiliée publiquement après qu'il eut passé la nuit avec toi ?

À la maison, Virgile a sorti la planche à repasser et étendu une chemise rayée vert, bleu et orange qu'il lisse avec application avant d'y promener le fer. Il sort de la douche, porte une serviette rouge nouée autour des reins et ses cheveux bruns mouillés collent à sa nuque gracile.

Il a branché la radio sur CBS-FM (renseigné par Walter ou a-t-il trouvé tout seul ?) et se prépare à repasser en meuglant un vieux tube de Tom Jones. Il se contorsionne en musique, tout en se concentrant sur l'épaulette délicate de la manche, là où le fer ne passe pas en force, là où ça fait des plis compliqués qu'il ne faut pas écraser. *What's new Pussycat, wou-wou-wou, Pussycat, Pussycat, I love you, yes I do...* Il imite la voix grave et chaude du sex-symbol chantant, et ondule comme un fan du premier rang. Cela donne lieu à un étrange ballet ménager, la danse d'un Papou d'intérieur méticuleux, autour d'une planche à repasser qui vacille et menace de s'effondrer à tout instant.

En prenant la planche et le fer, là-haut sur l'étagère, j'ai fait tomber un carton de lettres et d'enveloppes, mon amour, marmonne-t-il entre deux mesures, un gros carton bien ventru sur le point d'éclater comme un pâtisson trop mûr. Cela va t'obliger à ranger,

wou-ou-ou-ou et moi, pendant ce temps j'irai me promener sur Broadway, repérer une comédie musicale ou
deux, puisque tu n'aimes pas les chansons sur scène
et que je suis obligé d'y aller tout seul comme une
âme en peine-eine. Et si je trouve deux places pour
Mamma mia, amour de ma vie, tu viendras ce soir avec
moi ? C'est le succès de la saison, tout le monde en
parle, wou-ou-ou-wou, c'est la vie du groupe Abba, tu
te souviens ? « *The winner takes it all* »... On pourrait
y aller, non ? Et après on mangerait un hot-dog, acheté
à l'une de ces charrettes ambulantes qui embaument le
trottoir de vapeurs de saucisses et de choucroute
acide ? Je convoquerai la pluie et on dansera tous les
deux sous un grand parapluie bleu...

Je ne dis ni oui ni non. Je le regarde, et tout le
chagrin de ce début de matinée s'évapore. Pour caler
la planche, il a glissé le premier tome de l'*Iliade* qu'il
relit pour la troisième fois et dont il me déclame des
passages. Rien de mieux que la musique sacrée de ces
textes antiques, professe-t-il les yeux au ciel, l'encens
en bouche, tu te les mets en refrain dans la tête, tu les
chantes, tu les danses, tu te laisses emporter... Ils t'élè-
vent l'âme, t'apportent de la flamme, des munitions
pour chasser les mots et les idées. Écoute les mots
d'Homère, écoute :

« Ainsi, dit-il, tout en larmes, et sa mère auguste
l'entend, du fond des abîmes marins, où elle reste
assise auprès de son vieux père. Vite, de la blanche
mer, elle émerge, telle une vapeur ; elle s'assied face
à son fils en larmes, elle le flatte de la main, elle lui
parle, en l'appelant de tous ses noms : mon enfant,
pourquoi pleures-tu ? quel deuil est venu à ton cœur ?
Parle, ne me cache pas ta pensée ; que nous sachions

tout, tous les deux ! Avec un lourd sanglot, Achille aux pieds rapides dit : Tu le sais. À quoi bon te dire ce qui t'est connu ? »

Iliade, chant 1, ajoute-t-il doctement... Achille a peur de livrer bataille et appelle sa mère à la rescousse pour le réconforter. Entends combien l'homme est fragile devant l'assaut, tu l'oublies trop souvent, amour de ma vie, tu lui demandes trop et pardonnes trop peu... Tu t'es levée tôt, ce matin ? Tu as vu ta copine ? C'était bien ?

Il est obligé de garder les yeux sur sa manche de chemise. Il tire une langue appliquée et fait taire les pointes au fer à repasser, se hissant lui aussi sur la pointe des pieds. Je marmonne que oui, c'était bien, tu m'apprendras à repasser ? Je repasserai pour toi, amour de ma vie, je serai ta soubrette, ton majordome, ton cuisinier, ton garde du corps, un œil sur la gâchette et l'autre sur ton bien-être. Bonnie a appelé, elle veut savoir quand la femme de ménage peut venir... Dis, pourquoi elle le loue cet appartement ? Il est drôlement pratique. Elle ne pourrait pas le garder, pour nous faire plaisir, si elle est si riche ?

Virgile a grandi à Marseille et allonge tous les *e*. Nous faire-euh. Si riche-euh. Quand il y a un rayon de soleil, Virgile bronze-euh en traversant la rue. Virgile n'a que trente ans, mais prévoit de se retirer à Marseille quand il aura pris sa retraite-euh. À quarante ans sonnés, quand il sera devenu vieux et ratatiné. Et moi, je suis une vieille pomme, peut-être ? Non, toi, tu es mon soleil, ma belle éternelle, le temps t'évite, il a compris qu'il fallait t'épargner pour que tu puisses raconter, tu es sa complice de randonnée, tu as passé un pacte avec lui... Comme Homère avec Ulysse.

Tu devrais aller te promener au lieu de repasser, il fait beau ce matin. Je suis bien obligé, je n'ai plus rien à me mettre et je veux être beau... Je t'ai mis le carton qui est tombé sur le lit... Tu es sûre que tu ne veux pas que je t'aide ? Non, je vais rester là... Tou-teuh-seu-leuh ? Oui, toute seule... Pourquoi tu ne parles pas, tu as du chagrin, on t'a bousculée ce matin ? Quelqu'un t'a fait du mal ? Quelqu'un que je connais ? Un barbare que tu trouvais alléchant ? Il garde les yeux sur les plis de sa manche, mais je sens son esprit s'en aller à tire-d'aile retrouver dans la ville le couteau qui, tout à l'heure, s'est fiché dans mon cœur.

Il ne calcule pas, Virgile. Il offre tout son amour sur un plat, au grand jour. Il n'a pas peur de m'aimer, il me le répète tout le temps, sur tous les tons, en chantant, en sifflant, en esquissant des pas de danse, en me bourrant de coups de poing. Et quand je crie « aïe ! Tu me fais mal ! », il mugit « mais c'est parce que je t'aime-euh, tu le sais, hein, tu le sais ? », et je reste émerveillée par cette lance aiguë de guerrier qui veille à mes côtés.

Pas envie de parler, envie de profiter de ce bonheur tombé du ciel bleu : Virgile qui repasse en meuglant un vieux tube de Tom Jones... Je lui raconterai ce soir ou je ne lui raconterai pas du tout.

Au Broome Street Bar. Il boira un grand Coca glacé du bout de ses lèvres refermées sur une paille, parce que c'est meilleur avec une paille, ça prend plus de temps, les bulles remontent dans le nez sans se crever en route...

Je verrai...

Virgile ne me donne que du bonheur. Virgile ne me fait jamais mal. Je sais qu'en lui racontant ma rencontre inopinée avec Mathias, je vais faire dérailler le disque de Tom Jones ; la planche à repasser s'écroulera parce qu'il ne pourra pas s'empêcher de s'y appuyer pour reprendre son souffle. Il se brûlera, ou brûlera la belle chemise de toutes les couleurs. Et tous les dieux de l'Olympe penchés sur son tourment n'y pourront rien changer.

Souvent ce que je vis est trop violent pour Virgile.

Souvent ce que je vis est trop violent pour moi aussi...

Mais je me rétablis. Ou, plutôt, je fais semblant et, à force de faire semblant, je me rétablis. Pas toujours bien d'aplomb, un peu ankylosée et violette de bleus, mais j'ai appris à taire ce qui faisait trop mal.

Virgile non plus n'aime pas se répandre. C'est une élégance tacite entre nous. On n'aime pas les chanteurs de misère qui racontent leurs tourments à tout bout de champ pour se hausser du col et récolter des compliments. On préfère se la jouer gaillarde et muette. Mais je n'ai qu'à étudier le parcours du fer à repasser sur la chemise bariolée pour m'apercevoir qu'il n'est plus cent pour cent à son affaire. Il zigzague, il paresse, il écrase des plis. Il m'épie du coin de l'œil sous sa mèche qui tombe, il renifle le coup fourré. Il va falloir que je le pousse dehors pour qu'il arpente Broadway...

Je lui offre un pâle sourire pour le réconforter. Allez, allez, va t'ébrouer et si tu veux, ce soir, quand j'aurai tout rangé, on ira voir *Mamma mia* si tu trouves deux billets. C'est vrai ? C'est vrai ? demande Virgile en sautillant. Tu me le promets ? Ouaou ! La vie est belle ! La vie est belle ! Je vais réserver tout le théâtre pour ce soir afin qu'on ne te piétine pas, qu'on ne te dérange pas, que tu ne sois incommodée par aucun bruit de papier, de pop-corn mâchouillé, de sonotone mal réglé. *Mamma mia ! Mamma mia ! The winner takes it all...*

Je feins de me réjouir, je feins de sourire, et devant sa danse de Papou, finis par me réjouir et sourire avec lui. Mais je sais que là, tout en dessous de cette joie d'apparat, j'ai rendez-vous dès qu'il sera parti avec mon vieil ennemi, l'amour. Et que le visage de l'autre que je ne veux plus nommer viendra me tourmenter avec sa fureur de mâle, sa sincérité si froide. La forme de sa bouche sur ma peau... Le tourment délicieux d'attendre, d'attendre... la crainte qu'il ne se détourne... l'autorité que je lis dans son regard et dont je me repais... la distance qu'il installe, sûr de lui, sûr de moi en étirant le temps savamment dans chaque effleurement... En gourmandant ma hâte... Et quand il m'a bien menée par tous ses chemins détournés, ses grands yeux si sérieux qui regardent mourir les miens avec l'attention d'un chasseur de papillons épinglant ses grands paons de nuit dans son classeur à espèces...

Il sera là, face à moi, comme il y a quelques mois dans ce café parisien, buté, furieux, silencieux, et je n'aurai qu'une envie, ramasser mes souvenirs de frontière comme une longue jupe d'amazone et partir galoper avec lui.

Il n'aime pas, Virgile, quand je lui parle de la frontière. Il grimace, se cache derrière sa mèche, m'espionne avec des yeux de chien fou. De l'amour, il vénère le parfum, le projet, la chimère, le premier effleurement, le premier baiser qui ne dit pas son nom... Il refuse l'abandon et, s'il goûte le tourment, c'est telle une épice qu'il saupoudre à son gré. Il met en scène ses histoires de désir et le seul amour qu'il se permet, c'est celui qu'il me voue sans limites en répétant les mots de Francis Carco : « On ne devrait pas coucher avec les gens qu'on aime, ça abîme tout. » Il veut tout maîtriser afin de ne pas souffrir. Ce qui est consommé est déjà périmé. C'est une douleur qu'il transporte avec lui et il soupire, je guérirai peut-être... Sans y croire vraiment. Comme un souhait d'enfant triste et solitaire qui joue seul le dimanche.

Un rire idiot, un geste déplacé, une expression frivole ou vulgaire au deuxième rendez-vous et le lien rêvé se brise. Virgile se rétracte comme une huître piquée par l'acide du citron. Se retire, muet, ennuyé, à huis clos. Virgile se méfie de l'étreinte et mes étreintes l'effraient. L'abîme où je me précipite est trop rude pour lui. Passer la frontière, il le sait, demande qu'on dépose les armes, qu'on s'offre sans bouclier à l'homme qui prend tout.

The winner takes it all...

C'est la chanson que tu fredonnais tout à l'heure, mon ami adoré, sans savoir qu'elle te donnerait un indice pour retrouver le planteur de couteau dans mon cœur... Cette seconde vue que donne l'amour ! Tu la possèdes, toi, Virgile, et comme je le sais, je ne veux rien te dire pour te mettre sur la piste et te tourmenter. Je ferai face toute seule.

Allez ! allez ! je reprends en riant bêtement, avec plein de fausses notes, va te promener et reviens-moi tout frais, émerveillé par de nouvelles aventures. C'est que je suis malheureux de te laisser là... mais non ! qu'est-ce que tu vas t'imaginer ? J'ai vécu avant toi... et je n'en suis pas morte !

J'ai frôlé l'aveu et il l'a deviné. Le fer est tout droit maintenant sur la planche et la chemise gît dépliée sur la table. Ses manches vides pendent de chaque côté comme un corps inhabité. Mon Papou est triste et désemparé. Incapable, je le sais, de franchir la distance qui nous sépare pour venir me prendre dans ses bras, me secouer et répandre toutes les larmes que je retiens en serrant les lèvres très fort, en les mordant, en les tordant. Je compte sur son embarras, sur son incapacité à franchir cette distance-là pour me tirer de ce mauvais pas. C'est la frontière entre nous, celle-là, celle qu'on ne franchira jamais.

Jamais...

Allez, allez ! tu entends les bruits de la ville ? Tu respires le soleil qui chauffe la rue et rebondit sur les gratte-ciel envoyant des messages en milliers de miroirs ? Lève le nez et va les déchiffrer. Ils te raconteront les dernières nouvelles de Times Square. Ils t'en apprendront plus que toute une matinée et un après-midi, enfermé avec moi à feuilleter de vieilles lettres pliées comme d'antiques cocottes en papier. Je n'ai besoin de personne pour ranger, au contraire, je veux être seule, toute seule à remuer mon passé. Et comme ça ne suffit pas à le désarmer, j'ajoute tout doucement sans vouloir être cruelle, car en plus, Virgile, tu n'appartiens pas à ce passé-là... C'était avant toi, ce vieux carton plein de souvenirs. Bien avant toi... Ça ne te regarde pas.

Il baisse les yeux, bouleversé. Je l'ai blessé, je le sais. Il balance ses bras dans le vide, ses bras inutiles qui ne peuvent pas m'étreindre, il replace sa mèche, pousse un long soupir, se glisse dans la chemise à moitié repassée, enfile un jean, boucle la ceinture. Puis, les épaules tombantes comme un Pierrot triste, un Pierrot vaincu, il remet la monnaie qui traînait dans sa poche, remet les billets, prend le *New Yorker* qu'il a commencé à lire hier sans le finir et s'en va, sans se retourner, en jetant d'une fausse voix enjouée, à ce soir, mon amour.

Je m'énerve de le voir partir, roulé en boule sur lui-même, tel un hérisson qui cherche la route où se faire écraser. Cet homme-là possède le privilège de vivre en moi. Je lui pardonne tout puisqu'il me donne tout et je lui donne tout puisqu'il prend tout ce qui vient de moi avec jubilation. Jamais il ne me rabaisse. Il n'est jamais question de force, d'attaque, de comptes à rendre, de méfiance entre nous. Ce n'est pas un homme que je pose face à moi pour mieux l'affronter, c'est mon jumeau, mon ami chéri, mon étendue immense. On chemine côte à côte sans que nos côtes se touchent. Je ne veux pas le posséder, lui. J'aime sa liberté et je veux la multiplier, lui ôter tous les freins, les harnais dont la vie l'a affublé. Je suis sa grande lanterne chinoise. Ombre et lumière à la fois. Virgile me dit « je t'aime » et je lui réponds « moi aussi », avec la même bienveillance, la même générosité, la même envie de le brandir jusqu'au Ciel.

Oui mais voilà, on ne franchit pas la frontière avec ces hommes-là.

On s'endort tranquille, blottie contre un corps qui ne vous menace pas. On lui murmure des confidences qu'on ne chuchoterait à personne d'autre. On s'abandonne. Le danger est ailleurs. Dans d'autres bras.

Et ces bras-là...

Je ne peux pas m'en passer...

Je m'énerve, je m'énerve de le voir partir si triste. Broadway ne va plus chanter sous ses pieds. Les néons vont s'éteindre un à un. Il ne lèvera plus le nez sur les lettres écarlates des façades, il avancera penché à la recherche d'un indice qui le mette sur la piste de Mathias.

Une fois seule je me précipite sur le lit, me précipite sur le carton qui déborde de souvenirs, oublier, oublier, distraire ce corps qui ne demande qu'à se réveiller, qu'à se gonfler d'une vieille volupté en reniflant de la Nivéa, le distraire en lui proposant d'autres jouets.

Je renverse le carton et un flot d'enveloppes jaunies se répand sur le grand lit de Bonnie. Je serre mon corps contre moi pour qu'il me revienne, qu'il oublie l'arc des dents dans le beignet, qu'il s'apaise enfin... qu'il redevienne mon ami à moi.

Je m'entends bien avec mon corps. C'est un bon compagnon de route. On en a fait des bêtises et des exploits ensemble ! Toujours on s'arrête quand le sol se dérobe sous nos pieds. Parce qu'on a de l'estime l'un pour l'autre et qu'il ne m'entraînerait pas vers un précipice qui m'avalerait tout entière. Sauf quand il s'agit de franchir la frontière. Là, je ne le tiens plus. C'est comme s'il avait une mémoire que je ne possède pas, une mémoire secrète, un rendez-vous à honorer coûte que coûte. Il se transforme en cavale noire. J'ai beau tirer sur les rênes, lui scier la bouche, me mettre debout sur les étriers et lui ordonner de faire volte-face, il s'emballe, piaffe, se cabre, multiplie ruades, crou-pades et cabrioles, et fonce tête baissée ignorant le clairon qui sonne dans ma tête.

Alors je lâche les rênes et mon corps soupire. Pas calmé pour autant, mais reconnaissant, le temps d'un bref répit, que je le laisse cavaler librement. Sinon, il m'obéit presque en tout. Il ne rouille pas, il n'expectore pas, il n'attrape pas de grosses fièvres, il refuse les vaccins, les sirops et ignore les petits tracas féminins. C'est un bon vivant, fier et gourmand. Un peu timbré de temps en temps...

J'entreprends donc de le distraire, assise en tailleur sur le lit, les bras lourdement appuyés sur mes genoux, en lui proposant de remonter notre passé lointain. Je pioche dans le carton au hasard, promenant une main aveugle telle une enfant qui tire la galette des Rois et se demande si elle va avoir la fève.

Tiens, tu te souviens de celui-là ? Cet ancien amant, de passage à New York, qui suggérait qu'on se retrouve pour une nuit au Plaza ! Une nuit entre deux avions. Tu te souviens de sa bouche qui n'embrassait pas et de son regard coulé sur le côté pour vérifier si on le reconnaissait ? Il ne bronche pas, mon corps, ça ne lui dit rien. Il a raison. À moi, à peine.

Ça ne t'intéresse pas ? On le jette ?

On le jette.

Et celui-là ? Tu te rappelles celui-là ? Il paraphrasait Crébillon dans ses lettres ampoulées, croyant que je n'y verrais que du feu. Ses ongles mous, effrités t'égratignaient quand il croyait te caresser. Tu ne te rappelles pas ? Non, c'est vrai... Pourquoi on s'en souviendrait de celui-là ?

Qu'est-ce que je cherchais en eux ? Je n'étais pas dupe. Je me traitais de lâche, de midinette. Le grand crayon dans ma tête prenait des notes et relevait, impitoyable, le moindre détail discordant. Je m'offrais, réticente, mais je m'offrais. Je me laissais emporter parce qu'ils étaient importants et qu'un regard d'eux plaçait mon nom sur l'affiche. J'existe s'ils me regardent, s'ils m'écrivent, s'ils m'ouvrent leur lit. Pauvre imbécile ! Je ne savais pas en ce temps-là que l'âme, on se la forge soi-même. Je rêvais d'une identité toute faite que je n'aurais plus qu'à enfiler pour parader dans de beaux vêtements empruntés...

J'ai enfin compris que je me perdais de vue avec ces hommes en carton-pâte. Le grand crayon dans ma tête soulignait chaque fois le malentendu, le compromis et me présentait des comptes en forme de reproches.

Regarde ! Deux places de cirque, écornées, à moitié déchirées par l'ouvreuse ! Le Barnum Circus, avec ses trois cercles de sciure, ses écuyères droites comme un *i* au tableau noir, ses animaux bien nourris au pelage luisant, ses lanceurs de coutelas qui ne cillent pas, ses acrobates qui se jettent dans le vide sans frémir ! C'était à New York, aussi. Avec Simon. Je ne savais plus où donner de la tête. Trois pistes de cirque pour le prix d'une ! Que du brillant, du bondissant, du sourire sur toutes les dents ! Simon me contemplait, enchanté de voir mon visage s'échauffer de plaisir, ma mâchoire tomber et mes ongles lacérer son bras d'anxiété. Comme il était généreux, Simon ! Je l'aimais en dedans, lui aussi, je l'aimais pour de bon, je l'éclairais, il m'éclairait.

Simon... Un corps étroit et maladroit dans lequel il se cachait, embarrassé de ne pas ressembler à un jeune premier, un long nez, des cheveux qui tombaient et qu'il ramassait avec effroi, tu crois que je vais devenir chauve ? complètement chauve bientôt ?, des maladies qu'il attrapait rien qu'en lisant le Vidal et une liste de médecins consultés aussi longue que le Bottin des Hauts-de-Seine. Il venait de la banlieue, Simon. Il en avait gardé le parler inventif et cru, l'œil fouailleur, les pieds bien à plat, la comprenette rapide, un bon sens impitoyable qui tranchait avec les grands airs parisiens, son goût des nuits blanches, des milliers de disques qu'il logeait dans une vaste chambre, les pin-up qu'il découpait dans *Playboy* en se moquant de lui-même. Que je suis bête ! disait-il en penchant son long nez sur ses ciseaux qui taillaient des corps déshabillés pour les coucher dans un classeur à la lettre A comme actrices.

Il finit par les embrasser les actrices, et pas sur le papier ! Il n'avait plus besoin d'acheter *Playboy*.

Il faisait collection de tout. Pour se rassurer. Une revanche sur sa banlieue. Sa mère trop silencieuse et son père trop occupé des autres, qu'il ne voyait jamais. Il aimait le pain, le beurre, l'andouillette, le vin rouge, il rotait, riait et disait « oh pardon » en suggérant le contraire. Il ignorait qu'un jour, il roterait et qu'on s'esbaudirait devant tant de flegme, tant d'esprit, tant de liberté. Lucide, très lucide. Gai, très gai. Avec l'intelligence des esprits supérieurs qui n'a pas besoin de faire la roue pour qu'elle transparaisse. Il lui suffi- sait de souffler... et l'esprit circulait. Il ne se prenait pas au sérieux. Parce qu'il n'y croyait pas à sa belle ascension, il s'étonnait de tout en ouvrant grand les bras jusqu'au jour maudit où il les a croisés, sûr de lui. Il était devenu le maître du monde et le monde allait lui obéir. Il savait qu'il allait se brûler mais ne pouvait pas résister. Choisy-le-Roi quand même ! il répétait dans son grand bureau vitré d'homme tout-puissant, au dernier étage d'un immeuble-paquebot. Choisy-le- Roi ! Et il se souriait à lui-même, épaté, se laissait emporter par cette douce griserie...

On se faisait du bien, on se faisait bien rire, on passait des nuits bleues et douces à parler, parler, raconte-moi, je lui disais, raconte-moi les salons, les gens importants, les faux sourires, les dos qui mentent, les belles langues qui refont le monde tout en mouillant le bord des billets pour mieux les compter...

Je ne venais pas de ce monde-là, moi. Je venais de nulle part.

Je savais me défendre et c'était toute une histoire d'avoir appris ce droit-là. Je savais quand on me faisait du bien, quand on me faisait du mal, quand on m'utilisait et je laissais faire quand ça m'arrangeait. Je savais que j'étais une fille et qu'il allait falloir me débrouiller toute seule. Contre les autres filles, contre les hommes. Je me méfiais de tout, voyais le mal partout, les petits calculs, les manigances, les mensonges proférés sur le ton de la plus grande sincérité. Je calculais. Je dégainais. Je dévalisais.

Mon seul allié, c'était mon corps et le bien que je savais en tirer.

Ça, je l'avais compris tout de suite. Toute petite. Un don du ciel. Il y en a qui naissent brunes ou blondes, moi, j'étais née avec de l'appétit et du désir à revendre. La marque du père, bien sûr, de ceux qui lancent leur fille en l'air en leur tirant des salves de compliments pour qu'elles retombent en tutu flamboyant, diadème dans les cheveux et sourire planté de dents. La vie m'avait appris le reste. Mais je savais ce qu'il me manquait et je savais aussi que Simon allait tout réparer avec ses clés de plombier. Me filer des repères, des lexiques, des manières, belles ou pas, qui me donneraient l'accès à ce monde-là. Encastrés comme deux morceaux de puzzle, on prospérait, on accaparait tout le jeu, on en faisait notre royaume.

Il m'a imaginée, Simon. Enluminée. M'a collé des rustines partout où j'avais mal. Raconte-moi, Simon, et je t'enseignerai la vie qui tourneboule, les longs baisers, le goût des loukoums et du saut sans parachute, comment sauver tes cheveux, bomber le torse, dégainer dans l'ombre, épater les filles les plus belles. Et un jour, tu verras, tu séduiras la plus belle des actrices ! Tu la coucheras dans ton lit comme tu couches les autres endormies dans ton dossier à la lettre A.

Il me souriait et c'était tout l'amour du monde qui passait dans ce sourire. Je lui rendais sa fierté d'homme, la fierté de la chambre à coucher. « L'homme survit aux tremblements de terre, aux épidémies, aux horreurs de la guerre, et à toutes les souffrances de l'âme, mais la tragédie qui l'a toujours torturé et le tourmentera toujours est la tragédie de la chambre à coucher. »

Ainsi parlait Tolstoï...

Le regard de l'un portait l'autre. Lui faisait la courte échelle. On échangeait nos forces : force de vivre contre force de savoir. Simon savait tout et Simon prenait le temps de m'expliquer tout : le rock and roll, le french-cancan, le parti communiste, Elvis, Aragon, Fréhel, les pieds paquets, la salade de museau et le Tour de France. Moi, je lui donnais la belle image que j'avais de lui, mes pagnes de sauvage, mes sarbacanes, mon goût de la chasse, mon goût de lui.

Sauf que...

Sauf que, s'ébroue mon corps qui se souvient. Tu l'aimais beaucoup, mais tu désertais souvent la chambre à coucher ! Tu l'abandonnais pour le premier bellâtre qui passait et te caressait de ses cils froids de sultan repu. Tu emballais tes fugues dans des mots qui t'arrangeaient, tu te souviens, tu disais, c'est plus fort que moi, c'est l'appel de la forêt. L'appel de la forêt ! Et Simon, amadoué par ces mots-là, ces mots que tu maniais déjà avec dextérité, Simon te laissait partir, désolé, humilié.

Oui, mais je revenais tout le temps ! C'était mon port d'attache, mon homme initial, mon homme capital. Ah ! comme je l'aimais... Et comme il m'aimait !

Comme j'ai été malheureuse quand Magnifique me l'a enlevé !

Simon, après m'avoir goûtée, après que je lui eus donné le goût de lui, le goût des autres, voulait manger le monde. Je ne lui suffisais plus. Les hommes, avant, avaient tout le temps de se consacrer aux femmes : ils ne travaillaient pas, ils dépensaient allégrement les deniers amassés par des ancêtres âpres au gain ou privilégiés. Ils allaient à leur club, valsaient sur des parquets, voyageaient, réfléchissaient, regardaient les nuages passer sur le visage des femmes. C'était leur météo, leur Bourse à eux. Les grands amoureux sont de grands oisifs. Ou de grands rêveurs. Lamartine sur son lac, Musset à Venise, Chopin au piano, Albert Cohen, fonctionnaire distrait... Ils n'allaient pas au bureau tous les matins, ceux-là, ils n'avaient pas un contremaître sur le dos qui les ratatinait. Ils lambinaient, ils laissaient traîner leurs doigts, leur moustache, leurs stratagèmes sur la peau des femmes. Ils ralentissaient le temps, dépiautaient chaque minute pour en faire une éternité de frissons. Tandis que les laborieux font de piteux amants. Pense à Charles Bovary, toujours à courir après le client, de jour comme de nuit, crotté, besogneux, pendant que sa femme se languit dans ses dentelles achetées à crédit et se jette à la tête de fainéants ténébreux. Non ! Simon, je le gardais pour d'autres traversées plus douces, plus savantes, plus civilisées.

Je m'ennuie, moi, avec des hommes doux, savants, civilisés... je préfère les brutes, marmonne mon corps qui ne trouve pas son compte dans cette belle ferveur...

« Je n'ai jamais aimé que des hommes cruels. On ne tombe pas amoureuse d'hommes gentils... »

La petite voix de Louise revient dans ma tête. En ritournelle. C'était son thème à elle, l'amour. Concerto pour une seule note. Elle s'y connaissait. On en parlait sans arrêt et l'arête fine de son nez montait et descendait en évoquant la grande affaire de sa vie, le sexe, qu'elle n'osait pas nommer par un restant de bonne éducation, de puritanisme venu de son État natal où le prédicateur fustigeait le démon de la chair avec une hargne concupiscente.

Arrête, Louise, arrête, je parle de Simon. Un peu de respect, s'il te plaît.

Ah ! celui que t'a fauché Magnifique avec ses mules en satin, ses déshabillés vaporeux ?

Celui-là, Louise, exactement.

Je me souviens très bien. J'étais encore de votre monde... Tu m'en parlais souvent. Et je m'amusais bien. Peuh ! Tu n'étais pas blessée, tu étais vexée. Vexée qu'elle te le prenne à l'arraché comme on dérobe son sac à une pécore. Il t'appartenait. Tu voulais bien le prêter mais pas longtemps... Ce n'était pas de l'amour, ça ! C'est bien ce que je te disais : l'amour entre un homme et une femme, ça n'existe pas !

Lou-iii-se ! please ! Je parle avec mon corps...

Ah ! dit mon corps qui n'en perd pas une, tu vois, tu ne faisais pas la guerre avec Simon. Tu te construisais, il se construisait. Vous étiez trop occupés pour franchir la frontière... Et si demain matin, on allait traîner sur la 58ᵉ et Broadway ? Hein ? Revoir Mathias. Rien qu'une fois. Il me manque cet homme-là, il me manque...

Sa voix... Tu te rappelles cette voix qui marquait la distance, qui te renvoyait à tes artifices, à tes petits trafics, et dont l'inflexion même te faisait trembler ? Sa voix qui écartait la femme affranchie du jour pour faire signe à l'autre, sombre, tapie dans la nuit... Tu te souviens comment il prononçait ton nom ? Sans familiarité aucune. Sans tendresse. Presque avec sérieux. Il ne te donnait pas de petit nom suave ni ne le raccourcissait. Il l'articulait, en traînant bien sur les syllabes pour t'éloigner encore un peu. An-ge-la.

Trois syllabes qui installaient un océan entre vous, et après il te fallait attendre, attendre qu'il veuille bien s'approcher dans son grand cuirassé.

Ma main énervée chasse la voix de mon oreille et repart fouiller dans le carton éventré. Tombe sur une grande enveloppe blanche gribouillée de notes au crayon noir. 1982. Une entête officielle : George Eastman House, International Museum of Photography, 900 East Avenue, Rochester, New York. Et des mots de ma main écrits à la va-vite, « Empty saddles », « Overland Stage Raiders », « John Wayne », « Prix de beauté », les paroles d'une chanson, « Ne sois pas jaloux, tais-toi. Je n'ai qu'un amour, c'est toi. Il faut te raisonner, tu dois me pardonner / qu'un autre me dise que je suis belle. Les aveux les plus flatteurs / n'ont jamais troublé mon cœur, je te reste fidèle. C'est plus fort que moi, je n'ai qu'un amour, c'est toi. »

Lou-i-se...

Tu me la chantais cette chanson, en français, de ta voix tremblante, ta voix rayée par trop de nuits blanches, trop de gin, trop de cigarettes... en te cramponnant aux mots qui revenaient comme des petits cailloux blancs semés dans ta mémoire.

J'ouvre l'enveloppe et nous voilà face à face, Louise Brooks et moi.

Une grande photo, en couleurs, en première page d'un journal de Rochester. Une photo du temps de sa gloire. Avec son casque noir et brillant de Lulu in Hollywood, ses yeux qui interrogent et piquent à la fois. Et, à l'intérieur, des passages que j'ai soulignés au Stabilo jaune. « Quand on écrit la vie de quelqu'un, je suis absolument persuadée que le lecteur ne peut pas comprendre qui est vraiment le personnage si on ne lui donne pas des indices sur ce qu'est la vie sexuelle, les désirs et les rejets, les conflits sexuels de cette personne. C'est la seule manière de comprendre les contradictions d'un être, ses actions apparemment incompréhensibles. Pour paraphraser Proust : combien de fois nous est-il arrivé de changer complètement le cours de notre vie pour un amour que nous aurons oublié en quelques mois ? On se flatte aujourd'hui d'avoir chassé en nous les vieux fantômes puritains. On se trompe. Je refuse d'écrire les vérités sexuelles qui rendraient ma vie intéressante à lire. De me déboutonner. C'est pour cela que je n'écrirai jamais mes mémoires. » Et ce passage de ton livre que tu aurais pu porter en médaillon autour du cou : « ... Telle je suis restée, quêtant sans relâche l'authentique et la perfection, impitoyable envers le faux, généralement exécrée sauf par ceux, rares, qui ont surmonté leur horreur de la vérité afin de laisser libre cours au meilleur d'eux-mêmes. »

C'est cette femme que je voulais voir, à tout prix, après être tombée en arrêt devant son livre exposé dans une vitrine de Rizzoli : *Lulu in Hollywood*.

Ce livre, Louise, où tu parles de tous ceux que tu as rencontrés pour ne pas parler de toi, mais où, à travers eux, tu laisses dépasser des bouts de peau, des bouts de cœur, des bouts d'âme.

Je voulais reconstituer le puzzle. Faire connaissance avec la femme. Le mythe ne m'intéressait pas. Les mythes sont construits par les autres, pour faire rêver le commun des mortels et engranger la monnaie. Pas par la personne concernée qui se laisse manipuler, docile.

Ou prend un pourcentage sur les recettes.

Je fouille encore dans la grande enveloppe blanche d'Eastman House et, tout au fond, j'agrippe un objet rectangulaire et noir : un petit magnétophone Olympus. J'appuie sur PLAY, curieuse de savoir quelle voix va s'élever. La mienne, qui prend en note la couleur des jours, les rictus des passants, des tics, des attitudes, des secondes où l'âme se trahit et se montre sans fard pour nourrir le crayon dans ma tête et le grand carnet ? J'en ai eu plusieurs de ces petits magnétos, chasseurs de sons et d'indices. Tu te souviens, Louise, tu m'avais raconté que, dans l'hôtel où tu habitais à Hollywood en 1926, tu avais vingt ans à peine, tous les jours quand tu sortais dans le hall, tu remarquais un homme grand, sévère qui restait là, de midi à deux heures, à fumer de longues cigarettes et à surveiller tes allées et venues ainsi que celles des autres occupants. Tu te demandais ce qu'il faisait, apparemment oisif mais si concentré qu'il n'avait pas l'air de s'ennuyer. Il t'intriguait. Était-ce un policier, un détective privé, un amant jaloux ? Avait-il pour mission de t'espionner ? De te mettre la main au collet ? Tu n'avais pas la conscience tranquille. Plusieurs fois, on t'avait vidée d'hôtels élégants pour tapage nocturne. Pourtant, il ne se cachait pas... Et, en montant dans la voiture qui t'emmenait chez la manucure ou à un déjeuner, tu tournais encore une fois la tête pour vérifier : il n'avait pas bougé. Tu as appris plus tard qu'il pratiquait l'art d'observer et qu'il s'appelait Mack Sennett. Et tu ajoutais, enchantée d'avoir trouvé une clef pour ouvrir la porte, quiconque est parvenu à l'excellence sait qu'il faut une concentration permanente, utiliser toute sa vigilance pour aller chercher, derrière l'apparence, le détail qui animera une œuvre, quelle qu'elle soit.

La chasse aux détails...

Ceux que tu me réclamais au téléphone sur un ton d'expert-comptable acariâtre.

J'appuie sur le bouton d'un doigt légèrement tremblant.

Et je quitte la chambre de Bonnie Mailer à New York, le carton éventré des souvenirs, le king size bed où je suis assise en tailleur.

Je quitte New York pour atterrir à Rochester.

Rochester, 1982, quatre cent mille habitants et deux industries : Kodak et Xerox. Une ville aussi gaie et chantante que Vesoul la nuit. « Le centre-ville ? » avais-je demandé au chauffeur de taxi. « On vient juste de le dépasser », m'avait-il répondu en me montrant dans le rétroviseur un pâté de maisons éparses et basses.

C'est bien ma voix qui s'élève parmi les grésillements de la bande. Mais je ne suis pas seule. La voix de Louise me répond, méfiante. C'est qui cette petite Française qu'on m'oblige à recevoir ? Que me veut-elle ? Pourquoi toutes ces questions ? Les premiers mots que nous avons échangés quand je suis venue te trouver dans ton petit deux-pièces si modeste de Rochester, au 7 North Goodman Street... Quand je retourne la cassette je lis Louise Brooks et le chiffre I.

Et ton fantôme s'élève dans la chambre, vêtu d'un déshabillé rose et d'une liseuse du même rose fané qui couvrait tes épaules décharnées. Il monte en volutes, se déplie, s'installe et les détails se précisent : tes cheveux noués en plumeau qui retombaient en une longue queue poivre et sel, tes pommettes aiguës qui tendaient la peau de ton visage à la crever peut-être, ton cou droit et long qui te donnait l'allure inquiète d'un héron, ton maintien de danseuse, jamais courbée, jamais tassée, toujours impeccable et enfin, tes yeux... deux taches noires, liquides ou dures selon que tu riais ou t'emportais, vagues quand tu étais désemparée, perçantes quand tu jetais l'anathème, rieuses et douces lorsque tu te laissais aller et baissais ta garde. L'âge t'avait vaincue physiquement, réduite à l'immobilité, mais avait laissé intactes ta faculté d'émerveillement,

ta curiosité insatiable, ton indignation de grande prê-
tresse de la vérité et ta rébellion d'adolescente. Vingt
ans déjà ! Vingt ans que je frappai à ta porte...

Tu m'as d'abord accueillie avec réticence. Tu devais
m'avouer plus tard que tu étais fatiguée de recevoir ces
étudiants qui venaient te voir sans avoir vu aucun de
tes films. Comme une attraction. « Ils arrivaient bardés
de flatteries extravagantes et creuses qu'ils décochaient
mal à propos. Après quoi, me prenant pour une vieille
ringarde éperdue de reconnaissance, ils s'attendaient à
ce que je me démunisse de mes meilleures photos et
que je perde trois heures à dactylographier une docu-
mentation qu'ils tripatouilleraient, signeraient de leur
nom et présenteraient à leur professeur d'histoire du
cinéma... »

Alors, tu avais choisi la solitude.

Et tu n'ouvrais plus jamais ta porte.

C'est à cause de ces mots-là, de cette lucidité sans
ménagement que tu t'infligeais à toi et aux autres, que
je m'étais dit, foudroyée par l'évidence d'avoir trouvé
une pépite rare, une femme qui ne triche pas, qui ne
se raconte pas d'histoires pour se faire le teint frais et
le passé beau, cette femme-là, je veux aller la voir, lui
parler. Il faut que je me présente à elle. Que l'on
compare nos notes. Que je me repose auprès d'elle et
reparte chargée d'électricité, heureuse de ne pas être
seule.

Il m'a fallu attendre un an avant de te rencontrer.
Utiliser toutes les combinaisons, toutes les ruses, pour
que tu m'ouvres enfin ta porte. Enquêter, écrire,
demander à Paris, à New York, à Rochester ce que
devenait Louise Brooks. On te connaissait davantage
en France qu'en Amérique. Quand je disais « Louise

Brooks » à New York, on me répondait invariablement, l'œil vague et las : qui ça ? Une star du cinéma muet ? Ça intéresse qui encore le cinéma muet ? Ah ! vous, les Français...

Finalement, le journaliste chargé des pages culture et cinéma du *Democrat and Chronicle* de Rochester me conduisit auprès de toi, après que je l'eus invité à dîner plusieurs fois, soudoyé en lui offrant bonne chère et bons vins, après que j'eus flatté son ego en lui assurant que j'avais lu tous ses articles à Paris (Mes articles ! lus à Paris !) et que, ébahie par sa prose brillante, j'avais décidé de le rencontrer. Son unique attrait : il faisait tes courses, une fois par semaine, et possédait les clés de ton appartement.

Cette première fois, Louise...

Tu ne pouvais plus te déplacer, tu pesais trente-six kilos à peine et le moindre pas t'essoufflait. Tu vivais, recluse, étendue sur ton lit où tu m'as reçue telle une reine pointilleuse, marquant mon nom, mon âge, ma taille, mon lieu de résidence, mes date et lieu de naissance. Des frères et sœurs ? Séduisant le frère ? Plus jeune, moins jeune ? Mariée ou pas ? Envie de vous marier ? D'avoir des enfants ? Est-ce que vous accepteriez de changer de nom si vous vous mariiez ? Je trouve cela détestable, cette habitude de retirer leur nom aux femmes mariées. Vous connaissez Hollywood ? Vous aimez ? Moi, je détestais. Vous allez chez la manucure ? Vous tapez à la machine ? Quelle machine ? Vous utilisez des Tampax ? Ah ? Et ça marche comment ? Ça ne tombe pas ? Expliquez-moi... *Oh ! my goodness !* C'est intelligent, ça ! Et la pilule ?

Il faut la prendre tous les soirs ou une fois par mois suffit ? Marion Davis, elle, avait son avorteuse personnelle qu'elle prêtait à ses copines... Vous habitez New York ? Quel quartier ? Moi, j'habitais un quartier pourri dans mes années noires, sous le pont de la Première Avenue, uptown... Vous aimez New York ? Pourquoi ? Vous êtes actrice de cinéma ? Ah ! écrivain... C'est la seule chose que j'aimais : écrire et ce foutu emphysème m'en empêche !

Ce n'est pas moi qui posais les questions, mais toi. Je me souviens...

Longtemps après notre premier entretien où tu ne me dis presque rien sur toi, où tu te contentas de réciter presque mot pour mot des passages de ton livre, pour me tester, pour savoir si je l'avais vraiment lu, si j'avais vraiment vu tous tes films à Eastman House comme je le prétendais... Longtemps après tu m'avouas que tu attendais les visites de cet homme, de ce journaliste maladroit, parce qu'il était le seul homme à t'approcher... Et que, lorsqu'il te tendait le sac de courses et te rendait la monnaie, tu pouvais, l'espace d'un instant, deux ou trois secondes peut-être, pas plus, toucher la peau d'un homme, sentir sa chaleur sous tes doigts, ses muscles durs sous le sac en plastique. Et cela te suffisait pour animer d'autres peaux, d'autres bras d'hommes qui t'emportaient ailleurs et venaient un instant réchauffer ta solitude.

J'étais demeurée songeuse et t'avais demandé si le désir sexuel ne diminuait pas avec l'âge. Tu m'avais regardée de tes yeux noirs terribles et m'avais répondu que non, et que c'était là le pire châtiment de la vieillesse.

Le pire châtiment de la vieillesse...

Et tu t'étais emportée, furieuse et grossière. Ce foutu âge ! Cette saloperie de maladie ! À quoi ça sert d'attendre comme une conne sur un lit que la mort vous emporte, hein, je te le demande ? Tu appelles vivre, ça ? Moi j'appelle ça croupir ! Je croupis de plus en plus chaque jour et il faudrait que je reste imperturbable et reconnaissante au Ciel de n'être pas encore morte ! Je préférerais avoir un cancer, je saurais au moins quand je mourrais ! Mais avec ce terrible emphysème, personne ne sait ! La prochaine fois, apporte-moi des *sleeping pills* ! Que j'en finisse ! Je n'en peux plus...

Ta voix, intacte, s'élève du petit magnéto noir. Je la tiens entre mes mains, je réchauffe la flamme vacillante qui anime ton fantôme. Ta voix, ton rire, tes quintes de toux.

Je me souviens de tout, Louise.

C'est merveilleux de vivre avec les morts. Ils sont là quand on les appelle. Ils vous donnent la réplique, vous escortent, vous protègent. Il y a des morts qu'il ne faut jamais tuer.

Je ne t'ai jamais tuée, tu m'accompagnes partout, je parle de tout avec toi et tu discutes le bout de gras avec la même énergie de gisante qui t'animait sur ton lit de maladie et de colère.

Ce jour-là, cette première fois dans ton petit deux-pièces en Formica, dans ta chambre de recluse impatiente, je suis tombée amoureuse de toi. De la grande liberté qui brûlait en toi malgré la prison de la vieillesse qui t'immobilisait et te rendait folle. Amoureuse de toi, mordante, fragile, gamine, rusée, lucide, curieuse, fermée à double tour et prête à faire sauter tous les écrous.

J'ai eu envie de me pencher sur toi et de te dire embrassez-moi...

Embrassez-moi, Louise...

J'avais tellement envie de t'embrasser. D'embrasser la vie qui bouillonnait en toi.

Embrassez-moi...

Tu étais belle, même si tu étais un peu usée.

Envie de t'enlever, de t'emporter dans mes bras, de te caler sur mon épaule et hop ! on s'en va. Toutes les deux. Arpenter ce monde que tu ne voyais plus qu'à travers la fenêtre de ta chambre, te prêter ma force de jeune femme pour que tu recommences à le narguer...

Embrassez-moi, reprenons tout de zéro. Le jeune homme du drugstore, les Ziegfeld Follies, les nuits blanches, les premiers rushes. Moi, je t'aurais applaudie, applaudie...

Tu éclatais de rire comme une petite fille en parlant du bidet, cette invention française, pour balancer dans la foulée non, non je ne voyais pas mes films, je ne voulais déjà pas les faire, alors aller les voir ! Vous n'y pensez pas ! Pas plus que je ne m'intéresse à ce mythe de moi, ma pureté, mon innocence, ma liberté, ma sensualité rayonnante ! Moi, ce que je voudrais, c'est qu'on me foute la paix et qu'on me rende ma joie de vivre, mon corps qui marchait si bien, si bien... Vous n'avez pas idée de ce que j'étais active ! Je dansais, je peignais, je cuisinais, je frottais le parquet, je faisais moi-même mon pain ! Je...

Tu t'arrêtais net. Flairant la confidence qui allait suivre et la jugeant dangereuse.

Dangereuse pourquoi, Louise ?

Tu ne t'es pas abandonnée tout de suite. Tu m'as posé mille questions, égarée dans de longues digres-

sions. Tu prenais mes mesures de ton œil noir et perçant pour savoir si tu allais m'autoriser à pénétrer dans
ton intimité.

– Pourquoi êtes-vous venue me voir ?

– Parce que je vous ai lue.

– Ah... Vous avez aimé mes mots ?

– Plus que tout.

– Ah... Citez-moi un passage...

– Quand vous évoquez la vie amoureuse d'Humphrey Bogart... « Humphrey ne pouvait s'éprendre que
d'une femme qu'il connaissait depuis longtemps, pour
moi l'amour était un saut dans l'inconnu... »

– Et pourquoi vous aimez ce passage ?

– Parce que, pour moi aussi, l'amour est un saut
dans l'inconnu...

J'avais marqué un point.

Tu avais baissé d'un centimètre la garde de ton
regard. Comme tu me l'as dit plus tard, les gens qui
ont les mêmes expériences sexuelles se le font
comprendre par un regard...

Pourtant, je n'en avais pas fini avec ta réticence.

Tu repartais ailleurs, dans la quête d'une date, d'un
nom, tu feuilletais ton grand agenda où tu inscrivais
tout. Tu me faisais attendre. Allais-je m'énerver ?
Écourter ma visite ? Hausser la voix et te rappeler à
l'ordre ? Je ne suis pas venue exprès de New York pour
que vous me fassiez poireauter ainsi, allez, des confidences, des souvenirs, de l'explosif ! Tu avais été
bernée trop souvent par des visiteurs malhonnêtes. Tu
te méfiais, tu avançais, circonspecte. Tu disposais des
obstacles le long de la route qui menait à toi. Tu faisais
semblant de ne pas comprendre, pas entendre, pas te

souvenir. Tu me faisais répéter, épeler, vérifier. Tu retournais ton œil noir en toi et tu t'absentais.

Je ne l'ai pas compris tout de suite.

Je mettais ton absence sur le compte de l'âge, de l'essoufflement, de l'emphysème qui déchirait ta poitrine en longues quintes de toux. Alors tu prenais ton verre d'eau, tu buvais à petites gorgées. Je demandais voulez-vous qu'on arrête et que je vous laisse vous reposer ? Tu me jaugeais et tu disais non, ça va passer.

Je ne te harcelais pas, j'avais gagné un nouveau point.

Tu laissais passer du temps pour imaginer un nouveau test. Tu ouvrais le flacon de parfum Chanel n° 5 que je t'avais apporté, tu t'en mettais quelques gouttes derrière l'oreille et tu répétais Chanel, Chanel en renversant la tête un long moment, tu fermais les yeux, cherchais le nom d'un autre parfum que tu portais dans le temps, Patou, Guerlain, Dior... tu ânonnais des noms, d'un air absent, et puis soudain, tel un oiseau de proie rendu à ses rapineries, tu ouvrais l'œil et articulais Paris, Arc de Triomphe, Champs-Élysées, mon amie Lotte Eisner, rue des Dames-Augustines à Neuilly. Vous savez qui elle est ? L'œil redevenait perçant et dans ta pupille clignotait « test, test »... Je répondais que oui.

Un autre point pour moi.

Trois à zéro.

Ce n'était pas fini...

La dernière personne qui m'a offert du parfum, c'est ce directeur de la Cinémathèque française... Celui qui avait écrit : « Il n'y a ni Garbo ni Dietrich, il n'y a que Louise Brooks... » Quel est son nom déjà ?

Henri Langlois.

Un point.

Toute cette bande n'est qu'un long interrogatoire de moi par toi. Tu avais inversé les rôles. Tu me disais, allez prendre ce livre sur l'étagère, là-bas, contre le mur... Tu détournais le regard le temps que je me déplace mais tu me suivais, l'œil coulissé, et observais comment je prenais le livre... Est-ce que je musardais le long de l'étagère pour apercevoir un indice caché de toi, est-ce que je piquais en douce une photo posée là ? On t'avait si souvent volé des documents... Je rapportais le livre et te le tendais.

Un point encore.

Tu menaçais sans en avoir l'air : l'autre jour, une jeune fille a frappé à ma porte. Elle venait de France, elle aussi. Elle voulait me voir. Il paraît qu'elle avait la même coupe de cheveux que moi dans le temps, la même couleur de cheveux. Elle avait vingt ans. Elle avait fait tout ce voyage pour me rencontrer. Elle est restée assise sur le paillasson, trois jours durant. Je ne l'ai pas reçue. Elle a fini par s'en aller. J'aurais appelé la police sinon, vous savez...

J'aurais appelé la police...

Voilà ce que fut notre premier rendez-vous.

Tu m'as scrutée, pesée, analysée pendant quatre heures. Droite dans ton lit, dans ta chemise de nuit vaporeuse, ta liseuse rose. Bien au chaud sous ta couverture électrique, vous avez ça en France ? Le regard circonspect posé sur le petit magnéto qui t'enregistrait, va pas falloir que je dise de gros mots !

Surveillée. Tu étais en liberté surveillée.

Et je ne le savais pas.

J'avançais mes questions et tu m'arrêtais. J'ai dit cela, moi ? Vous êtes sûre ? Où avez-vous lu ça ?

Quelle page ? Quel article ? L'anxiété écarquillait tes yeux qui fixaient le magnétophone comme s'il était un piège. L'affolement presque...

Et tu passais vite, vite à autre chose. Te retournais sur ton lit, prétendais vérifier un nom, un titre de film dans les dictionnaires et les encyclopédies qui jonchaient la couverture électrique. Ce foutu emphysème me rend folle, il me fait perdre la mémoire, je dois tout noter.

Traquée, Louise, tu étais traquée.

Mise au cachot par celui-là même qui retient tant de femmes, qui les empêche de se débarrasser d'un mari ennuyeux ou abusif, d'une volée de marmots exigeants, de longues heures passées dans la cuisine, devant l'évier, à frotter le sol, à repasser des chemises, à s'abîmer les mains et l'âme dans un travail qui ne leur ressemble pas : l'argent. L'argent qui, de ton temps, était une affaire d'hommes. On t'apprenait à prononcer les mots correctement, avec le bon accent, et on te demandait un exemple de *t* final. Tu ne réfléchissais pas. De ta voix de gamine, tu articulais, appliquée : *left, slept, kept*... Non, Louise, l'accent est correct mais ce n'est pas le bon ordre : *slept, kept, left*.

Et tu éclatais de rire...

Tu te moquais éperdument du bon ordre ! Tu te moquais éperdument de l'argent ! Tu avais tout le temps devant toi, tous les amants à venir pour engranger de l'argent... Quand tu avais ta beauté, ton insouciance, ton corps qui se pliait docile au bon plaisir des hommes, au bon vouloir du chéquier des hommes qui te courtisaient...

À Rochester, ce n'était plus le cas. Tu étais prisonnière d'une pension qu'on te versait chaque mois, à condition que tu sois sage. *A good girl*. Que tu ne parles pas trop aux étrangers... Alors, tu pesais chaque mot, évitais les sujets dangereux, plantais des barrières de protection tout autour de toi...

En liberté surveillée.

Un homme, un ancien ami, un ancien amant, tu avais si peur de lui déplaire que tu ne prononçais pas son nom, t'avait alloué une pension à vie. Couchée sur son testament, comme on dit. Un homme, le seul peut-être, qui avait compris celle que tu étais et qui, pour te protéger de ta prodigalité envers la vie, t'avait alloué les huit cents dollars par mois qui te permettaient de survivre rue Goodman à Rochester. Cet homme était mort et c'était maintenant un administrateur sourcilleux qui te versait cette somme, jamais réévaluée, sans laquelle tu aurais été à la rue. Tu n'avais plus d'amants pour t'entretenir. Tu dépendais du bon vouloir d'un homme de loi qui pesait chacune de tes paroles et décidait si tu méritais ou non cette clause honteuse, cette tache dans un si beau testament. Une rente à vie ! Pour une actrice inconnue et légère ! Si les héritiers venaient à l'apprendre !

Tu te cramponnais à ces quelques lignes qu'un trait de stylo, croyais-tu, pouvait rayer n'importe quand, sous n'importe quel prétexte. Tu ne faisais rien sans demander la permission. Tu téléphonais de ta voix de petite fille, tu te faisais enjôleuse, douce, soumise, monsieur, serait-il possible que... croyez-vous que... j'aimerais tant que... Tu tremblais qu'il fronce les sourcils et menace de suspendre cette manne mensuelle...

Grâce à cette allocation, tu payais ton loyer et un sandwich de pain de mie et de beurre de cacahuètes par jour que descendait te faire la fidèle Marjorie, ta voisine du dessus. Elle avait travaillé dix-huit ans à l'usine Kodak où elle faisait de la soudure optique. Elle n'avait jamais lu Proust, George Bernard Shaw ou Tolstoï que tu vénérais et, longtemps, tu l'avais ignorée. Quand je t'ai rencontrée, tu avais besoin d'elle. Tu me chantais les louanges de Marjorie, sans elle je ne serais rien, je dépends entièrement d'elle, tu sais qu'elle a quatre-vingts ans, peux-tu lui dire quand elle viendra qu'elle a des jambes magnifiques, un corps magnifique, une peau de jeune fille, une célérité éton-nante pour son âge, cela lui fera plaisir...

Et ça la retiendra auprès de moi...

Cela tu ne le disais pas, mais quand Marjorie arrivait, toute pimpante de son étage supérieur, tu la comblais de compliments. Tu chantais son corps parfait, sa taille fine, son teint de porcelaine, son allure de danseuse à la barre, sans changer un mot de cette litanie que tu psalmodiais chaque soir sur le même ton faussement enthousiaste, docile comme une petite chienne de cirque habituée à se coucher devant son maître. J'entendais dans ta voix la même soumission, le même désir de plaire qu'envers l'homme de loi, la même peur d'être abandonnée...

La peur, cette ennemie que tu avais ignorée toute ta vie, à qui tu avais fait des pieds de nez, tiré la langue, balancé des dollars et des dollars à la figure en clamant je n'ai pas peur, moi, je n'ai pas peur, la peur t'avait enfin rattrapée et te maintenait entre ses doigts d'usu-rier. Elle te faisait payer ton insouciance d'antan, ton indifférence envers l'argent, le pouvoir, les institu-tions... Elle te brandissait en exemple de châtiment à toutes les filles de mauvaise vie qui voudraient t'imiter.

Et tu te morigénais pour lui faire plaisir.

Tu te frappais la poitrine en te repentant. C'est ma faute, c'est ma très grande faute... Je n'ai jamais fait d'économies et tu vois où cela m'a menée ? Garbo était bien plus intelligente ! Elle plaçait son argent et n'a jamais souffert de la misère. Qu'est-ce que j'ai été bête ! Qu'est-ce qu'elle a été maligne ! Tellement plus intelligente que moi...

Et, pour te mortifier davantage, tu énumérais toutes les qualités de la Divine que tu n'avais jamais possédées. Tu sais que je ne touche aucun droit sur mes photos, mes films ? Rien. J'ai tout abandonné... Quelle idiote j'étais ! On a monté en épingle ma vie sexuelle désordonnée, mais, elle, elle était lesbienne, tu le savais ? Elle a eu une liaison tumultueuse avec une dénommée Mercedes, eh bien, cela ne lui a jamais nui ! On ne l'a jamais su, jamais proclamé dans les gazettes. Alors que moi, dès que ma robe remontait sur mes cuisses, on me montrait du doigt, j'étais la putain, la fille déchue... On habitait le même quartier quand je vivais à New York dans mes années noires. Elle achetait ses journaux au même kiosque que moi. Je n'ai jamais osé la tirer par la manche et lui dire hello, Greta, c'est moi, et si on allait boire un café ensemble ? J'aurais bien aimé, mais je n'ai jamais osé. À cause de ma mauvaise réputation.

Et tu avais enchaîné aussitôt :

– Dites-moi, ça se voit que je n'ai pas confiance en moi ?

J'avais hoché la tête. J'avais ajouté, c'est même ce qui me surprend chez vous, ce mélange d'audace, d'effronterie et... de docilité. Vous êtes la femme la plus provocante et la plus naïve aussi...

– Ah... Ça se voit tant que ça ? Et vous, vous avez confiance en vous ? Dites-moi la vérité, s'il vous plaît, parce que moi, je ne me suis jamais aimée et c'est pour cela que je n'ai jamais été une bonne actrice. On ne peut pas être une bonne actrice si on n'est pas intimement persuadée qu'on est la plus belle, la plus éblouissante. Si on ne maîtrise pas cet amour-là de soi, cet amour qui vient de loin, qui ne dépend pas de soi...

J'avais baissé la tête.

Elle s'était tue, mais je sentais sur ma nuque le poids de sa question, l'importance de cette question. Le silence dura longtemps. Elle me guettait, prête à me mettre à la porte si je ne répondais pas. Elle était toujours la même, assoiffée de vérité et, en même temps, fatiguée d'être la seule à ne jamais tricher. Je sentais son corps immobile à côté de moi, tendu, irrité.

Les yeux toujours baissés, je regardais les murs roses, le sol de lino noir et ses marbrures blanches, le dessus-de-lit jaune et la descente de lit en éponge rose, ovale comme une petite piscine de pavillon minable. Un décor de chambre d'hôpital qui sent le propre et l'économie. Aucune fioriture, aucun bibelot. Pas de fleurs, pas de tableaux, à part deux croquis japonisants peints par Louise sans pinceau, avec ses doigts quand elle s'essayait à la peinture... Sur la commode, dans un cadre, trône la photo d'une femme qui sourit et qui n'est pas elle. Sa mère ? Sa sœur ? Une amie ? J'apprendrai, plus tard, que c'est une photo de Marjorie, dite Marje. Louise avait disposé des photos de sa famille sur la commode. Un journaliste les lui avait volées et s'était enfui. Elle n'avait pas pu le rattraper. Il lui fallait un quart d'heure pour atteindre la porte d'entrée de son petit appartement. Elle avançait lentement, courbée sur sa canne à trois bouts de caout-chouc et soufflait à chaque mètre parcouru.

Son regard ne me lâchait pas. Elle attendait que je lui réponde. Elle avait tout son temps. Elle voulait du détail saignant, de la tranche de vie et, si je voulais rester là, assise à son chevet, il allait falloir que je parle, que je subisse son interrogatoire. Sans m'esquiver, sans tricher.

J'entendais l'indignation gronder dans sa tête.

Alors quoi ? C'était toujours pareil ? Elle donnait, elle donnait, elle répandait des paroles qu'on utilisait sans lui demander son avis, sans lui verser de royalties, des paroles qui se retournaient contre elle la plupart du temps et elle n'avait pas le droit, elle, d'aller sonder l'âme de ces petits profiteurs qui venaient troubler sa retraite et retourner le couteau dans ses plaies ! S'il vous plaît, miss Brooks, icône indétrônable des posters noir et blanc, un peu de chair, un peu de sang, que je me repaisse de vos échecs, de vos amants, de votre déchéance et sorte de chez vous en fanfaronnant, en vendant un article, deux articles sur ma fabuleuse ren-contre avec Louise Brooks.

Elle attendait, obstinée, furieuse, et de l'honnêteté de ma réponse dépendait, mais je l'ignorais alors, toute la suite de notre relation.

– Louise, je protestai, je ne suis pas venue pour parler de moi...

– Répondez...

– Mais ce n'est pas intéressant !

– Répondez !

Ce jour-là, Louise, tu m'as donné une dernière chance.

J'avais gagné un bon nombre de points. J'avais droit à être repêchée...

Alors, ta voix s'est élevée, soudainement adoucie, pour me rassurer, me donner le courage de parler :

– Quand j'allais dans ces réceptions, à Hollywood, et que je voyais toutes ces belles actrices, que je les écoutais parler, rire, s'extasier, éclatantes de naturel et d'entrain, si heureuses d'être là, sous les feux des projecteurs, je me repliais en moi-même et je me trouvais laide, mais laide ! Toute noire, velue, couverte de taches de rousseur, avec un derrière qui traînait par terre... Et je me disais, que fais-tu là, Louise ? Tu n'es pas une actrice, toi, tu es une imposture... Et quand un homme s'inclinait devant moi, en me murmurant que j'étais belle, que je lui faisais tourner la tête, je le prenais pour un idiot, un imbécile... Quand un homme m'aimait, je me disais qu'il y avait quelque chose en lui qui ne tournait pas rond. Et quand j'ai commencé à écrire mon roman, celui que j'ai brûlé ensuite, vous savez comment je voulais l'appeler ?

J'ai fait non de la tête, mais ne la quittais plus des yeux. Elle mit tous ses aveux dans le plateau de la balance afin que je prenne mon élan, rassemble mon courage et lui livre ma confidence.

– Vous savez, j'avais déjà quatre cents pages soigneusement tapées à la machine. Sans pâtés ni ratures. J'avais passé deux ans à les écrire ces quatre cents pages... Deux ans de presque bonheur. C'était la première fois que j'étais heureuse de toute ma vie ! Eh bien, j'avais trouvé un titre... pour tout ce travail-là. Et pas n'importe quel titre ! Je voulais l'appeler : *The making of a shit* [1]... Voilà toute l'estime que j'avais pour moi ! Je n'ai pas eu besoin d'un psy pour comprendre ça ! Il suffit de se regarder en face, sans complaisance, de se dire la vérité, de la coucher sur le papier et de la regarder sans tricher. Je n'y crois pas, moi, à tout ce bazar de psychanalyse ! Il a suffi que je me mette à écrire pour me comprendre. Dans ma première lettre à James Card, l'homme pour lequel j'ai quitté New York et emménagé à Rochester, je lui ai écrit : « Et maintenant que vous me connaissez, vous savez que je n'ai pas plus confiance en moi qu'un lapin qui se trouve nez à nez avec un python... » Vous savez ou vous ne le savez pas, parce que vous êtes très jeune encore, mais il n'y a que la recherche de la vérité qui forme, qui donne le courage d'être et de créer, qui donne un sens à la vie...

Une quinte de toux déchire sa poitrine, elle attrape son verre d'eau et en boit une gorgée. Je me précipite vers elle pour l'aider à respirer ; elle s'empare de mon poignet faisant passer dans cette étreinte de squelette les dernières forces qui me manquent.

– Rien que la vérité... Sans la vérité, la vérité terrible qui vous fait ni plus grande ni plus petite que vous n'êtes, juste quelqu'un de normal et c'est ça le pire... Sans cette vérité impitoyable, je n'aurais jamais rien appris...

Sa voix déraille, s'éteint, son souffle devient rauque et la toux la déchire à nouveau. Elle renverse la tête et tend le cou pour happer l'air qui lui manque. Je ne sais plus que faire devant cette lente suffocation. De longs sifflements s'échappent de sa poitrine comme autant

---

1. On pourrait traduire par *Fabrication d'une petite merde.*

de râles d'agonie. Je la fixe, désespérée, suspendue à sa lutte saccadée, impuissante, terrifiée de la voir se débattre sous mes yeux, je ne voulais pas l'affaiblir, l'acculer à l'aveu, je suis venue en amie, pas en tortionnaire, il faut qu'elle se calme, qu'elle respire à nouveau, qu'elle se taise...

Qu'elle se repose.

Alors, je lâche ces mots comme on lâche ses péchés à la confession.

– Moi aussi, Louise... Moi aussi, je suis comme vous...

Au début, elle ne m'entend pas, trop occupée à reprendre son souffle, à presser la paume de sa main sur sa poitrine pour réprimer la toux et aspirer l'air qui la délivrera. Puis elle pose son verre et incline la tête pour écouter. D'un geste las, très las...

– Quand j'accompagne Simon, mon ami, au festival de Cannes, je serre les dents pour ne pas pleurer en montant les marches du grand escalier... Je me sens si laide, si empotée que je voudrais m'enfuir. Je regarde les autres filles qui paradent dans leurs belles robes et je me demande, comment font-elles ? Comment font-elles pour avancer sans se casser la figure, incliner la tête sans grimacer, recueillir les compliments sans éclater de rire ?

Le regard muet et pointu de Louise me cogne au menton et me fait relever la tête. Encore, encore, disent ses yeux, encore des détails...

– Quand il m'offre une robe sublime, décolletée jusqu'aux reins pour me prouver que je suis belle, que je peux la porter sans avoir honte, je pleure devant la robe étalée sur le lit et refuse de l'enfiler... Quand il me dit qu'il m'aime, que je suis le moteur de sa vie, qu'il veut m'épouser, me faire un enfant, deux enfants, je me dis que c'est là, sûrement, la seule faiblesse de cet homme si intelligent... Quand mon premier roman est sorti et que ses ventes ont explosé, je lui ai demandé c'est toi qui les achètes tous, n'est-ce pas ? C'est toi... Il m'a regardée comme si j'étais folle. Et quand ma photo paraissait dans les journaux avec des articles élogieux, je ne les achetais pas. C'était lui encore qui me les mettait sous le nez en disant « lis, mais lis donc ! Cesse de douter ! » Moi aussi, je suis comme un lapin qui se trouve nez à nez avec un python. Et si je n'avais pas le regard de Simon qui me porte tout le temps, qui me dit vas-y, tu es belle, tu es intelligente, tu es douée, n'aie pas peur, écris... je n'aurais jamais écrit une seule ligne de ma vie... Et pire, je n'aurais jamais lâché sa main pour celle d'un autre homme... C'est lui qui me donne la force, l'assurance, l'insouciance nécessaires pour me jeter à la tête d'hommes qui ne le valent pas, qui ne valent pas un clou de ses semelles... Je teste auprès des autres le pouvoir merveilleux que me donne son amour. Je vérifie s'il a raison. Et quand ces autres me disent tu es belle, je t'aime, alors ceux-là, je les crois... Même s'ils sont indignes...

Je me souviens de ce premier jour chez Louise, de cette première confession. Louise me dévisagea avec la plus grande attention, me laissant du temps pour que je parle encore. Mais devant mon silence qui se prolongeait, elle reprit, traduisant exactement ce que je voulais dire :

– Alors vous faites semblant et vous jouez la scandaleuse, l'empêcheuse de tourner en rond, la petite conne ?

Je hochai la tête.

– Vous jouez la petite conne, et vous êtes furieuse de vous en tirer ainsi... Vous vous en voulez, vous vous détestez encore davantage...

J'acquiesçai, toujours muette, la gorge serrée, les index enfoncés dans les yeux pour ne pas lâcher les larmes qui s'accumulaient derrière les aveux.

– Vous êtes furieuse, mais l'habitude est prise et vous ne savez plus rien jouer d'autre... Et vous irez ainsi dans la vie, comme je suis allée, vous étourdissant de bruit, d'alcool, d'hommes, de drogues si vous vous droguez... Vous vous droguez ?

Je fis non de la tête.

– Moi non plus, je n'ai jamais essayé. J'aurais bien aimé, mais j'étais entourée de gens qui prenaient de la cocaïne et à qui ça ne réussissait pas vraiment...

Elle parlait maintenant d'une voix éraillée. Elle était à bout de forces. Elle me regardait sans sourire, droite dans son maintien d'ancienne ballerine. Le ciel était devenu gris derrière les vitres de la fenêtre, les arbres s'agitaient doucement, les dernières feuilles se détachaient et tombaient dans un ballet lent et morne, une lumière jaune et sinistre de crépuscule baignait les branches noires, c'était l'heure lugubre de la soirée que redoutent les déprimés, les mélancoliques, les esseulés...

Louise reposait, la tête sur les oreillers, se laissant gagner par cette sinistre fin d'après-midi où toutes les peurs revenaient l'envahir, où la solitude s'invitait sans frapper et s'installait à son chevet. Une rafale de vent cogna contre la vitre et elle revint à elle. Elle se reprit,

reprit son air de reine pointilleuse, reprit ses questions et son crayon pour marquer les réponses dans son grand agenda.

– Vous repartez ce soir pour New York ? Vous avez pris un hôtel ? Ah ! c'est un bel hôtel. Vous avez de l'argent ! Vous l'avez trouvé par hasard ? Vous avez une belle chambre ? Vous pourriez revenir demain ? En début d'après-midi ? Le matin, je ne suis pas très vaillante, je dors mal la nuit...

Une clé tourna dans la porte. Le magnétophone s'était arrêté depuis longtemps et on se regarda, silencieuses, épuisées.

C'était Marje qui venait faire le sandwich du soir, le sandwich au beurre de cacahuètes. Louise lança un « Hello ! » qu'elle voulait enjoué, mais qui dérailla en une plainte rauque. Venez Marje, venez que je vous présente...

Marje fit son entrée. Pimpante et fraîche, perchée sur de si hauts talons que je la regardai, effrayée. À quatre-vingts ans, elle ressemblait à ces poupées miniatures fardées, habillées de rose, de mauve, de violet, du bleu sur les paupières, les pommettes briquées par le fard, les boucles bien à plat, bien blondes, ces poupées qui dansent dans les boîtes à musique qu'on offre aux enfants en Autriche. Une pin-up platine de quatre-vingts ans qui tournait lentement sur elle-même, avançait dans la pièce pour récolter les compliments que Louise lui dispensait ponctuellement chaque soir, à la même heure.

Je n'avais pas oublié et je récitai mon couplet d'un ton si faux qu'elle aurait dû s'alarmer. Mon Dieu ! Marje que vous êtes jolie, que vous semblez jeune et vaillante, montrez-nous ces belles jambes que vous cachez sous votre si belle robe !

Oui, Marje, enchaîna Louise dont les yeux noirs brillaient devant la docilité de ma récitation. Montrez donc vos jambes. Elles sont si belles, si jeunes, si fines !

Nous étions son public. La salle était comble ce soir, avec mon arrivée. Elle prit la mesure de son audience, lentement, sûrement. Elle recula un peu pour qu'on ait tout le loisir de l'admirer, redressa la tête et le menton, chercha la lumière de nos yeux comme celle d'un projecteur braqué sur elle et, avec un petit sourire coquet et timide, remonta sa jupe jusqu'à mi-cuisse dévoilant, en effet, de longues jambes fines, lisses, à la peau nacrée, épargnées par l'âge et les marques du temps.

Louise joignit ses mains blanches et maigres en un geste de prière et applaudit doucement.

Louise la Jeune m'avait écoutée lire sans bouger, assise au pied du lit. Elle ne disait rien, semblait absente et suivait de l'index les plis du dessus-de-lit.

– C'est drôle, je murmurai, c'est moi qui suis alitée maintenant, et vous êtes la jeune femme qui écoute...

Elle releva vers moi un visage bouleversé.

– Vous avez eu tellement de chance, tellement de chance... Vous ne vous rendez même pas compte !

Elle avait prononcé ces mots avec une étrange et rapide étincelle de colère.

– Vous voulez que j'arrête de lire ? je lui proposai, désemparée.

– Excusez-moi... Je vous expliquerai plus tard...

– M'expliquer quoi ?

– Une autre fois... Allez ! À demain...

Et elle partit sans donner d'explication.

C'est quand j'avais commencé à évoquer Louise que la couleur s'était retirée de ses joues et que le noir avait envahi sa prunelle. Elle s'était mordu les lèvres, avait plissé les yeux. J'avais continué et avais vu poindre les premières larmes dans le regard si attentif, trop attentif.

Étrange, je me suis dit en m'allongeant dans les draps blancs, une fois qu'elle fut partie.

Étrange...

Et, pour la première fois depuis que je m'étais réfugiée aux « Trois Épis », le lit me parut étroit, inconfortable.

Il serait temps que je parte, je me surpris à penser.

Il serait temps que je parte...

Mais tout de suite me vint une autre urgence, une vieille urgence que je reconnaissais, émue, celle de l'écrivain enchaîné à ses mots, qui ne veut plus bouger, ne plus être dérangé et qui ne pense plus qu'à écrire...

Écrire, écrire, finir le livre...

Après...

Le lendemain matin, à huit heures et demie, j'abandonnai le carton à souvenirs, le magnétophone, la voix de Louise et filai me poster à l'angle de la 58ᵉ Rue et de Broadway.

En face du Cosmic Café.

Toujours les mêmes hommes gris qui entrent et sortent, pressés, en tenant leur gobelet, les coursiers géants qui remontent les sens interdits à vélo, les femmes sanglées dans des tailleurs sombres, les lèvres en bulle de savon, les fronts bombés et ronds...

Et moi qui guette, honteuse, qui pousse mon corps dans le décor afin qu'il ne soit pas trop voyant et se fonde dans l'anonymat.

Le réveil a sonné à sept heures trois. Mon corps a jailli du lit, impatient de bondir sous la douche, de se laver les dents accroupi au pied des robinets, de se laver les cheveux, de faire briller peau, sourire, coin derrière les oreilles, coin sous les bras, coudes, genoux, poignets et revers de poignets, de passer le déodorant, de s'enduire de crème parfumée, et quoi encore ? T'arrêtes de faire le beau pour lui !

Impossible de le brider. Il réclame de l'attente, du plaisir, de l'arraché, de l'écume dans ses veines. Il salive à l'idée de retrouver l'homme qui ne cédait jamais et se réjouit de livrer bataille à nouveau.

Encore un peu...

S'il te plaît...

Hier soir, pour l'apaiser, j'ai dit on ira, on ira demain, à huit heures et demie au coin de Broadway, je te promets, laisse-moi en paix maintenant, priant que le réveil oublie de sonner, que le sommeil le terrasse ou qu'une pluie noire nous empêche de sortir.

C'était pendant la comédie musicale *Mamma mia* et je m'ennuyais ferme. Virgile était revenu de promenade, brandissant deux places qu'il avait obtenues après une heure de queue sur Times Square, dans une chaleur humide et poisseuse. Et le spectacle avait commencé avec une troupe qui parlait faux, mais chantait juste, des décors criards censés représenter un village grec ou turc, crétois ou chypriote, qu'importe ! des femmes dont les faux cils balayaient la scène, des matamores maquillés pour faire Méditerranée, poils sur le torse et dans le nez. Virgile remuait la tête, ravi, et reprenait en sourdine les tubes du groupe Abba pendant que, furieuse de constater une fois de plus que si la troupe était professionnelle et appliquée, aucune émotion ne transpirait, je tentais de déchiffrer l'heure sur le cadran de ma montre dans l'obscurité. Un courant d'air conditionné glissait sur ma nuque, me glaçant épaules et cou, et mon voisin, un mol éléphant roux, ondulait dans son fauteuil, soulignant son enthousiasme par de bruyantes bourrades dans l'accoudoir, me faisant sursauter à chaque secousse. Son genou droit scandait la musique, heurtant le mien, il éructait un « *sorry, mâme* » pour recommencer aussitôt et je me contorsionnais dans l'espace réduit de mon siège pour tenter de le fuir. Il commentait tout haut pour sa femme les souvenirs qui habillaient ces vieux refrains des années soixante-dix, elle contestait les dates, les lieux, l'échange du premier baiser au drive-in, le gobelet de pop-corn qui s'était renversé, et c'était à celui ou à celle qui aurait raison. Ils n'en finissaient pas de se chamailler et je n'en finissais pas de déchiffrer ma montre. Seul Virgile, penché en avant, prêt à sauter sur scène, se trémoussait sur son fauteuil.

Le temps se traînait et me transformait en glaçon renfrogné. C'est alors que mon corps en a profité pour me relancer. Qu'est-ce que tu as ? Ne dis pas « rien », en mimant un sourire poli qui retombera aussitôt en une moue triste. Je sais ce que tu as, moi ! Tu te languis. Tu te languis de lui... Tu as remué l'encre du passé tout l'après-midi, tu t'es vautrée dans la nostalgie avec complaisance, alors qu'un présent affriolant te fait de l'œil au coin d'une rue ! Tu rêves de lancer tes bras autour de ses épaules, de laisser rouler ta bouche contre sa bouche, d'attendre qu'il lance le premier baiser, le premier assaut et t'intime l'ordre de le suivre dans le désordre qu'il va inventer. Je suis méchant ? J'insiste et te tourmente ? Mais c'est pour ton bien, le sais-tu ? Tu n'es pas de ces femmes qui reculent, tu sautes toujours dans l'inconnu... Tu t'en vantes ! Tu veux des lettres, des mots ? j'ai tout ce qu'il te faut. Il écrivait bien Mathias. Souviens-toi de ces lignes qu'il t'envoya un jour d'anniversaire avec un bouquet de fleurs qui embaumaient si fort que tu te retournais, le soupçonnant de marcher derrière toi dans l'appartement. Tu t'y attendais si peu que tu as déchiré l'enveloppe contenant le message du mystérieux émissaire, pressée de savoir qui c'était. Ce ne pouvait pas être lui, impossible ! Ce n'était pas un homme à bouquets de fleurs, avec petit mot doux à l'intérieur, un homme à murmurer des aveux. Rien que la pensée te faisait hausser les épaules et éclater d'un rire nerveux !

Et pourtant... tu avais tellement envie que ce soit lui que tu ne pouvais pas attendre de prendre le temps d'ouvrir l'enveloppe sans la déchirer !

C'était lui.

Tu te souviens des mots qui accompagnaient les fleurs ?

« Ce n'est que sous mon regard que tu deviens la femme qu'on regarde... Et moi je t'ai regardée dès que je t'ai vue, ce soir de jeudi, le premier jour... »

Tu as lu et relu et relu encore, écoutant les mots se dissoudre en toi un par un, les soupesant, les mangeant, les mâchant, et tu es allée t'allonger sur le canapé, tu as regardé longuement le bouquet de roses rouges... Oui, je sais, on n'envoie pas des roses rouges quand on est bien élevé ! Mathias n'était pas bien élevé, c'est pour cela que je l'appréciais. Je n'aime pas les gens bien élevés dans mon lit. Alors ? Rends-toi...

C'est alors que j'ai promis à mon corps d'y aller.

Je me souvenais trop bien de ce jeudi soir...

Ou plutôt, je m'en souvenais par morceaux éclatés, par petits bouts de scènes insignifiantes, d'intonations brutales puis douces, d'odeurs de savon frais, de peau qui brille insolente de santé, des morceaux de puzzle que, plus tard, j'ai assemblés pour essayer de comprendre l'irruption de cet homme dans ma vie. Pourquoi ? Pourquoi lui ? Pourquoi cet homme-là m'avait-il mise en si grand danger ?

Il m'attendait à la maison et j'étais en retard.

On avait rendez-vous pour qu'il répare mon ordinateur qui bloquait tout le temps. Il avait monté, avec un ami, une petite entreprise qui se chargeait de réparer ces maudites machines qu'on emporte sous le bras sans n'y rien connaître. Une science que tout le monde est censé posséder aujourd'hui et qui donne aux savants de l'informatique un air supérieur souvent irritant, toujours condescendant. J'avais trouvé son numéro scotché sur un parcmètre. J'avais appelé, pris rendez-vous. Était-ce déjà lui au bout du fil ? Je ne crois pas. Il travaillait, le soir, de temps en temps, quand il était à Paris, qu'il n'avait rien d'autre à faire. Cinq cents francs de l'heure. Sans facture. De l'argent de brigand dégourdi. Quatre employés fixes, sans compter son copain et lui, les deux patrons. Une entreprise qui tournait rond, chacun y trouvant son compte. Il était employé par une banque américaine chargée d'investir en Europe : Paris, Londres, Berlin, Milan, Madrid. Il parlait toutes les langues et apprenait le chinois à ses heures perdues. Il posait des questions tout le temps. Sur tout. Plus tard, en riant, je lui proposai d'écrire un livre qui se serait appelé « Les Questions de Mathias ». Il riait, disait avec la candeur de celui qui sait qu'on ne le prendra jamais pour un imbécile, les gens n'aiment pas poser des questions, ils ont peur de paraître incultes ou cons, mais si on ne demande pas, on n'apprend jamais, non ?

Ce soir-là, quand j'ouvris la porte de mon appartement, il était assis à mon bureau, face à l'ordinateur. C'est le concierge qui l'avait fait entrer.

– Voilà, c'est réparé, ce n'était rien du tout ! Une mauvaise manœuvre que vous avez dû faire...

Il m'avait regardée, fier de lui. J'étais trop pressée pour le voir en entier. Je me souviens seulement de son regard bleu si calme, sans arrogance aucune. Une assurance tranquille nimbée de la lumière qui accompagne la force intérieure, celle qu'on a conquise tout seul, sans parents ni relations ni argent.

On était là, face à face : lui, homme, moi, femme.

Il m'a regardée lancer mon sac sur un fauteuil, décrocher le téléphone qui sonnait, raccrocher en promettant de rappeler plus tard et me laisser tomber dans le petit canapé jaune et vert face au bureau. Il m'a regardée comme s'il m'évaluait, me pesait, me plaçait sous la toise.

– Ainsi, ce n'était rien ?

– Une simple manipulation, une minute en tout ! Je ne vous ferai même pas payer !

J'ai dit merci beaucoup, mais il n'en est pas question, vous vous êtes déplacé et...

– Ne faites pas la polie... C'est moi qui décide et j'ai décidé !

Il ordonnait, les sourcils noués en accent circonflexe, des sourcils très noirs au-dessus d'un regard très bleu, très brillant, des joues très roses, des pommettes aiguisées qui affichaient un appétit de carnassier souple et rusé. Il avait un léger accent étranger, une drôle de manière d'assembler les mots parfois, une façon rude, presque paysanne de les jeter ensemble dans une phrase et je me suis demandé d'où il venait. J'ai secoué la tête pour résister, lui payer ce que je devais et il a répété, sur le même ton qui ne supporte pas la réplique, ne faites pas la polie. Et l'éclat rapide, brûlant puis froid de ses yeux m'a convaincue de ne pas insister. J'ai eu l'impression que je courais un danger.

– Vous avez beaucoup de livres, ici. Vous les avez tous lus ?

J'ai esquissé un sourire coupable comme s'il m'avait piquée en flagrant délit d'ignorance.

– Non, pas tous...

– Alors, pourquoi vous les achetez ? Pour faire beau ? Pour lire quand vous serez vieille au coin du feu ? Et si vous deviez m'en conseiller un ? Je ne lis jamais. Je n'ai pas le temps, mais je sais que je ne serai jamais complet sans les livres... C'est important la lecture si on veut comprendre comment marche le monde !

Je l'ai apprécié pour avoir dit cela. Vaguement admirative, même. Cet homme ne perd pas son temps, je me suis dit. Il se précipite sur tout ce qui le nourrit, comble ses manques. C'est un vorace.

Le premier livre que je lui ai tendu, ce soir-là, était *L'Attrape-Cœur* de Salinger. Je ne prenais pas de risques. Il l'a lu, me l'a rapporté, en a emporté un autre : *Des souris et des hommes* de Steinbeck. Il lui allait bien, ce livre-là. J'avais réfléchi avant de le lui tendre. « En anglais, il a dit, c'est bien. J'aime pas les livres traduits... »

Il a pris l'habitude de venir chez moi pour m'emprunter des livres. Il notait tous ceux qu'il avait déjà lus et m'en parlait longuement. En me posant des questions qui souvent me faisaient sourire. Il faut combien de pages pour faire un livre ? On vous commande un sujet ou vous le choisissez ? Vous le rendez quand vous voulez ou vous avez une date imposée ? Il vous est déjà arrivé de vous arrêter en route et de tout jeter ? Vous aimez vos personnages ou vous en détestez certains ? Et comment vous faites si vous les détestez ? Quand un auteur dit « je » est-ce vraiment autobiographique ? Ça ne vous fait pas peur ? Vous me mettrez un jour dans un de vos livres ? Vous pourriez même utiliser mon nom, je vous autorise... Comment fait-on avec les personnages ? Combien d'heures par jour écrivez-vous ? Le matin, l'après-midi, le soir ? Avec de la musique ou sans musique ? Vous mangez beaucoup ou vous n'avez pas faim ? Vous êtes énervée ? Vous répondez au téléphone ? C'est fatigant ? Ça rapporte de l'argent ? Combien ? Vous connaissez des écrivains tchèques ?

Je bredouillai un nom, puis deux et je m'arrêtai là.

– C'est tout ? C'est peu. Et pourquoi ? Vous n'avez pas de curiosité ou vous les trouvez peu importants ?

Je haussai les épaules, agacée, protestai, on ne peut pas tout connaître, tout lire, tout savoir. Vous êtes un peu lourd avec toutes vos questions. Je vous en pose autant, moi ?

C'est vexant, il dit. Et devint muet.

Un soir...

Ce devait être deux mois après notre première rencontre...

Le premier jour du printemps... Les jours rallongeaient et ornaient la soirée d'un petit air de fête qui distillait des notes chaudes, un frémissement des corps avides de se montrer, de laisser tomber les pelisses de l'hiver. Il portait un vieux jean qui tombait sur ses hanches, un sweat avec capuchon et de vieilles baskets avachies dont la semelle bâillait, on aurait dit un étudiant en première année d'université. Il venait de passer une semaine à New York, avait disparu sans rien dire, pour réapparaître... sans rien dire.

Ce soir de premier printemps, alors que j'éclatais de rire et lui lançais un regard de haut, un regard légèrement supérieur, impatiente et lasse de répondre à ces enfantines questions, il s'assombrit et ordonna, blessé par ma réaction, les sourcils noués, l'œil bleu caché dans sa grotte, ne vous moquez pas de moi ! Je sais des choses que vous ne savez pas... J'ai fait mon éducation tout seul, moi, et forcément il y a des trous !

Il me fixa avec une telle intensité, une telle colère que je bafouillai, mais ce n'est pas grave, j'ai bien le droit de rire, de me moquer un peu de vous... C'est tout juste si je n'ajoutai pas, comme pour me rassurer, me protéger d'une intrusion que je redoutais, mais je suis chez moi après tout !

Je ne le dis pas. Il aurait été capable de prendre la porte et de ne plus jamais revenir. La fuite était inscrite dans le moindre de ses gestes, dans ses inflexions, dans le haussement surpris de ses sourcils de velours noir. J'avais deviné tout de suite que cet homme-là vivait en permanence la main sur la poignée de la porte. Et je désirais, sans le savoir vraiment, sans me le formuler, je désirais qu'il revienne... J'attendais ses visites en faisant la légère, l'étourdie, en le transformant en objet de convoitise pour mieux le méconnaître, en confiant à mes amies « il y a là un homme dont je ne ferais bien qu'une bouchée ! Il m'intrigue, il m'intéresse ! Il ne ressemble à personne ! », mais tout de suite, j'enchaînais sur un autre sujet comme s'il me préoccupait très peu finalement, comme si c'était juste une pensée de gourmande désœuvrée, un appétit d'oiseau qui n'a plus rien à picorer dans son nid.

Ce soir-là, il me contempla, aussi grave et défait qu'un élève à qui un professeur vient de donner un blâme injustifié, et j'étendis la main pour lui caresser la joue et m'excuser de ma brutalité. Je la retirai aussitôt, craignant de montrer mon désir. Ce n'était pas le désir habituel qui me rend insouciante, légère, reine du monde. C'était un désir lourd, ralenti, épais, menaçant. Je pressentais une rencontre qui dépasserait la simple étreinte de deux corps : celle de deux âmes qui se reconnaissent, se soudent comme deux jumelles arrachées l'une à l'autre à la naissance, s'incarnent dans deux peaux, deux bouches, vingt doigts, fusent, s'embrasent, crépitent en gerbes d'étincelles, se lâchent, se reprennent, montent telles deux hirondelles signalant l'orage dansant un ballet qui donne le vertige.

J'avais peur. Peur de tout lâcher et de m'abandonner. De retomber dans l'ornière de blessures anciennes.

Il reprit ma main, la plaqua à nouveau contre sa joue, la maintenant fermement, me mesurant du regard, ralentissant le temps pour le remplir d'importance, de menaces délicieuses, de plaisir long, lent, presque immobile. Je sentais la paume de ma main fondre dans sa peau. On s'épiait, tels deux ennemis prêts à livrer bataille. Le premier qui bougeait perdait la partie.

Je ne cillai pas et tentai de soutenir le bleu glacé de son regard, de résister à l'ordre qui se levait au fond de ces yeux habitués à vaincre et à ne rien livrer. Le visage immobile, le souffle court, le rose s'étalant sur mes joues enfiévrées, j'attendais. Je voulais au moins qu'il s'abaisse à formuler sa demande. Un reste d'orgueil me soufflait de ne pas me rendre tout de suite, de lui compliquer la tâche afin qu'il ne dispose pas de moi si aisément lors de nos prochains assauts.

– Embrassez-moi...

Je ne bougeai pas. À lui de faire le premier pas. Je résistai, essayant de calmer l'impatience de mon corps qui déjà se jetait à son cou et suppliait emportez-moi, emportez-moi.

Sa main glissa, alla se caler sur ma nuque, cherchant la bonne prise pour que je ne me déprenne pas, et m'attira vers lui, m'inclinant tout le torse pour s'assurer de ma chute.

– Embrassez-moi...

Je secouai la tête pour dénouer l'emprise, muette et déjà consentante, car je savais que mon corps s'était rendu depuis longtemps et qu'il attendait, palpitant, de recevoir ce premier baiser qu'il parait déjà de toutes les voluptés.

– Vous avez peur ?

J'émis un petit rire de débutante qui n'a jamais embrassé un garçon, qui se débat, se défend, me redressai et approchai ma bouche de son front où je déposai un très léger baiser qui signifiait, on fait la paix, je ne me moque plus de vous et, en échange, vous restez à distance. Vous me laissez encore un peu de temps pour que je ne tombe pas d'un coup.

Il reçut sans bouger mon baiser de tricheuse émue et eut un petit sourire mystérieux qui remonta à peine les commissures de ses lèvres.

– Pourquoi souriez-vous ?

– Parce que, maintenant, je sais...

– Vous savez quoi ?

– Je sais ce que je voulais savoir...

Ma petite voix raisonnable me conseillait de prendre mes jambes à mon cou, de ne pas me jeter dans la gueule du loup.

Ce soir-là, ce fut elle qui l'emporta.

Mais ce fut la dernière fois...

La demande rogue et affamée qu'il m'avait adressée avait laissé son empreinte, son lot de promesses fiévreuses, et je me mis à attendre, le cœur battant, le jour de notre prochain rendez-vous. Je flairais la bataille, l'appelais de tout mon corps et la repoussais de toute ma raison.

Je n'avais plus de repos.

Je ne faisais que penser à lui.

Il avait gagné. Il le savait. Il pouvait se permettre de prendre tout son temps : je l'attendais, attachée au piquet de la volupté entrevue le temps d'une caresse sur la joue et d'un baiser sur son front susceptible.

J'attendais toujours Mathias.

Comme je l'attends, honteuse et confuse, au coin de la 58e Rue. Je sais ce qui me guette et je ne suis pas sûre de vouloir reprendre cette attente dont il tire tant de profit. Mais je suis là, au milieu des hommes pressés et des femmes au front bombé, bousculée par des inconnus qui marchent en regardant leurs pieds, à huit heures et demie sur Broadway. Je suis là et j'attends.

Un jour, dans une émission télévisée, on m'avait demandé quel était le mot le plus érotique de la langue française. Je n'avais pas hésité et avais presque crié : attends ! Attends que je me montre, attends que je te regarde, attends que je m'empare de toi, attends que je te laisse t'approcher de moi, attends que je te délivre de cette attente...

Attendre... Imaginer tout ce qui va abolir ensuite ce temps si long de l'attente et le premier soupir saccadé de reddition surprise qui le suit...

Attendre... Renoncer à la confiance aveugle que donne l'offrande sans condition de l'autre, la détente délicieuse qui suit les premiers aveux, les premières confidences, la sincérité qui s'installe alors entre les deux corps qui gisent après l'amour comme deux bons camarades.

Mathias et moi n'avons jamais été bons camarades.

Il voulait tout savoir de moi, raconte, raconte tous les autres avant moi, raconte comment tu en es arrivée là, raconte que j'apprenne avec toi... Je n'ai fait que travailler, moi, je ne sais pas... Il me transformait en une carte routière qu'il arpentait, boussole à la main, sans jamais perdre le nord ni le chemin qu'il s'était tracé et juré de suivre. Il savait presque tout de ma vie, je ne savais presque rien de la sienne. Hormis quelques détails que je lui arrachais lorsque, fatiguée d'avoir tant parlé, je me taisais et exigeais à mon tour d'en savoir davantage et qu'il me livrait, méfiant, comme si j'étais de la police secrète et que j'allais le mettre en prison.

Une enfance dans un petit appartement de trois pièces, au septième étage d'une tour HLM d'une petite ville tchèque, dont je ne me rappelais jamais le nom pour cause d'embouteillage de consonnes autour d'une seule voyelle ! Un père taciturne qui refusait de s'inscrire au parti communiste et qu'on menaçait à mots couverts de ne pas trouver de place dans la société, une mère usée par le quotidien qui ne l'embrassait jamais mais s'arrachait la peau des mains pour servir son homme et ses petits, deux frères qui avaient émigré à l'Ouest, cherchant l'espoir d'un avenir avec des points d'exclamation, une belle voiture allemande, des salles de bains rutilantes, des vacances de mer turquoise sur des plages de cocotiers, des gratte-ciel, des avions qui décollent dans toutes les directions, un portefeuille plein à craquer.

Il était arrivé en France à l'âge de quinze ans, muni d'une bourse d'études et de sa volonté de s'intégrer à ce système capitaliste qu'il ornait de toutes les qualités : liberté, consommation, individualisme, énergie, rêve exaucé. Enfin libre ! Et même s'il lui arrivait de s'émouvoir en parlant de son grand-père, du petit village autour d'un lac où il passait ses étés, pieds nus, à pêcher, à tailler des arcs, à construire des barrages, à tendre des pièges aux oiseaux, à se laver dans une grande bassine avec la même eau grise pour tous, jamais il n'envisageait de retourner vivre dans son pays.

Jamais, disaient ses yeux résolus. C'est le manque d'espoir qui appauvrit les gens, qui les asservit, répétait-il quand je le faisais parler de son pays. Solide, concentré, fier de sa force érigée comme un château fort, gai, insouciant, gourmand, il se méfiait de la tendresse, de l'abandon, de l'intimité dangereuse qui permet à l'autre d'entrer en lui et de s'y installer.

Combien de fois, enhardie par l'harmonie parfaite de l'étreinte, la mollesse de nos deux corps repus, apaisés, je murmurais allez, parle, parle-moi, donne-moi un peu de ton âme, combien de fois avait-il opposé une fin de non-recevoir, une surdité totale à ma requête, se contentant de me regarder de son œil bleu mystérieux, illisible.

– Parle-moi, s'il te plaît, parle-moi...

– Je t'ai... Tu dis beaucoup !

Et j'entendais : je t'étudie beaucoup...

Je frappais des poings contre sa poitrine, m'emportais, criais parle, mais parle donc ! À quoi tu penses ?

Où es-tu en ce moment même ? Dans quelle absence ? Qui est cette rivale inconnue qui inexorablement te ramène à elle alors que je crois te tenir attaché à moi, enchaîné par le plaisir qui nous laisse hébétés ?

Il riait de mes emportements qu'il maîtrisait par une boutade ou un baiser léger qui signifiait arrête, propriété privée, défense d'entrer.

Lui, homme, moi, femme.

Et point d'échange entre nous.

Ou il prenait des chemins de traverse, me laissant espérer que la confidence était proche, remplissant son silence comme une pochette-surprise. Pour toi, je décrocherai la lune, me promit-il un jour. Je l'écoutai, émerveillée, attendant l'aveu qui allait suivre, ces trois petits mots que guettent tous les amoureux avides et que l'amour rend stupides. Mais il se tut et, le lendemain, alla coller sur le plafond de ma chambre une lune en papier qui brillait dès qu'on éteignait la lumière. Je la contemplai, enchantée, mais secrètement furieuse de sa supercherie qui lui permettait de se défiler, une fois de plus.

J'aurais échangé la lune pour ces trois petits mots.

Je voulais qu'il les dépose dans le silence, comme le Saint-Sacrement, consacrant par ces trois petits mots idiots toutes les victoires qu'il venait de remporter... me donnant une prise pour récupérer un peu de ce pouvoir que je lui abandonnais avec tant de facilité que je m'en voulais. Mais il s'échappait avec l'agilité d'un cambrioleur professionnel.

Il ne pliait pas, se contentant au plus fort de l'abandon, quand il perdait sa vie au-dessus de moi, quand sa voix se faisait tremblante, hachée, douce comme un aveu, se contentant alors de prononcer mon prénom avec tant d'abandon que je me redressais aiguillonnée par l'espoir, suspendue à ses lèvres, à son souffle de vaincu, espérant que j'allais l'emporter et qu'il allait enfin prononcer ces mots, que tel un certificat de longévité, je graverais au plafond de mon cœur.

Mais il se reprenait, m'arrimait solidement à lui, poussait un soupir satisfait et retombait dans un mutisme têtu qui me rejetait loin de lui, loin de la paroi de verre que jamais je ne franchissais.

Ainsi, nous cheminions sur le sentier de la guerre sans qu'il laisse tomber ses sagaies pendant que les miennes s'émoussaient et se métamorphosaient en inoffensifs canifs qu'il écartait d'un revers de la main.

Il ne venait pas me voir, il surgissait, disait, « c'est moi, je suis là », avec, dans la voix, une fierté de propriétaire qui me rendait aussitôt servile et servante, me débarrassant de mon attente en m'emportant vers la chambre à coucher sans que j'aie le temps de protester. C'est moi, je suis là, n'essaie pas de me changer. C'est moi, je suis là, laisse tomber tes manigances. Monte en amazone derrière moi et franchissons une nouvelle fois la frontière qui fait d'une banale histoire d'amour, entre deux corps affranchis, une expédition périlleuse en terre Adélie. Et quand, épuisés par tout l'amour qu'on avait parcouru, toutes les histoires qu'on s'était racontées en s'effleurant des doigts, des lèvres, de nos souffles attentifs, il se laissait retomber sur le côté et demandait on n'est pas heureux comme ça ? avec l'entrain et la satiété d'un prédateur qui a bien nettoyé sa proie, j'acquiesçais, dépouillée de toutes mes questions, de toutes mes tentatives d'annexion, de tous mes philtres noirs. Je me disais, il doit m'aimer puisqu'on revient de si loin ensemble... Puisqu'on est tombés dans le même gouffre et qu'on en est remontés en un seul souffle. Il doit m'aimer...

J'étais apaisée. Et je renonçais...

Je renonçais et j'étais heureuse. Pleine et ronde de l'amour que l'on faisait et qui m'illuminait, faisait se retourner tous les hommes dans la rue, allumait des feux de convoitise sur mon passage, allongeait mes jambes, ma taille, ma joie de vivre, rendait mélancoliques mes meilleures amies, faisait de leurs amours des portions congrues et rassises.

Il aurait fallu que j'aie la sagesse de m'en tenir à ce bonheur-là.

À ce bonheur de vaincue.

Mais je ne voulais pas être vaincue et il entendait bien rester le vainqueur ! Aucun de nous ne voulait céder. Deux fauves enfermés dans une cage. Je rentrais dans la cage. Il rentrait dans la cage. Et le combat commençait.

– Tu m'aimes, dis, tu m'aimes ?

– Arrête, arrête de mendier, arrête, je dis !

– Pourquoi tu ne veux pas me le dire ?

– Parce que...

– Ce n'est pas une réponse.

– En tout cas, c'est la mienne.

– Dis-le-moi...

– Non...

– Dis-le-moi, c'est important pour moi...

– Je ne te le dirai pas parce que tu en profiterais...

C'est le plus loin que je l'aie poussé dans l'aveu.

Et il m'avait si bien appris l'humilité que ce jour-là, je transformai son murmure en victoire éclatante, suffisante à me rassurer, impuissante à me l'annexer.

Nous avons parcouru les quatre saisons ensemble. Printemps, été, automne, hiver. À chaque saison, il y eut une couleur. Rose frémissant de deux cœurs battant à l'unisson, rouge ardent des grandes oraisons, orange qui imite le soleil qui se noie dans la mer, gris sale de l'hiver aux larmes de charbon.

À part Virgile, il ne connaissait aucun de mes amis, ne prenait pas de vacances, ne possédait qu'un ordinateur, une minichaîne hi-fi, et pouvait du jour au lendemain aller camper à Londres, New York ou Berlin le temps d'une mission, sans être confronté à de lourds problèmes d'intendance. Son existence de nomade l'empêchait d'avoir des amis. Il parlait de ses collègues parfois, de brèves et anciennes rencontres avec des filles, des haltes légères qu'il avait interrompues dès qu'elles s'étaient montrées possessives et avaient exigé une clé d'appartement, des promesses de vacances, des enfants.

J'étais prévenue et je me félicitais d'avoir parcouru les quatre saisons avec lui. Je les comptais sur les doigts de ma main ou, pour faire plus plein, je comptais les mois, les jours... J'en tirais une sorte de fierté, un bail de locataire que je substituais en bonne négociante aux mots d'amour qu'il ne prononçait jamais. Mais je ne pouvais pas non plus m'empêcher de toujours revenir à l'assaut.

C'était plus fort que moi.

À peine nos corps repus, les hostilités reprenaient. Parle-moi, je disais, parle-moi de toi et de moi, installe-nous avec des mots, des serments, puisqu'on n'est inscrits nulle part ailleurs. L'amour, ce n'est pas un mot d'amour tous les matins, il répondait, l'amour ne se dit pas, il se vit. Et si je suis avec toi, c'est parce que j'ai accepté de t'aimer de cette manière. C'est la seule manière que je connaisse. Je me moque si tu me dis je t'aime ou pas. Ce ne sont que des mots. Je fais d'énormes efforts pour rester avec toi, tu ne te rends pas compte du nombre de fois où tu me blesses, où tu me vexes, nous ne sommes pas pareils et si tu n'étais pas ce que tu es, je serais déjà parti depuis longtemps...

– Eh bien, pars ! je répliquais en dénouant mon étreinte, me rejetant de mon côté du lit.

– Si tu le désires, je partirai... Tu le veux ? il demandait, sûr de lui, sûr que je dirais non. Écoute, j'ai l'habitude de faire ce que je veux et si les gens n'apprécient pas, je les envoie balader. Et, par moments, il y a des gens comme toi pour lesquels je suis prêt à devenir moins libre, mais je ne veux pas tout donner parce que je risque de me brûler les ailes si ça se passe mal après...

– Tu as peur, alors ? je demandais, triomphante.

– Je n'ai pas peur, j'ai appris. Arrête, je te dis, arrête... On va se perdre si tu continues... On vit une histoire belle comme un coin et...

– On ne dit pas belle comme un coin !

– Je m'en fiche ! Tu me comprends très bien.

J'étais prévenue, mais je continuais quand même...

Jusqu'à ce week-end de février, où le froid lançait un dernier assaut glacé et mouillé, nous obligeant à garder la chambre, renfermant le sale temps de dehors et le sale temps de nos humeurs de plus en plus noires, de plus en plus muettes, entre quatre murs que l'on connaissait par cœur à force de les déchiffrer, faute de déchiffrer l'autre.

Seule, la lune riait au-dessus de nos têtes et jetait sur nos corps sa poussière de Voie lactée comme un remède de bonne femme pour nous apaiser.

110

Ce week-end-là, Mathias revenait de Londres où il travaillait depuis deux mois, curieux de découvrir cet autre univers, celui des affaires brutales et cupides que l'esprit français se plaît à mépriser. Et pourtant, disait-il, hésitant et troublé, ce monde-là existe... Il mène la planète.

Il était tchèque, français et anglais. Et il était perdu. Sa boussole s'affolait. Il pensait à son grand-père, à ses maigres économies de toute une vie, au grand lac glacé où il pêchait avec lui, à l'exclusion de son père, à ses amis restés là-bas qui ne pouvaient rêver sans l'aide de l'État. Il pensait à son lycée français, à toutes les belles idées de partage et de solidarité qu'on lui avait enseignées.

Aux études supérieures qu'il avait accumulées pour prouver qu'un petit immigré tchèque sans le sou pouvait battre les fortes têtes françaises à leur propre jeu. À tous les petits boulots qu'il avait exercés avant d'endosser son costume de banquier... Il était le résultat de toutes ces éducations... et il ne savait plus laquelle était la bonne.

Il prenait l'Eurostar comme le métro quand il habitait Paris. Il me livrait en observateur appliqué toutes les réflexions qui lui venaient devant ces petits *traders* qui ne pensaient qu'à amasser de l'or, encore et encore, passaient des nuits blanches devant l'ordinateur en attendant la Bourse de Tokyo, la Bourse de New York. Il disait qu'il ne voulait pas devenir comme eux. Et il me racontait l'histoire de cet homme qui, pendant que sa femme accouchait, alors que l'hôpital appelait, lui demandant d'accourir, que l'enfant arrivait, qu'il avait le cordon noué autour du cou, qu'il risquait de mourir étranglé, faut-il sauver l'enfant, faut-il sauver la mère ?, restait devant l'écran à suivre les derniers dénouements d'une transaction qu'il avait commencée quelques heures plus tôt et qui pouvait rapporter gros. Il le regardait, horrifié, comme un double auquel il ne voulait pas ressembler et m'assurait que, jamais, jamais, il ne serait comme lui.

Moi, je laisserais l'écran plein de chiffres si ma femme accouchait...

Si ma femme courait le moindre danger...

Si ma femme m'appelait...

Et moi, blessée du soin et de l'attention qu'il portait à une inconnue qui n'existait pas, puisque jamais, jamais, on n'avait parlé d'enfants, d'avenir, de maison à construire, j'acquiesçais du bout des mots.

Je me renfermais. Je le laissais divaguer sur l'avenir du monde qui se préparait, sur le rôle qu'il allait jouer, mais je n'entendais pas. Et, pendant qu'il continuait à inventer ce monde où il réconcilierait profit et humanité, je ressassais, obstinée, que dans ce monde-là, il ne me donnait pas de place. Je n'étais pas inscrite dans ses projets d'homme qui construit.

Je demeurais muette et le laissais parler, berçant cette nouvelle douleur, l'agrandissant, la nourrissant de tous les autres abandons dont je l'accusais, comptable scrupuleuse de toutes ses dérobades.

Chacun à « son » bout du lit. Chacun sur « son » territoire comme deux chefs indiens de tribus ennemies, écoutant les minutes défiler en lourdes secondes, faisant le bilan de tout ce temps passé à s'affronter ou à se laisser tomber sans mots ni gestes, sans artifices, dans le seul langage qui nous restait, celui de nos corps qui essayaient de faire la paix malgré nous... tentaient une fois encore de nous faire miroiter la blanche poussière de la route vers la frontière, de la faire monter en troubles nuées, en mirages de plaisir étiré.

Mais même nos corps ne savaient plus se parler... Ils avaient perdu le goût du jeu, le goût de l'infinie attente. Ils s'entrechoquaient, se poussaient à bout, négligeant le plaisir qui ordonne que l'on prenne tout son temps. Ils reproduisaient en silence la bataille des mots que je perdais toujours.

Mathias ne me faisait plus l'amour. Il me faisait taire. Rassemblait contre moi toutes ses forces d'homme, ses bras qui me plaquaient, ses coups que je recevais comme autant d'aveux de son impuissance à me museler. Tais-toi, tais-toi, c'est ce que j'entendais dans les gifles qui faisaient éclater mes tympans et relever le coude pour me protéger...

Je ne pouvais pas me taire.

Et il me frappait... pour parodier l'impuissance où nous étions rendus.

Alors...

Ce soir de février, sous la lune blanche de la chambre, pour briser le silence qui montait entre nous, prenant toute la place, devenant un intrus lourd et menaçant, je frottai mes bras nus dans l'espoir imbécile qu'il allait m'écouter, se rapprocher, me serrer contre lui pour me réchauffer en cette froide journée d'hiver battue par la pluie qui cognait dans la rue, rebondissait sur les trottoirs et rayait les vitres. Une musique de tempête citadine qui accompagnait notre irrésistible dérive.

Mais il ne bougea pas et tendit la main vers la télécommande qui alluma aussitôt la télé posée sur la commode, en face du lit. Un clip de chanteuse au corps de sirène, à la bouche de murène, éclata sur l'écran et il se rejeta en arrière, contre les oreillers, soulagé d'échapper à la scène qui menaçait, feignant de s'intéresser à cette blonde plastique qui se trémoussait en hurlant, en se déhanchant, en paradant dans son corps magnifique.

Je la détestai aussitôt puisqu'elle prenait toute son attention. Je maugréai entre mes dents, la traitai de produit commercial insipide, d'imposture cinglante. Et depuis quand faut-il être coulée dans un moule parfait pour pousser la chansonnette ? On mesure la voix ou les centimètres des hanches et des seins ? Édith Piaf aurait été reléguée au rang de choriste non éclairée à ce tarif-là !

On n'avait même plus besoin de mots pour se quereller. Le silence s'en chargeait. Il suffisait d'un regard irrité, d'un bras qui s'efface quand il frôle celui de l'autre, d'un haussement de sourcil impatient, d'une mimique qui tord la bouche en une subtile exaspération, pour qu'on reprenne aussitôt les hostilités. On avait appris ce langage-là. La langue des sourds-muets en amour, on la parlait couramment sans jamais l'avoir étudiée.

Je l'épiais sous mes cils baissés. J'épiais chaque centimètre de son corps qui se rétractait, refusait de reprendre l'éternel dialogue, soulignait, vindicatif, la distance entre nous. Je devinais l'impatience qui grandissait, la force brutale qui montait en lui, prête à me rejeter si j'avançais la main ou posais ma tête sur son épaule, l'envie de se lever et de claquer la porte. Ma folie de l'avoir tout entier, de toucher mes dividendes, avait atteint ses limites et je ne pouvais que constater que la fin tant redoutée allait, enfin, arriver.

Parce que ça, au moins, je pouvais le décider...

Alors, pour tirer mon épingle du jeu, pour m'en sortir avec la seule fierté d'avoir tout manigancé, je lâchai ces pauvres mots dont je ne pensais pas un seul instant qu'ils puissent être vrais... Qu'il puisse les prendre au sérieux et ne pas déceler en eux un dernier appel au secours, une dernière supplique de femme amoureuse et mendiante.

– J'arrête, Mathias, j'arrête. Je n'en peux plus... Il faut se séparer. Je ne me reconnais plus. Je n'aime pas ce que tu fais de moi...

J'en disais trop comme les faibles qui veulent convaincre et se rassurent en multipliant les phrases.

Et, comme il demeurait silencieux, les yeux rivés au petit écran où une autre imbécile moulée à la perfection se déhanchait en jetant des anathèmes furieux, je repris, obstinée : nous n'avons plus rien à faire ensemble... tu m'aimes mal. Tu me fais peur quand tu me bats ainsi... Si tu savais de quels trésors tu te prives ! Tu veux ma défaite ? Je te l'offre, je me retire...

J'espérais que, dans un ultime sursaut d'amour, de lien tissé par douze mois de volupté, il allait se rendre. Chuchoter arrête de me harceler, prends-moi comme je suis, je reviens toujours vers toi parce que je t'aime même si je ne te le dis pas...

Et je me serais rendue. J'aurais replié mes armes et mes batailles sous la douceur de ses yeux amoureux et faux.

Il ne prit pas la peine de discuter. Il m'écouta, resta un long moment assis au bord du lit, me tournant le dos, enfermant dans ce dos muet un ultime silence, une ultime confrontation à laquelle je n'avais pas ma part, pas mon mot à dire. Je regardais ce dos et je me prenais à espérer. J'ai murmuré parle, Mathias, parle, s'il te plaît...

Il s'est levé, a ramassé ses affaires, s'est appliqué à ne rien laisser derrière lui, et il est parti.

De dos. Il est parti de dos.

– Mathias ! j'ai crié, malgré moi, le rattrapant dans l'escalier.

– Oui ?

Il s'est retourné. Son regard froid et glacé était celui du fond de la grotte.

– Mathias...

– Qu'est-ce que tu veux de plus ?

Je suis restée muette. J'avais abusé des mots, ils ne voulaient plus rien dire.

Il m'a regardée, désolé mais inflexible. Il a prononcé ces mots terribles.

– Tu ne comprends pas... Tu ne comprends pas que ce que tu aimes en moi, c'est ce que je te refuse...

Et il a dévalé l'escalier, me laissant dans un tel affolement de l'âme et des sens que je demeurai pétrifiée, écoutant la cavalcade de ses pas qui résonnaient comme autant de coups marquant la fin de notre histoire.

Je suis revenue dans la chambre. J'ai éteint la télévision. J'ai regardé la lune blanche qui souriait au plafond. Qui me disait dans un clin d'œil, un clin de sourire, il n'a pas tort, tu sais...

Elle était trop haut pour que je lui cloue le bec.

Et puis elle parlait vrai, je le savais.

Je me suis couchée sous sa lumière blanche qui éclairait ma chambre et je lui ai parlé comme à une amie distante mais affectueuse qui suivait depuis un an nos ébats, nos combats, mes requêtes, ses dérobades.

Tu en connais beaucoup, dis, des femmes comme moi qui demandent la lune à condition qu'on ne la leur donne pas ? Tu en connais beaucoup, toi, des femmes qui s'entêtent à détruire le charme précis qui a su les séduire ?

La lune ne répondit pas, mais sa lueur de lait nimba la chambre d'une vapeur blanche qui, si elle ne me délivra pas du mal qui me nouait le ventre, m'apaisa comme une caresse soufflée du Ciel, et je tombai dans un profond sommeil.

Je n'eus plus jamais de nouvelles de Mathias jusqu'à ce jour de juin dernier, un an déjà, où, de passage à Paris, il me téléphona pour m'inviter à prendre un café à l'autre bout de la ville. C'est moi, je suis là, viens me rejoindre porte des Lilas...

Un café sans lune pour nous rapprocher, sans lit où coucher nos corps qui auraient bondi l'un vers l'autre, un café silencieux où nous continuâmes à nous affronter.

Lui, homme, moi, femme.

Moi inventant des mensonges que je proférais, avec l'envie de tuer, lui, assis, désolé, carrant son corps massif dans le siège en plastique pour amortir les coups de mes petits canifs.

Il aurait dû comprendre que je mentais.

Que je perdais toutes mes forces quand sa chair s'éloignait...

Que j'attendais, comme pour notre premier baiser, qu'il fasse le premier pas, pour me rendre ma fierté...

J'aurais dû comprendre qu'il n'était pas de ces hommes qui se rendent.

On s'est séparés. On s'est embrassés comme deux faux frères sur les deux joues.

Et je suis là, un an plus tard, à l'attendre devant un autre café pour prononcer enfin tous les mots que je n'ai pas su dire ce jour-là.

Mon corps soupire, il est neuf heures et demie, il ne viendra pas. On reviendra demain, on reviendra après-demain, on reviendra jusqu'à ce qu'il se montre et que tu passes aux aveux.

Rentre chez Bonnie, murmure la voix raisonnable.

Non, dit mon corps. J'ai une idée : on va lui écrire une lettre et l'exposer sur le comptoir du Cosmic Café. Il la verra en achetant son café noir et son beignet, il la lira et viendra nous retrouver, j'en suis sûr ! Je suis sûr de moi.

Tu crois ? Tu le crois vraiment ?

J'ai sorti mon carnet, arraché une feuille et, debout au coin de la 58e Rue et de Broadway, j'ai écrit à Mathias, je suis à New York chez Bonnie, voilà le téléphone...

Et quoi encore ? j'ai demandé.

Appelle-moi, a ordonné mon corps, je t'attends, je t'attends, je t'attends... Trois fois « je t'attends ». Tu as envie qu'il vienne ? Alors, ne fais pas de chichis !

J'ai écrit sous sa dictée, suis entrée dans la cafétéria où une blonde accorte trônait derrière la caisse en lisant un scénario posé sur ses genoux. L'heure de pointe était passée et l'endroit était vide. J'ai inventé une histoire d'amants perdus dans la grande ville qui n'avaient que ce point de chute, cette adresse, pour se retrouver. Elle m'a écoutée, enchantée d'être la complice d'une belle histoire d'amour, m'a tendu une enveloppe blanche où j'ai inscrit en grosses lettres : MATHIAS. Je ne l'ai pas cachetée pour lui montrer que je lui faisais confiance, qu'elle faisait partie du complot.

J'ai lu dans ses yeux qu'elle appréciait. Elle a déposé l'enveloppe de ses doigts aux ongles longs et manucurés entre le bord du comptoir et de la caisse pour être sûre qu'elle ne tombe pas. Puis elle m'a souhaité bonne chance en répétant *it's so exciting, so exciting...* Il est beau ? Il a quel âge ? Blond, brun ? Oh ! *it's so romantic, only french people can do that...*

Je l'ai remerciée. Elle m'a tendu un café en me disant que c'était gratuit, cadeau de la maison, et m'a parlé de son petit ami qui vivait dans le Kentucky et qui lui manquait tellement... On s'appelle tous les jours, vous savez.

– Et pourquoi êtes-vous séparés ?

– Parce que je veux devenir actrice... et on ne devient pas actrice dans le Kentucky. J'attends encore un an et, si je ne réussis pas, je repars là-bas, dans sa ferme comme Marilyn dans *Bus Stop*, vous connaissez ce film ? C'est mon film préféré de Marilyn, et mon ami, il est comme l'amoureux de Marilyn, Beauregard... C'est un nom français, ça... Ça veut dire quoi ?

Je lui explique « beau » et je lui explique « regard ».

Elle m'écoute et conclut, c'est exactement ça, il est beau et il me regarde... Il dit que je suis son ange. Il boit des bières, porte des bottes de cow-boy et n'est pas très doué pour me parler. Il me jette contre lui, me frictionne, me donne de grandes claques dans le dos, m'ébouriffe les cheveux, mais je sais qu'il m'aime et qu'il m'attend là-bas. Alors peut-être qu'à cause de lui, je n'essaie pas assez fort de devenir actrice... Je me le dis souvent.

Elle fait une moue d'actrice postulante, une moue de bout d'essai.

– Je fais comme plein d'autres, je me présente partout, je dis toujours que c'est la dernière année, qu'après je retourne dans le Kentucky mais je reviens toujours faire la queue pour décrocher un petit rôle sur Broadway ou dans une publicité. N'importe quoi pour qu'on me voie ! Qu'on me remarque ! Je chante, je danse, je prends des cours de comédie... Ça coûte des sous, vous savez ! Et puis, il y a le loyer à payer ! On vit à quatre dans un petit studio ! Pour répéter tranquille, je garde le scénario ici... Un petit rôle dans un feuilleton sur NBC, un petit cachet de rien du tout qui remboursera la dette que j'ai chez le pharmacien, une vieille angine que je n'arrive pas à guérir parce que je n'ai jamais assez d'argent pour acheter les médicaments ! Aller chez le docteur ? Ça coûte trop cher ! Mais c'est sûr que dans le Kentucky, il saurait me soigner, lui... Quand je tousse au téléphone, il rugit ! Vous savez ce que je fais ? Je prends une grande rasade de sirop avant de lui parler ! Parce qu'il serait capable de débarquer ici pour m'emmener ! *So romantic, so romantic...*

Elle soupire, passe un chiffon sur le comptoir, là où j'ai posé mon café. Dans ses yeux, je lis la nostalgie du Kentucky, de son grand cow-boy maladroit qui sait dompter les bêtes, les compter, les marquer, les attraper au lasso, peut-être...

On avait traversé le Kentucky avec Simon. On venait de Charleston et on allait à Nashville. On avait dormi dans un ranch une nuit qu'on s'était perdus, que j'avais mal lu la carte. On avait bu du café sans goût dans des gobelets de fer-blanc, mangé des côtelettes saignantes avec des haricots et du ketchup, dormi dans une chambre en rondins en écoutant les loups hurler au loin. C'était l'époque où on marquait les bêtes et on avait regardé faire les cow-boys en respirant l'odeur de la viande qui grésillait chaque fois que le fer rougi marquait la peau et que l'animal se tordait comme un ressort avant de se libérer, furieux dans l'enclos, galopant dans de folles ruades, envoyant des paquets de terre en l'air qui retombaient comme de grosses crêpes brunes et sèches, secouant l'échine pour faire tomber le chiffre infâme. Les garçons vachers devaient s'y mettre à trois ou quatre pour tenir l'animal à terre. Ils nous demandaient où était Paris, dans quel pays ? C'est où la France ? C'est grand ? Pas loin de l'Angleterre ? On mange quoi en France ? On y boit de la bière ? Il fait beau ? On y fait des rodéos ? Elles sont blondes, les Françaises ?

On répondait, amusés, et Simon se mettait des gouttes dans le nez. Il avait attrapé froid dans la cabane en rondins et craignait qu'une pneumonie ne le terrasse dans ce trou perdu du Kentucky ! Ils doivent mieux soigner les bêtes que les hommes, ici, disait-il en tordant son long nez embrumé. Il n'avait pas râlé d'être détourné de sa route et d'arriver dans une ferme boueuse au lieu du Grand Ole Opry à Nashville. Il avait reniflé, c'est génial, on se croirait dans un film ! On n'aurait pas vu ça si tu avais bien lu la carte !

Simon...

Chaque fois que je pense à lui, j'ai un creux dans le côté.

Un jour, Mathias m'avait demandé, et s'il revenait et te demandait de repartir avec lui ? Je n'avais pas hésité une seconde, je repartirais avec lui, c'est sûr, je repartirais avec lui. Mais... il ne reviendra pas. Je l'ai perdu. Pour toujours. Il m'avait lancé son regard de sous la grotte. C'est le seul homme que j'ai aimé, j'avais dit, pour m'excuser.

J'avais appris à m'aimer avec Simon. Simon disparu, il fallut que je réapprenne tout, toute seule. Comme une débutante. C'est cela la vraie solitude : se retrouver seule et apprendre à s'estimer, avancer dans la vie sans autres encouragements, sans autres applaudissements que ceux que l'on s'accorde dans le silence effroyable du tête-à-tête de l'âme.

Quand on a appris à s'aimer à deux, c'est dur de s'aimer toute seule.

Je regarde l'apprentie comédienne qui, elle aussi, s'est envolée vers le Kentucky, le scénario ouvert sur ses genoux, je lui demande son nom. Candy, elle me dit.

– Merci, Candy, je reviendrai prendre un café avec vous... en attendant de vous regarder à la télévision !

Elle me fait un clin d'œil joyeux et claque le chiffon sur son épaule avec l'énergie d'une femme de cow-boy qui s'affaire devant son fourneau en attendant son homme.

– Vous me tenez au courant, hein ? S'il appelle ? Vous me donnez votre numéro de téléphone, je vous donne le mien ? Et vous pouvez être sûre que je vais bien le dévisager quand il lira la lettre ! C'est sûr... Je le ferai parler ! Il parle facilement votre ami ?

– Oh ! non... Vous allez avoir du mal !

– Je sais y faire ! Faites-moi confiance ! Avec les hommes, il suffit d'être patiente, de ne rien demander, de se faire toute petite et ils vous donnent tout ! C'est un truc qu'on apprend dans le Kentucky...

– Je devrais aller y faire un stage !

Elle rit et me menace du doigt.

– Parce que si vous tapez du pied, si vous exigez, ils se referment et on ne peut plus rien en tirer ! Les hommes se méfient des femmes. Pas le mien ! Mais ceux que je vois ici, ils sont tous sur leurs gardes. Et les femmes, elles avancent comme des machines de guerre !

Elle soupire, remet un peu de rouge sur ses lèvres, on ne sait jamais... si un producteur passait... et pose un long regard maternel sur moi.

– Vous aimez bien la guerre, vous ? Vous vous compliquez la vie. Si on est toute seule dans la vie, je vois pas bien l'intérêt ! L'amour, c'est quand même ce qu'il y a de meilleur, non ?

J'aurais beaucoup de questions à poser à Candy. Je m'installerais volontiers à son comptoir pour refaire le monde des hommes et des femmes. Mais des hommes en gris entrent, commandent sans interrompre leur conversation et Candy griffonne leur commande.

– Merci, Candy, ça m'a fait du bien de parler avec vous...

– Si je peux servir à quelque chose dans cette ville... Parce que, parfois, il m'arrive de me demander ce que je fais là...

Je la rassure, lui fais un petit signe de la main et sors en regardant une dernière fois dans la rue si Mathias ne s'y promène pas.

En approchant de chez Bonnie, j'aperçois le marchand de journaux qui me hèle derrière son comptoir. J'ai-mis-le-*New York Times*-pour-toi-sur-le-côté, tu-ne-l'as-pas-pris, ce matin... J'ai-fait-des progrès avec le passé-composé... Tu entends ? Mais... il y a quelque chose que je comprends pas dans mon livre...

Il me tend un livre de français et me montre de son doigt brun, aux ongles bombés et roses, la phrase qui l'intrigue : « Les poules-du-couvent-couvent... » Comment tu prononces ? Ça veut dire quoi ?

Je traduis, lui explique cette bizarrerie de notre phonétique puis lui demande pourquoi il s'entête à apprendre une langue que de moins en moins de gens parlent à travers le monde. Un court instant, je crois qu'il hésite à se confier, mais ses yeux brillent si fort que j'attends, confiante, qu'il poursuive.

C'est pour Juliette Binoche, votre grande actrice française. Je-suis-allé, c'est correct ? Je-suis-allé la voir au théâtre quand elle jouait ici, sur Broadway. Une cliente m'a donné une place, elle travaillait dans le show-biz et était empêchée, c'est correct ?, ce soir-là. Je vais, je l'entends, je la regarde et je tombe amoureux d'elle. Trop d'émotion. Elle me monte en l'air. Elle était magique. Elle vibrait. Elle jouait pas, elle vibrait. Elle envoyait des cercles autour d'elle et elle m'a pris dans un cercle. Elle m'a enfermé à tout jamais. Elle ressemble pas aux actrices américaines. C'est une vraie femme, avec de la chair dans les yeux. Je voudrais me rapprocher d'elle... Tu sais, quand elle habitait New York, elle vivait près d'ici et elle est venue plusieurs fois acheter le journal... J'ai-été-si-ému, c'est juste ?, de la voir devant moi, je ne pouvais plus parler. Alors j'ai-décidé, c'est correct ?, d'apprendre le français... C'est vexant votre langue. On croit savoir et il y a toujours une exception qui vous rend stupide. C'est vexant...

Je pense à Mathias. Je n'avais jamais cru bon d'apprendre, ne serait-ce qu'un ou deux mots de tchèque. Ça sert à quoi, le tchèque ? À rien, je lui disais et j'ajoutais, c'est pour cela que tu as appris tant de langues étrangères ! Je me moquais, insouciante et heureuse de regagner un peu de terrain sur lui. Et quand il nous montrait à Virgile et à moi, à plusieurs reprises, fier comme un concessionnaire prospère, une voiture de fabrication tchèque dans les rues de Paris, une Skoda, j'éclatais de rire en lui disant que c'était toujours la même qui tournait en rond pour nous en faire accroire et soigner sa publicité. Je dénigrais son automobile, demandais il y a un volant ? Et combien de roues ? Elles sont livrées avec ou c'est sur option ? Et pour la démarrer, il faut une manivelle ?

Il se renfermait, le regard bleu furieux, demeurait silencieux et hostile jusqu'à ce que je revienne me suspendre à son bras et murmure, joyeuse, c'était pour rire, Mathias, c'était pour rire ! On s'en fiche des voitures ! N'empêche, c'est vexant... il disait, lui aussi. C'est vexant...

J'ai beaucoup à apprendre.

De Candy et du vendeur de journaux...

Dans le hall de l'immeuble, je croise la vieille dame du dixième étage qui me crie « Bon dimanche » comme tous les jours de la semaine. Sa vie s'est arrêtée un dimanche. Depuis, comme un disque rayé, elle souhaite bon dimanche à tout le monde. Elle est assise dans le canapé de l'entrée et regarde les gens passer, les mains sagement posées sur les genoux. C'est son divertissement. Walter me fait signe que la porte de l'appartement est ouverte. Pas besoin de sortir mes clés.

Virgile est sous la douche et mugit son chant de bête blessée. Sa mélopée s'élève et ondule dans l'appartement en une longue plainte lugubre.

Il me rappelle...

Les loups affamés du Kentucky...

Un homme coupé... En deux, par la douleur.

Quasimodo rugissant son amour impossible pour Esméralda que jamais il ne toucha.

Son chant me glace. Je ne m'y habitue pas. L'écoute en frissonnant, imagine mille tourments d'homme saigné à vif. Quelle souffrance enfouie renaît dans ce cri qui lancine ? Quelle souffrance enfouie l'empêche de franchir le seuil du premier rendez-vous et le laisse, tremblant, pressé de fuir, sur le pas de la porte ?

Il reste du café froid sur la table de la salle à manger et je m'en verse une tasse, attendant que le chant se meure et qu'il sorte frais et neuf de la salle de bains.

Il apparaît enfin, le volume de l'*Iliade* à la main.

– J'ai trouvé un passage pour toi, mon amour. C'est Agamemnon qui parle... Écoute bien, écoute Agamemnon qui sermonne Ulysse : « Sois dur avec ta femme ! Ne lui confie jamais tout ce que tu résous ! Il faut de l'abandon mais aussi du secret... Aujourd'hui, il n'est rien de secret pour les femmes ! » « Il faut de l'abandon mais aussi du secret ! » Ça me rappelle quelqu'un, moi... Et toi ?

– C'est facile... C'est facile de faire parler un vieux schnock de l'Antiquité ! Et tu étais où cette nuit ? Tu n'as pas dormi ici...

– J'ai fait une belle rencontre cette nuit, mon amour... Dans un bar...

Il virevolte, émoustillé, avec la grâce d'un destrier ailé qui revient de la chasse.

126

– Une rencontre qui t'a retenu toute la nuit ? Je ne t'ai pas aperçu ce matin dans le grand lit de Bonnie...

– Une belle rencontre... On a marché, on a parlé, échangé des regards, un long baiser... Un très long baiser... J'ai utilisé tout mon anglais, je n'en ai plus...

Il sourit et écarte les mains tel un badaud détroussé.

– Et vous allez vous revoir ? je demande, connaissant déjà la réponse, mais respectueuse du jeu établi entre nous, du rythme qu'il me donne en parodiant la prose du vieil Homère.

Il prend un air effrayé, recule et fronce les sourcils.

– Je ne sais pas... Je vais voir... J'ai un numéro de téléphone... Un souvenir de nuit divine... Un long baiser dans les rues de New York, au coin de Houston et de Spring Street...

– Moi, je sais... Tu vas vivre ton désir comme un rêveur éveillé, l'enluminer, le déguster jusqu'à ce qu'il s'éteigne et qu'une autre rencontre le rallume.

– Tu es méchante !

– Je ne suis pas méchante, je suis savante de toi ! Tu es ma seule science d'homme. Ne me contredis pas !

– Tu veux que je te réchauffe le café froid et t'apporte un muffin ?

– Non... J'ai déjà pris mon petit-déjeuner, sur Broadway, ce matin...

– Tu y es donc retournée ? Il est à New York et tu ne me le dis pas ! Tu me caches tout ! Tu ne me fais pas confiance ? Tu ne m'aimes pas...

– Oh si ! C'est pour cela que je garde le silence...

– Il marche dans les rues de New York et déjà, tu t'emportes... Tu ne penses plus qu'à lui !

– Je l'ai vu, c'est vrai mais il ne m'a pas vue... Il est là, à New York. Oh Virgile ! Que vais-je faire ?

Virgile ne peut répondre et je le sais très bien. Je réfléchis tout haut devant lui. Étends mon impuissance comme une grande voile blanche afin qu'elle se gonfle d'un souffle victorieux et m'emporte vers un rivage heureux.

– Je l'ai rencontré par hasard hier matin, en allant à mon rendez-vous avec Joan. Il mordait à pleines dents dans un beignet sucré.

– Tu veux recommencer ? il demande, tremblant, comme si sa vie se dérobait. Alors tu m'abandonneras, tu me renverras comme un simple valet...

Dans ses yeux s'allume une lueur mauvaise. Une lueur de bête blessée qui va attaquer. Ce n'est plus mon ami. Il me fait peur. Je ne connais pas cet homme-là qui s'appelle Virgile et qui, dans une volte-face, m'envoie un rayon froid de haine, m'isole, me dépèce, me jette à la poubelle. Je suis remplie d'effroi et je crie presque pour le ramener à moi.

– Je ne t'ai jamais abandonné ! Souviens-toi, on vivait tous les trois. Partout où on allait, tu étais avec nous ! Et ma tête glissait de son épaule dure aux douces confidences que je versais dans ton oreille. On te faisait de la place toujours, toujours. On vivait tous les trois et, si on a franchi les quatre saisons, Mathias et moi, c'est en partie grâce à toi... Tu étais notre repos, notre répit, tu éloignais de nous l'éclair qui menaçait, tu boutais les orages au loin, nous traitais d'enfants déna-turés et fous... Toujours tu me recueillais... me donnais de la force, de la patience pour que je reparte l'enfermer dans mes filets...

– Ce n'est pas un homme que l'on prend comme un petit poisson... Je te l'ai dit souvent ! Méfie-toi ! il dit en ricanant, le regard toujours aiguisé en une lame meurtrière.

– Oh ! Virgile... Je suis si faible face à cet homme-là !

Et le silence tombe sur mon aveu de mortelle enchaînée.

Nous demeurons face à face. Le rayon de haine a quitté son regard et ses yeux fuient sur le côté. L'ai-je ou non rêvé ? Virgile m'effraie. Ce n'est plus mon ami...

On venait toujours se reposer près de lui. Il était le point d'eau où l'on se désaltérait quand on avait épuisé le noir amour muet. Mathias aimait Virgile et lui avait tout de suite accordé une place sacrée. J'apprends beaucoup avec lui, me disait-il enchanté, et il ne me demande rien, tu as remarqué ? Il donne tout le temps. Quel drôle de type ! Il le harcelait de questions, et Virgile riait avec bienveillance, tentait de l'adoucir, de l'arrondir, de le polir sans jamais l'offenser.

Virgile observait cet ogre venu d'un horizon lointain, et si proche à la fois, qui se mettait à table partout où il passait, réclamait des victuailles, des voyages, des tableaux, des films, des paysages. Virgile les lui offrait, heureux de rassasier son appétit immense. Et je les contemplais, émue par l'amitié qui unissait ces deux hommes dont je ne pouvais me passer.

Mathias, Virgile et moi.

On partait explorer les rues de Paris, les rues de Bruxelles, les rues de Berlin, tous les trois. Virgile disait, et si on allait voir cette expo de Bacon à Berlin ? cette fête de carnaval à Venise ? les chemins de fer dans le Minervois ? les maisons de Gaudí à Barcelone ? le soleil orange se coucher au-dessus de la mer ? On suivait Virgile partout où il nous emmenait, désireux de nous distraire, heureux de nous épier, de nous goûter des yeux. Et quand, dans un café, la main de Mathias venait prendre la mienne, que son regard se posait, dur et lourd sur moi, Virgile se retirait, disant « j'irais bien faire-euh une petite-euh sieste-euh, lire un livre ou deux », nous laissant Mathias et moi regagner notre chambre.

Quand on allait dans une fête, c'était à trois.

Acheter des baskets ? À trois.

Voir un film iranien ? À trois.

Goûter des fromages de chèvre ? À trois.

Bronzer sur une plage de galets ? À trois.

Écouter Morcheeba à la Cigale ? À trois.

Essayer un nouveau dentifrice ? À trois.

Regarder Oz et Ally Mac Beal à la télé ? À trois.

On voyageait à trois. Virgile sur la banquette arrière avec les cartes routières, les guides, le thermos de café, Mathias au volant et moi préposée à la musique et au chauffage.

On lisait à trois. En remorquant Mathias qui avait parfois besoin d'un dictionnaire.

On inventait la vie à trois. Et Mathias devenait le grand argentier... J'achèterai la rue de la Paix et la Concorde, on transformera le Crillon en cinéma géant, la Concorde en plateau de studio... Moi, je serai le gérant, toi l'ouvreuse et toi, le programmateur. Je ne serai pas l'ouvreuse ! je protestais. Tu seras l'ouvreuse et tu porteras une jolie robe très courte ! Et je te renverserai dans tous les coins obscurs... Ou, si tu veux, tu écriras des scénarios que Virgile tournera en noir et blanc comme les vieux films muets ! C'est un genre qu'on pourrait relancer le film muet... Qu'en penses-tu Virgile ?

Virgile gambadait et répétait « la vie est belle », le cinéma muet pourquoi pas ? Pourquoi pas ? Ou une comédie musicale avec des anges gardiens, des anges démons, des anges gourmands, des anges fainéants et, sur la terre, de pauvres mortels gouvernés par les anges... Un jour, un ange dissipé revient sur terre et ouvre un casino où toutes les recettes sont censées servir les œuvres de Dieu... Sauf que, fortune faite, il perd le sens du divin et devient un mafieux...

Je n'ai pas rêvé tout cela. Ce sont des faits. J'ai des photos, des billets de train, des cartes postales pour le prouver.

Je lui raconte le mot écrit au grand crayon, je lui raconte le Cosmic Café, Candy et sa complicité.

– Ainsi, tu vas rester cloîtrée dans cet appartement jusqu'à ce qu'il appelle et te donne rendez-vous ? il demande, sans me regarder.

Je hoche la tête, muette.

– Finies les promenades sur la Cinquième Avenue... Finis les longs trajets à pied jusqu'à la statue de la Liberté. Finies les découvertes que nous pointions du doigt, ensemble. Tu te retires de la tendre amitié pour affronter l'Amour... C'est l'usage, il paraît. Je m'incline. Mais je pose une condition à cet enferme-ment. Je te laisse trois jours pour l'attendre. Si, au bout de ces trois jours, il n'a pas donné signe de vie, je te tendrai la main, docile captive, et nous repartirons arpenter la ville qui ne dort jamais.

Il tend la main vers moi, je m'en saisis, la frappe et la refrappe avec un tel entrain qu'on finit tous les deux en pugilat heureux. Tu m'aimes ? je lui demande pour effacer le trouble qui m'a égarée. Je t'aime de toutes mes forces, il me répond. Je ne t'ai pas blessé ? je demande encore. J'aime tout ce qui vient de toi, tu le sais... Je suis belle ? Assez belle pour qu'il me reprenne si je le supplie ? Tu es magnifique...

C'est ainsi que je vécus seule pendant trois jours, guettant le téléphone et la voix de Mathias. Virgile ne revenait que pour me surprendre, guetter la fièvre sur mon front. Puis il repartait, me laissant dans l'attente du téléphone qui sonne.

Je n'étais pas complètement seule.

Dans le petit magnétophone noir, il y avait Louise.

La voix de Louise qui s'élevait, fluette, et me rappelait les deux années de ma vie passées à son chevet.

Je glissais une cassette, appuyais sur PLAY et son fantôme rose aux os pointus revenait me tenir compagnie. Je repartais comme par magie dans son appartement de Rochester, prenais la clé que Marje plaçait sous le paillasson, criais, c'est moi Louise, je suis là, je t'ai apporté des raisins, des pommes, des crêpes et des journaux... Traversais le petit salon avec sa table nue, sa vieille machine à écrire qui ne servait plus, ses trois chaises inutiles, et le pauvre tapis de quatre sous, et venais m'asseoir à ses côtés, dans cette chambre austère qui s'était rétrécie au lit rempli de livres et de dictionnaires. Elle me recevait, droite sous la couverture jaune, attendant mes visites, mes questions et le sandwich du soir au beurre de cacahuètes. Elle me disait, laisse-moi te regarder, tu as bonne mine ! Ou, tu as fait la fête, ça se voit, tu as les yeux qui tombent dans le menton ! Et ne mets pas ces grosses boucles d'oreilles : on ne voit que ça ! On ne voit plus ni tes yeux ni ton sourire !

Elle avait l'œil à tout. À ma mine battue, aux boucles d'oreilles géantes, à l'ourlet défait de mon vieux Burberry, qu'elle entreprenait aussitôt de réparer. Et tu le repasseras après pour bien l'aplatir ? Avec un linge mouillé... Tu n'as rien d'autre à raccommoder ? J'étais très bonne autrefois dans les travaux ménagers.

– Raconte-moi, Louise, l'histoire de cet homme qui t'a humiliée devant tous, à la cafétéria...

– Oh ! cette histoire-là... Je te l'ai racontée cent fois !

– Raconte-la-moi encore ! Tu ne racontes jamais pareil ! Et puis, j'apprends tant de choses quand tu parles...

– Tu ne seras jamais sage. On n'apprend pas comment se conduire en amour.

– Raconte-moi quand même...

Et je m'étends de tout mon long, près du magnétophone, sur le grand lit de Bonnie pour écouter sa voix et la mienne mêlées.

– Je venais juste de rencontrer George Marshall... J'avais vingt-deux ans, six films derrière moi. J'étais mariée à Eddie Sutherland depuis deux ans, mais on ne se voyait pas souvent. Drôle de mariage que celui-là ! Il vivait à Los Angeles, et moi à New York. Je le trompais tout le temps et lui aussi. Il y mettait plus de discrétion que moi, il est vrai, mais on était quittes. Il avait tellement insisté pour que l'on se marie que

j'avais fini par dire oui. J'avais dix-neuf ans...
Qu'est-ce qu'on sait de la vie à dix-neuf ans ?

– Pas grand-chose... Mais à trente ans, on ne sait
rien non plus. À quel âge apprend-on ?

– On n'apprend jamais. On refait chaque fois le
même parcours, les mêmes erreurs. C'est plus fort que
nous... On se doit d'emprunter le même labyrinthe
chaque fois qu'on aime !

– Mais quand tu t'es mariée, tu n'étais pas amoureuse du tout ?

– Non ! Tu sais, pendant longtemps j'ai été une pas-
sante indifférente dans ma propre vie ! Je me regardais
faire comme si ce n'était pas moi qui agissais... Tu
comprends ça ?

– Parfaitement...

– Souvent, quand j'essaie de me rappeler comment
j'étais, je me vois avancer dans un long couloir rempli
de brouillard. Ma vie n'avait pas de sens. Je me révol-
tais tout le temps pour me soumettre l'instant d'après...
À l'époque, on disait que j'étais insolente, originale,
libre... J'étais tout simplement un petit animal lâché
dans la vie qui dévorait tout ce qui passait à sa portée.
Cette innocence, si elle charmait ou offensait les gens,
m'a été fatale. Je ne réfléchissais pas, j'agissais.

– Ou tu réagissais peut-être ?

– Je me jetais dans tout ce qui passait comme un
chien de cirque dressé à sauter dans l'anneau qu'on lui
tend. J'étais heureuse de faire sensation, j'en rajou-
tais... Ignorante du ressort secret qui me précipitait
chaque fois dans le gouffre. C'est l'histoire de ma vie,
cette inconscience. Pour mon premier mariage, pour le
second aussi d'ailleurs, j'ai agi sur un coup de tête.
Sans réfléchir. J'aurais dû dire « non », mais j'ai tou-

jours été facilement convaincue. Si facilement convaincue...

Le magnétophone tourne quelques instants en silence puis les mots reviennent...

– Je n'avais pas confiance en moi parce que je ne m'estimais pas assez, bien que je fusse têtue, dure, égoïste. L'âge et la maladie m'ont beaucoup adoucie. Eddie, je le trouvais drôle, charmant. Mais on n'était pas faits pour vivre ensemble. Il adorait les grandes réceptions, j'aimais la solitude. Il adorait Hollywood, je m'y sentais en terre étrangère. Il adorait sortir, j'aimais lire sur mon lit, dans ma chambre. On a dû passer dix jours ensemble pendant les six premiers mois de notre mariage ! Et ça ne s'est pas arrangé par la suite ! On vivait mariés, mais séparés. On faisait de notre mieux pour sauver les apparences, car notre mariage ne tenait plus que par le fil de nos absences. Comment en vouloir à un mari qui n'est jamais là ? Je ne me posais même pas la question d'ailleurs, je vivais à toute vitesse. Je dévorais la vie, me laissais dévorer par elle. J'étais l'actrice qui montait. On me prédisait un avenir brillant. « Les qualités photogéniques de Louise Brooks valent un million de dollars. Cette fille va arriver tout droit aux sommets du monde du cinéma », écrivait *Variety*, la bible du métier ! Ma photo faisait la une de tous les journaux. Je ne les achetais jamais. Les journalistes se bousculaient pour me rencontrer, je les recevais dans mon lit parfois ! racontais n'importe quoi pour les égayer, les égarer. Ils gobaient tout. Je nourrissais le monstre de la publicité qui faisait de moi la fille que je n'étais pas... Au fond, je n'étais personne, je crois bien...

– Tu ressemblais à l'image de toi dans les journaux...

– Je finissais par ressembler à ce que les autres pensaient de moi. C'est terrible, cette image qu'on te fabrique, ou plutôt que tu laisses les autres te fabriquer parce que tu ne sais pas qui tu es. Non seulement ça t'emprisonne, mais ça t'empêche de croire en toi... Tu te demandes suis-je vraiment cette fille superficielle qui vit la nuit, entourée d'hommes, de fourrures, de champagne ? Est-ce vraiment moi ? J'étais d'autant plus troublée que j'ai connu des gens pour qui c'était exactement l'inverse !

– Qui, par exemple ?

– John Wayne. J'ai tourné un film avec lui, je peux te dire qu'il buvait énormément, qu'il baisait énormément et qu'il arrivait toujours sur le tournage avec une de ces gueules de bois ! Pourtant, il a fini par incarner le cow-boy exemplaire ! Le père de famille tranquille, le bon Américain... C'est étrange, non ? À quoi tient l'image qu'on te fabrique ?

– À un malentendu au départ...

– Oui, peut-être... un sacré malentendu dans mon cas !

Elle soupire et sa petite voix reprend, précise, aiguisée :

– À l'époque, je m'en fichais pas mal ! Je me fichais de tout ! Je recevais plus de deux mille lettres de fans par semaine et n'y répondais jamais ! Au moment de l'histoire que je vais te raconter pour la centième fois, cette histoire si brooksienne comme diraient les faiseurs de légende... je venais de tourner *Une fille dans chaque port* d'Howard Hawks.

– Howard Hawks ? Tu sais ce qu'il disait de toi ?
« J'ai engagé Louise Brooks parce qu'elle était très
sûre d'elle, qu'elle savait très bien analyser les choses,
et qu'elle était très féminine. Elle était très en avance
sur son temps. Et c'est une révoltée. J'aime les
révoltées. »

– C'est flatteur, mais je ne l'ai su que plus tard. Trop
tard... Il était beau Howard Hawks. Beau et indifférent.
Si élégant aussi ! Sais-tu qu'à l'époque beaucoup de
metteurs en scène commençaient comme acteurs et,
quand ils n'avaient pas de travail, devenaient réalisateurs ?

– Non, je l'ignorais...

– J'ai aimé travailler avec Hawks parce qu'il me
laissait faire ! Il ne me donnait pas d'indications. Il
disait vas-y, promène-toi devant la caméra ! Et moi,
j'y allais. J'étais naturelle... Je ne me suis jamais servie
de ma sexualité à l'écran. Et je n'ai jamais eu l'impression d'avoir une attitude de séduction. Les gens qui
essaient d'être sexy ne sont que des imbéciles qui
dupent d'autres imbéciles. Moi, j'étais nature !

– C'est ce qu'il y a de plus dur !

– Je ne pense pas. Et c'est ce qui fait la différence
entre une grande actrice et une grande personnalité. En
tout cas, c'est dans ce film-là que Pabst m'a remarquée
et a eu l'idée de m'engager pour sa Lulu. Tout le monde
me trouvait lumineuse, unique, mais je m'en fichais
pas mal ! Je savais que je n'étais pas une bonne actrice,
je gâchais les films par ma seule présence. J'avais rencontré George Marshall et je sillonnais tout le pays
pour le retrouver. Il voulait à tout prix que je me sépare
d'Eddie. Laisse-le tomber, laisse-le tomber..., il répétait. J'étais de plus en plus attachée à George et j'ai

fini par demander le divorce. Pendant ce temps, à la Paramount, ils me cherchaient partout pour tourner dans un nouveau film de Bill Wellman, *Les Mendiants de la vie*. Ils n'arrivaient pas à me mettre la main dessus et étaient très vexés que je fasse si peu cas de leur empressement à me faire tourner.

– Tu ne voulais pas devenir actrice ? Une vraie actrice dont c'est le métier ?

– Mais le métier de quoi ? Rester là, à attendre et à se demander « miroir, miroir, suis-je la plus belle ? »... À Hollywood, tu sais, c'était le règne de l'humiliation systématique. Les actrices devaient sans cesse s'abaisser à remercier les généreux producteurs, les merveilleux scénaristes, les fantastiques réalisateurs qui avaient pensé à elles pour tel ou tel rôle, ne jamais discuter de rien, ni de leur salaire, ni du scénario, ni de leurs costumes, mais toujours flatter et se soumettre, s'humilier devant ces grands hommes de génie ! Ça me faisait bien rire ! Chaplin était un génie, oui ! Le plus grand des génies... Les autres étaient de bons ou de moins bons fabricants de pellicule ! À New York, dans les studios, on ne se la jouait pas, on maniait plutôt l'ironie, le sarcasme et j'étais excellente à ce petit jeu de dérision ! Je me trouvais moi-même si nulle que j'étais la première à repérer les défauts des autres ! J'y prenais même un malin plaisir ! Bref, j'arrive sur le tournage des *Mendiants de la vie*, et je commence tout de suite à me faire remarquer. J'envoie balader l'auteur du livre dont était tiré le scénario. Un type repoussant, imbu de lui-même que tout le monde portait aux nues parce qu'il venait de la rue et avait l'apparence du vrai clochard. Ça les impressionnait, les gens du studio qui n'avaient jamais mis le nez dehors ni pris le moindre risque !

– Ils avaient l'impression de s'encanailler...

– Un jour où nous posions pour une photo de publicité, ce type répugnant glisse sa main sous mon pull et je le repousse si brutalement qu'il perd l'équilibre et se casse la figure devant tout le monde !

– Tu as eu bien raison !

– Pas si sûr ! D'autres plus malignes se seraient laissé peloter sans rien dire. Ensuite, je demande à Wallace Beery, un des acteurs du film avec moi, pourquoi tout le monde raconte qu'il est un poltron ! Il ne s'est pas vexé. Il m'a répondu gentiment que c'était parce qu'il refusait de faire les cascades dangereuses et les laissait à sa doublure. Il m'a conseillé d'en faire autant, m'a mise en garde contre le sadisme du réalisateur qui s'amuse à risquer la vie de ses acteurs. « Les metteurs en scène adorent tuer les acteurs », il me dit. Évidemment, je ne l'ai pas écouté et j'ai failli me rompre le cou plusieurs fois lors de ce tournage ! Wellman m'a fait sauter d'un train au risque de me casser les jambes et, à l'écran, on ne voit même pas que c'est moi qui fais la cascade ! Tu n'appelles pas ça du sadisme, toi ? J'ai remarqué cette haine des actrices chez de nombreux metteurs en scène. Ils se servent du pouvoir que leur donne leur place derrière la caméra pour les humilier, les pousser à bout, les massacrer. La haine des femmes ou la haine de l'emprise que ces femmes exercent sur eux ? Pabst, par exemple, détestait le sexe parce qu'il craignait que cela ne l'empêche de travailler. Il le transfigurait en le mettant en scène, le transformant en un objet de fascination. Mais Pabst, je l'ai confondu ! Je te raconterai une autre fois...

– Qui d'autre encore as-tu malmené lors de ce tournage ?

– L'acteur principal, Richard Allen, celui avec lequel j'étais supposée vivre une grande histoire d'amour à l'écran. J'avais tourné un film auparavant avec lui et je ne m'étais pas pâmée devant ses qualités d'interprète. Je le trouvais médiocre et ne pouvais le lui cacher. Il essayait de se faire mousser et je le considérais de mon œil noir sans jamais renchérir sur les merveilleuses qualités qu'il s'attribuait, qu'il voulait qu'on lui attribue. Il se vengeait en me disant que j'étais moche, mauvaise, que je ne devais ma carrière qu'à mon mari et que le jour où Eddie m'abandonnerait, je finirais dans le caniveau ! Mon manque de louanges le rendait fou ! Il n'a jamais autant bu que sur ce tournage. Ça t'est déjà arrivé de ne pas pouvoir encenser quelqu'un qui n'attend que ça ? Qui guette le compliment que tu ne peux pas faire ?

– Oui, souvent...

– Et alors, il te déteste, n'est-ce pas ?

– On s'en fait un ennemi à vie... Parce que non seulement on ne l'encense pas mais en plus, il s'est rendu ridicule en recherchant l'hommage qui ne vient pas ! On lui inflige un double affront !

Elle éclate de rire et répète c'est ça, c'est exactement ça... Mon Dieu ! Que les sots sont prétentieux ! Puis elle boit une gorgée d'eau, j'entends sa main qui tapote la tablette de sa table de nuit pour reposer son verre, et elle reprend :

– Eh bien, moi j'étais la reine du double affront ! Sur ce tournage, il y avait aussi un scénariste et directeur de production, un dénommé Benjamin Glazer, que je trouvais pompeux, prétentieux. Il écrivait dans *Vanity Fair* et se croyait très important. J'essayais de ne rien dire, mais devais mal dissimuler ma pensée parce que lui aussi m'a prise en grippe ! Mon sacro-saint amour de la vérité ! Il m'en a joué des tours ! Le tournage commence et j'étais déjà fichée comme incontrôlable, dangereuse, antipathique, difficile... Ils n'attendaient tous qu'une chose : me faire mordre la poussière ! Et devine qui les a aidés gracieusement dans cette entreprise de démolition ?

– Toi...

– Absolument ! Je me suis tuée à bout portant ! Toute seule ! Comme une grande ! Et c'est alors que le cascadeur entre en scène ! Cet homme, Harvey, était vulgaire d'esprit et de visage. Il parlait mal, regardait mal les femmes, se servait de son corps pour épater les filles... Un vrai rustre sans la magie du rustre ! Tu sais quand la simplicité, la rugosité d'un être est si pure, si simple qu'elle devient belle ! Lui non. C'était ma doublure. Je ne l'avais pas remarqué jusqu'au jour où il effectua une cascade terrifiante, sauta d'un train en marche, se laissa rouler dans un ravin et s'arrêta exactement à l'endroit que le metteur en scène avait indiqué. Il avait risqué sa vie pour cette cascade de quelques secondes à l'écran, et il s'en sortait, indifférent et calme, en disant je l'ai fait, vous êtes content, mais ne me demandez pas de la refaire ! Je l'ai regardé et, soudain, ne me demande pas pourquoi, j'ai été fascinée. Par sa beauté solide, sa pugnacité, son courage devant le danger... Et j'ai eu envie de lui très fort à ce moment-là, envie de passer une nuit avec lui. Une nuit avec un bel inconnu dangereux !

– Je connais ça par cœur !

– Ah ! Je le savais ! Ça t'est arrivé aussi ?

– Des dizaines de fois ! Mais, souvent, quand on se réveille, on est déçue. On s'est raconté une histoire qui n'existe pas !

– Cet homme, ce Harvey, non seulement il possédait un corps sublime, mais il avait un caractère de cochon et envoyait promener tout le monde, y compris Bill Wellman dont il dépendait pour vivre... Le soir, quand on est rentrés du tournage, je lui ai donné rendez-vous en chuchotant, je vous attends dans ma chambre à minuit...

– Il est venu ?

– Bien sûr qu'il est venu ! Tu parles ! Il se faisait la vedette féminine du film ! Le lendemain matin, je vais prendre mon petit-déjeuner à la cantine et je tombe nez à nez avec lui. Tout le monde était là... Il a bien vérifié d'un long regard circulaire qu'on l'écoutait, puis il m'a dit : « Dites-moi, mademoiselle Brooks, c'est vrai ce qu'on raconte sur votre liaison avec monsieur X ? (Et il a cité le nom d'un producteur important que je ne connaissais pas.) Vous savez que ce monsieur a la syphilis ? Donc il est fort probable que vous l'ayez aussi... Voyez-vous, pour exercer mon métier, je dois être en bonne santé. Et après la nuit que nous avons passée, je me demande si j'ai des raisons de m'inquiéter... D'autant plus, a-t-il ajouté après avoir une fois de plus constaté que TOUT LE MONDE écoutait, d'autant plus que ma petite amie arrive cet après-midi et que je ne voudrais pas la contaminer ! »

– Quel salaud !

– J'ai filé dans ma chambre, je m'y suis enfermée et je n'ai plus voulu en sortir jusqu'à ce que j'y sois obligée ! J'étais dévastée. Et quand j'en suis sortie, ils m'ont tous regardée en pensant « ah ! ah ! la grande Louise Brooks est tombée bien bas ! Elle nous méprise tous et s'envoie en l'air avec un cascadeur, un vagabond stupide et illettré ! » Voilà, c'est juste une anecdote, mais elle illustre à la perfection l'histoire de ma vie. J'ai toujours été attirée par les mauvaises personnes et je négligeais celles qui me voulaient du bien...

Louise la Jeune avait tiré une mèche de cheveux et la retournait entre ses doigts, rêveuse.

– Elle était incroyablement libre, Louise... Elle parlait comme une fille d'aujourd'hui !

– On parlait de tout ! De l'emploi du Tampax à la phrase de Proust ! Elle lisait, regardait la télé, posait mille questions, s'intéressait au moindre détail...

– Ce qu'elle dit sur les rapports hommes-femmes ! Ça n'a pas changé ! On est toutes plus ou moins comme Louise, non ? Toujours attirées par des hommes méchants alors que les gentils, on les néglige ?

– Vous aussi ?

– Il n'y a pas que moi... Mes copines sont pareilles ! Même si, interrogées, elles jureraient le contraire ! Mais je les vois faire... Et c'est vrai aussi pour ma mère qui, toute sa vie, a souffert de la manière dont mon père la traitait sans pouvoir se résoudre à le quitter...

– Pourtant il y a des femmes qui aiment les hommes gentils...

– Elles disent qu'elles les aiment mais sont prêtes à perdre la tête pour le premier méchant qui passe...

– La souffrance, la distance, le refus, c'est sûr, exacerbent le désir... J'aurais beaucoup de mal à vivre une passion calme... D'ailleurs les deux mots se repoussent !

– Elle a été amoureuse de Chaplin, Louise ?

– Elle prétendait n'avoir été amoureuse de personne. C'était son credo, elle le proclamait tout le temps, fière comme une majorette...

– Qu'est-ce qu'elle disait de lui ? Comment se sont-ils rencontrés ? Ça a dû être terrible entre ces deux-là ! J'imagine le couple incroyable qu'ils devaient former !

– Revenez demain... Ce soir, je suis fatiguée... Je n'ai pas arrêté d'écrire depuis que vous m'avez apporté cette machine ! Je vais dormir ! Vous pourriez m'acheter des piles pour mon discman ?

– Pour écouter le vieux Schubert encore et encore ?

– Il va bien avec Louise, le vieux Schubert ! Vous savez, elle avait l'oreille extrêmement fine... Quand elle m'avait chanté la chanson du film *Prix de beauté*, elle n'avait pas fait une seule fausse note ! Elle se souvenait parfaitement bien de la mélodie...

– Elle était douée pour tout ! La danse, le chant, la comédie, l'écriture ! Pas étonnant que Chaplin soit tombé en arrêt devant un tel prodige !

– Et elle alors ! Elle n'en revenait pas de l'avoir séduit ! Elle se réveillait, la nuit, pour le regarder dormir !

Il faut se souvenir de ce qu'était Chaplin, à l'époque ! En 1925, il était connu dans le monde entier et il venait présenter à New York son film, *La Ruée vers l'or...* La première eut lieu le 17 août, au Strand Theatre de Broadway, juste à côté du New Amsterdam Theatre où Louise dansait dans le spectacle des Follies... Et, entre ces deux-là, ce fut le coup de foudre !

Louise la Jeune se retire sur la pointe des pieds, murmure à demain en refermant la porte, je ferme les yeux et je retrouve Louise.

J'entends sa voix me raconter...

– On a été attirés l'un vers l'autre au premier regard ! La chimie de deux corps qui se reconnaissent, s'appellent... Je me disais tu n'es pas si nulle si ce grand homme perd son temps avec toi. Tu n'es pas si bête ! Tu n'es pas si moche ! Mais je n'ai jamais, jamais été amoureuse de lui.

– Il était comment Chaplin ?

– C'était un génie ! Qu'est-ce qu'on n'a pas raconté pour le salir ! Il arrivait en conquérant... New York s'était faite belle pour lui. J'avais dix-huit ans et lui trente-six. Je venais d'avoir un tout petit rôle dans mon premier film, *The Street of forgotten men*. Je dansais, je jouais la comédie et je sortais toutes les nuits jusqu'à quatre heures du matin, escortée d'une foule d'admirateurs qui se battaient pour m'entretenir luxueusement ! Je raffolais des toilettes, des fourrures, des bas, des chaussures, des parfums, des fleurs, des beaux appartements sur Park Avenue ! Je n'avais pas aimé du tout ma courte expérience au cinéma, je m'étais juré de ne plus jamais recommencer, mais les producteurs, eux, avaient adoré ! Ils avaient déclaré que j'étais différente ! Et j'ai été courtisée par deux studios à la fois ! Je me suis dit alors que c'était un moyen facile de

gagner de l'argent et j'ai continué. Pour l'argent.
J'achetais ma liberté. Je n'ai jamais eu envie, contrai-
rement à beaucoup de filles des Follies, de dégotter un
riche mari... Je voulais vivre, m'amuser, danser,
dépenser tout mon argent. Je voulais fasciner les gens
et non pas leur appartenir. Rencontrer des gens intel-
ligents et les épater. Peut-être parce que j'avais un
complexe, que je me trouvais bête, en plus de me
trouver moche !

– Parce que tu n'avais pas fait d'études ?

– Sûrement. Bref, Chaplin et moi, on s'est embrasés
au premier regard ! Il était si élégant, si soigné, si
intelligent ! Si compliqué ! Il n'avait peur de rien. Et,
en plus, c'était un amant raffiné. Il voulait tout essayer.
C'est drôle, le sexe n'a rien à voir avec l'amour. On
peut s'entendre merveilleusement bien avec quelqu'un
sexuellement et l'oublier le lendemain...

– Tu crois ? Moi, je n'y arrive pas. Quand je
m'entends bien avec quelqu'un sexuellement, je
n'arrive pas à l'oublier, justement ! C'est comme s'il
avait trouvé un passage secret pour pénétrer en moi...
et qu'il me retenait prisonnière.

– Ça, c'est quand tu es amoureuse ! Quand tu aban-
donnes ton corps, ta tête et ton cœur... Quand les trois
racontent la même histoire, jouent la même partition.
Là, c'est très dangereux... Mais il ne t'est jamais arrivé
d'être très bien avec quelqu'un au lit et de l'oublier
dès que tu poses un pied par terre ? Réfléchis bien...

– Après, continue...

– J'ai passé deux mois merveilleux avec Chaplin.
Un jour, il me dit : mets ton chapeau, tes gants, de
bonnes chaussures pour marcher, on va vérifier si je
suis aussi célèbre que le prétend mon agent ! Et nous

voilà partis, du haut de la ville jusqu'en bas. En descendant la Cinquième Avenue, on a dû faire au moins cinquante-cinq blocks ! Charlie marchait, marchait, devant moi, guettant le regard des badauds. Tout juste s'il ne les saluait pas pour qu'ils le reconnaissent ! Mais personne ne le remarquait ! Nous atteignons Washington Square sans qu'il soit arrêté une seule fois par un admirateur ! Il était furieux, moi, j'avais mal aux pieds, je voulais prendre un taxi et rentrer à l'hôtel. Mais il me dit, on repart. Ils vont bien finir par me reconnaître ! Et nous voilà repartis bras dessus, bras dessous en sens inverse ! Enfin, enfin, un type l'a reconnu à la hauteur de la 23e Rue et a crié, Hé les gars ! Venez voir... C'est Charlie Chaplin ! Et soudain, il y a eu une foule de gens autour de nous qui demandaient des autographes, qui voulaient le toucher et il a fallu qu'on saute dans un taxi pour leur échapper ! Il était content, il riait, il riait... Il disait c'est agréable le succès quand même ! C'est agréable d'être aimé ! Il ne faisait pas la fine bouche. Il profitait de tout ! On sortait tous les soirs, on allait voir tous les spectacles. Tout l'intéressait et il pouvait passer des heures dans un petit bar minable downtown, à écouter jouer un violoniste obscur. Il l'observait si minutieusement qu'il le replaçait après dans un film ! La vie réelle était son champ d'observation. Tout lui servait... Et il puisait dans sa sexualité débordante son énergie créatrice. C'était un homme magnifique, au-dessus de tout. Un homme généreux, en plus ! C'est le seul réalisateur qui payait ses employés intégralement quand il ne tournait pas ! Il était inclassable. C'est pour cela qu'il a été si maltraité par les Américains : il échappait aux normes d'Hollywood. Le grand crime ! Il n'a jamais humilié personne. Il n'en avait pas besoin. Quel talent il avait ! Il se mettait au piano, il jouait, puis il se levait et dansait, se lançait dans des pantomimes, des imitations, j'ai appris à jouer en le regardant bouger ! Il était si libre de son corps !

– Et puis, vous vous êtes séparés ?

– Il devait repartir travailler à Hollywood. On s'est quittés en bons camarades. Il ne m'en a jamais voulu de ne pas être tombée folle amoureuse de lui. Cela ne le vexait pas. Il ne m'a pas offert de bijoux, de fourrures, il m'a envoyé un chèque de deux mille cinq cents dollars et je ne l'ai même pas remercié ! Tu vois comme j'étais ingrate ! On ne s'est jamais revus...

– Ça t'a rendue triste ?

– Même pas... Je te l'ai dit déjà, je vivais dans un brouillard, je n'étais consciente de rien ! Tout ce qui m'arrivait était sans importance puisque je ne m'accordais aucune importance. C'est plus tard, beaucoup plus tard que j'ai compris... Quand j'ai commencé à raconter ma vie dans ce livre que j'ai brûlé en entier... Mais il était trop tard.

– Tu crois que tu l'as fasciné, lui ?

– Oh ! Je ne crois pas. Le personnage fabriqué par la presse était peut-être fascinant, mais pas moi ! Il a dû sentir que j'étais démunie face à la vie... que je me ferais avoir par n'importe qui et que je m'en fichais pas mal ! Il a dû comprendre tout ça, mais il ne m'en a rien dit. Il ne pouvait rien pour moi. Il était écrit que je devais me détruire toute seule...

– Mais tu disais tout à l'heure que tu voulais épater les gens ?

– Beaucoup de femmes sont comme ça, je crois. Elles se sentent bêtes et veulent prouver le contraire.

C'est un travers féminin que j'ai souvent rencontré. Surtout chez les filles jolies, les actrices, les danseuses... Comme j'agissais souvent en parfaite petite imbécile, je voulais me racheter et montrer que j'avais une cervelle. Un soir, je me souviens, j'ai accompagné Herman Mankiewicz, le frère aîné de Joseph, à une première de théâtre, *No, no Nanette*... Il était critique au *New York Times* et devait écrire un article sur la pièce. J'étais vraiment excitée d'aller voir cette pièce que tout le monde attendait. Excitée de sortir avec lui ! C'était un bel homme ! On a tellement bu avant d'y aller qu'il a été incapable d'écrire l'article qu'il devait livrer dans la nuit... c'est moi qui l'ai rédigé ! Ils n'y ont vu que du feu au journal ! Ce jour-là, j'ai été fière ! Une petite girl des Follies réussissait à l'égal d'un des meilleurs critiques new-yorkais ! J'aurais peut-être été différente si on m'avait regardée différemment... J'aurais appris... Le métier d'acteur est le métier le plus stupide que je connaisse. Je n'étais pas dupe, je le disais. Toujours fascinée par cette sacro-sainte vérité !

– D'où te venait cet amour de la vérité ?

– De ma chère mère. J'ai grandi dans une famille où, quand on disait la vérité, on n'était jamais puni.

– C'est drôle, moi aussi ! Maman disait toujours, faute avouée, faute mille fois pardonnée !

– Il y a des familles où l'on reçoit une gifle quand on avoue avoir fait une bêtise. Avec ma mère, c'était le contraire. Un jour, j'étais petite, j'ai cassé en jouant une tasse de son plus beau service en porcelaine. Je suis allée la voir avec les morceaux de la tasse à la main. Elle était au piano, en train d'étudier Bach... Ma mère était une très grande pianiste, tu sais ? Elle n'a jamais eu le courage de monter sur scène pour jouer, mais elle interprétait Debussy comme personne ! Ce jour-là, elle était sur son tabouret et ses doigts voltigeaient au-dessus du clavier... J'arrive, pour avouer ma faute, elle m'écoute à peine, ne tourne pas la tête et me dit c'est très bien, ma chérie, mais tu sais qu'il ne faut pas me déranger quand je suis au piano ! Elle s'en moquait pas mal, de la belle tasse ! Elle se moquait pas mal de ses enfants aussi, je crois, mais elle m'a donné le goût de la beauté et de la vérité. Virginia Woolf disait : « La vérité rend stable et permanent tout ce qu'elle touche », et Lou Salomé : « Chaque fois qu'une chose *est*, elle représente le poids de l'existence en soi comme si cette chose était tout. » Deux grandes femmes qui ont su faire quelque chose de leur vie...

– Cet amour de la vérité a dû te jouer des tours ?

– Bien sûr ! J'ai longtemps pensé que tous les gens étaient comme ma mère ! Un jour, à New York, c'était pendant mes années noires, je n'avais pas d'argent, je monte dans un taxi, je donne mon adresse au chauffeur, et j'ajoute que je n'ai pas un sou pour le payer ! Qu'il est libre de refuser mais que je suis si fatiguée que s'il ne m'emmène pas, je vais m'asseoir sur le trottoir et m'endormir !

– Et alors ?

– Il m'a emmenée chez moi ! Tu vois, parfois, ça marche la vérité ! Et quand ça marche, c'est comme un pacte que tu passes avec l'autre, une sorte de magie qui entre dans ta vie... Mais il faut reconnaître que ça marche rarement et que ça m'a plutôt desservie ! On est si peu à jouer ce jeu-là ! On se reconnaît d'ailleurs entre nous... Je crois que c'est ma sincérité brutale qui a fasciné George Marshall quand il m'a rencontrée.

– Parle-moi de lui...

– Une autre fois... Va me faire une citronnade, j'ai la voix cassée, la gorge sèche. Ce n'est pas l'heure de Marje ? Elle est en retard !

– Je vais te faire ton sandwich... Elle doit savoir que je suis là et elle ne descendra pas.

La voix de Louise se tait et la bande s'arrête.

Je me souviens de cet entretien avec Louise. Je n'ai pas mis de numéro sur la bande, mais on se connaissait déjà très bien pour qu'elle me parle ainsi.

Je me souviens qu'après, elle m'a demandé de lui donner un bain.

Je l'ai prise dans mes bras et l'ai portée jusqu'à la salle de bains aussi dépouillée que le reste de l'appartement. Rien pour accrocher le regard. Pas le moindre flacon de sels de bain, le moindre savon parfumé, la moindre crème hydratante. Une brosse à cheveux, un peigne posés sur le rebord du lavabo et, dans un verre, une brosse à dents et un tube de dentifrice. Je regardais son corps frêle, si blanc, ses jambes maigres à la peau de lézard. Elle m'a dit, ce n'est pas beau de vieillir... Ce n'est pas beau, hein ? Pourquoi faut-il qu'on soit si décrépite ?

J'ai relevé ses longs cheveux pour qu'ils ne se mouillent pas. Je les ai attachés. Je l'ai plongée dans l'eau chaude du bain, lui ai tendu un gant plein de savon et je suis restée là, à ses côtés, lui maintenant la tête hors de l'eau pendant qu'elle se lavait. Elle disait c'est bon de sentir l'eau chaude sur ma peau, le gant sur ma peau...

– Tu pourrais me couper les ongles des pieds ? Je n'y arrive pas toute seule !

Je la ramène sur son lit, coupe la corne jaune et dure. Ce ne sont plus des ongles, elle marmonne, c'est du sabot. Je lui fais un massage avec la crème de huit heures d'Elisabeth Arden dont j'ai toujours un tube dans mon sac.

– Tu sais qu'on peut savoir qui sont les gens en étudiant leurs pieds ?

– Vraiment ?

Son regard se fait perçant comme chaque fois que je vais lui raconter une histoire. Il immobilise le temps, le retient entre les griffes de ses yeux noirs.

– Ma grand-mère, la bohémienne... C'est elle qui m'a appris à lire les pieds... Le pied gauche, c'est la sensibilité, le pied droit, la raison. Chaque doigt de pied représente un état de l'esprit ou du cœur. Tu vois, toi, tu as les deux petits doigts de pied tout recroque-villés... Ça veut dire que tu as peur de t'attacher, que tu ne te sens pas du tout en sécurité dans la vie !

– Ce n'est pas faux...

– Tu n'as aucune ambition, on le voit là dans ton deuxième doigt, tout court... mais une grande créativi-té... là dans le troisième, tout long...

– Elle est morte jeune, ta grand-mère ?

– Non. Très vieille. Elle était très savante...

– Elle aimait les hommes, elle aimait l'amour ?

– Je n'ai jamais osé lui demander !

– Moi, c'est toujours la question que j'ai envie de poser aux gens... Les gens qui aiment faire l'amour ne sont jamais, jamais mauvais !

Louise ne m'a jamais fait de confidence précise sur sa vie sexuelle. Certaines anecdotes lui ont échappé malgré elle. Mais elle raffolait de la vie sexuelle des

153

autres. Toute sa vie avait été dirigée par le sexe. Puis par l'envie d'écrire. Le sexe et l'écriture...

Et pourtant, même à soixante-seize ans, décharnée et blafarde, Louise restait séduisante. La force de la vérité en elle, cette déesse qu'elle avait servie toute sa vie, la rendait grande et belle et désirable.

Je me surprenais souvent à la prendre dans mes bras pour la bercer. Elle voulait bien que je la porte de sa chambre à la salle de bains. Elle voulait bien que je lui coupe les ongles des pieds. Que je lui lave les cheveux.

Elle ne voulait pas que je la berce.

Elle continuait à mordre tous ceux qui l'approchaient de trop près.

La dernière fois que je l'ai vue, sachant que j'allais repartir en France, elle m'a parlé en s'abandonnant sans fuir en de longues digressions.

Ce jour-là, j'ai compris bien des choses.

C'était un coup de Louise, encore. Se dévoiler juste quand je partais, que je n'étais pas près de revenir. Pas près de m'asseoir au pied du lit et de lui poser encore, encore des questions.

Je rentrais en France affronter la maladie de mon père qui se mourait à l'hôpital, la rupture avec Simon, le face-à-face avec moi-même qui allais devoir apprendre à vivre sans ces deux hommes qui m'avaient façonnée, l'un dans le désordre de son amour brouillon et violent, l'autre avec infiniment d'amour, de patience et de générosité.

J'allais les perdre tous les deux.

Simon, d'abord, puis mon père...

154

Et Louise aussi. Elle mourut trois semaines après mon père.

Pourquoi dit-on la peine, la douleur, le chagrin ? Ce n'est pas un état unique. On devrait dire les peines, les douleurs, les chagrins car la souffrance initiale se décompose en mille séquences aussi douloureuses que le choc premier, qui le perpétuent, l'enflent.

J'ai eu beaucoup de douleurs cette année-là.

Beaucoup de peines, beaucoup de chagrins.

Ça n'arrêtait pas.

Janvier, février, mars, avril... Rien que des douleurs.

Mai, juin, juillet, août, encore des douleurs.

Septembre, octobre, novembre, décembre, des douleurs toujours.

Quand je compris que Simon était en train de s'échapper, que mon père basculait dans la mort, je fus d'abord suffoquée, presque anesthésiée tellement c'était insupportable.

Je regardais Simon, je regardais mon père, je me disais : cela ne peut pas être. Je vais me réveiller et comprendre que c'est un cauchemar... Simon va me serrer contre lui et dire ce n'est rien, tu as fait un mauvais rêve, et papa se relever de son lit d'hôpital en disant je t'ai bien eue, hein ?

Plus rien n'avait de sens, de couleur, de relief, ni de goût. J'avançais les mains pour toucher mon malheur, le palper, lui donner une forme, l'apprivoiser peut-être... et le bout de mes doigts ne sentait plus rien, n'attrapait plus rien.

J'étais anéantie. Les yeux crevés, les tympans crevés, la bouche crevée, le sexe crevé. Je continuais à avancer comme un bon petit soldat qui a appris à marcher droit, mais mon corps n'était qu'une enveloppe qui cachait une absence effrayante, l'absence à moi-même. J'étais ailleurs, j'étais nulle part, je tournais en rond me répétant, ce n'est pas possible, ce n'est pas possible, ce n'est pas pour de vrai.

J'étais absente de ma propre vie.

Ces deux hommes-là, en se retirant tous deux en même temps, m'avaient vidée de moi-même. Ils étaient partis en emportant les meubles. J'entendais. J'entendais les gens qui disaient vous savez qu'elle a été larguée ? Oui, oui, il l'a quittée, il est parti avec Magnifique, ouiiii ! Incroyable, non ? Elle est toute seule ! Bien fait pour elle ! C'est de sa faute après tout !

Et je me disais de qui parle-t-on ?

J'entendais le médecin qui certifiait « votre père est foutu, il ne passera pas les trois mois à venir », je le regardais, je lisais les mots sur ses lèvres, mais je n'entendais pas. Je ne savais plus compter jusqu'à trois.

Je voyais. Je voyais Simon et Magnifique dans les journaux. Je voyais les regards faussement apitoyés sur mon passage. Je voyais mon nouvel appartement vide, sans Simon, sans ses disques, sans son nom sur la sonnette à côté du mien.

Je regardais papa tout blanc, tout maigre, tout crachant, tout étouffant.

Mais je ne voyais rien.

J'avançais en souriant, aveugle et sourde. J'avais la force pour avancer mais pas la force de penser. Mon cerveau avait quitté mon corps.

Je sentais. Je sentais l'odeur du couloir de l'hôpital, cette odeur d'éther, de produits nettoyants et de pansements.

Mais je ne sentais rien.

Je descendais l'escalier, j'achetais le journal, des cigarettes, un paquet de café. Je remontais l'escalier, j'ouvrais la porte de l'appartement. Je n'avais plus de journal, je n'avais plus de café, plus de cigarettes. Je cherchais Simon, je criais son nom dans l'appartement. Simon... Simon... Et l'évidence comme un éclair : tu es seule, Simon est parti, Simon aime une autre femme. Des phrases très courtes comme un constat de police. Un constat pour me forcer à voir l'évidence.

Une petite voix en moi disait il faut manger, il faut dormir, il faut te laver, il faut regarder le feu avant de traverser, il faut sourire et ne jamais faire pitié, sinon tu es en danger... Une petite voix qui donnait des ordres, qui me rappelait mon enfance.

Je l'entendais de très loin... Et je lui obéissais. Elle indiquait la marche à suivre pour les actes de la vie de tous les jours.

Quand ça devenait compliqué, la voix se taisait. Et je redevenais aveugle, abandonnée, muette et sourde. Mais toujours souriante. Personne ne devait savoir.

Faites de moi ce que vous voulez...

Un jour, une voiture a pilé net devant moi. Un homme est descendu, m'a insultée. Je l'ai regardé : il disait quoi ? Pourquoi était-il si en colère ? Un homme râblé, trapu, grotesque. Il m'a prise par le bras, m'a fait traverser, m'a assise sur un fauteuil à la terrasse d'un café, a demandé ça va ? a dit attendez-moi là... Il est allé se garer, il est revenu, m'a dit je suis médecin, vous avez un problème ? J'ai secoué la tête et j'ai souri. Puis... vous êtes jolie, je pars demain à Marrakech, je vous emmène ? J'ai dit oui... Il a dit je viendrai vous chercher en bas de chez vous demain à neuf heures. Le lendemain, à neuf heures, je suis montée dans sa voiture, je me suis assise dans la voiture, assise dans l'avion, assise dans la chambre d'hôtel, assise sur le lit de la chambre d'hôtel, assise sur ses genoux...

Je n'étais pas là.

Au bout de vingt-quatre heures, il m'a renvoyée à Paris en me traitant de conne, on n'a pas idée d'être aussi molle, aussi vide, aussi passive, tu pourrais faire semblant au moins ! Et moi, comme un con, je t'emmène, je te paie le billet, je te loge dans un palace ! Qu'est-ce que j'ai fait pour mériter une telle conne !

Mais quel connard ! Je ne me souvenais même pas de ce qu'on avait fait ensemble. Je l'écoutais m'insulter. Qui c'est cet homme-là ? Comment s'appelle-t-il ? Qu'est-ce que je fais ici en face de lui ? Pourquoi est-il si en colère ? Il a de la salade sur le menton, c'est pas joli.,. un vermicelle vert qui serpente et tremble quand il crie... Vous savez, vous avez un peu de salade, là... Non là, plus bas... Voilà, c'est bien...

Je suis repartie. Me suis assise dans l'avion, assise dans le taxi, assise sur le bord de mon lit.

J'ai appelé Simon. Je lui ai tout raconté. Je lui racontais toujours tout et il me consolait, me conseillait, me disait ce n'est pas grave, ça va passer... Je suis allée le voir. Il m'a regardée avec infiniment de tendresse. Il m'a dit reste si tu veux, j'oublie Magnifique, ça va me prendre un peu de temps, mais je peux l'oublier. Je ne veux pas que tu te mettes dans cet état.

Alors je me suis dit, elle existe donc puisqu'il en parle, puisqu'il peut quantifier le temps que cela va lui prendre pour se détacher d'elle... Ce n'est pas un rêve, c'est la réalité.

Je l'ai regardé, étonnée. Alors, c'est pour de vrai ?

Oui, c'est pour de vrai, il a dit, mais ce qui est vrai aussi, c'est que je ne veux pas te perdre...

Il me regardait si sérieux, si appliqué, je le reconnaissais : c'était lui, il était « pour de vrai ».

Il a dit chaque fois que tu es partie, je t'ai attendue. Je croyais que tu pourrais m'attendre si moi, je partais dans la forêt aussi, tu comprends ?

Je hochais la tête, suspendue à ses mots qui redonnaient des couleurs à la vie. Je comprenais. Cela avait du sens ce qu'il disait. J'entendais ses mots, je les mettais bout à bout dans ma tête. Cela me prenait un peu de temps, je devais avoir l'air un peu ralentie, mais je comprenais.

Il me parlait très doucement avec patience et tendresse. Il me prenait la main, il répétait il faudra me laisser un peu de temps, mais ce n'est pas grave, je ne veux pas te perdre...

Je regardais l'appartement autour de nous, l'appartement qu'on avait habité pendant huit ans. Je reconnaissais la petite estrade où se trouvait le Gaveau noir de quand j'étais petite, les affiches Art déco sur le mur, le canapé noir et blanc acheté chez Habitat, la grosse télé, le distributeur de boules de chewing-gum, la boîte de Coca-Cola qui faisait poste de radio, les disques alignés le long des murs...

Et tout cela me disait que c'était pour de vrai.

Et son œil si bon...

Et tout l'amour qu'il m'avait donné depuis huit ans sans jamais compter ce que je ne lui donnais pas en retour. L'amour que j'avais maltraité. Je ne savais que dire non, non au mariage, non à l'enfant, non à la fidélité, non, non, non.

C'était comme si je revenais dans mon corps.

Alors je lui ai dit ce n'est pas juste. Toi aussi tu dois aller dans la forêt et puis tu en as envie, hein ? Je le vois bien que tu en as envie... Alors je vais partir. Je ne crois pas qu'elle aime partager, Magnifique. Elle va vouloir te garder pour elle toute seule... Oui, il vaut mieux que je parte. C'est mieux comme ça...

Je reprenais pied tout doucement dans la réalité. Le premier choc était passé. Maintenant il allait falloir encaisser tous les autres...

À qui je montrerai les feuillets que j'allais écrire ?

À qui je lirai la phrase qui m'enchante trouvée au hasard d'un livre ?

À qui je raconterai le mot de l'épicier grincheux ?

Avec qui j'écouterai le prochain disque de Gainsbourg ?

Avec qui j'achèterai des paquets de caramels pour les engloutir au chaud dans un lit en disant des gros mots ?

Avec qui je tirerai des plans sur la comète ?

Et je me redressais, tremblante, sur le lit...

Tremblante et terrifiée. Seule. Sans Simon.

Il me restait encore mon père sur son lit d'hôpital. Mon père qui me disait ma fille... ma beauté... tu vas y arriver ! Ne te mets pas martel en tête, tu vas retrouver toutes tes forces... Tu vois tout en noir, c'est normal, mais tu verras...

Tu crois, papa ? Tu crois ? Tu me le promets ? Tu peux me le jurer sur ce que tu as de plus cher au monde ?

Il riait de son grand rire qui éclaboussait la chambre de soleil et répétait je n'en suis pas sûr, j'en suis plus que sûr ! Tu as survécu à tout. Je le sais, moi, je suis ton père. Un père un peu inconsistant, il est vrai, mais j'ai eu le temps de t'observer quand même... On prend un pari ? Dix bouteilles de champagne !

Et je tapais dans sa grande main de grand malade.

Je me remplissais de la lumière d'amour qui jaillissait de ses yeux et faisait des guirlandes dans sa chambre d'hôpital.

Et quand il est parti, lui aussi... Je connaissais le chemin de la souffrance. Les stations du chemin de croix. Le choc d'abord et puis toutes les petites croix qui me tombaient dessus comme des coutelas.

Il était mort depuis deux mois et j'appelais chez lui pour crier au secours, je n'y arrive pas. Pourquoi ça ne répond pas ? Il devrait être chez lui à cette heure... Peut-être qu'il n'entend pas ? Qu'il dort à poings fermés ? Et je laissais sonner jusqu'à ce que je me souvienne et raccroche. Et je retombais dans la réalité, ton père est mort, ma fille... Mort, mort ! Mort et enterré dans le petit cimetière au pied des montagnes de son enfance !

Et ça faisait encore plus mal.

On ne s'habitue pas à ces mille douleurs sournoises.

Le long travail de la douleur, de la peine qui met du temps à s'éteindre et qui s'efface peu à peu à condition qu'on lui laisse le temps de rebondir, de rebondir de moins en moins haut, de moins en moins fort. Et puis, un jour, elle rebondit si bas qu'on l'attrape dans sa main, qu'on la contemple, qu'on la caresse, qu'on la fait sienne. On la met dans sa poche avec un sourire de connivence, avec cette belle force qu'elle a fait naître en rebondissant si longtemps et si haut. Que c'est long !

Il m'en a fallu du temps pour ne plus inscrire le nom de Simon sur la sonnette de la porte...

Du temps pour ne plus entendre le grand rire plein de dents de mon père...

La première personne que j'ai appelée après avoir écrit la première phrase de mon quatrième roman, le premier écrit sans lui ?

Simon...

Le premier mot que j'ai murmuré après avoir embouti un arbre et dévalé dans un ravin ?

Papa...

Papa, Simon, papa, Simon. J'ai détaché mes bras de leur tronc puissant et me suis aventurée toute seule dans d'autres aventures. Mais quand je me retourne, c'est eux que je vois dans le lointain, eux qui m'encouragent. Eux que j'appelle tout bas. Simon, papa, Simon, papa.

Ils m'ont appris à vivre avec la douleur...

La douleur de perdre un être qu'on porte inscrit en soi.

J'avais connu d'autres douleurs avant eux. Des douleurs plus cruelles sans doute, mais dont je ne m'étonnais point puisque j'étais née avec. Mais la douleur de perdre ces deux hommes-là fut sans doute la pire des épreuves.

Alors quand tu mourus toi aussi, Lou-iii-se...

Je ne ressentis pas grand-chose d'abord. Une douloureuse curiosité... Elle aussi, elle partait ? Je n'avais plus de force pour la pleurer.

Elle me revint sur la pointe des pieds. Douce et légère, criant aux deux autres faites-moi de la place, qu'elle me pleure un peu, moi aussi...

Je n'ai pas pleuré pour Louise, mais je me suis souvenue d'elle avec exactitude. Elle est devenue une petite musique qui m'accompagne partout, rythme mes pas et danse dans mon cœur. Ma copine qui est au Ciel... Elle entre et sort dans ma vie comme une amie qui habiterait sur le même palier.

Je regarde le réveil en fourrure rose posé sur le lit, à côté du téléphone.

Il est sept heures du soir et il n'a pas sonné.

Pourquoi suis-je là à attendre ? J'attends quoi ? De la douleur encore ou une promesse de bonheur ?

Est-ce que je suis amoureuse de Mathias ? Est-ce que je l'aime ?

Je ne sais plus.

Que serait-il arrivé si Mathias avait dit je t'aime, je veux vivre avec toi, faire un enfant avec toi, construire une maison pour toi ?

Comme Simon, autrefois...

Je ne sais pas. Je ne sais pas si je sais dire « oui ».

Moi, je sais ! claironne la petite voix impérieuse, celle qui ne triche jamais. Tu serais partie ! Tu aurais pensé mais quel imbécile ! Quel imbécile il est de m'aimer !

Je n'aime pas penser ça. J'aime penser, au contraire, que je suis capable d'aimer, que je peux vivre une belle histoire d'amour.

J'aimerais tant vivre une belle histoire d'amour !

Je saute du lit et jette un dernier regard au téléphone qui n'a pas sonné, et ne sonne toujours pas.

Je vais aller enseigner le français au vendeur de journaux.

Retrouver Candy et parler d'amour avec elle.

Appeler Joan ou Bonnie...

Aller au cinéma. Ou manger japonais. Dans le restaurant que j'aime entre la Cinquième Avenue et la 55e Rue. Je commanderai des sea urchin et du fat tuna, une miso soup et des légumes sautés. Je m'installerai au comptoir avec *Guerre et Paix* et tournerai les pages à l'aide des baguettes en bois. Ou j'irai traîner dans les allées de Saks et de Bloomingdales. Ils ferment à dix heures ce soir, c'est nocturne. Ou acheter une grande pizza pour Virgile et moi chez Ray Barri Pizza. Ou boire un jus de carottes au coin de la rue au Juice Bar. M'acheter une paire de Converse sur Lexington. Elles coûtent deux fois moins cher qu'à Paris.

Et, comme par enchantement, j'entends la clé dans la porte d'entrée et Virgile entre.

Il a l'air inquiet en me regardant. Son regard est bas et traînant comme s'il cherchait à ramasser des miettes de mon humeur pour les analyser avant d'entamer un dialogue. La porte d'entrée est restée ouverte et j'entends Walter qui rit et parle fort avec la dame du quinzième étage. Elle est un peu dure d'oreille. Tous les après-midi, en été, elle fait sa promenade de cinq à six heures. Le tour du pâté de maisons. Tous les jours le même trajet, les mêmes haltes devant les mêmes magasins, les mêmes plaisanteries échangées avec Walter. « Alors Walter toujours aussi gaillard ! – Tant que vous gambadez, je gambade ! Vous êtes mon porte-bonheur ! » Puis elle remonte chez elle pour regarder le journal télévisé. Walter échange son uniforme contre ses vêtements civils et rentre à la maison.

– Ça va, mon amour ?

Et comme je ne réponds pas, Virgile passe sa main plusieurs fois dans sa longue mèche et ajoute :

– Il y a un festival Truffaut tout en bas de la ville. Au Film Forum. Tu veux y aller ? Ça me ferait plaisir d'y aller avec toi, amour de ma vie...

– Oui... Pourquoi pas ?

– Je ne sais pas quel film passe. On y va les yeux fermés ?

– Oui mais... s'il appelle ?

– Il n'appellera pas.

– Comment le sais-tu ?

– Je suis passé au Cosmic Café. Ils étaient en train de fermer et la lettre était toujours là... entre le comptoir et la caisse.

– Ah !

Et je ne dis plus rien... mais le *ah !* vibre et se prolonge en un étrange écho. Un écho qui sonne faux.

Une fausse note que j'entends, mais n'identifie pas.

Pourquoi Virgile est-il allé se promener là-bas ?

Derrière le bureau, dans l'entrée de l'immeuble, Carmine a remplacé Walter.

Il porte le même uniforme bleu marine mais, au lieu de resplendir d'autorité, le sien se débine sur sa carcasse déglinguée. La cravate est mal nouée, le col de chemise gris, les manches sont lustrées de trop racler le comptoir en attendant que les heures filent, la casquette a perdu son galon doré. Carmine s'ennuie et ne le cache pas. Il ne doit son emploi qu'à la solidarité bienveillante de Walter. Il bâille ouvertement, découvrant trois lourds plombages gris, soulève sa casquette et se frotte le crâne, regarde l'heure et reprend, en équerre derrière son comptoir, la pause du badaud qui mesure le temps en poussant chaque minute du doigt.

Il hoche la tête en nous voyant et nous prédit, dès le seuil de l'immeuble franchi, une explosion de mercure au thermomètre, un cauchemar de canicule. 88 degrés ! Et 92 % d'humidité ! annonce-t-il, un sourire satisfait sur les lèvres, vous allez souffrir dans cette bouillie d'air chaud...

Carmine est trop las pour articuler ses phrases. Sa voix retentit un instant caverneuse et forte puis retombe, épuisée, sur cette prophétie sinistre.

Face au climatiseur, il tend ses longues mains à la

bise glaciale comme les pauvres au brasero lorsque souffle l'hiver implacable. Et vous n'iriez pas nous héler un taxi par hasard ? je demande, enjôleuse. Après tout, c'est votre boulot, je poursuis *in petto*. Je ne mettrai pas le nez dehors pour toutes les tables de jeux de Vegas, répond Carmine, grand amateur de casinos. S'il continue à travailler dans l'immeuble, ce n'est pas par crainte de l'ennui conjugal comme Walter, mais pour rembourser ses dettes de jeu. Il n'entend pas pour autant faire du zèle et assure un service minimum et sarcastique.

Carmine ne se meut que si la somme offerte vaut l'effort inouï du déplacement. Quand les autres doormen ouvrent grand les portes et charrient les bagages pour un dollar, Carmine en exige trois. Sinon, il préfère rester derrière son comptoir à lire et à relire le *New York Post* en branlant du chef devant les allées et venues des habitants de l'immeuble. Il joue des sommes imaginaires sur des courses de chevaux et écoute les résultats, l'oreille collée au transistor de Walter. C'est le seul moment où ses yeux s'animent, où ses sourcils se donnent la peine de hisser ses lourdes paupières bistre.

J'avance dans le hall, Virgile sur mes talons, j'entends dans mon dos Carmine marmonner à Virgile, « J'ai ce que vous m'avez demandé... faudra payer cash. – Oui, oui... », murmure Virgile comme s'il était gêné. Je me retourne juste à temps pour attraper le regard fuyant de Virgile qui fait semblant d'ignorer Carmine et se cache sous sa mèche.

– Qu'est-ce qu'il t'a dit ? je demande, étonnée.

– Rien, rien... On y va ?

– Tu me caches quelque chose...

– Mais non... Allez !

Sur Lexington, je lance le bras en l'air en implorant le Ciel d'opérer un miracle en cette heure de pointe où le New-Yorkais est prêt à sacrifier son prochain pour grimper dans n'importe quel véhicule. Un taxi jaune pile devant nous, faisant hurler les freins de trois voitures suiveuses qui dérapent sur le côté et klaxonnent de rage. Aussitôt deux autres prétendants se ruent vers notre portière et nous sautons d'un même élan propriétaire sur la banquette arrière afin d'évincer les pirates de la chaussée.

Fiers d'avoir surpassé l'indigène dans sa chasse favorite, nous échangeons un regard victorieux et complice. Une voix enregistrée, nasillarde, sort d'un haut-parleur et nous souhaite la bienvenue à bord, nous recommandant d'attacher nos ceintures et de ne pas fumer. *Hi ! This is Luciano Pavarotti... Welcome to New York City...*

– *You are french ?* demande le chauffeur de taxi.

– *Yes, why ?*

– *The way you look, the way you dress... Only french women... Even your scarf is french !*

Je donne un coup de coude à Virgile et me rengorge. Je suis un archétype de *la* Française et j'en suis enchantée. Chaque fois que j'arrive à New York, par un étrange phénomène de nationalisme fantasque et irraisonné, je deviens française. Si française d'ailleurs que s'il m'arrive de rencontrer des Français qui ne ressemblent pas à la haute idée de la France que je me suis fabriquée, je me détourne, furieuse, prête à les traiter d'exception culturelle. Cette fièvre nationaliste ne me prend qu'en Amérique. Partout ailleurs, la notion de patrie m'est totalement étrangère. Mais aux

USA, je suis française, à tel point que, lorsque je lis dans le journal le mot *fresh*, je le transforme aussitôt en *french*.

Je suis une Française qui va voir un film français dans le cinéma d'art et d'essai de New York. Un film de François Truffaut.

Le chauffeur de taxi ne s'intéresse pas à François Truffaut. Qu'importe. Je me penche sur son médaillon d'identité, New York taxi and limousine commission, suivi d'un numéro, un encadré baveux en noir et blanc, barré de chiffres et de lettres romaines, et déchiffre un nom à consonance arabe. D'où vient-il, lui ? D'Irak. Ce ne doit pas être facile d'être irakien par les temps qui courent ! Il éclate de rire et répond que non. Après le 11 septembre, sa famille et lui ont dû se cacher pendant deux semaines. Les enfants n'allaient plus à l'école, le taxi restait au garage et ils mangeaient des conserves derrière leurs rideaux tirés. Ils ont eu très peur. Ses cousins, qui habitent au Texas, ont demandé la protection de la police. Des voisins voulaient brûler leur maison. Aujourd'hui, neuf mois ont passé, ils se sont calmés, mais ce n'est toujours pas évident, je dis que je suis libanais ou jordanien, ça passe mieux... Ils n'ont jamais eu de guerre ici, le 11 septembre a été un choc terrible pour eux... Vous, en Europe, vous connaissez la guerre ! J'ai passé un an en France en quittant l'Irak. J'ai étudié à la Sorbonne. J'ai beaucoup aimé Paris mais ici, c'est mieux pour gagner de l'argent.

On continue la conversation pendant que Virgile, répandu de travers sur la banquette, la langue pendante et molle, regarde par la fenêtre. On dirait un débile mal fagoté qu'on transporte d'une institution à une autre. Il m'attendrit et je pose sur lui un regard amusé. Si j'étais amoureuse de lui, je ne supporterais pas de le voir ainsi étalé, la langue pendante, les yeux dans le vide. Je le rabrouerais.

Un jour, cela devait être notre premier week-end ensemble, nous étions partis, Mathias et moi, chez des amis. Il faisait très chaud ce jour-là à Paris. Mathias portait des sandales grossières, sorte de nu-pieds en cuir tressé qui crissaient à chaque pas, un tee-shirt délavé et un short rouge en nylon, très court. Je n'avais rien dit quand il était arrivé chez moi, mais avais adopté l'attitude froide et hostile d'une pieuse châtelaine forcée de faire bonne figure face à une troupe de scouts qui squatte son parc séculaire. Durant tout le trajet en voiture, je le tins à distance et quand il tentait de mettre son bras autour de mes épaules et de m'embrasser, je le repoussais en murmurant une vague excuse, fais attention, regarde plutôt la route, arrête, il fait trop chaud... Je n'avais pas envie de lui expliquer les raisons de mon dégoût soudain et, quand mon regard tombait sur ses cuisses poilues, je détournais la tête, emplie d'une joie mauvaise. Ouf ! Le charme était rompu, je n'étais plus amoureuse, j'allais pouvoir le jeter par-dessus bord. L'homme était mort, la romance terminée ! Le campeur aux cuisses velues avait supprimé le bel inconnu sur lequel je projetais mes rêves.

Le projecteur était cassé. La projectionniste, en grève.

Je jubilais et ne pouvais attendre de me débarrasser du corps en short rouge. Soulagée de déposer cet amour que je soupçonnais déjà de prendre trop de place... Si

soulagée que je m'offrais même le luxe d'être généreuse et de ne pas lui faire de scène.

Le soir, alors que nous passions à table, une amie
lui fit une remarque sur sa tenue négligée. Si tu étais
mon homme, je ne te laisserais pas me toucher cette
nuit...

Mathias avait demandé pourquoi, l'avait écoutée dis-
courir sur les apparences, le désir, le mystère, notions
subtiles et aériennes opposées à sa tenue de campeur
musclé. Il s'était tourné vers moi, m'avait demandé toi
aussi, tu penses ça ? J'avais marmonné oui, un peu
honteuse, me sentant subitement vaine, superficielle,
mais revendiquant néanmoins cette superficialité. Et
c'est pour ça que tu as fait la gueule pendant tout le
trajet ? Il m'avait regardée avec une infinie pitié, s'était
levé de table et était allé dormir dans une chambre à
l'autre bout de la maison.

On s'était évités tout le week-end. Il n'était pas si
grand, cet amour, qu'une faute de goût vestimentaire
pouvait briser d'un seul coup ! Je me sentais libérée
soudain, comme si j'avais échappé à un grand danger.

Le dimanche soir, alors qu'on était sur le point de
repartir, que les autres s'affairaient à fermer la maison,
que j'entendais leurs pas, les consignes lancées à
travers les vastes pièces, les meubles de jardin qu'on
rangeait, les portes qui claquaient, le chien qu'on cherchait partout, il était entré dans ma chambre, habillé
de beau, m'avait prise dans ses bras, m'avait
embrassée... lentement, savamment.

S'était dégagé.

Et m'avait dit tu vois à quoi ça tient ton amour ?
À peu de chose... À quelques centimètres de tissu
rouge !

– À quoi penses-tu, mon amour ? demande Virgile en se redressant.

– À Mathias, à notre premier week-end, à son short rouge et à ses sandales. Elle aurait pu s'arrêter là, notre histoire... Tu le trouvais beau, Mathias ?

– Oui, dit Virgile, pas beau comme tout le monde mais beau...

– Même en short rouge ?

– Même en short rouge. Il bouchait un peu la vue, mais il était beau...

– Comment ça : il bouchait un peu la vue ?

– Toi, telle que tu es, tu ne peux pas rêver sur un homme attifé en plagiste. L'image du boy-scout te bloque la vue. C'est comme si on te mettait face à un mur de béton gris. Il empêche le désir de circuler et le désir est fluide, si fragile. Un rien le détruit. C'est ce qui a dû se passer ce week-end... Ton désir s'est heurté au short rouge et s'est évanoui.

– C'est vrai. Quand il est revenu m'embrasser, habillé de beau, le désir est revenu se poser au-dessus de sa tête... Comment sais-tu tout ça, Virgile ?

– Le désir a besoin de lignes de fuite, de perspective. Si un détail arrête sa trajectoire, il meurt aussitôt. C'est pour cela que tu ne peux rien construire sur le désir...

– Mais tu restes en vie ! Tu es en mouvement perpétuel...

– Oui, mais tu ne construis pas. Tu rebondis de mur en mur, tu t'échappes. Tu n'aimes personne...

– Quand j'habitais avec Simon, j'avais inscrit sur le mur du salon une phrase de Chaplin : « La vie, c'est le désir... » Et je partais tout le temps à l'appel de ce désir. Simon était de l'amour arrêté, je l'avais sous la main, je savais qu'il était là.

– Et tu ne le désirais plus...

– Je l'aimais, mais j'en désirais d'autres...

– Dans lesquels tu t'engouffrais...

– Je partais vers d'autres aventures qui se terminaient toujours, une fois le désir retombé. Alors, je revenais auprès de Simon. J'étais si heureuse de le retrouver... Je le rhabillais de beau et le désir repartait. Comme au début. Lorsque, plus tard, après nous être séparés, nous nous sommes revus, les rôles ont changé, j'étais celle qui restait, qui attendait pendant qu'il s'enfuyait vers d'autres inconnues. Il m'avait sous la main, je ne bougeais plus. C'est lui qui rebondissait ailleurs. La boucle était bouclée. Le désir avait changé de camp.

Alors, les mots de Mathias me reviennent, telle une illustration des propos de Virgile : « Tu ne comprends pas... Tu ne comprends pas que ce que tu aimes en moi, c'est ce que je te refuse... » Cette ligne de fuite, ce petit espace que je voulais annexer et qu'il me refusait afin que le désir perdure entre nous et que toujours il y ait une perspective nouvelle pour que le désir reparte.

Et je pense à une histoire que Louise m'avait racontée. Elle l'avait lue dans le *New Yorker*.

Il était une fois... Un homme beau, charmant, intelligent, généreux, bref un homme qui avait toutes les qualités. Il épousa une femme belle, bonne, intelligente, piquante et tous leurs amis se réjouirent devant ce couple si amoureux, si bien assorti. L'homme travaillait tous les jours jusqu'à cinq heures de l'après-midi et, tous les jours, il demandait à sa femme de venir le chercher au bureau, sur Park Avenue, à cinq heures. Cinq heures pile ! « Ainsi nous descendrons à pied jusqu'à la maison en prenant notre temps... Ce sera ma récréation. » Au début de leur mariage, la femme montait gaiement dans l'ascenseur, saluait gaiement les assistantes et les secrétaires, poussait gaiement la porte du bureau de son mari et l'embrassait passionnément. On entendait des rires et le silence d'un baiser qui se prolongeait, se prolongeait... Tout le monde dans le bureau retenait son souffle en se disant que ces deux-là avaient vraiment de la chance de s'aimer si fort. Et quand ils sortaient du bureau, toutes les secrétaires, tous les assistants se retournaient devant ce couple magnifique qui repartait, enlacé, insouciant. Les jours et les mois passèrent, l'allure de la femme se ralentit. Elle était toujours là, ponctuelle, à cinq heures, mais sa démarche était plus lente, ses bonjours moins enjoués et elle poussait la porte du bureau de son mari comme si elle soulevait la pierre d'un tombeau. Un soir, une secrétaire les surprit en train de discuter. La femme demandait si un jour ou deux par semaine, il pourrait rentrer seul, ou à une autre heure, et le mari avait ri en disant que c'était un enfantillage, un caprice, qu'il n'en était pas question, pas question du tout. « Tu es mon rayon de soleil à la fin de ma journée de travail », avait-il assuré en lui relevant le menton et en lui donnant un baiser... « Et puis... tu as toute la journée pour faire ce que tu veux ! » Elle avait courbé les épaules, avait soupiré « oui, bien sûr ! » Elle avait continué à venir chaque jour, mais le garçon d'ascenseur se demandait si elle n'était pas malade. Elle était de plus en plus maigre, avait le teint jaune, portait des lunettes noires et se dirigeait comme une somnambule vers le bureau de son mari en sortant de l'ascenseur sans saluer personne. Il en avait parlé à Nancy, la secrétaire du mari, qui avait insinué que peut-être elle était enceinte. « On est toujours très fatiguée, au début... Il serait temps d'ailleurs ! Deux ans qu'ils sont mariés et toujours pas d'enfant ! » Et puis, un jour, la femme arriva, gaie et déterminée. Elle salua le garçon d'ascenseur avec un grand sourire, lança des « Bonjour Sam ! Bonjour, Nancy ! Bonjour, Elliot ! Vous allez bien ? » d'une voix pleine d'entrain. Elle semblait déborder d'enthousiasme, de joie de vivre. Nancy lança un clin d'œil à Sam, qui signifiait « Bingo ! Elle est enceinte ! On va boire le champagne ! » L'instant d'après, en effet, ils entendirent le bruit d'une bouteille de champagne qu'on débouche, le bruit sec d'un bouchon qui saute... Puis la femme ressortit et demanda calmement à Nancy d'appeler la police : elle venait de tuer son mari. Pendant son procès, elle déclara, calme, posée, souriante qu'elle ne supportait plus de venir chaque jour à cinq heures, qu'elle avait eu l'impression, chaque jour, de mourir à petit feu, qu'elle en avait perdu le désir et l'appétit de vivre. Les jurés pouvaient la condamner à la prison à vie, peu lui importait : désormais, elle était libre, libre, libre !

Louise adorait raconter cette histoire. Il lui arrivait de la faire durer très longtemps en détaillant le laisser-aller progressif de la femme, ses tenues de plus en plus négligées, ses cheveux coiffés n'importe comment. Parfois elle était alcoolique, parfois elle pleurait. Elle grossissait, maigrissait, s'évanouissait... C'est drôle, quand tu écris une histoire, l'art suprême est de faire court et concis, quand tu la racontes, plus tu fais durer le suspense, plus tu tiens ton auditoire sous ton charme ! J'aime bien divaguer quand je raconte, voire ne pas raconter la même histoire à tout le monde... Ce n'est pas drôle de raconter toujours pareil !

Virgile a repris sa contemplation de New York, la langue pendante, les épaules basses. Il aimerait cette histoire. Tout ce qu'il sait de la vie, il l'a appris dans les livres.

– Pourquoi ne m'as-tu rien dit quand j'étais avec Mathias ?

– Tu ne m'aurais pas écouté...

– Je t'écoute toujours !

– Pas toujours, mon amour...

– Il te manque à toi aussi ?

– Je ne dirais pas ça...

– Tu peux le dire...

– Je ne le dirai pas. Et puis... Depuis qu'il est parti, je t'ai toute à moi !

Son regard m'effleure, liquide et trouble. Virgile, aussi, est le roi de la perspective. Il s'enfuit toujours, impossible de lui mettre la main dessus. Il vit seul, ne possède ni portable ni téléphone personnel. Si on veut lui parler, il faut appeler au bureau et passer par sa secrétaire. Personne ne connaît son adresse, personne n'a jamais été invité chez lui. Mais t'habites où ? je lui demande parfois, intriguée. À deux rues de chez toi... Mais quelle rue ? Tu sais bien... La deuxième à gauche ! À quel numéro ? L'immeuble avec la grande porte marron... C'est tout ce que j'ai pu en tirer ! Il ne dit jamais « mon père », « ma mère », « mes frères et mes sœurs » ou « quand j'étais petit ». Virgile n'a ni passé ni futur. Il vit dans le moment présent et ne s'engage jamais au-delà de vingt-quatre heures. Il assure n'aimer personne. « Je n'aime pas les gens, je les utilise, je suis un grand manipulateur. – Et moi alors ? – Toi, je t'aime comme on devrait toujours aimer. Sans rien demander, en donnant tout. Hélas ! un jour, tu te fatigueras de cet amour inconditionnel, de cet amour acquis... et tu m'abandonneras. Je finirai bien par te décevoir... Tu t'apercevras que je ne vaux pas grand-chose, qu'on ne peut jamais compter sur moi... » Il le prédit avec l'assurance détachée et mélancolique de l'homme qui a toujours découragé les attachements les plus forts sans pouvoir y remédier. Virgile a un secret que je n'ai pas encore percé.

Le chauffeur de taxi klaxonne et s'emporte contre la circulation, contre les embouteillages qui encombrent la Cinquième Avenue, nous obligeant à faire du surplace. C'est mauvais pour son chiffre d'affaires. Le désir, pour lui, c'est de gagner des dollars. Encore plus de dollars, ces petits billets verts qui filent à toute vitesse. On n'en a jamais assez. On n'est jamais assez riche ici puisqu'il y a toujours un plus riche que soi. Puisqu'il y a toujours un nouveau moyen de dépenser beaucoup d'argent... Un taxi, deux taxis, trois taxis. Une maison, une autre plus grande, une avec jardin, une avec jardin et piscine. Ça n'en finit jamais !

J'observe Virgile. D'où lui vient cette science du désir ? Pourquoi ne m'a-t-il rien dit quand j'aurais pu tout apprendre encore ? Et, une fois de plus, je suis rattrapée par l'écho de la petite note qui sonnait faux quand on a quitté l'appartement.

Le malaise revient, emplit le taxi, bourdonne autour de Virgile.

Oui mais... s'il appelle ?

Il n'appellera pas.

Comment le sais-tu ?

Je suis passé au Cosmic Café. Ils étaient en train de fermer et la lettre était toujours là... entre le comptoir et la caisse...

Pourquoi les paroles de Virgile me troublent-elles ainsi ? La méfiance envers le genre humain a été ma première nature et j'ai tendance à voir le mal partout. C'est récent que je fasse confiance à mon prochain. Cela a commencé doucement avec Simon... Mais avant, pendant toutes mes années de formation, ces années où l'on se forge sans le savoir, la méfiance était de mise. Tout le temps. La méfiance et l'attaque pour me défendre.

Je flaire le mensonge, la dissimulation. Pourquoi est-il allé à la cafétéria ? Par curiosité ? Par jalousie ? Avait-il rendez-vous avec Mathias ? Savait-il qu'il se trouvait à New York ? Ont-ils continué à se voir ? Ils étaient amis après tout ! Amis en dehors de moi. Virgile lui a-t-il demandé de ne plus me voir ? Virgile est-il responsable de notre rupture ou pire...

Une pensée terrifiante me vient alors... Une évidence qui me frappe et s'impose comme une vérité fulgu-rante.

J'attrape le bras de Virgile et l'interroge tu me dis tout, hein ? Tu me caches rien ? Jure-moi que tu n'as pas revu Mathias en cachette ! Jure-le-moi !

Virgile tourne la tête et me regarde, effrayé, comme si j'étais possédée par un démon. Il se dégage de mon étreinte, retire son bras d'un coup sec.

– Tu es folle ! Tu es complètement folle ! Tu dis n'importe quoi ! Cet homme te rend malade ! Je te promets que je ne l'ai jamais revu, jamais !

– Pourquoi es-tu allé à la cafétéria alors ? Tu voulais vérifier quoi ?

– Je trouvais ton histoire romantique, je voulais voir la cafétéria, voir le visage de Candy, voir ton mot, lire le nom de Mathias sur l'enveloppe, imaginer une suite peut-être, imaginer une suite que je ne pourrais jamais vivre, moi... C'est vrai, mais, pour le reste, je ne te cache rien, j'en serais incapable ! Comment peux-tu penser une seconde que je sois capable de te trahir ?

– Je ne te crois pas. Je ne te crois plus. Qu'est-ce que tu as marmonné à Carmine tout à l'heure ? Pourquoi ne veux-tu pas me le dire ? C'est louche, ça, c'est louche !

Il paraît indigné et son regard brûle de reproches et de larmes. Il bafouille, cherche ses mots, secoue la tête, les bras dans un désordre tel que, suffoqué, ne trouvant plus rien à dire, il se jette sur la poignée de la portière et descend du taxi, arrêté à un feu rouge.

La porte claque et je me retrouve seule.

Le chauffeur de taxi m'interroge des yeux dans le rétroviseur. Je continue ? il semble demander en levant les bras au-dessus de son volant. Je lui fais signe que non. Il arrête le compteur, il se gare. Le ticket sort du compteur en grésillant et la voix joviale de Pavarotti retentit, me remerciant d'avoir voyagé avec lui, me priant de ne rien oublier dans le taxi, de demander un reçu au chauffeur et de sortir du bon côté de la chaussée. Je paie, remercie le chauffeur, lui souhaite une bonne soirée et descends, laissant un jeune couple et un homme d'âge mûr se disputer le droit de s'emparer du taxi.

Je suis à l'angle de la 50e Rue et de la Cinquième Avenue. Face au Rockefeller Center. Devant le grand magasin Saks. Il est sept heures et demie et les trottoirs grouillent de monde. J'ai beau scruter la foule, chercher la mèche brune de Virgile et son blouson marron, je ne l'aperçois pas.

Je viens de blesser la seule personne qui m'aime vraiment.

Je connais ce brutal revirement de mon cœur. Il surgit sans prévenir. Me fait faire en pleine idylle une brusque embardée et terrasse l'être aimé. Cela m'arrive chaque fois que je m'abandonne. Un poison s'instille dans mes veines, doucereux puis violent, et je suis prise de folie meurtrière. Il faut que je tue l'autre. Plus fort que moi.

Je suis méchante, méchante, méchante. Si malheureuse d'être méchante. Si impuissante devant cette méchanceté qui surgit toujours par surprise et macule de boue la statue que je viens de fleurir.

Je frappe du pied une poubelle métallique sur la Cinquième Avenue, la frappe et la refrappe encore, martelant ma rengaine. Je suis méchante, méchante, méchante.

Comment peut-on m'aimer moi qui suis si méchante ?

Et je frappe encore la poubelle de toutes mes forces.

M'arrête soudain car un flic me regarde. Se dirige vers moi. Fend la foule de ce début de soirée, foule qui m'évite soigneusement. Les gens ne s'arrêtent plus devant les fous qui insultent des poubelles dans la rue. Ils passent leur chemin, attentifs à ne pas se faire remarquer, à ne pas poser un regard trop appuyé sur l'énergumène qui délire. Ils pourraient se faire agresser en retour.

Le flic s'approche de sa démarche chaloupée, alourdie par l'arme, les menottes et le talkie-walkie qu'il porte à la ceinture. Les coudes écartés, posés sur les hanches, prêt à dégainer. Il hurle *Please, m'âme... Don't move !* et pointe le menton dans ma direction. Il est rose et musclé. Jeune. Ses cheveux blonds sont rasés et sa nuque fait des plis gras sur son col de chemise. Je balbutie des excuses, il note mon nom, mon adresse à New York, mon numéro de téléphone... Puis me laisse repartir en me suivant d'un lourd regard plein de suspicion.

Je ne suis plus en colère.

Je suis triste, si triste. Je pousse les grandes portes vitrées de Saks qui tournent, tournent, m'avalent et me rejettent à l'intérieur dans un décor beige et doré, au milieu de jeunes femmes au sourire mécanique qui me menacent d'un vaporisateur de parfum. Essayez Summer, le nouveau parfum d'Estée Lauder... Capri, la nouvelle fragrance de Giorgio Armani... Je les repousse et avance dans les allées où scintillent comptoirs, décorations et produits de beauté. L'air frais conditionné m'apaise et je me détends. M'approche d'un comptoir, passe le doigt sur une poudre nacrée, sur le bout gras d'un crayon à lèvres, essaie un rose à joues, vaporise un tonique frais sur mon visage, évite la vendeuse qui accourt pour me fourguer sa marchandise. La magie des produits de beauté. Toute cette féerie étalée comme autant de rêves à la portée des êtres imparfaits qui s'arrêtent et se prennent à espérer que leur vie va changer ! Chaque marque a son stand où l'on peut s'asseoir pour se faire maquiller. Poser ses paquets, sa lassitude, ses questions et se livrer à la science cosmétique de sirènes voluptueuses qui vous invitent à vous laisser transformer, sûres de vous ferrer. Elles ne m'auront pas ! Je connais la chanson. Je fais non de la tête avec un grand sourire et continue de voguer le long des rayons roses, beiges, dorés. J'attrape mon reflet dans un miroir, m'y penche pour voir qui va surgir. Je n'ai pas l'air méchante. Pas méchante du tout. Plutôt défaite et désemparée.

Mais pourquoi faut-il que je doute tout le temps de tout ? Je n'avais jamais auparavant blessé Virgile. Il avait toujours été épargné par mon besoin de détruire. C'était même un survivant. Je comptais sur lui pour me guérir. J'apprenais à aimer avec lui et j'étais fière de l'amour qui, peu à peu, se construisait entre nous. Je me félicitais, me disais cela fait trois ans que tu le connais et tu ne l'as pas égratigné. Au contraire ! Tu t'évertues à lui faire du bien, à le rassurer, à lui donner confiance en lui, à l'aimer tel qu'il est. Tu es en progrès, en net progrès !

Presque guérie peut-être, osais-je espérer.

Tout a basculé ce soir à cause de ces quelques phrases...

Oui mais... s'il appelle ?

Il n'appellera pas.

Comment le sais-tu ?

Je suis passé au Cosmic Café. Ils étaient en train de fermer et la lettre était toujours là... entre le comptoir et la caisse.

J'ai repéré un danger. Un coup de traître embusqué sous les traits de l'ami parfait.

Une annonce par haut-parleur déchire l'univers ouaté du rez-de-chaussée : promotion exceptionnelle au premier étage, sur les petites robes noires, remise de trente pour cent sur ce classique, mesdames, cette petite robe noire indémodable dont on ne peut se passer, qui se porte habillée ou décontractée...

C'était l'uniforme de Louise, la petite robe noire. Celle qu'elle portait le soir quand elle allait danser, s'étourdir de champagne, de baisers, de bracelets que ses admirateurs accrochaient à ses poignets sous la nappe blanche. Elle se sentait protégée par la petite robe noire. Elle cachait tous les défauts dont Louise accusait son corps. Avec une petite robe noire, on ne voit pas les détails disgracieux, les imperfections qui te font trébucher sur tes hauts talons. C'est un écrin qui met ta beauté en valeur. Et surtout, n'oublie pas, quand tu mets une petite robe noire, de porter du blanc près du cou ! Cela fait ressortir tes yeux, ta bouche, ta peau, transforme le noir en une couleur vibrante, vivante... Et plus tard, après qu'elle eut beaucoup dansé, elle finit par les vendre ces petites robes noires. Ici même. Chez Saks. Vendeuse maladroite mais appliquée qui tentait de gagner honnêtement sa vie. Quarante dollars par semaine. Un jour de congé. Debout toute la journée. En compagnie d'Eileen, une retoucheuse noire qui habitait Harlem et officiait dans un petit atelier jouxtant le rayon des robes noires.

Je lève le nez, aperçois au premier étage des rangées de petites robes noires qui tombent élégamment sur des mannequins aux longues jambes pointées en avant et aux poignets retournés comme s'ils étaient cassés. Deux filles me dépassent et j'attrape leur dialogue au vol : « On y va ? J'en ai au moins dix, mais on a toujours besoin d'une petite robe noire ! » dit l'une en faisant valser ses sacs d'emplettes comme des encensoirs vers le haut plafond. « Et au moins, on ne passe pas deux heures devant sa penderie pour savoir comment on va s'habiller avant d'aller à un dîner ! On gagne du temps... », répond l'autre qui se repoudre le nez tout en marchant. Et elles filent au premier étage.

Je les suis.

Je suis le fantôme de Louise qui se faufile derrière elles dans le grand escalier pour aller prendre son poste, afficher le petit macaron « vendeuse » sur sa blouse. Je l'imagine, impeccable, droite, attendant la cliente. Dehors, il fait froid et les élégantes s'engouffrent dans les portes battantes. Elles secouent leurs longs visons afin d'en faire tomber la neige qui tombe en gros flocons sur la Cinquième Avenue. Elles viennent faire des emplettes en groupes. Des groupes de femmes oisives qui dépensent en quelques heures le salaire mensuel de Louise. Des femmes riches qui vont peut-être la reconnaître. S'exclamer « mais que fais-tu là, ma pauvre Louise ? », faussement apitoyées. Se jetant des regards de côté, se demandant, inquiètes, si ça pourrait leur arriver à elles d'en être réduites à cette extrémité.

– Tu sais... Elles me regardaient comme si j'étais une bête curieuse et je voyais dans leur regard que je leur faisais peur. C'était une mauvaise idée, une très mauvaise idée d'aller travailler chez Saks. Pendant mes années noires, j'ai eu souvent de mauvaises idées comme celle-là ! L'ultime affrontement avec Harry

Cohn, le retour chez mes parents à Wichita et mon emploi chez Saks... Trois tentatives de devenir honnête qui m'ont fait plus de mal que toutes mes années de luxure et d'errance ! Elles ont cassé le peu de confiance que j'avais en moi.

– Pourquoi voulais-tu « devenir honnête », Louise ?

Elle m'entraîne sur une banquette beige et nous nous asseyons. Nous regardons les deux filles se charger les bras de robes noires et filer dans les cabines d'essayage.

– J'aime bien observer les femmes qui essaient des robes, murmure Louise, on peut deviner tous leurs problèmes en les écoutant se parler, en les observant marcher, s'évaluer dans les miroirs... Regarde ces deux-là ! L'une est si sûre d'elle et l'autre si pataude... Elle imite en tout point son amie. Elle ne sait pas qui elle est, celle-là !

– Réponds-moi...

– Peut-être cette idée que puisque je n'étais ni actrice, ni intellectuelle, ni prostituée, ni femme mariée, il fallait bien que je me trouve un emploi... Un reste de puritanisme, d'exigence envers moi-même, je ne sais pas...

En 1946, Louise vend des robes noires chez Saks. Louise a quarante ans. Louise a grossi. Elle ne porte plus ses cheveux en casque brillant, mais les relève en une haute queue-de-cheval stricte qui retombe sur ses épaules. Sa bouche s'est durcie, elle ne rit plus. Des petites rides au coin de la bouche lui donnent l'air pincé, un peu hautain. Sa peau est grise de trop fumer. Elle attend la cliente sous les hauts plafonds en cintres

185

dorés du grand magasin. Elle refuse de sourire. Elle veut juste gagner sa vie.

Sa carrière hollywoodienne est terminée depuis longtemps. Après un dernier western minable qu'elle a tourné en 1938 avec John Wayne, elle a dit adieu au cinéma et s'est réfugiée chez ses parents, à Wichita. Un véritable enfer, un dialogue de sourds où chacun reste muré dans sa solitude. Louise balance entre la soumission masochiste et la révolte incendiaire. Elle est revenue pour faire la paix, mais la réconciliation, à ses yeux, passe d'abord par une inquisition en règle, une quête impitoyable de la vérité qui importune chaque membre de sa famille, chaque citoyen de la ville. Elle ouvre un cours de danse, mais ne supporte pas de voir rebondir de grosses dames. Elle les insulte, leur parle de grâce, de légèreté. Elle drague dans les bars, fait une scène si l'homme la repousse, rentre chez elle, éméchée et, pour se dégriser, frotte les parquets. Trop d'audace, trop de franchise suivie aussitôt par trop d'abnégation, trop de culpabilité. Entre la mère et la fille, le dialogue est réduit à néant. C'est Myra que Louise venait trouver pour se remettre de ses échecs, pour retomber sur ses pieds. Le socle infiniment rassurant de l'amour d'une mère. Elle découvre avec effroi que sa mère n'est ni aimante ni rassurante.

Au bout de deux ans et demi, elle quitte Wichita, part pour New York avec dix dollars en poche. C'est la guerre, les trains sont réquisitionnés pour les soldats qui vont se battre en Europe. Les quais sont encombrés de familles qui pleurent, de mères qui nouent une écharpe autour du cou du fils soldat, de femmes qui étreignent une dernière fois le corps d'un amant, d'enfants apeurés qui regardent leur père habillé en militaire. Elle est seule avec son sac de voyage et ses dix dollars. Elle ne pleure pas. Elle s'en fiche. Elle s'en fiche pas mal qu'ils aillent se faire tuer. Sa vie est une bataille qu'elle livre chaque jour pour rester en vie, payer son loyer, boire et manger.

Pour survivre à New York, elle commence par travailler à la radio. Elle fait des voix dans des feuilletons à l'eau de rose. Des feuilletons si bêtes qu'elle ne veut pas travailler sous son nom. Cela dure six mois et puis, elle claque la porte des studios.

– J'étais fatiguée de travailler avec ces médiocres, tu comprends ? J'essayais d'améliorer ces scénarios imbéciles, j'avais plein d'idées et on me les piquait sans jamais m'en donner crédit ! Ensuite, j'ai fait le nègre dans un journal à ragots où je devais réécrire des histoires imbéciles pour un public de crétins, ça aussi, je le faisais bien, et je pense même que cela m'a appris à écrire ! Mais j'irritais mon patron qui m'a renvoyée en me traitant d'illettrée parce que je refusais d'écouter ses conseils. Quel pauvre type ! Tout ça parce qu'il était diplômé ! Je hais ces prétentieux qui, sous prétexte qu'ils sont allés à l'université, donnent des leçons à tout le monde ! Je hais ces hommes qui, parce que tu es ou as été une femme séduisante, refusent de t'accorder le moindre gramme de cervelle... Ces hommes qui, quand tu es libre de ton corps, que tu les regardes sans rougir, font tout pour te détruire. Tu sais, je suis persuadée, au fond, que les hommes détestent les femmes. Ils ne supportent pas qu'elles soient, ne serait-ce qu'une minute, plus intelligentes, plus libres, plus raffinées qu'eux. Alors c'est la guerre, c'est toujours la guerre entre les hommes et les femmes... Tant que tu fais semblant, tant que tu leur laisses le beau rôle, que tu te conduis en parfaite courtisane, ils te tolèrent, mais si tu montres un tant soit peu d'intelligence, d'indépendance, de lucidité, si tu te montres un tout petit peu sarcastique envers leur toute-puissance de mâle, ils n'ont plus qu'une seule idée : te réduire en bouillie ! C'est pour cela, vois-tu, que j'ai tant aimé les homosexuels. J'étais à l'aise avec eux, je ne redoutais pas qu'ils me fassent du mal et aucun de mes amis homosexuels ne m'a jamais fait de mal. Au contraire ! C'était pareil avec les femmes : mes meilleures amies étaient lesbiennes. Je m'entendais très bien avec elles. Homosexuel ou hétérosexuel, ce qui est important c'est ce qu'il se passe dans le secret d'un lit, non ? Et pourquoi faut-il que le sexe de la personne avec laquelle tu couches soit si important ? C'est le plaisir, le rapport intime que tu crées avec cette personne qui compte, non ? Quand on fait tomber les masques et qu'on avance toute nue... Cet affrontement, cette vérité dans l'affrontement, c'est ce que j'ai toujours aimé dans le sexe. On ne peut pas faire semblant. Et si on fait semblant, on perd tout. Tout le plaisir, tout l'éblouissement, tout le danger... Pendant cette période noire, à New York, quand je n'avais pas d'argent, il m'arrivait d'aller avec des hommes pour payer mon loyer, mon gin, mes cigarettes mais j'étais une très mauvaise partenaire. Je n'arrivais pas à faire semblant ! Même cette carrière-là m'était interdite ! J'ai voulu travailler dans une librairie, mais ils n'ont pas voulu de moi. Ils trouvaient que je n'étais pas assez cultivée. Ils auraient voulu que je sorte de l'université ! Alors, je suis allée travailler chez Saks.

– Quelle drôle d'idée !

– J'avais trouvé un appartement minable sur la Première Avenue, un trou à rats, et je voulais payer le loyer moi-même ! Tous mes riches amis se sont détournés de moi. Ils voulaient bien avoir affaire à une pauvre actrice au chômage, ça c'était noble, mais pas à une vendeuse de grand magasin.

– Encore une histoire d'image...

– J'ai fini par ne plus voir personne. Dans un sens, je les comprends : les riches n'aiment pas fréquenter des pauvres, ils ont toujours peur que les pauvres les tapent. Les riches aiment bien rester entre eux. Ils ne supportent les pauvres que si ces derniers savent rester à leur place... de pauvres. Ce n'était pas une bonne idée du tout de travailler chez Saks ! Pourtant j'y suis restée deux ans ! J'étais une assez piètre vendeuse. Je faisais fuir les clientes !

– Ça ne m'étonne pas ! Si tu les regardais comme tu observes ces deux-là !

– Je restais à côté d'elles sans leur parler, sans leur dire qu'elles étaient belles avec la petite robe noire, sans remonter la fermeture Éclair. Souvent, elles préféraient repartir sans rien acheter !

Elle rit à ce souvenir. Elle ne rit pas souvent mais quand elle rit, on dirait une petite fille...

– Heureusement, il y avait Eileen ! Eileen me montrait comment faire. Eileen m'encourageait. J'allais la voir chez elle, à Harlem. Elle habitait un grand appartement. Je prenais le métro et, à la sortie, il y avait toujours des hommes noirs qui attendaient. Ils battaient la semelle en attendant que des femmes blanches et riches viennent les enlever. Pour quelques heures, pour une fin de nuit... Elles les emmenaient dans des hôtels minables où elles se donnaient du plaisir pour quelques dollars. Un soir, avec une amie, on est parties chercher un Noir et on a passé une nuit avec lui... Mais après, je ne sais pas pourquoi, je n'ai pas trouvé ça bien et je n'ai plus recommencé. Tu as lu ce livre de Chester Himes, *La Fin d'un primitif* ? Il y parle de la solitude de l'homme noir misérable, de la solitude de la femme blanche et riche que son mari ne touche plus, de la soif de la femme blanche pour la peau d'un mâle noir, du dégoût de l'homme noir pour cette concupiscence de femme blanche esseulée, négligée, en colère... C'est tout cela que j'ai dû ressentir au petit matin, quand le jour s'est levé dans la chambre, qu'on a remis nos masques de Blanches...

Au bout de deux ans chez Saks, elle avait donné sa démission.

Elle avait quitté le rayon des petites robes noires et s'était enfermée dans son trou à rats, au 1075 de la Première Avenue. Au premier étage d'un immeuble sale, triste, un immeuble de briques jaunes noircies par la pluie, sous le pont de Queensboro, entre la Première Avenue et le nœud de routes qui mènent au pont à deux étages. Trois arbres rachitiques mangés par le goudron, des fenêtres étroites noires de crasse, des escaliers d'incendie rouillés qui dessinent des barreaux de prison sur les fenêtres et le sol de l'appartement qui vibre au passage des camions qui klaxonnent sans répit.

Voilà où était enfermée Louise Brooks la fière.

Elle a l'impression d'être en sursis. Elle n'a plus prise avec la réalité. Le gin épaissit chaque jour le brouillard qui trouble sa vie. Elle est au coude à coude avec Garbo dans un kiosque à journaux sur la Première Avenue et elle n'ose pas l'aborder. Elle hésite, elle tend la main vers la manche de son long manteau, *hi ! Greta, remember me ?* Louise... Louise Brooks... mais sa main retombe et Garbo s'éloigne. Et pourtant autrefois, elle l'a connue Garbo, elle l'a bien connue. Un soir, elle a confié à l'un de ses confidents, que la Divine lui « avait fait du plat » et qu'elle avait passé une nuit avec elle, qu'elle l'avait trouvée tendre et charmante[1]. Elle ne m'a jamais avoué cette nuit-là. Elle ne me parlait que des hommes, des hommes et puis des hommes.

Voilà où sa vie l'a entraînée après avoir été l'égale de Garbo, après avoir connu l'âge d'or d'Hollywood.

Elle voudrait bien comprendre parfois.

Elle s'arrête de boire pendant un jour ou deux pour se voir sans le flou de l'alcool. Pour apercevoir dans le miroir une femme finie. Pétrifiée. Immobile. Qui racole des marins dans des bars au petit matin pour ne pas dormir seule. Elle se dit qu'elle a perdu son moteur, le petit moteur qui la faisait avancer droite et rebelle : le désir. Le désir de vivre sans tricher, sans mentir, sans faire semblant, sans accepter ce que les autres acceptent pour réussir.

« Je n'ai jamais signé, moi, jamais signé. Bogart a signé, moi pas. »

Apposer son nom au bas d'un contrat et abandonner son âme.

Apposer son nom au bas d'un contrat et obéir.

Obéir à des producteurs qui ordonnent et décident pour vous.

Elle ne pouvait pas. Elle préférait suivre son désir. Toujours.

Le désir qui la jetait dans le lit d'un homme alors que les responsables des studios la suppliaient de venir travailler. Elle leur raccrochait au nez et reprenait le fox-trot endiablé avec un danseur dont les épaules la

---

1. Barry Paris, *Louise Brooks*, PUF.

chaviraient. Se laisser remorquer par cet homme, le suivre sur la piste de danse, le suivre dans son lit, sentir le poids de son corps sur le sien et cette force qui la transporte quand il entre en elle, quand le sexe de l'homme entre dans son corps, impose sa loi, la saccage, la retourne comme une terre meuble, molle, la soulève en hoquets de douleur, d'extase et de reconnaissance.

– Tu sais ce dont je parle, hein, tu le sais ?

Elle insistait en me regardant de ses yeux noirs impitoyables qui ordonnaient ne mens pas, je t'ai reconnue, ne fais pas semblant... La force noire du sexe, la rage de deux corps qui se jettent l'un sur l'autre, la rage d'aller chercher au plus profond de soi la douleur, la douleur initiale, celle qui fait vibrer de plaisir interdit, dangereux, qui fait renaître le trouble ancien, la douleur ancienne.

C'était la seule guerre qu'elle connaissait. C'était son ordre à elle, l'ordre trouble et fuyant de son désir. Il lui donnait toutes les insolences. Pendant un moment, elle crut dominer le monde avec son désir.

– Ce moment magique dans la vie où tu as l'impression que tu peux renverser le monde rien qu'en étant exactement ce que tu es. Tu sens une force incroyable en toi et tu sais que cette force-là te résume, te représente, te porte en avant tout le temps. Et alors tu ne peux plus t'arrêter de vérifier la toute-puissance de ce désir. Tu multiplies les coups d'éclat pour prouver aux autres qui se compromettent, qui s'avilissent, qu'on peut faire autrement. Qu'on peut mener sa vie en respectant son désir...

Sans signer. Sans obéir.

Elle se repasse les scènes de sa vie, essayant de comprendre pourquoi et quand elle a perdu la partie.

– Ma première grande erreur a été Schulberg... Oui, c'est cela ! Schulberg à la Paramount ! La première fois que j'ai cru gagner et qu'en fait, j'ai signé ma défaite pour un moment de bravoure inutile ! J'avais vingt-trois ans...

Schulberg la poursuivait pour qu'elle double *The Canary Murder Case* de Malcom Saint-Clair. Le film avait été tourné en muet et il voulait le ressortir en version parlante. Pour cela, il lui fallait Louise, la voix de Louise, la présence physique de Louise pour ajouter quelques scènes. Louise était à New York, Louise refusait de revenir à Hollywood. Il montait les enchères, la menaçait : « Revenez ou vous ne travaillerez plus jamais à Hollywood ! » Elle répondait : « Qui a envie de travailler à Hollywood ? » et raccrochait ivre du bonheur de refuser, de se refuser. Ivre de la joie intime de coïncider avec sa vérité intérieure. Elle venait de tourner *Lulu* avec Pabst, et même si elle n'avait jamais voulu voir le film, elle savait qu'elle avait tourné un grand film.

– Quand je suis arrivée à Berlin, tout s'est joué en un seul regard ! Un seul regard, tu m'entends ? Sur le quai de la gare, Pabst m'a regardée et il a su exactement ce qu'il allait faire de moi ! Il a posé son regard sur moi, un long et chaud regard comme un manteau de reine, un regard plein de bienveillance, de science, de désir et il a su qui j'étais ! Il a su ce qu'il allait tirer de moi. Et moi, j'ai eu envie de tout lui donner, de lui obéir en tout ! Après Pabst, je ne pouvais plus respecter le petit monde d'Hollywood. Et je les ai envoyés promener ! J'ai refusé de doubler le film. Ils ont été obligés d'engager une autre actrice. Les gens de la Paramount ont réagi en déchirant mon contrat et je n'ai plus eu de travail.

– Alors a commencé ta lutte avec Harry Cohn...

– La guerre entre nous a duré sept ans et je l'ai perdue ! Pendant sept ans, il a essayé de m'avoir, physiquement et professionnellement. Il dirigeait la Columbia avec son frère Jack. Il me recevait dans son bureau, torse nu, en caleçon, un énorme cigare au bec, transpirant sur des contrats qu'il lisait et retouchait, en maître tout-puissant. Comme je ne répondais pas à ses propositions, il commença par diviser mon salaire en deux. J'étais furieuse. Mes amis riaient, me disaient : « Mais enfin Louise, tu passes ton temps à coucher avec tout le monde pour rien, pourquoi ne veux-tu pas coucher avec lui pour obtenir un bon contrat et un bon rôle ? » Je n'avais pas envie de lui, de son torse roux et moite, de ses grosses lèvres roses sur son cigare. C'était une bonne raison, non ?

Je fais la moue, dégoûtée. Soupire je te comprends, j'ai jamais pu, moi non plus, coucher pour de l'argent ou un boulot. Jamais pu...

– Il fallait que je tourne ! J'avais besoin d'argent, besoin de travailler ! Je crevais de faim. J'allais parfois le soir dans les réceptions d'Hollywood pour me montrer, pour que les gens disent ah ! elle existe encore ! Elle n'est pas restée en Europe ! Un an plus tard, enfin, j'ai tourné un film, mon premier film parlant, *Windly Riley goes Hollywood*. En trois jours à la vitesse d'une mitraillette, mais il m'a rapporté cinq cents dollars. Et puis un autre *God's gift women* de Michael Curtiz...

– Curtiz ? Celui qui réalisa plus tard *Casablanca* ?

Elle opine.

– Et après ce film, j'ai vraiment commis une bourde, une énorme bourde qui m'aurait permis de prendre ma revanche sur Hollywood : j'ai refusé le rôle féminin principal dans *L'Ennemi public* de Wellman avec James Cagney ! C'est Jean Harlow qui m'a remplacée...

– Mais pourquoi tu as refusé ? Tu avais perdu la tête ?

– Devine... J'ai rejoint George Marshall à New York ! Tout le monde s'attendait à ce que je dise oui, j'avais dit oui d'ailleurs ! C'était un beau rôle, un beau film, un bon metteur en scène... Et puis, George m'a appelée, et j'ai filé le retrouver ! *Story of my life !*

– Dis, Louise, tu peux me le dire maintenant... Tu as été amoureuse de George Marshall...

– Mais c'est quoi être amoureuse ? Tu le sais, toi ?

– Non... Je vois bien les ravages, mais c'est tout !

– Moi, j'ai réfléchi. J'ai tout le temps pour réfléchir maintenant ! George Marshall avait repéré la part noire en moi, cette part d'ombre douloureuse, délicieuse, et il savait... Il lui suffisait d'un regard, d'un seul regard long, appuyé qui disait : « Je sais, je sais comment te faire souffrir de ce plaisir dont tu ne te lasses jamais... » Ce plaisir inconnu qui réconcilie le dessous de la ceinture et le trouble dans ta tête... Et je me rendais. Je ne pouvais pas résister. C'était sa force, sa science de moi... Ma carrière zigzaguait de plus en plus dangereusement et personne ne pouvait prévoir ce que j'allais faire ! Même pas moi ! Tant que George m'a entretenue, tout s'est bien passé. On vivait à New York, on sortait, on voyageait beaucoup... Mais on se disputait tout le temps et quand on se disputait, je n'avais pas d'argent ! J'empruntais, je faisais des dettes partout. Il trouvait que je dépensais trop et refusait de payer. Le pays entier était en crise et avoir un boulot en 1931 relevait du miracle ! À Hollywood, les gens préféraient se suicider que s'avouer ruinés ! Moi aussi, j'étais ruinée et je l'ai proclamé ! Je me suis déclarée en faillite. Je suis passée devant le tribunal et j'ai reconnu que je devais de l'argent à tout le monde. Le *Daily News* en a fait sa une ! Parmi mes créanciers, il y avait en tête : Bergdorf Goodman et... Saks ! George, ça le rendait fou, tout cet argent que je dépensais ! Un soir où l'on s'était violemment disputés, il me battait, tu sais, il me battait comme plâtre... Un soir, j'ai claqué la porte et je suis sortie. Ce soir-là, j'ai rencontré un jeune homme charmant, de la haute société de Chicago, riche, oisif, qui dansait divinement et je l'ai épousé. En un clin d'œil !

– C'était en quelle année ?

– Je me suis mariée le 10 octobre 1933... Il s'appelait Deering Davies. Ensemble, on a monté un numéro de danse et on s'est produits dans les meilleurs cabarets de Chicago. Cela a duré six mois et puis j'ai trouvé le cher Deering vraiment très ennuyeux et je suis partie. Sans lui demander un sou alors qu'il était fabuleusement riche !

– Et tu as retrouvé George Marshall...

– Et j'ai retrouvé George Marshall ! Nos disputes, mes colères, ses coups... J'ai été obligée de me couper à nouveau la frange : il m'avait ouvert le front en deux. C'était ça notre relation : des coups, et des retrouvailles belliqueuses au lit. Il était cruel, froid, manipulateur mais je ne pouvais pas me passer de lui. C'est le seul homme que je n'ai pas pu avoir... Le roc contre lequel je me suis brisée ! Tous les autres m'ont adorée, pas lui ! Quand il m'a quittée en 1936, pour se marier avec une jeune dinde, je crois que ça a été la fin pour moi. Les années trente ont été des années sinistres. Je suis retournée à Hollywood pour y faire l'actrice. J'ai tourné un western lamentable, *Empty Saddles*, trois cents dollars et une semaine de tournage ! Une figuration dans un autre film qui dura à peine quatre heures ! J'avais trente ans et ma carrière sombrait ! Quelle idiote, j'ai été ! Mais aurais-je pu faire autrement ? C'est la vraie question...

Torse nu derrière son bureau, Harry Cohn attendait. Aucune femme ne lui avait résisté sauf cette jeune rebelle nommée Louise Brooks. En septembre 1937, il fit venir Louise dans son bureau où il la reçut comme à l'accoutumée torse nu, cigare au bec, et lui proposa un rôle dans un film avec Cary Grant.

– Il m'a expliqué que je n'avais plus la cote, qu'il ne savait plus très bien ce que je valais et que, si je voulais obtenir ce rôle, il fallait que je fasse mes preuves, que j'aille me faire engager dans un cabaret comme danseuse. J'ai accepté. Je n'avais pas le choix. Je suis allée dans le cabaret qu'il m'avait indiqué et j'ai été placée comme danseuse au fond, à gauche... Et un soir... il a convoqué le tout Hollywood et j'ai dû lever la jambe en cadence devant tous ces gens qui ricanaient de me voir tombée si bas ! Il rayonnait. Il me tenait. Il tenait sa revanche. Il avait enfin eu ma peau ! Le lendemain, les journaux racontaient en long et en large la déchéance d'une ancienne gloire du cinéma, obligée de faire de la figuration dans un numéro de cabaret pour gagner sa vie ! J'étais finie...

Tu vois, chaque fois que je me suis soumise, que j'ai obéi, la vie m'a punie ! À partir de ce soir-là, je n'ai plus lutté. Je n'avais plus de force. Dans le dernier western que j'ai tourné, avec John Wayne, en 1938, j'erre comme une somnambule. Le cinéma, c'était fini pour moi. Je suis partie à Wichita. Wichita, ma mère, ma famille... finies aussi pour moi. Je suis revenue à New York. J'ai fait ces petits boulots à la radio, dans le journal de ragots, chez Saks. La débâcle continuait. Je ne pouvais plus l'arrêter. Je me suis mise à boire, à grossir. À me cacher. Je ne voulais pas qu'on me voie, qu'on voie cette grosse dame qui se laissait aller physiquement, qui couchait avec des hommes pour un peu d'argent, se noyait dans le gin... Je restais couchée toute la journée. Je peignais, je lisais beaucoup, j'écrivais des petits essais sur des gens que j'avais connus, j'écrivais mon autobiographie, j'écrivais des lettres aussi, beaucoup de lettres... J'allais boire dans un pub, à l'angle de la 55ᵉ Rue et de la Troisième Avenue. Un jour, dans ce pub, j'ai aperçu mon premier mari, Edward Sutherland, je me suis dissimulée derrière mon sac et je suis partie en catimini, lourde de honte, de dégoût pour moi-même. J'étais en train de me tuer lentement, sûrement... Heureusement, les bars ne ferment jamais à New York. Il y a toujours un coffee-shop pour te recueillir quand tu ne peux pas dormir, quand tu n'en peux plus d'être seule, quand tu ne vois plus d'issue à ta vie. Quand plus personne ne te regarde... Jusqu'au jour où le destin a enfin décidé de se montrer clément envers moi... où le Messie est arrivé sous les traits de Bill Paley...

La voix de Louise continue à égrener sa vie pendant que je contemple les rangées de petites robes noires, mais je ne l'entends plus. Une phrase a attiré mon attention, une phrase toute simple qui dissipe soudain le malaise qui m'étreint depuis le début de la soirée.

« Heureusement, les bars ne ferment jamais à New York. Il y a toujours un coffee-shop pour te recueillir... »

Les bars ne ferment jamais à New York...

Oui mais... s'il appelle ?

Il n'appellera pas.

Comment le sais-tu ?

Je suis passé au Cosmic Café. Ils étaient en train de fermer et la lettre était toujours là... Entre le comptoir et la caisse...

La phrase a ressurgi. J'ai trouvé la fausse note.

Les cafétérias ne ferment presque jamais sur Broadway. Elles restent ouvertes tard dans la nuit. Virgile l'ignore. Il a raisonné en bon petit Français. Il ne connaît pas les coutumes de la ville. Virgile m'a menti. Je ne suis pas folle. Je ne suis pas la folle qui détruit tous les hommes qui osent m'aimer.

J'abandonne le fantôme de Louise parmi les cintres de robes noires. Excuse-moi, Louise, il faut que je vérifie quelque chose, un détail, un tout petit détail...

Je sors en hâte de chez Saks. Remonte la Cinquième Avenue, remonte toutes les rues, traverse America's, la Septième Avenue, arrive, essoufflée, sur Broadway et la 58e Rue...

Devant la façade allumée du Cosmic Café.

Des lettres en néon rouge brillent : *Open*.

Ce n'est pas fermé.
Ce n'est pas fermé.

Les mêmes murs en briques rouges, les mêmes miroirs ovales au-dessus de chaque box, le même sol en lino beige veiné de noir, les mêmes photos de stars dédicacées aux murs, les mêmes banquettes en Skaï rouge, les mêmes pancartes SAVE WATER, NO SMOKING PERMITTED, les mêmes tubes de néon rouge et jaune au-dessus du comptoir...

Pas de lettre ! Ma lettre a disparu...

Candy aussi. Elle ne travaille pas à cette heure-ci.

Les bouteilles de ketchup s'alignent sur le comptoir, les menus plastifiés sont rangés en pile, les corbeilles en osier débordent de pâtisseries grasses et sucrées, les machines à café fument derrière, mais ma lettre ne s'y trouve plus.

Pourquoi Virgile m'a-t-il menti ?

A-t-il pris la lettre ? Pour la lire ? Pour la confisquer ? Pour que Mathias ne la lise jamais ?

Candy l'a-t-elle rangée, de peur qu'une serveuse mexicaine ne la jette en nettoyant le comptoir ? En attendant de la replacer bien en évidence demain matin devant la caisse.

Mathias est passé et l'a emportée...

Ma lettre. Ma reddition de femme vaincue qui quémande du désir, des lignes qui s'enfuient et ne se recoupent jamais.

Encore un peu, s'il te plaît...

Encore un peu...

Je me suis assise au bar. J'ai hésité à demander au garçon derrière le comptoir s'il avait entendu parler d'une lettre. Il était en train de remplir le réservoir à gobelets blancs en carton et paraissait loin de mes préoccupations. J'ai renoncé. J'ai commandé un café. Sans donnut. Sans l'empreinte de ses dents dans le donnut.

Est-ce que tu penses à moi comme je ne cesse de penser à toi ?

Est-ce que tu sens que je suis sur ta piste ?

Louise la Jeune a tourné la tête et a regardé par la fenêtre. Je me suis arrêtée de lire, elle n'écoutait plus.

– Vous pensez à quoi, Louise ?

– À Mathias... Cet homme m'intrigue... J'aimerais le connaître, enfant, adolescent, déraciné en France, savoir ce qui a compté pour lui... Vous ne l'avez jamais su ?

– Pas quand j'étais avec lui. Il était toujours sur le qui-vive, toujours méfiant. Mais un jour, j'étais encore à l'hôpital, j'ai reçu la visite de son frère aîné, Josef. Il voulait me rencontrer pour essayer de comprendre ce qui avait pu se passer... Il ressemblait beaucoup à Mathias et au début, je ne pouvais pas parler tellement j'étais émue. Alors il s'est assis sur une chaise à côté de mon lit, il a fixé un point par terre et il m'a parlé de son frère... De son petit frère ! Devenus adultes, les deux frères s'étaient rapprochés. Ils se voyaient peu, Josef habitait Chicago, mais ils se téléphonaient souvent. Josef devait être la seule personne avec laquelle Mathias parlait au téléphone parce que sinon il détestait bavarder longuement !

– Mathias lui avait parlé de vous ?

– Oui. Il lui avait tout raconté et lui avait expliqué pourquoi il ne s'était jamais attaché à aucune femme.

Josef avait ri et lui avait dit que l'amour n'était pas le plus grand danger que la vie allait lui proposer. S'il avait su !

– Vous l'avez revu ensuite, Josef ?

– Non, jamais... Il m'a laissé son numéro de téléphone à Chicago, m'a dit de l'appeler si j'y allais un jour. Il était triste et j'étais bouleversée par tout ce qu'il m'avait appris... Et puis, il me rappelait tellement Mathias, en plus tendre, plus vulnérable... J'ai senti quand il parlait de son frère qu'il lui enviait sa force, sa détermination. Il avait réussi, lui aussi, mais il n'avait pas la flamboyance de Mathias. Mathias n'appartenait à personne. Mathias était un homme libre. Lui, Josef, s'était marié avec une Américaine qui avait grignoté sa force initiale, sa force de pionnier venu d'une petite ville de Tchéquie et prêt à dévorer le monde...

Mathias Kruznick avait appris le silence et la détermination, enfant. Il avait appris sans effort, comme un jeu, un jeu qu'on jouait chez lui depuis plusieurs générations. Un jeu qui permettait de survivre et de garder la tête haute.

Au septième étage de la tour qu'il habitait dans la petite ville de Rozmberk, il y avait une famille, la sienne, qui ne ressemblait pas aux autres familles. Dans les autres familles, les garçons jouaient au foot, partaient avec leurs camarades en camp de vacances, allaient en groupe à la piscine l'été, portaient un uniforme lors des fêtes de fin d'année à l'école, accompagnaient leur père à la réunion du Parti.

Pas Mathias Kruznick ni ses frères.

Dans les autres familles, à la sortie de l'école, les garçons avaient presque toujours un emploi réservé à la banque, à la poste, à la mairie, à l'hôpital, à l'entretien des jardins de la ville, tous ces emplois tenus par le Parti, réservés pour les membres du Parti.

Pas Mathias Kruznick ni ses frères.

Dans les autres familles, les femmes faisaient les courses les unes pour les autres, attendaient dans la queue des commerçants en bavardant, s'échangeaient des recettes. Pas Anna Kruznick. Elle était toujours seule quand elle faisait son marché. Elle sortait vite, vite de son travail, se glissait dans la queue, ne parlait à personne. Elle était toujours servie en dernier et devait se contenter de ce qu'il restait à l'étalage.

Dans les autres familles, les pères allaient boire au bistrot le soir, pas Jan Kruznick. Il n'avait pas de copain : il n'était pas inscrit au Parti.

On n'en parlait jamais à table.

On ne remettait jamais la décision du père en question. Il avait calculé les risques, les inconvénients et avait décidé que sa liberté valait tous ces risques, tous ces inconvénients. Anna l'avait épousé en connaissance de cause. Son père l'avait prévenue, tu te prépares une drôle de vie avec cet homme-là ! Elle avait écouté son père, avait embrassé sa mère et était partie vivre avec Jan. Son père ne l'avait plus vue. Ni sa mère. Ni ses frères et sœurs.

Petite femme brune aux grands yeux bleus, grave et silencieuse, elle avait uni sa vie à celle du grand géant blond qui l'avait séduite en la soulevant d'une seule main un soir de fête foraine sur les collines de la ville. Il l'avait hissée, hissée dans le ciel et d'un seul coup, elle avait aperçu la forêt, les montagnes, le lac au loin, la rivière et elle avait crié de joie d'être portée ainsi à bout de bras au-dessus de tous, accrochée à la voûte céleste.

Elle n'avait plus jamais voulu redescendre.

Éperdument amoureuse de cet homme qui parlait peu, ne buvait pas, n'amenait jamais d'amis à la maison, lui donnait tout l'argent qu'il gagnait sans jamais compter et poursuivait ses rêves avec assiduité.

Il avait choisi de devenir garagiste car il connaissait la vanité des hommes. Il savait que, pour leur voiture, ils viendraient lui parler, écouteraient ses conseils, effectueraient les réparations, paieraient sans rechigner. C'était un excellent mécanicien et le petit garage prospéra vite. Le couple put s'installer dans un trois-pièces. Trois lits superposés dans une chambre pour les garçons, un grand lit pour les parents dans une autre chambre et une cuisine-salle à manger-salon où les enfants faisaient leurs devoirs le soir, en silence. Quand ils avaient fini, le père sortait la méthode d'anglais et ils apprenaient l'anglais. Il les préparait à partir. À aller de l'autre côté, là où les hommes sont libres de penser, disait-il les soirs où il se laissait aller.

Trois petits garçons qui grandissaient en silence. Trois petits garçons sans amis ni divertissements. Trois petits garçons qui filaient droit sous le regard attentif du père. Ils ne se révoltèrent jamais contre leur père. Ils le vénéraient. C'était leur idole. Il tenait debout. Il faisait des plans, il regardait loin devant. Mathias, surtout. Il regardait son père avec admiration : il ne s'avouait pas vaincu. Il anticipait. Ils étaient soudés, tous les cinq, dans une lutte contre un ennemi invisible que Mathias imaginait sanguinaire, cruel, sans jamais pouvoir l'identifier : l'ennemi qui veut entrer dans ta tête pour te dire quoi penser.

Chez eux, on ne parlait pas. On ne faisait pas de câlins aux enfants, on ne leur disait pas « mon chéri » ou « je t'aime », mais la soupe, le soir, était bonne et épaisse. Et le père jouait au rodéo avec chacun des enfants, quand les devoirs étaient finis. C'était à celui qui tiendrait le plus longtemps sur son dos !

L'été, ils partaient en vacances chez le grand-père paternel. Lui non plus n'était pas inscrit au Parti. Il avait quitté la ville et s'était installé à la campagne, près d'un lac. Taciturne mais attentif. Il apprit à ses petits-fils le nom des arbres, le chant des oiseaux, la pêche, la saison des roses, la saison des nids, la différence entre un poisson luisant et frais et un poisson mort depuis longtemps... Tu regardes l'œil s'il n'est pas vitreux, tu inspectes les ouïes...

Il vivait de la vente de ses poissons, de son potager, de sa science des arbres fruitiers. Il ne parlait jamais en présence d'étrangers. Il avait appris la méfiance.

Mathias, enfant, aimait que personne ne sache ce qu'il avait en tête et cet art du secret le faisait sourire sur le chemin qui le menait à l'école. C'est une force que personne ne voit mais qui est là, bien là, se disait-il en frappant le sol fendillé et sec de ses gros godillots ferrés. Un entraînement martial, une maîtrise de soi comme celle qu'on exige pour apprendre le karaté. Savoir garder un secret, ne pas avoir besoin de partager avec quelqu'un ! Cela le rendait sacrément indépendant et fort.

À l'école, tous les garçons de sa classe parlaient, parlaient à tort et à travers. Ils se vantaient d'avoir la plus belle fille, se vantaient de posséder un jour la plus belle voiture, un grand appartement, un poste à la mairie. Mathias se taisait. Il gardait en lui la force de riposter, la force de réfléchir à ce qu'il allait faire de sa vie. Personne ne pouvait décider à sa place. Si, pendant les récrés, on se moquait de lui, on se moquait de son père, on se moquait de ses frères, il n'entendait pas. Il n'avait pas besoin d'avoir d'amis. Un jour, vous verrez, je vous épaterai tous ! Je suis plus intelligent, plus fort que vous ! Un jour, j'habiterai un grand appartement à New York, USA, et je serai le maître du monde.

Il n'avait pas le moindre doute.

Le frère aîné, Josef, partit le premier. À dix-huit ans. Aux États-Unis. Avec une bourse d'études.

Puis Emil, celui du milieu. Aux États-Unis aussi.

Il ne restait plus que Mathias, à la maison.

Quand à son tour il alla déposer son dossier au consulat des États-Unis, il n'y avait plus de bourses à accorder. Il avait quinze ans et hâte de partir. Alors, il se renseigna et prit ce qu'il restait. Au consulat de France, une bourse d'études, dans un lycée, à Dijon. Il ne parlait pas français, mais il remplit tous les papiers. Seul. Sans rien dire à son père. Son dossier scolaire était excellent. Il obtint la bourse de trois années d'études pour passer son bac à Dijon.

Il arriva en France. Sans parler un mot de français. Dans une famille d'accueil pleine d'attentions, mais avec cette légère supériorité des gens qui commettent une bonne action. Ils le rappelaient gentiment à l'ordre quand il utilisait trop d'eau chaude en prenant sa douche ou qu'il se jetait sur le beurre. Ils commençaient toutes leurs phrases par « nous savons, Mathias, que dans ton pays »... Sous-entendu : dans ton pays, une plaquette de beurre, une douche chaude sont un luxe, ici c'est normal... Il n'arrêta plus jamais de prendre des douches chaudes. Il s'écorchait la peau en faisant couler l'eau brûlante sur son torse, son ventre, ses cuisses...

La première rentrée scolaire, il eut beau s'entraîner à être sourd, il entendait les quolibets des garçons, les fous rires des filles dès qu'il s'exprimait en mauvais français. Il n'avait pas d'argent pour sortir, pas d'argent pour inviter une fille, pas d'argent pour avoir les bons habits... Ah ! L'importance des habits dans une école française ! Il n'en revenait pas ! Il en riait même quand il voyait le soin avec lequel les garçons et les filles de son âge se préparaient pour aller au lycée. Même ceux qui n'avaient pas d'argent, ceux dont les mères faisaient des ménages pour gagner leur vie, étaient habillés comme dans les publicités. Ils avaient des marques partout ! Jusque sur les bonnets en laine qu'ils enfilaient l'hiver ! Il calculait l'avance qu'il avait sur eux, la liberté que lui donnait son indifférence en matière vestimentaire. Une paire de baskets achetées à Carrefour lui faisait un an. Il avait le gros orteil qui perçait un trou au bout à la fin de l'année... Il s'en moquait.

La seule chose qui le gênait, c'était ses cheveux. Il les perdait par paquets. Il avait dix-sept ans, dix-huit ans, il redoublait sa seconde, il passait en première, et il devenait chauve. Quand il lui restait un peu d'argent sur son mois, il allait à Monoprix acheter une lotion pour les faire repousser. Il lisait attentivement le mode d'emploi, l'appliquait avec beaucoup de soin, en mettait partout sur l'oreiller et se levait le matin pour constater, anxieux, le résultat. Ils ne repoussaient pas, mais ils tombaient moins... Il se regardait dans la glace et voyait un homme plus âgé, plus mûr, il se disait que ça pourrait lui servir d'avoir l'air plus vieux.

L'été, il partait travailler à l'étranger. Il trouvait des boulots facilement. Il partait trois mois dans un hôtel en Italie et il apprenait l'italien. Dans un bar en Allemagne et il apprenait l'allemand. Dans une agence de tourisme en Espagne et il apprenait l'espagnol. Il ne prenait jamais de vacances : tout devait servir à accomplir la trajectoire parfaite. Quand il lui restait quelques jours, il allait chez ses parents ou son grand-père.

À Noël, la famille se réunissait. C'était un rite. Les deux frères arrivaient d'Amérique, lui de France et ils passaient Noël ensemble. Toujours.

Personne ne le félicitait, mais il lisait dans les yeux de son père qu'il était fier de ses fils. Les années avaient passé, les rapports avec ses parents changeaient. Il arrivait à son père de se relâcher parfois. Le garage employait trois mécanos, l'argent rentrait plus facilement, on pouvait aller au restaurant... Imaginer acheter une petite maison, plus tard, plus tard... Voyager, aller voir les garçons à l'étranger. La mère hochait la tête en souriant. Pour la première fois, il les entendait rêver à haute voix. Pour la première fois, son père détournait les yeux de la trajectoire et se mettait à divaguer. Il empruntait à Mathias sa lotion pour cheveux. Il n'avait plus un poil sur le caillou. C'est une expression française, lui disait Mathias. Il rigolait en agitant le flacon au-dessus de son crâne et Mathias riait de l'entendre rire. Il disait tu sais, papa, que tu ne riais pas souvent, autrefois... et son père répondait tu m'en rapporteras la prochaine fois que tu reviens ? Pourquoi ? tu veux séduire encore ? Son père lui faisait un clin d'œil complice. Et ils se donnaient des coups d'épaule dans la salle de bains étroite et encombrée. Ça y est ! je t'ai rattrapé, je crois même que je te dépasse, disait Mathias en se redressant devant le petit miroir au-dessus du lavabo.

Les garçons prenaient la parole à table, le père écoutait. Ils racontaient l'Amérique, la France, la vie si facile à l'étranger, la vie trop facile à l'étranger... Mathias avait de plus en plus souvent la drôle d'impression que sa vie et celle de ses parents s'inversaient. Qu'au fur et à mesure qu'il grandissait, qu'il se développait, ses parents rétrécissaient. L'appartement lui semblait minuscule. Sa mère usée. Pas apprêtée. Il pensait qu'il aurait dû lui offrir des produits de beauté au lieu d'un robot Moulinex pour Noël. Ses frères avaient rapporté une chaîne, des disques et ils écoutaient la Callas en compilation en buvant du champagne de France.

Ses copains d'école traînaient, désœuvrés, dans les cafés en attendant que le travail qu'on leur réservait depuis l'école primaire se libère et qu'ils puissent prendre la place. Ils buvaient, sortaient avec des filles qu'ils connaissaient depuis l'enfance, parlaient de se marier et cela lui paraissait si petit, si prévisible.

Leur vie était toute tracée.

Quand le mur de Berlin tomba, le 9 novembre 1989, Mathias finissait HEC et commençait un MBA de finances à l'université Paris-Dauphine. Il avait choisi Dauphine pour sa réputation bien sûr, mais aussi pour sa connotation sociale. Il haussait d'un point le parcours de sa trajectoire : Dijon, la famille d'accueil, les années de prépa en pension, Paris, ses quartiers populaires, et puis Dauphine... Un pied dans les beaux quartiers : Neuilly, le seizième, le huitième. Des étudiants avec du fric, des voitures, de beaux vêtements, des pères puissants, et des étudiantes légères, intelligentes, gâtées, avec le teint frais des enfants bien nourris. Il ne faisait toujours pas partie du noyau chic qui sortait en boîte, partait en week-end en Normandie, traversait les États-Unis en voiture. Il avait toujours des baskets pourries, des pantalons avachis, des sweats sans marque, décolorés par les passages à la laverie au poids en bas de chez lui, mais il pouvait presque les regarder en face maintenant, même s'ils l'intimidaient encore un peu, s'il se sentait encore un peu inférieur, maladroit, grossier. Il surprenait les regards amusés que les filles lui lançaient quand il posait ses listes de questions, quand il ne savait pas manger le poisson, qu'il tenait mal sa fourchette, la brandissait vers son interlocuteur à table... Ces petites humiliations quotidiennes creusaient un fossé immédiat entre Mathias et elles, mais il apprenait en les observant, et chaque rebuffade déguisée était un obstacle qu'il s'entraînait à sauter. Il n'est pas dur à apprendre ce code-là, se disait-il, il s'apprend vite mais tout ce que je sais, moi, toute la science que j'ai accumulée pour survivre, m'adapter, elles ne sont pas près de l'avoir. Elles seront vite perdues quand elles quitteront leur petit milieu parisien.

En revanche il maîtrisait suffisamment le français pour épater ses professeurs. Et il était aussi à l'aise en allemand, en espagnol, en italien, en anglais. Il connaissait le droit étranger, les règles économiques qui régissent les compagnies étrangères. Il était incollable et le revendiquait ! Un peu trop brutalement, peut-être. C'est cela qu'il faut que j'améliore maintenant, il faut que j'apprenne à ne pas offenser les autres avec mon savoir. À laisser tomber une discussion, même si j'ai raison, pour ne pas blesser mon interlocuteur. Il faut que j'apprenne à être diplomate, c'est la prochaine étape. Il s'était tu si longtemps que parfois, ses répliques jaillissaient, brusques et définitives. Il le regrettait toujours.

Ce 9 novembre 1989, il était chez des amis quand il vit à la télévision les marteaux-piqueurs abattre le mur de Berlin. Autour de lui, tout le monde faisait la fête, criait, se félicitait, s'embrassait et il restait immobile, silencieux. Cassé en deux. Tout ce qui lui avait donné la force d'avancer dans la vie était mis en pièces par les mêmes marteaux-piqueurs qui enflammaient ses amis. Qu'est-ce qu'ils connaissaient, eux, du mur de Berlin et de la vie au-delà ? Rien. Ils savaient ce qu'ils lisaient dans leurs livres d'école, dans leurs journaux, dans leurs conversations de jeunes privilégiés qui prennent le parti de l'opprimé, le parti de la liberté comme on jette une écharpe en cachemire sur des épaules rondes et lisses. Il les écoutait se féliciter de la chute du mur comme d'une victoire remportée par eux, par leur ordre à eux, le triomphe de leurs idées, le triomphe de leur monde. Le triomphe de la liberté ! Quelle liberté ? pensait Mathias en fixant froidement le poste de télévision. Ils se ressemblent tous ! Ils pensent tous pareil. Ils s'habillent tous pareil. Ils aiment les mêmes livres, les mêmes films, ils lisent le même journal. Passent leurs vacances aux mêmes endroits. Défendent les mêmes causes en débitant le même blabla... Cette bonne conscience qu'ils affichaient en regardant le mur tomber lui donna envie de hurler à l'imposture. Assez de vos discours à l'emporte-pièce sur les droits de l'homme ! Sur le bien et sur le mal, la droite et la gauche, la place de l'immigré dans la société...

Il était en colère. Perdu comme il ne l'avait jamais été. Il regardait tous ces jeunes de son âge qui dansaient sur le mur, en faisaient dégringoler des pans entiers, brandissaient des parpaings en béton comme autant de trophées. Sa petite amie vint le chercher, voulut l'embrasser et il cria : « Laisse-moi tranquille ! Fais chier ! » Elle ne pouvait pas comprendre ce qu'il ressentait, la fissure incroyable qui se produisait en lui ! Pour elle, c'était une fête, la chute du mur de Berlin ! Pour lui, c'était un morceau de sa vie qu'on tranchait dans le vif. À coups de marteaux-piqueurs.

Ce manque de liberté, justement, avait engendré sa propre liberté.

Il faisait le deuil violent d'une partie de lui, de son enfance, de tout le silence, de toutes les colères jamais exprimées de son enfance ! En une nuit, il allait falloir qu'il reconsidère toute sa trajectoire... Qu'il s'aventure dans un monde nouveau.

Il quitta la fête, quitta ses amis, sa petite amie. Il marcha dans les rues de Paris. De la place du Trocadéro à la porte des Lilas. Il contempla le cours lent et tranquille de la Seine, les avenues larges bordées d'arbres, les statues d'hommes illustres, les rues en épi, les ponts et les immeubles de Paris, cette ville magnifique qu'il trouvait d'ores et déjà la plus belle du monde, et tout en faisant l'inventaire de cette beauté éternelle, en relevant le détail d'un balcon, d'un porche ou d'un fronton, il pensait tout va changer maintenant, tout va changer, Paris dans quelque temps ne sera plus la même... Les lois qui ont édifié cette ville vont disparaître. C'est la fin d'un ordre.

C'était d'une évidence fulgurante. La France ne lui suffisait plus. La France, les études, la liberté en France, la réussite, c'était le projet de son père. Il ne pouvait plus suivre son exemple. L'ambition, il allait falloir qu'il la trouve en lui.

C'est ce soir-là qu'il se mit à son compte.

En arrivant au Pont-Neuf.

Il s'assit sur le parapet du Pont-Neuf, laissa pendre ses jambes dans le vide, regarda la Seine couler, Notre-Dame, l'île de la Cité, l'île Saint-Louis. C'était Paris autrefois, c'était partir ailleurs, passer à l'Ouest. Soudain, c'était minuscule. Un raz-de-marée venait d'emporter cette frontière-là et les gens ne le savaient pas. Un petit vieux passa avec son chien, il marchait lentement, traînant un bouledogue noir et blanc avec un ventre ballonné qui raclait le sol. Il salua une vieille femme qui promenait son chien, elle aussi, un petit caniche noir emmitouflé de laines écossaises. Le mur de Berlin était tombé et ils sortaient leurs chiens comme à l'habitude. Rien n'était changé.

Peut-être qu'ils n'avaient pas regardé la télé...

Il décida de partir explorer le monde, de voyager, de profiter de sa connaissance des langues, de ses diplômes pour tout recommencer.

Mais avec de l'argent, cette fois. Avec de l'argent, un savoir, une éducation, bien tenir sa fourchette, un pouvoir... Le pouvoir, peut-être, de participer à ce nouveau monde, d'en faire quelque chose qui lui ressemblerait à lui seul. C'était encore vague, mais il savait qu'il allait trouver. Il savait qu'il allait trouver en lui la force d'avancer et d'inventer.

Puis arriva le premier Noël après la destruction du mur.

Ce premier Noël en famille...

Sous le portrait de Vaclav Havel que son père avait accroché au mur de la salle à manger-cuisine.

Un Noël si triste, si froid. Un Noël lugubre. Josef s'était marié avec une Américaine qui souriait de toutes ses dents sans comprendre un mot de ce qu'ils disaient, mettait du vernis à ongles qui empestait, des bigoudis sur sa tête de Barbie, Emil partait téléphoner tout le temps et pestait contre l'attente à la cabine tapant dans ses moufles fourrées et regrettant l'Amérique, « ... au moins là-bas tout marche ! Ça marche là-bas ! Ça marche ! » répétait-il comme un petit commerçant qui se frotte les mains devant sa caisse enregistreuse, sa mère avait les yeux rougis et disait c'est la fatigue, l'émotion de vous retrouver. Son père ne parlait pas, mais ce n'était pas le silence qu'il avait connu, enfant. Ce silence-là était épais, menaçant. Il ne vibrait pas de promesses, de projets, de liberté. Il ne claquait pas au vent.

Il pue ce silence, se dit Mathias, le premier soir en se couchant sur le canapé du salon. Il avait fallu laisser la chambre des parents au jeune couple, à l'Américaine qu'il avait surprise dans la salle de bains en train de mettre son diaphragme. Elle avait poussé un hurlement comme s'il avait voulu la violer ! Josef filait doux devant sa femme et ça lui faisait mal au cœur. Il avait honte pour lui. Il entendait miss Bigoudi râler parce que l'appartement était trop petit, qu'elle n'avait pas de *privacy*, qu'il y avait des courants d'air, qu'elle avait ruiné ses belles chaussures en marchant dans la neige. Au lieu de lui clouer le bec en lui racontant la belle histoire de ses parents, la belle histoire de la trajectoire de son père, son frère aîné s'excusait, parlementait avec miss Bigoudi.

Peut-être qu'elle n'existe plus la trajectoire ? se demanda Mathias les yeux grand ouverts dans le noir en écoutant la respiration de son autre frère couché par terre, les écouteurs d'un walkman enfoncés dans les oreilles. Il entendait sa musique grésiller et reconnut Nirvana. Que se passe-t-il lorsque la flèche tendue sur l'arc a touché son but ? Le Mur est tombé, que va-t-on faire ? Sans mur...

Il était bien pratique, ce mur en béton gris, pour s'échapper.

Le lendemain matin, il va à la cabine téléphonique appeler Martine, sa copine française. Il le fait parce que c'est Noël, qu'elle attend qu'il appelle mais il n'a pas grand-chose à lui dire. Il sait que cette histoire ne va pas durer, mais il s'exécute. Ses histoires avec les filles ne durent jamais. Il n'arrive pas à se détendre, à se laisser aller. Il sait pertinemment ce qui leur fait plaisir, mais il refuse de s'exécuter. Il refuse d'être prévenant, tendre, d'offrir une fleur, de dire des mots doux. Quand il les désire, il les isole d'un regard, les fixe et fond sur elles. Il aimerait bien être plus romantique, mais il ne sait pas. C'est de sa faute. Il guette le danger avec les filles. Elles veulent toujours entrer dans son intimité, s'emparer de lui. Elles ont toutes cette légère supériorité de la fille bien née, bien cultivée, bien diplômée. Cette légère arrogance française qui considère son pays à lui comme un tout petit pays, un pays satellite, un pays sans importance. Il soupçonne Martine de sortir avec lui parce que ça fait « chic ». Il est son alibi de femme affranchie.

Quand elle décroche et répond, joyeuse, il est déjà énervé. Il ne dit pas « Joyeux Noël », il parle à peine, répond par monosyllabes à ses questions. Il frotte la buée sur les parois de la cabine et laisse son regard s'échapper vers l'horizon blafard et jaune bordé de hautes tours d'habitation. Des tours délabrées, des ascenseurs qui marchent un jour sur deux, des pelouses

jonchées de sacs plastique, hérissées de bosquets faméliques. Les chaussées sont pleines de trous boueux et
les voitures cahotent comme des épaves à pied-bot. Un
réverbère dont l'ampoule est cassée, un autre qui
éclaire faiblement, un banc en béton, deux bancs... Ce
n'est pas beau, mais c'est chez lui. Il laisse des blancs
de plus en plus longs dans la conversation. Alors elle
s'emporte, elle dit qu'il ne l'aime pas, qu'il passe Noël
loin d'elle, qu'elle est triste... Pourquoi appelle-t-il si
c'est pour demeurer muet ? Il n'a rien à lui dire ? Toute
cette sentimentalité à quatre sous l'irrite ! Cette sentimentalité de fille trop gâtée, qui se gave de la douceur
écœurante des sentiments, qui ne connaît ni le froid,
ni la faim, ni le désespoir. Ce n'est pas ça la vie, ce
n'est pas pleurnicher au téléphone parce que ton petit
copain n'appelle pas ou n'est pas là le jour de Noël !
Il s'agite, il saute sur place pour se réchauffer, pour
secouer la torpeur niaise de sa copine. Il donne des
coups de poing contre les parois. Vous allez voir ce
que vous allez voir, je vais vous montrer ce qu'on peut
en faire de la vie ! Prouver qu'un petit immigré de l'Est
peut devenir grand, fort, puissant ! Qu'il peut changer
le monde peut-être ! Que la force, elle est là, en lui,
elle est chez son père, chez ses frères, tous ces affamés
qui veulent encore croquer le monde, enfoncer leurs
dents dans une part de gâteau...

Il n'écoute plus Martine, il regarde l'immeuble
triste, lézardé où vivent ses parents, avec infiniment de
tendresse. Il regarde la fenêtre allumée de la cuisine
au septième étage. C'est de là que vient sa force. De
ce petit rectangle jaune, qui brille comme l'étoile
accrochée au sommet du sapin. C'est son étoile à lui.
Sa bonne étoile. Quand il rentrait de l'école et qu'il

levait la tête, c'est la première chose qu'il regardait : si la petite étoile de la cuisine était allumée... Et quand il y avait de la lumière, il était heureux, même s'il n'en montrait rien, il montait les escaliers à toute allure, posait son cartable et mangeait son pain en silence.

La petite fenêtre allumée...

C'est là qu'il vient se ressourcer. Ce n'est ni à Paris, ni à Berlin, ni à Londres. Il n'y a plus de force dans ces villes-là. Les idées, les idées nouvelles, elles se trouvent ailleurs. Dans des pays pas encore construits, dans des pays qui crèvent d'envie... Et tant qu'il gardera ce contact-là, ce contact presque charnel avec le petit rectangle jaune, sa mère usée, son père silencieux, son grand-père qui sait ferrer le poisson, il ne sera jamais perdu.

Ce soir, l'étoile brille. Sa mère, derrière la fenêtre de la cuisine, prépare le dîner de Noël et le portrait de Vaclav Havel trône au-dessus de la table.

En cette nuit de veille de Noël, en ce 24 décembre 1989, pour la première fois depuis la chute du Mur, il est presque heureux. Presque apaisé. Il a retrouvé la force du silence. La force d'avancer, d'inventer. Il regarde la neige épaisse autour de lui, tout autour de la cabine, le chemin boueux tracé par les allées et venues des passants entre les murs glacés de la neige sale et il y voit un début de chemin. Quand il replace le combiné contre son oreille, il n'entend que le bip-bip d'une ligne raccrochée.

Il sort de la cabine, enfonce les mains dans les poches de sa veste en cuir noir, les enfonce jusqu'à en crever les poches et pousse un cri immense, le cri d'un homme qui soulève la terre, qui a assez de force pour soulever toute la terre. Dans l'air flotte une odeur de fumée noire, légèrement écœurante, qui lui rappelle son enfance.

Il remonte quatre à quatre les escaliers jusqu'au septième étage, arrive tout essoufflé, pousse la porte, fonce à la cuisine et trouve sa mère en train d'éplucher des pommes de terre au-dessus de l'évier. Où sont les autres ? il crie joyeusement, en enlevant sa lourde veste, son écharpe, son bonnet, en se frottant les mains pour se réchauffer. Où sont les autres ? il répète en arrivant par-derrière, en apercevant le dos voûté de sa mère dans la blouse de ménage. En la prenant dans ses bras.

Il ne l'a jamais prise dans ses bras. Il ne lui a jamais dit « maman, je t'aime ». Il ne lui a jamais parlé de la petite étoile de la cuisine. Aussi quand elle se laisse aller contre lui de tout son dos, de tout son poids, et se met à sangloter, il pense que c'est l'émotion qui la fait pleurer. L'émotion d'avoir son grand fils de vingt-quatre ans qui l'enlace comme un homme le ferait. Elle est toute petite, il la serre contre lui, il place ses deux fortes mains sur son ventre, sur le tablier, et la serre à l'étouffer. Il voudrait lui raconter tout ce qu'il a pensé dans la cabine téléphonique, il commence à lui dire maman, tu sais... Puis il réfléchit, il faudrait d'abord que je lui raconte mon désarroi devant la chute du Mur, la réaction des autres, ma promenade à minuit dans les rues de Paris, le vieux monsieur et la vieille dame qui promenaient leurs chiens. On ne sait pas par où commencer quand on n'a jamais parlé.

Comme elle continue à pleurer, il la berce, il la berce maladroitement, il murmure ça va maman, ça va, tout va bien, tout va bien maintenant, tu vas voir, je vais t'expliquer...

Pour elle aussi, c'est la fin d'une époque. Les garçons sont grands, ils sont partis, elle se retrouve seule
avec son père et ils n'ont plus de projet de vie. Ils vont
vieillir et elle n'a que quarante-six ans. Elle ne veut
pas vieillir, devenir une grand-mère. Elle voudrait que
son homme l'emmène dîner dans de bons restaurants,
faire un tour dans la belle Skoda qu'il vient d'acheter,
lui paie une belle robe, peut-être. Elle voudrait avoir
le courage de pousser la porte d'un institut de beauté.
Elle passe devant, s'arrête, se hisse sur la pointe des
pieds, regarde à l'intérieur, détaille ses mains rouges,
usées, et ne rentre jamais. C'est dur de pousser la porte
quand on a passé toute sa vie de femme à trimer. Il
voudrait lui dire merci aussi. Merci maman... Merci
pour tout ce que tu as fait, je t'aime maman, tu es une
maman merveilleuse...

Mais elle n'arrête pas de pleurer. Elle se colle contre
lui comme une limace et il est un peu gêné qu'elle se
laisse aller comme ça. Il n'est pas encore habitué à
montrer de l'amour, c'est la première fois, maman, la
première fois que je prends une femme dans mes bras
pour lui donner quelque chose, pour partager... Vas-y
doucement... Il la prend par les épaules, la retourne
vers lui et lui demande ça va pas ? Pourquoi tu
pleures ? C'est l'émotion de nous avoir tous là ?

Elle fait oui de la tête. Elle fait non de la tête.

Mais alors ? qu'est-ce qu'il y a ? Dis, dis-moi...

Il s'attarde sur les yeux rouges, les rides autour des
yeux, autour des lèvres, la peau qui plisse, les petites
taches brunes de vieillesse, la bouche sèche et cra-
quelée. Il sent entre ses mains ses épaules toutes
molles, il sent contre les muscles de son ventre et de
son torse le ventre qui déborde, la poitrine aplatie. Il

ne touche que des corps jeunes et durs, il ne connaît pas cet avachissement de l'âge. Il la voit soudain, il la voit avec ses yeux d'homme vigoureux et il comprend tout de suite. Il n'a même pas besoin d'écouter la suite. Son discours, son beau discours d'homme qui explique le monde lui paraît bien vain et il est submergé par une émotion qui le déchire en deux et le remplit de rage.

Il a deviné...

Pourtant il lui faut bien l'entendre. C'est ce qui le gêne le plus. Que sa mère se confesse à lui. Que sa mère en tant que femme se confesse à lui... Il a envie de dire, oh ! non, arrête, maman, pas ça ! pas ça ! Je ne suis pas encore prêt à entendre ça. Lâche et brûlant de colère. Il veut se déprendre, mais c'est elle qui s'accroche à lui maintenant, elle qui enfonce ses ongles dans sa chair, le retient contre elle, le plaque contre elle pour qu'ils entendent à deux ce qu'elle va avouer à quelqu'un pour la première fois à haute voix.

Attention, elle se dit juste avant de parler, attention, si tu prononces ces mots-là à haute voix, tu ne pourras plus revenir en arrière... La dinde est dans le four, les pommes de terre sont presque épluchées, la bûche a reçu son nappage de crème aux marrons et tu as planté le petit père Noël en sucre confit sur le glaçage en chocolat. Tu vas ruiner la fête si tu parles, tu vas ruiner la fête... Mais c'est si bon cette force qui lui vient de son garçon, le plus petit, celui qu'elle allait voir la nuit pour vérifier qu'il était bien couvert, que ses frères ne l'avaient pas poussé hors du lit. Son préféré, celui avec lequel elle n'avait pas besoin de parler... Elle guettait son œil bleu sous les sourcils noirs et elle savait comment s'était passée la journée. Elle sent ses bras durs qui l'enferment. Elle a tellement besoin d'être protégée !

– Ton père a une autre femme, elle dit. Ton père voit une autre femme...

Il se détache, la regarde, incapable de parler. Une autre femme ? Impossible. Pas ça. Pas ses parents à lui. Pas maintenant qu'ils ont touché au but... Mais il sait que c'est vrai. Il l'a su en déchiffrant son visage affaissé, sans éclat. Il lit dans son regard toute sa souffrance, toute sa solitude, il y déchiffre des nuits blanches à attendre, à attendre derrière la fenêtre de la cuisine que l'homme rentre.

– Depuis quand ?

– Trois mois environ...

– Mais alors ce n'est rien ! Ce n'est rien trois mois !

– Trois mois qu'il dit mais si ça se trouve... Il dit qu'il veut vivre avec elle. Il dit qu'il va s'en aller après les fêtes de Noël...

Il se laisse tomber sur une chaise et la regarde, interdit, muet. Il n'avait pas prévu ça ! Il ne pensait pas que cela pourrait arriver. Jamais, jamais...

Il entend la voix de son père qui rentre, qui dit bonsoir comme si de rien n'était. Et le silence retombe dans la maison, ce sale silence qui pue, qui pue l'arrangement, la compromission, le mensonge. Sa mère retourne au-dessus de l'évier éplucher les pommes de terre. Il ne voit plus que son dos voûté, les épaules qui tombent, la taille lourde, le nœud du tablier dans le dos, la jupe marron et les collants épais, ravaudés sous le genou.

Il reste assis sur la chaise de la cuisine.

Il dit bonsoir à son père qui rapporte de la vodka pour le dîner, qui enlève son bonnet. Il dit c'est bien, c'est une bonne idée... Il ne peut pas imaginer son père au lit avec une autre femme. Il ne peut déjà pas imaginer son père au lit avec sa mère... Abasourdi de découvrir que ses parents ont une vie sexuelle ! Que son père peut bander pour une femme, peut bander pour une autre femme que sa mère !

À vingt-quatre ans, il comprend qu'il est un débutant. Qu'il a passé trop de temps tendu en avant à travailler, étudier, apprendre, anticiper, emprunter aux banques, travailler pour les rembourser... Il ne s'est jamais posé de questions sur l'amour, le désir, pourquoi il naît, pourquoi il dure, pourquoi il s'arrête. Il ne lit jamais de romans, toujours des livres pratiques, des livres pour les cours ou des livres d'histoire. Il ne sait rien des émotions humaines. Il regarde son père. Il se dit : il a cinquante ans et il est amoureux ! Il est si amoureux qu'il est prêt à foutre sa vie en l'air ! Il n'a plus de trajectoire, c'est sûr. Il a perdu la boule. Le désir sexuel lui a fait perdre la boule. Il se relève sans rien dire et va s'enfermer dans les toilettes pour essayer de démêler les fils dans sa tête...

Il a passé vingt-quatre ans à ignorer les sentiments et les sentiments lui tombent dessus en des milliers de points d'interrogation. Il n'a jamais été amoureux fou d'une femme, lui. Il n'a jamais dévié sa trajectoire pour une histoire d'amour. L'amour ? Il sait quand il a faim et se jette sur une femme. Il sait aussi que lorsqu'il est rassasié, il ne reste pas longtemps. Jamais personne n'a pénétré dans son cœur.

Une musique revient dans sa tête, une musique avec une voix. Celle de la Callas. La première fois qu'il avait entendu la voix de la Callas s'élever de la chaîne hi-fi rapportée par son frère aîné d'Amérique. C'était la première plage du disque... Il s'était arrêté, soulevé de terre, soulevé par une force étrangère. Il flottait dans un état d'enchantement total, comme s'il était neuf, comme si tout était nouveau autour de lui. L'appartement était un vaisseau qui tanguait, l'emportait, lui faisait franchir les vagues les plus hautes. Il agrippait le ciel, les nuages, tirait la barbe d'un géant bienveillant et doux. Il flottait, brûlant de désir, brûlant d'une force inconnue qui le mettait à genoux, lui ouvrait le cœur en deux.

Un après-midi qu'ils étaient tous sortis, qu'ils étaient allés en famille rendre visite à un ancien professeur de l'école qu'il était le seul à ne pas apprécier, il était resté dans le petit appartement. Il avait mis le disque rien que pour lui. Il s'était étendu sur le canapé marron et la voix s'était élevée... *Casta diva*... C'étaient les premiers mots et l'émotion avait déferlé en lui comme une force inouïe. Il écoutait, fasciné, cette voix qui le transperçait, s'installait dans son corps, le roulait comme une vague énorme, lui donnait envie de pleurer, de rire, d'aimer, d'étreindre un autre corps, de lui chuchoter des mots doux à l'oreille, de lui pleurer des mots doux à l'oreille. Il l'avait passé, repassé, toujours la même plage du disque et il écoutait, pelotonné sur le canapé marron, devinant qu'il y avait là un monde inconnu de lui, un monde où il ne s'était jamais aventuré.

Il ne l'avait plus jamais écouté seul.

Alors, assis sur le couvercle des toilettes, il relève la tête et se félicite. Il avait an-ti-ci-pé ! Il savait que ce sentiment-là était dangereux et il avait anticipé ! Par instinct.

Les coudes posés sur ses genoux, les poings fermés, Mathias ne veut plus penser... C'est immense tout ce qu'il y a à comprendre dans une vie ! Il n'aura jamais assez d'une vie pour tout comprendre. Tout apprendre. C'est drôle, je suis prêt à lutter contre une société autoritaire qui veut prendre mon avenir en main, qui veut m'imposer sa manière de penser, de vivre, de m'amuser même, et je suis si démuni devant l'amour, l'amour d'une femme ! L'amour d'une seule femme peut faire des ravages pires que la tyrannie des hommes. Et mon père ! Mon père, ce géant, qu'on n'a jamais pu faire dévier d'un pouce dans le combat qu'il menait... Il passe la main sur son front et s'aperçoit qu'il est couvert de sueur. Il fixe sa main avec terreur.

Il n'arrive plus à penser à autre chose.

À table, ce soir-là, il mange la dinde, mange les pommes de terre, mange la bûche, boit le champagne, boit la vodka, mais chaque fois que son regard tombe sur son père, il pense à l'« autre ». À la ravisseuse. Les mains épaisses et carrées de son père, qui découpent la dinde, se posent sur les cuisses d'une femme, les entrouvrent, les caressent. Il fait la grimace et sa mère le regarde, surprise. La dinde n'est pas bonne ? La bouche de son père qui mastique la dinde vient se placer entre les cuisses de la femme... La bouche de son père qui suce un os de la volaille... Il repousse son assiette. Il n'a plus faim. Il ne sait plus ce qu'il mange, il a envie de vomir. Ses deux frères font la conversation, s'empiffrent, se resservent, éclatent de rire, trinquent... Il ne tend pas son verre... Elle va leur dire à eux aussi ? Et quand ils seront tous au courant, ce ne sera plus jamais comme avant. Le bel ordre qu'il a connu sera révolu. Une nouvelle page s'ouvrira, s'écrira et il faudra tout recommencer...

Il jette sa serviette et va s'asseoir sur le canapé. Il prétexte un mal de tête, une migraine terrible et s'allonge un instant. Il en faut peu pour que le destin fasse demi-tour et change le cours d'une vie, de plusieurs vies ! Une seule femme a suffi... Il a oublié de demander comment elle était cette femme. Elle mesure combien ? Elle pèse combien ? Une femme plus jeune, plus mince, plus ferme, plus apprêtée, plus gaie que sa mère... et la vie de tous ces gens assis à table va être bouleversée !

Alors, il se ravise et il se dit que c'est peut-être un bienfait qu'il n'arrive pas à aimer. Il a échappé au pire, à cette douleur qu'on ne soigne pas, qu'on ne guérit pas... et s'il ne l'a pas déjà connue, c'est peut-être qu'il ne peut pas tomber amoureux ! Il n'est pas apte, il n'a pas le cœur pour cette activité-là. C'est simple, très simple... Le rythme de son cœur s'apaise, il arrête de transpirer, l'étau autour de son crâne se desserre, et c'est comme s'il quittait son cauchemar. Il sourit à sa mère et abandonne le canapé pour revenir à table. Ça va mieux, il assure, oui ça va beaucoup mieux...

Le 30 décembre 1989, Vaclav Havel est élu président de la République tchécoslovaque et son père rayonne de bonheur. Il serre sa femme et ses fils contre lui, ouvre les bras en signe de victoire, tend son verre de champagne français en direction du portrait sur le mur, vide un verre, deux verres, entraîne ses fils dans les bars de la ville, boit jusqu'à en rouler par terre, refuse de rentrer à la maison... Libre, il dit, enfin libre ! Mathias le regarde en silence et rentre chez lui, à pied, bientôt suivi de ses frères. Vous l'avez laissé là-bas ? Oui, il ne voulait pas rentrer !

Il ne rentra pas cette nuit-là. Il ne revint que le lendemain soir, dégrisé et muet.

La veille de leur départ, sa mère réunit ses trois fils autour de la table et leur parle. Leur père est parti travailler au garage. Les garçons l'écoutent en silence. La belle-fille lime ses ongles dans un coin de la pièce.

Quand le père revient, il reçoit le regard muet, hostile de ses fils, en pleine face. Il se tient sur le seuil de l'appartement, tout emmitouflé, un bouquet de fleurs à la main. Il a l'air idiot avec son bouquet de fleurs dont il ne sait plus que faire. Ils le regardent comme s'il était un étranger, un ennemi. Ils le découpent du regard. Il soupire, reboutonne son manteau qu'il avait à moitié ouvert, jette les fleurs sur la table en direction de sa femme et claque la porte.

Ils ne le revirent plus jusqu'à leur départ.

Miss Bigoudi était offusquée, pas assez pour prendre sa belle-mère dans les bras mais assez pour débiter des âneries sur le désir mâle qui salit tout, ne respecte rien. Les trois garçons se regardaient en silence, ils regardaient leur mère en silence.

C'est elle qui les poussa vers le départ, les embrassa sur le pas de la porte, les poussa dans l'escalier puis revint s'asseoir près de la fenêtre de la cuisine pour les voir s'éloigner, pour voir leurs silhouettes diminuer dans la neige épaisse jusqu'à l'arrêt du bus qui allait les emmener à l'aéroport.

Lorsqu'elle ne vit plus personne dans la neige, elle s'essuya les yeux d'un revers de manche et continua à attendre une autre silhouette, une autre silhouette d'homme qui ferait le chemin en sens inverse et se mettrait à grandir, grandir, grandir en se rapprochant d'elle.

228

Il ne lui restait plus que ça à faire, se dit-elle. La vaisselle et le ménage attendraient.

Louise la Jeune a les yeux embués de larmes et un sourire attendri sur les lèvres. C'est l'été. Ce mois d'août est étouffant. Elle m'a apporté un ventilateur qui brasse l'air chaud et fait voler son casque noir en mille petites mèches. Elle porte une robe légère dont les bretelles glissent sur les épaules. Elle n'est pas partie en vacances, et revient un soir sur deux s'asseoir au pied du lit. Elle glisse dans la chambre, s'installe en Indienne, fait un petit signe de la tête pour dire « ça va ! je suis prête ! Allez-y » et je lis... On a nos rites, maintenant.

Je l'observe derrière l'écran de l'ordinateur. Elle s'entoure les épaules de ses bras et se recroqueville. Je pourrais continuer à lire, elle ne m'entendrait pas ! Elle est tombée sous le charme de Mathias, elle imagine sa main solide et carrée sur son épaule, elle est prête à se lever, à le suivre, sans plus de volonté, les épaules basses... Mathias faisait cet effet sur les femmes.

– Il va être jaloux, votre copain, si vous pensez à Mathias comme ça !

Elle hausse les épaules et triture ses doigts de pied.

– J'aimerais bien qu'il soit jaloux parfois...

– Il s'appelle comment ?

– Vous ne rirez pas si je vous le dis ?

Je fais non sérieusement de la tête.

– George ! Je l'appelle Géo, ça fait moins nul ! Sa mère était amoureuse de George Harrison !

– Et vous l'aimez ?

– Il est comme Mathias... Il se dérobe tout le temps. Je crois qu'il m'aime, cela fait deux ans qu'on est ensemble, mais il ne me le dit jamais ! Alors je me tiens à carreau !

Quand nous nous étions revus, Mathias et moi, dans ce café porte des Lilas, il avait voulu me décrire ce qu'avait représenté pour lui notre rencontre.

Il avait débarrassé la table des tasses, du cendrier, de la carafe d'eau qui l'encombraient, avait pris mon paquet de cigarettes, l'avait placé au milieu de la table en disant : « Ça, c'est toi, toi, tu indiques le Nord, moi le Sud. » Puis il avait posé son index sur le bord de la table le plus éloigné de moi, plein sud, et l'avait fait glisser lentement sur la surface de la table, traçant une trajectoire parfaite, une ligne toute droite allant du sud au nord. Puis le doigt avait buté contre le paquet de cigarettes et était reparti en angle droit à l'est.

J'avais brisé sa trajectoire.

J'étais responsable de cet angle de quarante-cinq degrés. J'avais inventé la courbe, le zigzag, le trouble. Ce devait être sa manière à lui de me dire qu'il m'aimait. Qu'après moi, sa vie ne serait plus jamais la même. Ou du moins qu'il m'avait assez aimée pour accepter, pendant près d'un an, de briser sa belle ligne droite.

J'avais regardé, émue, le doigt qui bifurquait à droite. Avais eu envie de renverser la table, de me jeter contre lui...

Embrasse-moi.

Embrasse-moi.

Recommençons tout à partir de notre premier baiser.

Puis...

Puis l'index était reparti, largement décalé à l'est, dans une belle ligne toute droite, plein nord, abandonnant le paquet de cigarettes au milieu de la table.

J'avais inventé un homme que j'avais posé en face de lui comme rival. Pour lui faire mal. Pour me venger de ce doigt déterminé qui m'abandonnait.

Il avait payé nos deux cafés. On s'était embrassés sur les deux joues. Chacun était reparti, l'un au nord, l'autre au sud.

Je ne l'avais plus revu jusqu'à ce jour de juin à Manhattan, devant le Cosmic Café.

Le lendemain, à huit heures du matin, j'entends des voix dans l'appartement de Bonnie, une voix grave qui traîne, une voix haute qui claironne, un branle-bas de combat, des lumières qui s'allument dans le salon et filtrent sous la porte de la chambre. Je me redresse sur un coude, intriguée, regarde l'heure au cadran de fourrure rose : qui peut bien entrer à cette heure-ci sans prévenir ? Hier soir, j'ai fermé les trois verrous.

Bonnie fait irruption dans la chambre, appuie sur l'interrupteur de la coiffeuse, faisant jaillir une lumière de rampe de théâtre, et demande, innocente, ah ! tu dors encore ? Jimmy a pris l'avion de six heures quarante pour Washington ; depuis cinq heures du matin elle s'agite, pimpante et déterminée. Autant dire que pour elle, c'est le milieu de la journée. Maquillée, coiffée, la taille étranglée dans un tailleur Chanel crème et blanc, hissée sur de hauts talons bicolores, Chanel encore, elle pénètre dans la chambre tel un général monté sur chenilles et armé d'une cravache. Je me recroqueville sous les draps pendant qu'elle trottine et inspecte son ancien logis d'un regard impitoyable. Carmine lambine sur ses talons, un escabeau dans les bras, avec l'entrain d'un basset artésien arthritique suivant un maître surexcité. Dieu que je n'aime pas cet homme ! Et qu'est-ce qu'il peut bien trafiquer avec Virgile ? Bonnie lui fait un signe de la main et aussitôt, comme s'il s'agissait d'un code secret entre eux, il déploie l'escabeau, grimpe dessus et se met à décrocher les voilages de la chambre. Je me frotte les yeux et me demande si je rêve. Non, dit Bonnie qui a deviné mon étonnement, je l'ai engagé pour la journée – c'est son jour de congé –, j'ai décidé de remettre cet appartement en ordre avant de le louer, Soraya débarque dans trente-cinq minutes, tu as juste le temps de prendre un café et ta douche. Tu as fini de ranger tes cartons ?

Soraya, c'est la femme de ménage iranienne. Elle travaille pour Bonnie depuis vingt ans. Elle a quitté l'Iran en même temps que le Shah et a l'habitude déconcertante de raconter ses malheurs en vaticinant, assise sur l'aspirateur. Elle n'a toujours pas compris ce qui lui était arrivé. Elle est passée sans escale de la robe longue des débutantes au plumeau du ménage. Bonnie et moi l'avons baptisée Soraya à cause de ses grands yeux verts mouillés de larmes et du nuage de malheur qui la nimbe en permanence. Depuis plus de vingt ans, sa vie n'est qu'une longue suite d'avanies. Les répits sont brefs et ne semblent être disposés que pour lui permettre de reprendre son souffle avant une rafale de nouvelles épreuves.

Rien ne lui a été épargné ; elle possède toute la collection des sept plaies d'Égypte. Sa famille a été dispersée aux quatre coins du monde, torturée ou massacrée, sa fortune confisquée, ses rêves de jeune fille aisée anéantis. Elle narre ses déboires avec une précision maniaque, ne fait grâce d'aucun détail. Relate indéfiniment sa fuite en Amérique, l'assassinat en prison de son père adoré, la disparition de leurs biens, la lente agonie de ses proches restés au pays, l'eczéma purulent de son mari ou les vols répétés de ses fils dans son sac à main pour s'acheter de la cocaïne. Soraya est une antipublicité du rêve américain. Elle lutte néanmoins pour rester digne, aspire ses larmes, et fait le ménage avec la distance accablée d'une reine en exil. C'est le genre de femme de ménage qu'on a envie d'installer dans une chaise longue, coiffée d'une tiare en diamants pendant qu'on s'active à ses pieds sans faire de bruit pour ne pas la déranger. Bonnie la garde par affection. C'est un trait de caractère que j'apprécie chez Bonnie. Depuis qu'elle est mariée à Jimmy, elle fait profiter ses proches de la manne conjugale. Et si Carmine est grimpé sur l'escabeau, c'est que le salaire horaire doit être consistant !

Bonnie, combien paie-t-on une femme de ménage ici ? je demande, ramassée sous les couvertures. Cent dollars la journée... Davantage, si elle parle couramment anglais. Je fais un rapide calcul, douze dollars et demi de l'heure, salaire de base. Carmine a dû demander le double pour grimper sur l'escabeau.

Virgile n'est pas rentré cette nuit. Virgile a dormi ailleurs.

Où a-t-il bien pu se réfugier ? Il ne connaît personne ici. Il parle à peine anglais.

Hurry up ! aboie Bonnie en passant près du lit. Tu veux un café pour te réveiller ?

J'opine en bâillant.

A-t-il traîné toute la nuit dans des bars downtown ? Erre-t-il dans les rues sans oser revenir ? Il chantonne d'une voix morne « la vie est belle, la vie est belle » en traînant les pieds, en prenant des paris avec les feux rouges : « *Walk* », je rentre, « *Don't walk* », je continue. Ou bien fait-il déjà la queue sur Times Square pour noyer son chagrin dans une comédie musicale ?

– Noir ou avec de la crème ? Avec sucre ou sans sucre ? hurle Bonnie du fond de la cuisine.

– Noir et sans sucre...

– Il n'est pas là, ton copain ?

– Non... Il est sorti.

– À huit heures du matin ? C'est un lève-tôt ! répond-elle, sarcastique. Et qu'est-ce qu'il fait dans la vie ?

J'entends ses hauts talons marteler le sol de la cuisine, les portes des placards s'ouvrir et claquer, je l'entends maugréer, elle ne trouve plus le café, a oublié comment marchait la cafetière. Elle s'exclame, tourne en rond dans l'étroite cuisine, se cogne aux portes des placards ouverts. Elle n'est plus habituée à être à l'étroit. La sonnerie du téléphone vient interrompre son questionnaire sur Virgile et je souffle, soulagée. Bonnie décroche. Sa voix haut perchée retentit.

À l'écouter, on pourrait croire que Bonnie n'a pas d'états d'âme, qu'elle est en acier trempé et, en effet, Bonnie a toutes les apparences de l'acier trempé : lisse, froide, parfaite, pas un cheveu qui dépasse ni un bouton qui menace le maquillage, mais moi, je sais... Je connais l'autre Bonnie, celle qui se dissimule derrière le masque de fer. La Bonnie en déroute. La Bonnie qui a la frousse. C'est celle-là que j'aime, celle-là que je fais apparaître d'un coup de baguette quand l'autre me terrifie. Elle ne sait pas que je sais. Elle ne sait pas que je l'ai surprise une fois, en flagrant délit de désespoir.

C'était un jour, bien avant Jimmy, un jour où j'avais oublié mes clés à l'intérieur de l'appartement. J'avais beau sonner et sonner à la porte : personne ne répondait. Walter s'était absenté et le placard où se trouve le double des clés était cadenassé. Lasse de tambouriner en vain, j'avais fait le tour, étais allée dans la cour, avais escaladé la rambarde de protection qui sépare l'appartement de Bonnie de la cour commune et là, en équilibre, sur le parapet en béton, j'avais aperçu l'intérieur de la chambre de Bonnie : le grand lit recouvert de coussins brodés main, les deux tables de nuit en bois laqué rose encombrées de journaux et de livres, le réveil en fourrure rose, le long meuble de la coiffeuse rose – tout est rose chez Bonnie – les petites ampoules plantées autour de la glace comme une rangée de lampions, et, assise devant le long miroir de la coiffeuse, hébétée, voûtée, interrogeant son reflet dans la glace, Bonnie qui pleurait. Immobile, le menton posé sur ses deux mains entrelacées, les yeux dans le reflet de la glace, elle laissait couler de lourdes larmes qui glissaient sur ses joues poudrées, traçant de larges sillons noirs et luisants. Bonnie pleurait en silence. Elle pleurait de trop de solitude, elle pleurait de trop faire semblant, de prétendre que tout va bien dans le meilleur des mondes. Elle se laissait couler, sans plus de forces pour lutter et ses coudes s'affaissaient sous le poids de son chagrin. Elle semblait ne plus respirer tellement elle était immobile et c'était comme si des bulles de noyée s'échappaient de sa bouche fendue en une grimace horrible.

J'étais restée comme une imbécile suspendue au-dessus de deux mètres de vide à contempler cette Bonnie inconnue. J'avais pris tout mon temps. Je l'avais imprimée dans ma tête, pour être sûre de ne jamais l'oublier et, lorsqu'il lui arrivait d'être brutale, indifférente ou cynique, lorsqu'il lui arrivait de me blesser par une réflexion à l'emporte-pièce ou un regard méprisant, je fermais les yeux et superposais l'image de Bonnie qui pleure à celle qui me glaçait les sangs.

Si sentimentale et si brutale à la fois.

Pourquoi Virgile n'est-il pas rentré ? Est-ce parce que je l'ai blessé ou a-t-il peur de m'affronter ?

Et la lettre ?

Qui a pris la lettre ? Virgile, Mathias ou Candy pour la ranger ?

Tout me revient à l'esprit d'un seul coup. J'attends que Carmine ait décroché les voilages, j'attends qu'il se soit éloigné, je lance une jambe hors du lit, puis une deuxième, m'étire, attrape mon sac, en extirpe la carte du Cosmic Café et appelle Candy.

– *Hi, Candy ! It's me, the french girl...*

Candy chuchote au téléphone comme une conspiratrice. Et je me mets à parler aussi doucement qu'elle.

– Il est venu ?

– *You know what ?* La lettre n'est plus là !

– *You're sure ?*

– Quand j'ai quitté mon service hier, vers dix-huit heures, je l'ai laissée bien en évidence, j'ai prévenu tout le monde de ne pas la jeter, d'attendre qu'on vienne la chercher, je pensais la retrouver ce matin et... Plus rien ! Envolée ! Il a appelé ?

– Non...

– En tout cas, la lettre n'est plus là. Ce soir, en partant, je demanderai à la fille qui me remplace si quelqu'un est venu la chercher hier soir...

– Je serai là, attends-moi... On interrogera la fille, ensemble.

– Okay... Il faut que je raccroche, le patron est là ce matin, et il interdit les conversations personnelles pendant les heures de service. *Bye !*

Je n'ai pas le temps de me poser beaucoup de questions, Bonnie m'apporte un café noir et me presse de m'habiller, de prendre ma douche. Je l'énerve à rester allongée et elle prend le ton d'une mère exaspérée par l'enfant qui traîne et va être en retard à l'école.

Bonnie et Joan ont quelques années de plus que moi. Je n'ai jamais su combien précisément. Jamais vu leur passeport ni leur permis de conduire. Elles se sont connues au collège. J'ai longtemps essayé de calculer leur année de naissance en leur posant des pièges, tu avais quel âge quand Kennedy est mort ? quand le premier homme a marché sur la lune ? quand John Lennon est mort ? mais elles sont rusées et m'arrêtent d'un sourcil en arc si j'insiste. Je bats en retraite, honteuse.

– C'est quoi ça ? demande Bonnie en frappant le bout de son escarpin bicolore contre mon carton à souvenirs.

– Ce sont les lettres que j'ai commencé à ranger, des vieilles lettres du temps de Simon, du temps où on habitait ensemble, toi et moi, où l'on faisait la fête avec Joan...

– Ah ! Joan va passer tout à l'heure. Elle vient reprendre le petit bureau laqué japonais qu'elle m'avait prêté...

– Elle va l'emporter comment ?

Bonnie me regarde comme si j'étais une arriérée mentale.

– Son chauffeur ! Il le mettra dans le coffre de la voiture ! Elle a une limousine...

Chauffeur ! Limousine ! Tu connais pas ? semble demander Bonnie en écarquillant les yeux.

Je file sous la douche pour ne pas lui répondre et laisse couler l'eau qui calme ma colère. C'est étrange, Bonnie est une des rares personnes qui fait naître en moi un complexe d'infériorité, pire, un sentiment d'échec permanent.

Je suis une ratée.

Je ne fais jamais assez bien.

Je n'en fais jamais assez.

Elle, elle sait.

Et je devrais l'écouter.

Voilà les cinq commandements qu'elle m'assène régulièrement.

Depuis que je la connais, Bonnie me donne des conseils d'un air sévère, m'explique comment me conduire, ce qu'il faut penser, ce qu'il aurait convenu que je fasse. Elle profite de ces quelques années qui font d'elle mon aînée pour me sermonner. *Look, my dear*, dit-elle en agitant l'index, tu as commis une grosse bêtise là ! Et elle pointe du doigt, avec l'autorité glacée d'une vieille instit, chacune de mes erreurs supposées, les analyse, les dissèque. Cela a le don de m'énerver et en même temps, cela m'intrigue.

Pourquoi cette hâte à m'épingler ? On ne vilipende chez l'autre que ce que l'on convoite. Quelle richesse cachée ai-je donc dans mon sous-sol intérieur qui lui échappe ? C'est un mystère, une intrigue policière qui m'intéresse tant, que je me retiens de l'envoyer bouler pour en savoir davantage. Il m'arrive de brûler, d'être sur le point de trouver, puis le mystère s'enfuit, me laissant désemparée.

Je temporise. Je m'arme de patience en bon détective et repars, loupe à la main, à la recherche de nouveaux indices.

Quand je reviens dans la chambre, Bonnie est arrêtée devant mon vieux carton éventré qu'elle essaie de pousser sur le côté.

– On jette tout ça ? me demande-t-elle en le tapotant du bout de son escarpin.

Je lui lance un regard indigné, tout en commençant à m'habiller.

– Mais c'est toute ma vie passée...

– Alors dépêche-toi de ranger ! Il est bien temps d'être sentimentale ! C'est un peu tard, tu ne crois pas ?

Elle tourne les talons et part houspiller Carmine.

Une fois de plus, sa brutalité m'indigne. T'as du bol d'avoir une image de repêchage ! je fulmine entre mes dents en regardant le carton boursouflé. Le coup de pied de Bonnie l'a réduit en citrouille. Les fantômes qu'il enferme sont devenus rats d'égout.

Simon ! Louise ! Au secours...

Alors le fantôme de Louise descend du Ciel en nappe rose et vient se poser à mes côtés, sur le grand lit king size, parmi les coussins brodés.

– Je sais ce que tu ressens, dit le visage pointu aux yeux noirs, liquides. En 1940, quand je suis retournée vivre à Wichita, chez ma mère... un jour que nous étions en train de nettoyer son secrétaire, que nous vidions les tiroirs, rangions les papiers, elle a brandi une vieille liasse de lettres et de photos de moi et m'a demandé, le bras déjà prêt à tout jeter à la corbeille, « tu es d'accord, Louise, on jette tout ça ? » J'ai chancelé. « Tout ça », c'était ma vie, ma gloire passée dont je l'avais crue si fière. Elle la balançait à la poubelle sans une once de considération ! J'étais abasourdie. Je t'ai parlé des grandes humiliations que m'ont infligées Harry Cohn ou Schulberg, mais ma mère ce jour-là m'a fait tout aussi mal. Pourtant, ce n'était rien... quatre mots, une intonation... « On jette tout ça ?... » J'ai cru que je ne pourrais jamais reprendre mon souffle. Ce n'était pas tellement pour les photos, tu le sais, mais les lettres... C'était ma fierté, ces lettres, ce qui me restait pour tenir encore droite, la petite part de dignité qu'Hollywood n'avait pas piétinée. Écrire, écrire ! Résumer en mille mots un personnage, une action, une aventure, je passais des heures à chercher le terme exact, à composer des phrases, à déplacer un point, une virgule. Je lui avais envoyé plusieurs fois des lettres de mille mots. Des lettres dont j'étais assez fière ou du moins des lettres qui, lorsque je les avais terminées et les relisais, me donnaient une autre image de moi. L'image d'un écrivain... Et elle parlait de les jeter à la poubelle comme des prospectus de grand magasin ! Je lui ai jeté les lettres à la figure, je l'ai insultée, elle s'est effondrée en se tenant le cœur, en gémissant que j'étais la croix qu'elle devrait porter toute sa vie, un échec cuisant pour toute la famille... J'ai dévalé les escaliers et je suis allée boire dans un bar jusqu'à ce que j'en titube et que le souvenir de cette scène s'efface dans les brumes de l'alcool ! Quand je suis rentrée, ma mère avait fait venir une voisine qui lui tenait la main, la consolait et m'a jeté un regard assassin. Ma mère avait le don pour se faire plaindre. Elle voulait toujours être le centre du monde : il fallait qu'on l'aime, qu'on l'admire, qu'on lui soit entièrement dévouée, qu'on obéisse au moindre de ses ordres. Le pire, c'est qu'après l'avoir insultée, avoir vidé mon cœur de toute la bile que j'avais accumulée contre elle, je me mettais à quatre pattes pour frotter les parquets, nettoyer les vitres, gratter le four, laver la vaisselle ! Elle m'en voulait d'avoir échoué à Hollywood, elle m'en voulait de n'avoir pas fait un beau mariage. Elle se disait que, elle, elle aurait su réussir si elle avait été à ma place ! La vérité, c'est qu'elle a toujours refusé d'être mère. Elle avait prévenu mon père : elle voulait bien lui faire des enfants, mais il était hors de question qu'elle s'en occupe ! Elle travaillait son piano pendant que nous étions livrés à nous-mêmes. Elle a laissé ses « quatre gosses braillards » – c'est comme ça qu'elle nous appelait – se débrouiller tout seuls. Elle m'a même envoyée seule à New York alors que j'avais seize ans ! Tu te rends compte ?

Je sais, je sais, Louise, je connais cette histoire par cœur. C'est la tienne, c'est la mienne, celle de tous les enfants qui portent les rêves insensés de mères amputées qui déposent le fardeau de leur ambition sur les épaules de leur progéniture. On ne sort jamais indemne de ces mères insatisfaites qui confondent l'amour et l'ambition. Je sais aussi combien c'est dur de grandir sans s'appuyer sur l'amour inconditionnel d'une mère, ce béton qui fait les fondations d'un enfant. Toute ta vie tu recherches l'approbation en l'envoyant paître quand on te l'accorde enfin, parce que tu as été privée du premier adoubement.

Le fantôme rose de Louise traîne encore un moment dans la chambre. Elle se revoit enfant, tapant du pied de rage pour que sa mère l'écoute... « Maman, maman, tu dois m'écouter... – Laisse-moi, Louise, tu vois bien que je suis occupée ! – Mais tu es toujours occupée... »

242

J'imagine la petite fille plantée auprès du piano, la petite fille qui aurait aimé recevoir... Juste un baiser.

Juste un baiser...

Embrasse-moi, maman...

Embrasse-moi...

Ces mots qu'elle n'a jamais osé murmurer se sont mués en griffes acérées dont elle labourait le visage de ceux qui voulaient l'aimer.

Mais ceux qui ne l'aimaient pas... ah ! comme elle se précipitait ! Merde, merde, merde ! Je me suis jetée à la tête de gens méchants. J'ai toujours été attirée par les gens méchants... Et elle ajoute en levant le menton, j'ai été une vraie garce, tu sais... Si méchante, si méchante... Dès qu'on m'aimait.

La voix s'éteint. Les derniers mots sont à peine perceptibles. Le fantôme de Louise s'efface peu à peu, son déshabillé fané se dissout dans les draperies roses de la chambre de Bonnie. Elle agite sa main vers moi...

Et regagne le carton à souvenirs.

On n'en guérit jamais, alors, Louise ? je lui demande pour la retenir. Jamais, jamais, ce sont les derniers mots du fantôme. On comprend, on pardonne, mais on ne guérit jamais...

– Joan est là ! crie Bonnie. Mais qu'est-ce que tu fais à rêvasser ? Et Soraya ? Comment va-t-elle pouvoir faire le ménage ? Remue-toi, pour l'amour de Dieu ! Bouge un peu ! Hi ! Joan...

Sa voix redevient douce et enjouée pour accueillir Joan.

On s'étreint, on s'embrasse, Joan a meilleure figure qu'il y a deux jours.

– Ça va mieux ?

– Ah ! oui... Cette histoire d'article diffamatoire dans le *Daily News* ! C'est réglé ! Ils ont fait paraître un démenti. Heureusement ! Je suis contente de te revoir !

Joan paraît sincère. José, son chauffeur, demande quelle table il faut emporter. C'est un bel homme, à l'accent cubain chaud et chantant, grand, ténébreux, la peau un peu grêlée. Joan a suivi mon regard appréciateur et me murmure : « Il est pas mal, hein ? Toutes mes amies me l'envient ! » Et ses lèvres gonflées se retroussent en un sourire de cannibale satisfaite. Le sourire de Joan, il y a vingt ans quand nous dévalions les rues de New York, la mâchoire en bandoulière, repérant les garçons comme des proies à saisir.

– Tu veux dire que...

– Tu es folle ! Non... je veux simplement dire que...

Elle regarde Bonnie et toutes les deux éclatent de rire, soudées dans une complicité dont je me sens exclue.

On n'a plus les mêmes règles de jeu. Avant, on était à égalité, Joan, Bonnie, Angela, rien à perdre, tout à bousculer. On faisait des pieds de nez aux bonnes manières. On excellait à un jeu imbécile qui consistait à rassembler, chacune, dans un bar, le même soir, le plus grand nombre d'amants. Un soir qu'on était à égalité, trois partout, Joan avait quitté le tabouret du bar, entraîné un jeune serveur dans les toilettes et était revenue, le sourire aux lèvres : pour moi, ça fera quatre ! Aujourd'hui, elles se sont rangées. Elles arborent des manières de dames respectables, des façades impeccables, des limousines, un chauffeur.

Rangées ! Façades ! Dames respectables ! Voilà mon handicap ! La faiblesse que Bonnie fusille du regard.

Et m'envie. Je ne suis pas rangée du tout, je franchis encore et encore la frontière. Je n'ai pas renoncé pour me draper dans une dignité de bon aloi. Je n'ai pas su tisser cette belle apparence qui les enveloppe d'un statut social irréprochable, mais les laisse sur le bas-côté de la vie. À quel prix ? Le désir s'est évaporé. Ces anciennes prédatrices s'ennuient dans leur respectabilité tandis que je vagabonde, libre, déchirée, à l'affût d'un bandit, d'une noire cavale à enfourcher.

Merci, fantôme de Louise... D'un coup d'aile blanche, tu viens de déposer ta pensée dans la mienne.

C'est merveilleux de vivre avec les morts. Ils sont là quand on les appelle. Ils vous donnent la réplique, vous escortent, vous protègent. Il y a des morts qu'il ne faut jamais tuer.

Le téléphone sonne à nouveau, Bonnie décroche et fronce les sourcils. Joan la rappelle à l'ordre d'un geste de la main, pas froncer, pas froncer, cela donne des rides... Bonnie obtempère et déplisse le front. Non, non, je ne comprends pas, vous devez faire erreur, dit-elle avant de reposer le combiné. Elle hausse les épaules, une histoire de lettre, dit-elle, je n'y comprends rien, ce doit être une erreur, vas-tu à l'Opéra samedi pour la soirée donnée par Léonard en l'honneur de ce danseur cubain dont la ville est folle ? demande-t-elle à Joan en ravalant sa taille amputée de deux côtes. Si vous y allez avec Jimmy, je me joins à vous, répond Joan en faisant bouffer ses cheveux, je ne sais plus quoi faire de mes cheveux, il faudrait que j'aille voir William, vas-y, William est un artiste, ma vie a changé depuis qu'il s'occupe de moi, tu as vu comme c'est naturel ce qu'il m'a fait la dernière fois, et puis à l'étage en dessous, il y a cette fille, Wanda, qui te fait des injections de Botox pendant que la couleur prend... Une lettre, quelle lettre ? je demande, haletante, oh ! je ne sais pas, c'est une erreur, je te dis, une erreur...

Je file dans la chambre et appelle Candy.

– Candy ? c'est moi...

– La lettre est revenue !

– Mais quand ?

– Je ne sais pas... À cette heure-ci, il y a un monde fou ! Je me suis penchée pour rattraper mon stylo et elle était là entre le comptoir et la caisse...

– Il y a quelque chose dedans ?

– Bouge pas. Je regarde...

J'attends en me mordant la peau des ongles. Je n'ai pas cacheté la lettre, je l'ai laissée ouverte pour marquer ma confiance à Candy.

– Il y a ton mot... C'est tout.

– On n'a pas griffonné par-dessus ?

Je l'entends qui tourne et retourne la lettre.

– Non... Merde ! Le patron... Je raccroche... À ce soir !

Quand je reviens dans le salon, Joan et Bonnie sont accroupies sous la lumière d'une rampe et comparent leurs rides. Elles se scrutent la peau, remontent une paupière, tirent une joue, découvrent leurs gencives. On dirait deux maquignons aux marchés à bestiaux.

Irai-je me faire tirer la peau le jour où l'âge me tombera sur le dos ?

Me remplirai-je de silicone pour ressembler à une jeune licorne ?

Aurai-je peur de mon ombre, raserai-je les murs en m'interdisant de lorgner les vivants jeunes et appétissants ?

Bonnie et Joan ont chaussé leurs lunettes et cherchent dans leur agenda les dates d'un week-end possible dans les Hampton. Joan a une propriété à Bridge Hampton. Elle aimerait bien agrandir son salon, mais remet à plus tard. Ce n'est pas le moment de faire des travaux. On ne sait jamais, il pourrait y avoir la guerre. Il lui faudrait alors se replier dans sa maison de campagne, loin de New York dévastée. Je m'en étonne et elles renchérissent, tu ne t'en rends pas compte parce que tu n'habites pas ici, mais les mentalités ont beaucoup changé depuis le 11 septembre. La peur rôde. On n'est plus insouciant comme avant, on vit en état de guerre... J'ai un neveu de seize ans qui parle de s'engager dans les marines et de partir défendre son pays, poursuit Joan. Il brûle d'envie de tuer des Arabes. Depuis l'écroulement des Twin Towers, il fait des cauchemars la nuit, bégaie, a appris à utiliser une arme, suit des stages d'entraînement militaire un week-end par mois. Pour Noël, son père lui a promis le dernier modèle de fusil à lunette.

– Un fusil à lunette ? Ce n'est pas un jouet !

– Ça s'achète comme un jouet... Tu connais le problème des ventes d'armes dans ce pays. N'importe qui peut s'acheter une arme. Je sais, c'est fou, mais c'est comme ça. C'est la loi...

Joan et Bonnie demeurent un instant silencieuses puis reprennent leur babillage. Il ne faut pas penser trop longtemps. C'est déprimant. Comme le souligne Jesse, le héros de Chester Himes dans *La Fin d'un primitif*, « tu penses trop, mon vieux. C'est mauvais pour la santé. En plus, c'est antiaméricain. »

Mon carton est toujours au milieu de la chambre.

Virgile n'est toujours pas rentré.

S'il ne rentre pas, qui dois-je prévenir ?

Et mon imagination s'emballe, morbide.

S'il lui arrive quelque chose... qu'est-ce que je fais de son corps ?

J'imagine le cadavre mutilé de Virgile retrouvé dans un terrain vague des avenues A, B, C... Un jour, il m'avait dit je ne veux rien laisser de moi, si je meurs tu me fais incinérer, oui mais si tu meurs, je ne pourrai rien décider, je ne fais pas partie de ta famille, je ne la connais même pas ! Je réalise que je ne sais rien de Virgile.

– Tu ne m'as pas répondu, demande Bonnie comme si elle lisait dans mes pensées, que fait ton copain comme métier ?

– Ah ! Tu es venue avec un petit copain ? dit Joan, alléchée... tu vas nous le présenter ?

– Ce n'est pas mon copain, c'est un copain.

– Et que fait-il ?

– Il est paysagiste. Architecte-paysagiste, j'emphatise pour impressionner Bonnie, il dessine des parcs, des jardins, des pièces d'eau, des labyrinthes...

– Des labyrinthes ! Ce doit être un homme très mystérieux ! s'exclame Joan.

Très mystérieux... et ma gorge se noue. Je ne savais pas à quel point Virgile était mystérieux. Je suis en train de l'apprendre. Il ne m'a jamais montré aucune de ses réalisations. Il m'en parle, mais je n'ai jamais rien vu, de mes yeux vu. Il achète des ouvrages sur les arbres, les plantes, les fleurs, les graminées mais me lit l'*Iliade* et l'*Odyssée*. J'ignore la date de son anniversaire, le lieu de sa naissance. Réfléchis pour retrouver son nom de famille. Virgile me suffit. Je ne lui connais pas d'amis, pas d'amour. Il est toujours disponible pour moi. Tout son temps libre est pour moi. Et moi ? Je prends sans jamais rien demander. Je n'ai pas le temps de poser des questions, il ne s'arrête jamais de donner. Il me comble, il me gave pour que, repue, je n'aie plus la force de questionner, d'investiguer. Tout ce que je sais, je l'ai deviné, construit patiemment avec d'infimes indices. Mon imagination a fait le reste.

Perdue dans mes pensées, je n'entends pas Soraya entrer. J'aperçois Bonnie qui se lève, Joan qui se redresse, se tourne vers l'entrée. Il me faut quelques secondes avant de me retourner et de reconnaître les yeux verts et tristes de Soraya qui me sourient de loin, « *hello miss... I'm happy to see you.* » Le mot *happy* sonne faux dans la bouche de Soraya. Il tombe tout cabossé.

Je me lève et l'embrasse. Elle me serre contre elle puis se reprend et sourit tristement. Je n'ose pas lui demander comment ça va. Il y a des gens comme ça à qui poser la question relève plus de la cruauté mentale que de la simple formule de politesse.

Soraya pose son sac sur la table du coin salle à manger et demande à Bonnie par quoi je commence ? La chambre, Soraya, il faut la faire à fond. Je cours cacher le carton à souvenirs dans un coin, entre le mur de la chambre et le lit. Bonnie ne le verra plus et l'oubliera.

Je rangerai plus tard.

Plus tard...

Alors... Je me souviens de Virgile, le jour de notre arrivée... Il téléphonait à son assistante. Il parlait de recettes, de pourcentages, de plans à respecter, de chiffre d'affaires, comparait avec les chiffres du mois précédent, de l'année précédente. J'avais été surprise par son ton sec et cassant. Un vrai ton de patron. Je m'étais arrêtée de démouler les glaçons du frigidaire sous l'eau du robinet, le bruit de l'eau m'empêchait d'entendre ce qu'il disait. C'est le ton qui m'avait figée sur place. Qui est cet homme qui parle fort dans la pièce à côté ? Qui brasse des chiffres et s'impatiente ? J'étais restée, une main en l'air, l'autre appuyée sur le rebord de l'évier puis avais haussé les épaules. C'est peut-être nécessaire en affaires. Il remédie à son absence en prenant le ton d'un chef qui dirige ses troupes, même de loin.

Je m'étais dit ça pour me rassurer, pour effacer le trouble léger qui m'avait traversée.

Me rassurer...

Ce n'était pas la première fois que Virgile faisait naître le trouble en moi. Chaque fois que cela se produisait, je me taisais. De peur de le perdre. De peur d'être face à cette violente colère, réprimée, glacée mais bien présente, qui s'était emparée de lui l'autre matin, quand je lui avais appris que j'avais revu Mathias. Un éclair rapide de haine, de rage qui me paralysait. Aller au-delà demandait un courage que je n'avais pas...

Pourquoi ?

Je craignais de l'offenser, de le blesser avec mes questions, mes soupçons.

Mais je craignais aussi le pire...

J'imaginais le pire car je l'imaginais capable de tout.

Je me souviens... Un jour, j'étais arrivée chez moi, plus tôt que prévu, c'était la fin de l'après-midi, j'avais tourné la clef dans la serrure, et, surprise de ne pas entendre de bruit, de télé allumée, de CD qui hurlait, je m'étais dirigée à petits pas comptés vers le salon...

J'avançais, prête à trouver Mathias endormi ou mangeant de la pastèque glacée, Virgile en train de lire ou d'étudier une carte routière, des paquets plein les bras, intriguée, excitée d'avoir fait tant d'achats, sur le point de crier devinez ce que j'ai trouvé aux soldes de H&M, j'ai acheté des trucs pour tout le monde !

J'avais poussé, doucement, la porte et j'avais surpris Mathias et Virgile, assis, tout droits, sur le canapé du salon, en plein silence.

Surpris en plein silence. Ce sont les mots exacts parce que ce silence-là n'avait pas l'air naturel. Il avait l'air jeté comme un dessus-de-lit sur des draps défaits, sur un secret...

Ils ne parlaient pas, ils se tenaient à bonne distance, le dos bien droit, et je m'étais dit, je me souviens, je m'étais dit mais qui se tient tout droit sur un canapé aujourd'hui ?

J'avais laissé tomber mes bras et mes paquets. Je m'étais tue.

Toutes ces zones d'ombre que je ne voulais pas explorer. On est crédule quand on aime. On ne veut rien apprendre qui dérange l'idée magnifique que l'on se fait de l'autre. De l'autre qu'on repeint toujours en doré... C'est l'amour qui veut ça.

Et maintenant, je le repeins en noir. Je trouve tout suspect. Le grand crayon dans ma tête est devenu témoin à charge et crache du venin.

Il faut que je sorte. Le spectacle de la rue me fera du bien, remettra mes idées en ordre.

J'ai presque fini, je lance à Soraya qui entre dans la chambre, j'en ai pour deux minutes, le temps de retrouver mes chaussures qui doivent être sous le lit. Après je vous laisse tranquille... Ce carton-là, vous ne le touchez pas, je rangerai plus tard...

Elle acquiesce et commence à nettoyer le long comptoir de la coiffeuse, vaporise un liquide ammoniaqué sur la vitre qui le recouvre. Elle tient le produit à bout de bras et le braque sur la surface à nettoyer comme si elle maniait un pistolet. Attention, je lui dis en souriant, vous allez en mettre partout ! Elle secoue la tête et continue à asperger généreusement la coiffeuse. Rebutée par l'odeur d'ammoniaque, je détourne la tête puis me ravise.

– Il y a mon passeport, mon billet d'avion et ceux de mon ami, ne les arrosez pas, s'il vous plaît ! On ne pourra plus rentrer chez nous s'ils sont mouillés...

Je n'aurais jamais dû dire « chez nous ». C'est cruel pour Soraya chassée de son pays. Je suis prête à ravaler ma phrase, mais elle sourit, se penche vers la coiffeuse, commence à frotter. Je vais faire attention, *miss*, je vais faire attention. Je vais les mettre ailleurs le temps de nettoyer... Mais, *miss*, regardez ! il n'y a qu'un seul passeport, qu'un seul billet d'avion !

– Comment ça, *un* passeport ? Vous n'avez pas bien regardé !

– Mais si...

Elle pointe du doigt mon passeport et mon billet d'avion, posés derrière les bigoudis chauffants de Bonnie.

– Je viens d'arriver, je n'ai touché à rien, je vous le jure !

Je fixe le billet et le passeport qu'elle me tend comme preuve de sa bonne foi.

– Je vous crois, je vous crois, j'articule en me laissant tomber sur le lit.

Il est parti ! Ce n'est pas possible ! Il a dû venir hier au soir, pendant que je traînais chez Saks, au rayon des robes noires, en compagnie de Louise.

Je me précipite vers la penderie où nous avions rangé nos affaires : les siennes n'y sont plus. Ni son sac de voyage. Ni ses chaussures ni la pile de guides qu'il avait achetés pour apprivoiser la ville.

Il est parti.

Je lance un coup d'œil au carton coincé entre le lit et le mur, appelle le fantôme de Louise. C'est de ma faute, hein ?

Un jour, Mathias m'avait demandé mais que t'a-t-on fait quand tu étais petite pour que tu sois si méfiante ? Pour que tu ne puisses jamais faire confiance aux gens, même à ceux qui t'aiment, et que tu voies le mal partout ? Dis-moi, dis-moi...

Je n'avais pas pu parler.

Je m'étais refermée sur mon secret, si secret que j'avais presque réussi à l'oublier. Oublié quand il fallait trouver les mots pour le formuler, mais pas oublié l'empreinte qu'il avait laissée.

Il y a des faits qu'on ne peut jamais raconter, pas seulement parce qu'ils sont terribles, non, non, on finit toujours par s'habituer au pire, par s'endurcir, par vivre à côté de ces choses horribles, si horribles qu'on les soupçonne même parfois de n'avoir jamais existé tellement elles paraissent impossibles, mais parce que chaque fois qu'on les raconte, on les revit si fort qu'on est à nouveau écrasé de chagrin.

C'est pour cela que Virgile a pris la fuite : je l'ai

écrasé de chagrin. Et il n'y a pas de mots quand le chagrin est trop fort.

On fuit, on s'agite, on se débat, mais on ne dit pas. On se réfugie dans un trou à rats, on attend que le temps passe. Que le silence recouvre l'offense. L'offense demeure vive, écarlate telle une cicatrice prête à saigner si on la gratte. Mais si on ne gratte pas, on apprend à vivre avec. Il suffit juste de ne pas employer les mots qui vont la faire affleurer.

Carmine entre à nouveau portant son escabeau comme un chandelier à huit branches. Il me jette un regard lourd de reproches en plantant l'escabeau près des rideaux. Je lace les lacets de mes baskets et réfléchis. Il a dû voir passer Virgile, la veille. Je lui pose la question et il répond laconique que oui, il l'a vu. Je multiplie les questions et, de réponse laconique en réponse laconique, je reconstitue peu à peu le fil des événements. Il l'a vu entrer et ressortir un peu plus tard. Il a vu le taxi qu'il a hélé vers neuf heures et demie devant l'immeuble. Il a vu le paquet de billets qu'il a déroulé pour lui laisser vingt dollars de pourboire et vingt pour Walter. Le passeport et le billet qu'il enfonçait dans sa poche et qui dépassaient. Il n'a pas entendu l'adresse qu'il lançait au chauffeur. Il aurait fallu qu'il sorte sur le trottoir et tende l'oreille... Se peut-il qu'il ait repris l'avion ? Qu'il ait regagné Paris ? Ou s'est-il installé dans un hôtel à Manhattan ?

Je reprendrais bien l'interrogatoire de Carmine, mais je n'ose pas. La question que j'hésite à lui poser cogne dans ma tête. Si j'avais devant moi Walter le débonnaire, je le harcèlerais jusqu'à ce qu'il me réponde mais enfin, *honey*, c'est tout ce que je sais, je n'ai rien vu d'autre ou au contraire, oui, oui j'ai bien vu et il était...

Il était seul ou accompagné ? Homme ? Femme ?

Tandis que je me méfie de la cruauté paresseuse et subtile de Carmine. Il est capable de broder une fine dentelle d'histoire autour du départ de Virgile pour me faire trembler, se donner de l'importance, s'accorder une légère revanche sur ce métier de doorman qu'il exècre. Je tourne et retourne ma langue dans ma bouche. Si je ne veux pas qu'il me mente et me tourmente, il me faut le prendre par surprise, lorsqu'il aura les bras chargés des lourds rideaux, en équilibre sur l'escabeau. Alors il n'aura pas le temps de penser, pas le temps d'échafauder une réponse qui me torture.

J'attends donc qu'il monte sur l'escabeau branlant, qu'il reprenne son souffle sur la dernière marche, qu'il contemple les plis larges et plats des rideaux, étende un bras puis l'autre... Qu'il est lent ! Il défait les crochets un par un, vacille, s'accroche à la rampe de l'escabeau, se reprend et alors qu'il souffle sous le poids des draperies, je m'approche et demande l'air de rien, l'air d'avoir juste oublié ce petit détail, il était seul ou accompagné ?

J'avais raison. Tout à son effort titanesque, il laisse échapper un « seul » dans un souffle rauque, épuisé.

Je lui souris. Merci, merci Carmine, j'ai envie de dire. Merci d'avoir chassé cette horrible image qui depuis hier me poursuit. L'image qui m'a fait douter, m'a fait imaginer le pire et verser dans le doute meurtrier.

Mais devant le sourire soulagé qui détend tout mon visage, Carmine se reprend et ajoute, soucieux, fronçant les sourcils, je me demande s'il n'y avait pas quelqu'un qui l'attendait dans le taxi... C'est possible, mais je n'en suis pas sûr ! voyons, voyons... c'est possible, en effet. Il me lance un regard perçant et rusé, faussement désolé, mais je ne m'en souviens plus. Il était tard, il faisait nuit...

Alors je tourne les talons, le laissant avec sa bile et les rideaux, et m'enfuis vers le soleil de la rue.

Je me heurte à Joan dans l'entrée, je te jette quelque part ? J'hésite puis lui réponds que non, je vais marcher. J'ai l'habitude de résoudre mes problèmes en marchant. Et puis... j'ai besoin d'être seule. Je la remercie, crie au revoir à Bonnie, à Soraya, accompagne Joan jusqu'au trottoir et pendant qu'elle se glisse dans la longue voiture noire dont José tient la portière ouverte, j'enfonce les talons dans le macadam chaud de New York et mets le cap sur le marchand de journaux. Retourner en CM2, parler grammaire, vocabulaire, emploi du passé composé, des poules du couvent qui couvent, et du mystère de Juliette Binoche, me fera du bien.

Quand je pousse la porte de la boutique, l'amoureux de Juliette Binoche n'est pas derrière le comptoir. À sa place, il y a un garçon, assis sur une pile de journaux qui joue à un jeu vidéo. Il a les cheveux noirs, brillants et la raie sur le côté, tirée au cordeau ; ses pouces bruns sautent comme des puces énervées sur les commandes de sa gameboy et il s'interrompt à peine pour rendre la monnaie aux clients. Je traîne le long du mur tapissé de journaux, jette un œil dans l'arrière-boutique, cherche mon copain, n'aperçois que trois hommes en plein conciliabule qui se taisent aussitôt qu'ils me voient.

Je ne veux pas me l'avouer, mais j'ai peur. Une peur indéfinissable qui me prend à la gorge et rend ma respiration difficile. Je n'arrive pas à comprendre pourquoi.

Je prends un exemplaire de *Vanity Fair* avec Nicole Kidman en couverture. Il y a un grand article sur elle. La carrière de Nicole Kidman peut-elle continuer après sa rupture avec Tom Cruise ? demande le journal qui promet qu'à l'intérieur Nicole s'explique pour la première fois. Y a-t-il une vie à Hollywood après le divorce quand on est une actrice ? Je l'ouvre au hasard, sous le néon blafard de la boutique, et tombe sur le dernier paragraphe de l'article. « *She was finally getting recognition for who she was, not for who she was with...* » Sur les photos, Nicole Kidman a l'air épuisée. Elle a perdu son éclat. Elle a perdu son homme, sa raison sociale. Elle doit tout recommencer de zéro. Se battre toute seule.

La condition d'actrice, c'est de l'esclavage, disait Louise. Il faut être protégée par un homme puissant. Ou devenir un homme puissant soi-même. Garbo, seule, y est arrivée.

– Dis, Louise, quand tu sautais dans l'inconnu, tu avais peur ?

C'était un jour où je lui faisais un massage des mains. Je lui massais les doigts, passais et repassais doucement sur les phalanges douloureuses, elle grimaçait un peu au début puis soupirait d'aise. Je lui parlais pour qu'elle oublie la douleur qui la saisissait quand je dépliais ses longs doigts si fins que j'avais peur de les casser. Parfois, elle s'endormait et je contemplais son profil parfait sur l'oreiller, son long cou hautain et gracieux, les paupières translucides, la queue-de-cheval poivre et sel qui reposait sur ses épaules. Je pensais à tous les hommes qui l'avaient aimée, à tous les hommes qu'elle avait engloutis, en ogresse désinvolte.

Quand elle ne s'endormait pas, on se murmurait des confidences de filles. On avait le même âge dans ces moments-là.

– J'aimais avoir peur, m'avait-elle répondu. J'étais électrisée par le danger. Et toi ?

– Moi, j'ai souvent peur. Chaque fois que j'ai changé ma vie, j'ai eu très peur...

– Pas moi ! Je fonçais, tête baissée. Je ne réfléchissais jamais ! J'adorais succomber à des inconnus, justement à cause du danger...

– Et tu n'avais pas peur ?

– Non... au contraire !

– Même à seize ans quand tu as débarqué à New York ?

Elle avait secoué la tête négativement. Et avait ajouté avec un demi-sourire de connivence avec elle-même :

– Depuis que je suis toute petite, la peur m'attire. J'ai peur, mais j'aime le brouillard menaçant qu'installe la menace, le danger.

– Moi, au début, quand je vivais toute seule à Paris, j'ai eu souvent peur.

– Tu vivais toute seule à seize ans ?

– Ma mère était partie vivre à l'étranger et mon père... Mon père s'était remarié et je ne savais plus très bien où il vivait...

– Ah ! Alors tu sais comment te défendre !

Elle m'avait regardée comme si elle me donnait l'accolade, m'accueillait dans un club très fermé, celui des filles qui vivent seules à seize ans !

– J'ai appris. C'était même assez drôle ! Un jour je me suis fait draguer dans la rue par un acteur. Il était beau, ténébreux, l'image même de l'homme séducteur...

– Alain Delon ?

– Non. Tu ne le connais pas. Il n'est pas connu ici. En France, oui. Le premier jour, il m'a emmenée sur un tournage de film dans la banlieue de Paris. Et tu sais ce que j'ai fait ? J'ai pris une fourchette dans mon sac pour le cas où il m'approcherait de trop près !

– Mais tu y es quand même allée ?

– Oui... Et quand, dans la voiture, il s'est approché de trop près, j'ai sorti ma fourchette et je l'ai tenu en respect ! Il a éclaté de rire ! il a ri, il a ri, il ne pouvait plus s'arrêter !

Louise aussi avait éclaté de rire. « *What a girl !* » elle répétait...

– Il aurait pu avoir un couteau ! Tu aurais pu tomber sur un fou armé d'un couteau !

– Comme Lulu !

– Pabst me disait toujours que je finirais comme Lulu. Je finis dans la misère comme Lulu, mais pas poignardée ! Et alors cet homme-là, tu as fini par coucher avec lui ?

– Oui.

– C'était un bon amant ?

– Très bon.

– Et tu étais amoureuse ?

– Non.

– Ah tu vois ! Tu vois que les meilleurs amants sont ceux dont on n'est pas amoureuse !

– Je n'ai pas dit ça !

– Mais moi, je te le dis ! Ma meilleure performance sexuelle de toute ma carrière, je l'ai connue avec Pabst dont je n'étais pas du tout amoureuse ! Je devais tourner *Prix de beauté* avec René Clair. J'arrive à Paris, je rencontre René Clair et il me dit qu'il ne tournera pas le film ! Que je ferais mieux de repartir, que le film ne se fera jamais... Moi, je reste. Qu'aurais-je fait de mieux à Hollywood ? J'habitais au Royal Monceau. Je n'avais rien à faire. Je ne parlais pas français. Je buvais beaucoup, je sortais tous les soirs dans une boîte de nuit, Chez Florence, je crois. Un soir, Pabst me téléphone et m'emmène dîner. Je lui propose d'aller

Chez Florence et là, je tombe sur un amant que je venais juste de quitter. Il passe à côté de notre table et m'ignore. Mon sang se met à bouillir ! Au bout d'un moment, il se ravise et fait mine de se souvenir de moi. Il s'approche de notre table et là... Je prends le magnifique bouquet de roses que m'avait offert Pabst et je lui cingle le visage. Si fort que le sang coule ! Pabst me regarde, outragé. Je crois que je l'ai vraiment choqué ce soir-là !

– Tu étais jalouse parce qu'il était avec une autre femme ?

– Pas du tout ! J'étais furieuse qu'il fasse semblant de ne pas me reconnaître alors qu'on avait passé six nuits ensemble sur le bateau pour venir à Paris ! Je trouvais cela grossier ! Je me suis vengée, c'est tout ! Pabst était abasourdi par ma violence. Il pensait sincèrement qu'on ne se conduisait pas comme ça en public ! C'est drôle, tu sais, il pouvait être très rigide, très puritain. Furieux, il me raccompagne d'une main ferme à mon hôtel, ouvre la porte de ma chambre, me conseille de me coucher, de dormir... Et moi, je me jette dans ses bras et décide de lui offrir la plus belle nuit d'amour qu'il ait jamais connue ! Ce que j'ai fait ! J'ai été absolument parfaite, éblouissante ! Je m'en souviens encore ! Le lendemain matin, quand il est parti, il marchait sur un nuage ! Il partait pour Londres et moi, je suis allée sur la Riviera avec des richissimes amis américains. J'adorais les gens qui avaient beaucoup d'argent. C'est là, dans le Midi, que j'ai rencontré Scott et Zelda Fitzgerald. Ils avaient l'air tout petits, tout frêles ! Complètement perdus ! Lui était déprimé parce qu'on ne parlait que d'Hemingway et de l'*Adieu aux armes*. L'astre Hemingway se levait et allait effacer le pauvre Fitzgerald. Quatre ans après la publication de *Gatsby le Magnifique*, il passait déjà pour un *has been* ! Tu te rends compte ? Ce que les gens sont injustes et bêtes ! Il n'était plus « à la mode ». C'est ce grand couillon d'Hemingway qui allait régner sur le monde des lettres américain ! Je n'aime pas Hemingway, je n'aime pas son machisme ! Tu veux mon avis ? Cet homme était un homosexuel qui ne se l'avouait pas !

Je ne la contredis pas. Je connais Louise. Elle va se retourner sur son lit jusqu'à ce que je dise oui, bien sûr, Hemingway était un infâme pédé honteux ! Et puis je m'en fiche ! Je n'aime pas spécialement Hemingway, à part la superbe nouvelle *L'Heure triomphale de Francis Macomber*, que je ne me lasse pas de lire et de relire. Quand il parle des femmes américaines qui « sont vraiment les plus implacables, les plus cruelles, les plus rapaces et leurs hommes se sont ramollis ou bien se sont démoli les nerfs pendant qu'elles s'endurcissaient. Ce sont les plus infernales des femmes. Vraiment les plus infernales ! »

Donc je laisse tomber.

J'avais appris cela avec Louise : à laisser tomber quand la cause ne valait pas la peine d'être défendue. Sinon, on argumentait pendant des heures, elle me faisait apporter de lourdes encyclopédies sur son lit, feuilletait des piles de carnets qu'elle avait noircis, exhibait de vieux articles de journaux jusqu'à ce que j'acquiesce et dise oui Louise, tu as raison.

– Mais Louise, je ne parlais pas uniquement des hommes quand je parlais d'inconnu !

J'avais fini de lui masser les mains. Elle les regardait en les faisant tourner devant ses yeux, mes mains si vieilles, si vieilles, si abîmées, si fragiles, si petites, mes mains qui ne servent plus à rien puisque je ne peux plus écrire..., puis elle les a posées sur la couverture jaune et m'a demandé :

– Tu parlais de quoi alors ?

– De ces moments où la vie bascule, où tu as le sentiment que tu n'es plus maîtresse de rien, que tu descends un toboggan à toute vitesse et que tu peux soit t'envoler au Ciel soit mordre la poussière... Tu as déjà ressenti ça ?

– Souvent, ma chère, si souvent...

Elle avait une manière de dire *my dear* qui la transformait en pythonisse de la vie. Elle prenait de l'altitude et discourait comme un vieux sage sur la montagne, puis elle souriait de son sourire à moitié de visage et dégringolait de la montagne.

– Ma vie à partir de vingt ans a été une longue chute en toboggan. Jusqu'à ce que je retrouve cet homme, Bill Paley. Je n'aime pas employer de grands mots, mais Paley m'a réellement sauvée de la misère. Alors oui, l'inconnu a fait irruption dans ma vie ! Mais un inconnu bienveillant, généreux... C'est drôle, la vie. Quand tu penses que tout est fini, que tu n'es plus qu'une marionnette désarticulée qui va bientôt se coucher dans sa boîte et dormir, un magicien arrive, démêle tes fils, te redresse, t'articule à nouveau et te relance sur la piste.

Elle agite ses mains blanches et luisantes de crème comme des petites poupées manipulées.

– Je vivais dans mon trou à rats, j'empruntais de l'argent à tout le monde, je sortais avec des hommes qui m'entretenaient. Il y en avait deux qui voulaient m'épouser. Je ne voulais pas me marier. Alors je me

suis convertie au catholicisme. À l'époque, on ne pouvait pas se remarier quand on était divorcée et catho-
lique. J'allais à la messe, j'étudiais la Bible, je buvais
un peu moins. J'étais très impressionnée par la vie de
sainte Thérèse de Lisieux. J'avais fait un portrait d'elle
au fusain... Et puis le prêtre est tombé amoureux de
moi. J'étais la seule femme qui le regardait comme un
homme et non comme un prêtre ! Il a été envoyé en
Californie. En 1953, j'ai été baptisée et après, je ne
suis plus allée à l'église. J'avais échappé au mariage...
mais pas à la misère. Un jour, j'ai écrit à Bill Paley.
C'était un patron de presse, très puissant, il était à la
tête de CBS. Je le connaissais depuis longtemps. Nous
avions eu une liaison et c'est lui qui m'avait aidée,
déjà, en 1943. C'est grâce à lui que j'avais participé à
ces feuilletons radiophoniques imbéciles. Il était désolé
parce que je ne prenais pas ma carrière au sérieux.
J'avais refusé d'aller voir *Lulu* avec lui, en 1929. Ça
se jouait en face de chez moi et j'avais refusé de
l'accompagner... Quelle idiote, j'étais ! Mon Dieu,
quelle petite conne j'ai longtemps été ! Je lui ai écrit
pour lui dire que j'avais touché le fond. J'avais
quarante-huit ans. Pas le moindre espoir de vie meilleure. Une lente descente aux enfers programmée. Je
pensais qu'il allait m'envoyer un chèque, et puis c'est
tout. Ou qu'il ne me répondrait pas ! Je m'attendais à
tout mais pas à ce qui s'est passé. Mais alors pas du
tout... Il m'a convoquée dans le bureau de sa fondation,
il m'a donné un chèque de mille dollars afin que
j'éponge mes dettes et alloué une pension à vie... pour
que j'écrive !

Elle répète plusieurs fois « pour que j'écrive »,
comme si elle n'en revenait toujours pas. Ses yeux

vagabondent dans le vide, émerveillés, nostalgiques de la joie qu'elle a ressentie dans le grand bureau de la fondation. Elle le raconte encore et encore pour se convaincre que c'est bien arrivé !

– Plus important que l'argent qu'il me donnait, c'était la confiance qu'il m'accordait. Il me prenait pour un écrivain, il attendait sérieusement que j'écrive, il me donnait tout le temps nécessaire pour que j'écrive ! C'était la première fois de ma vie, tu m'entends la première fois de toute ma vie, qu'un homme croyait en moi. Je n'étais plus un échec, une caractérielle, un objet qu'on se payait... Il ne me faisait pas la charité, il croyait en moi, il croyait en l'écrivain en moi ! À partir de ce jour-là, ma vie a changé. Je me suis sentie devenir écrivain. Et, tout à coup, c'est devenu une occupation sacrée. Je me suis demandé si ce n'était pas Dieu qui m'avait envoyé Bill Paley... pour m'accorder une nouvelle vie.

Mon regard tombe sur le jeune homme assis qui écrase sa gameboy. Qui le regarde, lui ? Il n'a pas l'air d'être regardé. Il a l'air de s'en moquer de ne pas être regardé. Il ne pense qu'à remuer le plus rapidement ses pouces pour marquer des points et obtenir une partie gagnante. WINNER ! BINGO ! Vous avez gagné une vie, deux vies, trois vies !

Bill Paley avait accordé une nouvelle vie à Louise.

Simon m'avait accordé une nouvelle vie.

Virgile m'accorde une vie nouvelle chaque jour.

Mathias m'a repris une vie.

Ou plutôt, je me suis coupé un bout de vie en me coupant de Mathias.

C'est drôle de considérer sa vie comme des parties gagnantes, une addition de vies. Il y a les gens qui vous coupent un bout de vie, d'autres qui vous en rajoutent un bout. Je devrais faire une liste. Ne voir que les gens qui me donnent des vies.

C'est ça aussi vivre : on passe son temps à ajouter des bouts, bout à bout, ou à les regarder tomber. Un jour, on en a marre. On décide de ne plus les ramasser, de ne plus se tenir debout.

De l'arrière-boutique sortent les trois hommes, camouflés dans de longues écharpes en coton. On distingue à peine leur visage. Est-ce qu'ils savent que c'est la canicule dehors ? Ils portent sous le bras de longs paquets enveloppés dans du papier brun d'emballage. On dirait des mitraillettes. Des fusils, peut-être. Ils ont des mines de conspirateurs. Ils font un signe de tête en passant près du jeune homme qui se lève, va jeter un œil dans la rue, leur fait signe que ça va, okay, vous pouvez y aller. Ils sortent alors tous les trois en file indienne. Sans rien dire.

Il se rassied sur la pile de journaux et reprend sa gameboy.

Je dépose *Vanity Fair* près de la caisse. Cela me donnera une contenance dans la rue quand je marcherai. J'aurai un journal entre les mains, un journal à feuilleter en attendant le bus ou en m'asseyant dans le métro. J'achète une carte de téléphone, une carte de métro. Je sors mon porte-monnaie et je paie. Il se lève, me rend la monnaie puis se rassied sans me regarder.

Un homme entre et prend le *New York Times*. Et soudain, la boutique se remplit d'hommes et de femmes pressés qui font la queue devant la caisse en parlant dans leur portable. Un jeune homme traîne devant le mur de journaux. Il tend la main vers *Rolling Stone*. Il porte un tee-shirt blanc avec une inscription,

EXERCISE YOUR FAITH WITH JESUS. Il prend *Rolling Stone*, un paquet de chewing-gums Dentyne et bombe le torse devant le vendeur. Une femme entre avec un turban en tissu léopard posé sur ses cheveux platine. On dirait une vieille *baby doll*. Son caniche porte un collier en imprimé léopard identique à son turban. Elle tient la laisse du chien entre ses doigts comme une bougie et marche sur de hauts talons dorés, moulée dans un corsaire rouge. Rouges aussi ses ongles de mains et de pieds, ses pommettes luisantes de transpiration. Elle a des auréoles sous les bras. Elle parle très fort et réclame *People Magazine*. Elle parle à son chien qu'elle appelle Chéri et lui promet une bonne pâtée quand ils rentreront à la maison. Les grelots attachés au collier léopard tintinnabulent. Elle a l'impression qu'il lui répond et prend un air satisfait en regardant autour d'elle. Elle aimerait bien que tout le monde les remarque, elle et Chéri. Elle tire sur la laisse d'un coup sec et sort en se déhanchant.

C'est à ce moment-là que surgit mon ami, le vendeur de journaux. Sa figure s'illumine en me voyant. Dans *Paris-Match*, cette semaine, il y a un article sur Juliette Binoche, tu l'as lu ? Je secoue la tête. Je vais te le chercher...

Il se hisse sur la pointe des pieds et attrape le magazine.

Il le pose sur le comptoir avec soin, passe et repasse ses paumes dorées sur la surface glacée avec la tendresse d'un amoureux caressant le visage de sa belle. Tu vas voir comme elle rayonne ! Il feuillette le journal à la recherche du sourire de Juliette et je vois passer en accéléré des textes, des photos, et soudain, la photo de Simon. Attendez, je lui dis, une seconde ! J'arrête son geste et pose la main à plat sur le journal. Que fait Simon dans *Paris-Match* ? Il sourit sur une double page et la légende dit : « Et maintenant, l'Amérique ! Rien ne lui résiste... » Je m'attarde un instant, souris à Simon qui sourit à tout le monde.

Un jour, Mathias m'avait demandé et s'il revenait et te demandait de repartir avec lui, qu'est-ce que tu ferais ? Je n'avais pas hésité une seconde. Je repartirais avec lui, j'avais dit.

Pourquoi avais-je dit ça ?

Le vendeur de journaux pose son doigt brun sur le visage souriant de l'actrice. Il lève vers moi un regard joyeux.

– Je l'ai montrée à ton ami tout à l'heure, lui aussi apprécie...

– Mon ami ? Quel ami ?

– Tu sais, le jeune homme qui t'accompagne toujours. Il est venu ce matin et il a oublié un sac en plastique avec des documents. Je l'ai mis de côté. Tu veux lui donner ou je le garde ?

– Montrez-moi, je demande, intriguée.

Il passe derrière la caisse, demande dans une langue que je ne connais pas au garçon de se pousser, s'accroupit derrière le comptoir, continue à parler, mais je ne comprends toujours pas ce qu'il dit.

Ainsi Virgile n'est pas parti. Il n'a pas pris l'avion. Il est toujours à New York. Où habite-t-il ? À l'hôtel ? A-t-il fait une rencontre ? Est-il retourné voir le « très long baiser à l'angle de Houston et de Spring Street » ?

– Il est passé à quelle heure ?

– Ce matin, quand j'ouvrais la boutique... Il a pris *Libération*, il a acheté une carte de téléphone. Il a posé son sac pour payer, il voulait me donner sa petite monnaie, monnaie, c'est juste ? C'est lui qui m'a appris ce mot, ce matin, et il a oublié le sac... Ah ! le voilà !

Il sort de sous le comptoir un sac en plastique bleu marine frappé des lettres blanches Gap et me le tend avec un grand sourire. Je l'ouvre et aperçois le *New Yorker*, toujours le même, roulé en cornet de frites, un guide vert de New York, un peigne, un livre de poche français, son billet d'avion et son passeport. Je prends le billet d'avion glissé dans le passeport. Je voudrais savoir s'il a changé sa date de retour pour Paris. Une photo tombe du passeport. Je me baisse pour la ramasser et j'éprouve un choc en la détaillant.

C'est une vieille photo en noir et blanc. Elle a un peu jauni, les coins en sont usés. Une dame âgée, une grand-mère ? est assise sur un talus de hautes herbes à côté d'un jeune garçon. En arrière-plan, j'aperçois une bâtisse massive, un parapet, des montagnes, la jambe d'un autre enfant, un filet à papillons. J'approche la photo de mes yeux. La dame porte une robe imprimée à manches courtes, elle a les jambes sagement croisées, le dos bien droit, le bras posé sur son sac et le bras gauche sur l'épaule du garçon. Elle fixe l'objectif, fière et protectrice. Je sens en elle la force d'un rempart, la force inconditionnelle d'une sentinelle loyale et sûre. Le garçon doit avoir huit ans. Peut-être neuf. Je ne sais pas. Il est fluet, un peu voûté. Il porte un short court, des sandalettes, une chemise rentrée dans le short. Il pourrait glisser du talus et tomber si elle ne le tenait pas. Une longue mèche brune cache son visage, mais il relève la tête et... Je ne l'ai pas vu tout de suite, mais j'ai repéré immédiatement qu'il y avait quelque chose de monstrueux dans cette photo. Une anomalie faite de violence, de déscspoir, de brutalité aussi. La manière dont le garçon se dissimule et s'exhibe à la fois, ses jambes maigres croisées et recroisées comme s'il voulait en faire un nœud, son torse de travers, sa mèche camouflage, mais aussi le menton qui se relève et s'affirme en une provocation véhémente. L'œil brun, celui qui n'est pas recouvert par la mèche, dérape, s'échappe sur le côté, échappe à cette torture qu'est la prise d'une photo. Être vu, être photographié, mais ne pas voir son reflet dans le regard de l'autre. Fuir son reflet dans le regard de l'autre... Et au milieu de la photo, au milieu du visage du garçon, le trou qui sert de bouche et de nez, un trou qui se tord, une plaie boursouflée, en forme de trèfle turgescent, une fente à trois branches béante, gonflée comme une cicatrice fraîche, sanglante, une bouche déformée en un monstrueux bec-de-lièvre.

Est-ce un frère de Virgile ? Un secret de famille, que Virgile cache parce qu'il en a honte ?

Je croyais qu'il était fils unique. Mais il est vrai que j'ignore presque tout de lui... Il peut m'avoir caché l'existence de ce frère défiguré. Ou peut-être est-il mort depuis ? Il s'est suicidé, il n'a pas supporté de vivre avec une bouche en forme de trèfle.

Le crayon trotte dans ma tête, écrit toute une histoire. C'est Virgile qui l'a tué, il ne supportait plus de vivre avec « ça » à ses côtés... Il l'a étouffé dans son sommeil, il a appuyé l'oreiller sur la bouche en gargouille de son frère, observé le corps qui se tordait, hurlait qu'il voulait vivre quand même... Non ! Le crayon écrit une autre histoire. Il a demandé à Virgile, il a supplié Virgile de le tuer, de lui faire cette grâce, Virgile l'a écouté et depuis Virgile ne peut plus se regarder en face, ni s'attacher à personne. Il hulule son remords en longue plainte sous la douche. Son remords et sa solitude. Il ne peut plus dire « je t'aime », ne peut plus embrasser deux fois de suite la même bouche, ne peut même plus effleurer la peau lisse d'un être vivant et chaud.

Le secret de Virgile. Ce secret que je sens depuis longtemps derrière l'attitude fuyante et trouble de mon ami. Et la manière qu'il a de faire le demeuré, de sortir sa langue de sa bouche, de la laisser pendre, inerte et molle. Il a dû prendre cette habitude, enfant, pour se rapprocher de son frère, pour se faire pardonner d'avoir une bouche normale. Une bouche qui sourit sans faire fuir tout le monde...

– Tu gardes le sac ou je le mets sur le côté ? demande le vendeur de journaux.

– Gardez-le... Mais attendez ! Une minute !

Avant de lui rendre le sac bleu marine Gap, j'ouvre le passeport, note le nom de famille de Virgile, Massart, note l'adresse inscrite dans le passeport, une ancienne adresse, son adresse à Marseille, puis tends le sac à mon copain qui va le replacer avec soin sous le comptoir.

– Il y a un endroit où je peux consulter Internet, pas loin d'ici ?

Une idée m'est venue et j'ai hâte de la vérifier.

Il tend la main vers son arrière-boutique avec un large sourire.

– Tu peux te mettre là. Cela ne dérange pas.

Je le remercie, m'installe devant l'ordinateur, pianote le numéro des renseignements internationaux, choisis « France », puis « Marseille », « Massart »... Une liste de noms s'affiche. Une longue liste. Je ne pensais pas que Massart fût un patronyme si répandu !

Je passe la liste en revue pour savoir si l'un des noms correspond à l'adresse relevée dans le passeport de Virgile, mais aucun Massart n'habite 14 impasse Ferran. J'appuie sur la touche IMPRIMER, compte les Massart qui viennent s'allonger sur le papier... trente-neuf ! Appelle le vendeur de journaux, je peux téléphoner d'ici ? Il hésite, sa tête tombe sur son épaule gauche, puis droite. Mais j'ai une carte de téléphone, je viens de l'acheter ! Il acquiesce, soulagé, tu comprends, je ne suis pas propriétaire ici, je ne suis que salarié, c'est le père du jeune homme qui est le propriétaire... Je lui fais signe que je comprends, j'ajoute que je ne me serais pas permis de téléphoner à l'étranger sans le prévenir et compose le numéro du premier Massart de la liste.

Au dix-septième, je tombe sur un cousin de Virgile qui m'apprend que Virgile habitait chez sa grand-mère, que la grand-mère a déménagé, qu'elle habite maintenant aux Pennes-Mirabeau, que son nom est Suzanne Bonetta. Il me donne son numéro de téléphone et me recommande de parler fort, elle est un peu dure d'oreille. Ainsi la dame solide comme un rempart s'appelle Suzanne Bonetta. Italienne ? je demande au cousin. Oui, c'est pour ça que Virgile s'appelle ainsi... Virgilio... Je le remercie, compose le numéro de Suzanne Bonetta, la voix enregistrée de ma carte téléphonique m'avertit qu'il me reste une heure trente-cinq minutes de communication. J'ai tout mon temps. Je laisse le téléphone sonner un long moment et Suzanne Bonetta décroche.

La voix est jeune, alerte. Elle a un léger accent chantant, le même que Virgile. Elle déploie les « e » comme des serviettes qu'on étend sur un fil pour les faire sécher au soleil. D'abord, elle s'inquiète. Il est arrivé quelque chose à Virgile-euh ? Il est malade-euh ? Je la rassure, non, non, Virgile va bien, tout va bien, « la vie est belle », je lui dis pour la rassurer, j'appelle de New York où je me trouve avec Virgile, il a égaré son passeport et se demande si vous n'auriez pas conservé, par hasard, une photocopie pour en relever le numéro ? Il est au consulat et m'a chargée de vous appeler. Non, elle n'a rien, non, non, elle est sûre qu'elle ne l'a pas. Il perd toujours tout, vous savez ! Un jour, il perdra sa tête ! Il va le retrouver. C'est certain. Elle ne s'affole pas. Elle dit je suis très contente d'avoir l'occasion de vous parler. Elle savait qu'il était à New York. Il le lui avait annoncé. Il l'appelle presque tous les jours, le matin, avant d'aller à son travail. C'était un rêve-euh d'aller à New York-euh ! Comme il doit être heureux ! Et surtout en votre compagnie ! Je vous connais, vous savez ! Il m'a beaucoup parlé de vous. Beaucoup... Il vous aime-euh ! Il vous aime-euh par-dessus tout ! Et puis, j'ai lu vos livres !

Je ne sais pas encore comment je vais pouvoir la faire parler du garçon sur la photo, alors je la laisse bavarder à loisir. J'attends la faille pour m'engouffrer, pour évoquer, mine de rien, le frère, petit ou grand, le frère défiguré. Je pense au filet à papillons, aux herbes hautes, aux montagnes. Je pense à ma grand-mère maternelle, pas la bohémienne, l'autre. Elle aussi était originaire du Midi. D'Aix-en-Provence. Le même accent chantant. La même gaieté. La même simplicité, la même confiance envers les gens, la même générosité. Elles sortent avec un chapeau sur la tête et leur sac à main bien accroché au bras. Elles disent bonjour à tout le monde dans la rue, s'enquièrent de la santé des uns, des autres, du dernier bébé qui est né, de la dépression de la boulangère, des colères du boucher, de l'ouverture d'un centre commercial en bas de l'avenue de la République. Elles avancent gracieuses, souriantes. Elles compatissent en penchant la tête et leurs yeux se plissent d'attention bienveillante. Elles n'imaginent pas une seconde qu'on leur veut du mal. Ma grand-mère, quand je l'accompagnais à la banque prendre de l'argent sur son compte, remerciait le caissier de l'avoir servie. Elle tenait absolument à aller lui serrer la main. Elle faisait le tour du comptoir et il se levait, embarrassé. Il est bien brave, tu sais, il est bien brave de prendre sur son temps pour me donner de l'argent. Mais c'est ton argent, grand-mère ! C'est normal ! C'est toi qui le fais vivre en plaçant ton argent dans la banque où il travaille ! Elle ne me croyait pas. Elle pensait que le caissier veillait armé jusqu'aux dents, jour et nuit, sur ses économies et qu'il ne leur arriverait rien puisqu'il était si brave.

La grand-mère de Virgile ressemble à ma grand-mère.

– Il connaissait déjà New York, je veux dire par le cinéma. Je l'emmenais tous les dimanches-euh au cinéma. Le pôvre-euh ! C'était sa joie. Il attendait toute-euh la semaine le film du dimanche...

– C'est vous qui l'avez fait lire aussi ?

Elle prend un ton modeste et rit doucement.

– Eh ! oui ! c'est moi. Je lis beaucoup, je suis inscrite à la bibliothèque du quartier et je l'avais inscrit aussi. Il dévorait les livres. On lisait ensemble. On faisait tout ensemble. Le petit bonhomme et la vieille bonne femme ! Il n'était pas comme les autres enfants, c'est sûr. Il n'était pas né du bon côté du soleil.

– C'est vous qui l'avez élevé, Virgile ?

– Peuchère ! C'est moi qui l'ai recueilli tout bébé. Personne n'en voulait, vous savez... Ses parents n'étaient pas mariés, ils étaient si jeunes, ils ne savaient pas quoi faire d'un petit et puis... forcément, ils n'en auraient pas voulu de toute façon. Je lui ai tout appris, il vous a dit ? La grammaire, les mathématiques, l'histoire, la géographie. J'étais institutrice, c'était facile. Le premier livre important qu'il a lu, c'était l'*Énéide*. Parce qu'il y avait son nom écrit dessus ! Virgile. En grosses lettres. Il avait dix ans. On allumait la lumière le soir, on ouvrait le livre et c'était comme si on était au cinéma. On lisait à deux voix. On posait nos mains sur les mots du livre et on les sentait vibrer... Il était fier-euh ! « Dépose désormais ta haine ! » disait-il en tirant une épée imaginaire sur un ennemi imaginaire ! Il jouait tous les rôles, il mourait et donnait la mort avec un grand sens de la mise en scène ! Je me régalais à le regarder... J'ai repoussé au plus tard possible le moment de le mettre à la grande école...

– Vous vouliez le garder pour vous toute seule ?

– Oh ! Vous êtes gentille-euh ! Vous pouvez appeler ça comme ça. Mais c'est un peu vrai, tout de même. Quand il est né, mon mari était déjà parti et je n'ai eu à m'occuper que de lui. Je travaillais encore, je le laissais à la maison, je n'étais pas loin, j'étais logée dans l'école. Je le surveillais de la fenêtre de ma classe. Quand il faisait beau, je plaçais son berceau juste sous la fenêtre. Je mettais une gaze pour qu'il ne soit pas embêté, qu'on ne vienne pas le regarder comme une bête curieuse. Au début, j'étais obligée de lui attacher les mains dans son berceau...

– Pour qu'il ne se gratte pas ?

– Ça saignait, ça saignait et il ne fallait surtout pas qu'il se gratte ! Alors je l'attachais avec des rubans, des rubans bleu ciel doux, des rubans en velours... Ça faisait comme un mât de bateau au-dessus du berceau. Mais il a dû vous raconter tout ça ! Je radote, je radote. Ça a été terrible, vous savez... Pour lui, parce que moi, voyez-vous, je l'ai très vite regardé avec les yeux de l'amour. Et je le trouvais beau, Virgile, très beau...

Et soudain, je comprends. Le petit garçon sur la photo, ce n'est pas le frère de Virgile ! C'est Virgile ! J'ai le souffle coupé. Mais comment a-t-il pu retrouver figure humaine ? On ne peut pas soupçonner en voyant les lèvres minces, lisses, parfaites de Virgile qu'il a été autrefois le petit garçon au trèfle sanglant de la photo !

– Il avait quel âge quand on l'a opéré ? je demande, le cœur battant, les mains moites.

– Il a été courageux, vous savez. Il ne vous a pas raconté ?

– Si, si...

– On l'a opéré une première fois, tout bébé, mais ça a été raté... Après les médecins ont dit qu'il fallait attendre qu'il ait seize, dix-sept ans, que la croissance soit terminée pour qu'on puisse reconstituer les chairs et que le tissu ne bouge plus. Virgile a choisi d'attendre. Il parlait d'une drôle de voix, vous savez, c'était comme un hululement... La veille de l'opération, il était si pressé qu'il ne tenait pas en place. Moi, j'avais peur, lui non. C'est lui qui me rassurait, qui me disait tu vas voir grand-mère, tu vas voir ce qu'on va être heureux après ! J'ai assisté à l'opération. J'ai vu l'ouverture complète des lèvres et du plancher nasal, la libération des muscles et la reconstitution des lèvres et du nez. Ils ont tout coupé, tout reconstitué, sillon après sillon... J'avais lu des livres de chirurgie et j'aurais presque pu opérer moi-même ! Je me vante un peu, mais c'était comme s'il renaissait une deuxième fois sous mon regard. Comme si c'était moi qui lui donnais la vie !

– C'est une belle histoire ! je dis en déglutissant avec peine.

– Et maintenant, on ne voit plus rien ! C'est remarquable les progrès de la médecine ! Les vieux grincheux qui prétendent que c'était mieux avant, que c'était le bon temps, je leur cloue à chaque fois le bec car moi, je pense à mon Virgile et je me dis qu'avant... avant, il n'aurait pas été raccommodé comme il l'a été ! Il aurait été le fada, le pouilleux, le monstre qu'on montre du doigt toute sa vie !

Elle ajoute qu'il est encore un peu sauvage, bien sûr, vous avez remarqué comme il s'esquive, on ne peut pas l'attraper, mais ça n'est rien comparé à ce qu'il était petit. Il avait de véritables accès de rage ! Un jour, il a failli taillader à coups de ciseaux un camarade qui se moquait de sa voix de hibou ! Il s'est jeté sur lui et lui a fait une large estafilade sur la joue...

Elle marque une pause et je ne sais quoi dire. Virgile marche de biais comme le petit garçon sur la photo, Virgile fuit la main qui l'attrape, le regard qui l'accroche, de peur que la main ou le regard ne s'empare de lui et ne l'immobilise comme le papillon étouffé dans le cahier. Virgile ne dépasse pas le premier rendez-vous. Virgile veut vérifier à chaque fois que sa bouche glisse sur la bouche inconnue. Une bouche habituée pourrait découvrir la fine cicatrice sous le nez, sous la lèvre.

– Vous lui faites beaucoup de bien ! Beaucoup de bien. Je suis rassurée de savoir qu'il habite avec vous.

Vous voyez, vous avez pris le relais... Mais je parle-euh, je parle-euh, je vous fais dépenser tout votre argent ! Ça doit coûter cher le téléphone avec les États-Unis ! Demandez-lui de ne pas oublier de m'envoyer une carte postale. La dernière fois, quand vous êtes allés à Tahiti, il ne m'en a pas envoyé. Ni à Cuba, d'ailleurs. Ça m'a fait de la peine car je fais la collection de timbres... Dites-lui aussi qu'il ne mette pas n'importe quel timbre. Qu'il en trouve un joli, un peu rare...

Je la rassure, je lui promets, je lui dis que je prends la liberté de l'embrasser très fort. Elle rit doucement. Elle dit qu'elle est heureuse. Virgile lui avait promis qu'un jour j'appellerais. Allez, au revoir, mademoiselle.

Elle raccroche et je suis, une fois de plus, stupéfaite. Nous ne sommes jamais allés à Tahiti ! Ni à Cuba ! Je n'ai jamais promis à Virgile que j'appellerais sa grand-mère ! Virgile n'habite pas chez moi !

Il invente pour rassurer sa grand-mère. Il invente pour rattraper le retard qu'il a pris sur la vie. Il litanie « la vie est belle, la vie est belle » de peur que le trèfle ne revienne imprimer sur son visage la boursouflure ignoble. Peut-être qu'il en rêve la nuit... qu'il se lève le matin, pose la main sur sa bouche, tâte l'ourlet des lèvres pour savoir si le trou est revenu durant son sommeil.

« Dépose désormais ta haine... »

Et comment finit le combat d'Énée dans l'*Énéide* ? Mes souvenirs de version latine sont anciens. Je pianote sur Internet, clique sur Virgile, *Énéide*, clique sur *Extraits*, traduction de Jacques Perret 1981, les Belles

Lettres, clique sur *Fin du poème*. Les dernières lignes s'affichent :

« À ces mots, il lui enfonce son épée droit dans la poitrine, bouillant de rage ; le corps se glace et se dénoue, la vie dans un gémissement s'enfuit indignée sous les ombres... »

« La vie dans un gémissement s'enfuit indignée sous les ombres. » Énée vient de tuer son rival, Turnus, prétendant de la princesse Lavinia. Celui-là même qui le suppliait, « dépose désormais ta haine... » couché à ses pieds, désarmé. La violence plus forte que l'amour. La vengeance, la soif de sang supérieures au pardon.

Le premier grand récit, que lut Virgile enfant, ignorait le pardon.

Il jouait tour à tour Énée et Turnus. Tuait et était tué. Suppliait et refusait de pardonner.

A-t-il pardonné à ceux qui se sont moqués, qui l'ont montré du doigt, se sont détournés avec effroi du trèfle sanglant qui lui servait de bouche ?

Louise, Virgile et moi. Nous possédons tous les trois le trèfle infâme qui, un jour, s'imprima en nous comme un fer rouge et dont on porte à jamais la trace.

Virgile portait son trèfle sur le visage et le bistouri d'un chirurgien habile l'en débarrassa. Tout du moins, en surface. Louise et moi le portions enfoui dans le secret et si nous présentions un visage velouté, le trèfle palpitait à chaque froissement de cœur.

Elle l'appelait monsieur Feathers. Monsieur Plume, en français. Quel nom léger pour un profanateur ! Il était fermier, elle avait neuf ans. Il l'attirait avec des paroles douces, une main caressante, des bonbons. Elle le redoutait et elle le désirait. Elle connaissait le danger caché en cet homme, le danger, la douleur, mais elle y allait toujours. Attirée par l'inconnu, le jeu qui commence comme une caresse... une force brutale qui précipite l'attente dans la douleur, le plaisir dans la plainte.

Elle passait la frontière.

Chaque fois.

Elle ne geignait pas quand elle parlait de monsieur Plume. Elle disait j'y allais... On m'envoyait le voir avec mon bidon de lait. J'y allais, je me laissais approcher. J'y allais, il se laissait tomber contre moi, me plaquait contre lui, il avait de grosses mains rudes, des mains d'homme qui travaille la terre, qui travaille les bêtes, qui les frotte, les étrille, qui les trait. Parfois elle était plus crue... quand la douleur revenait en un éclair et qu'elle ne retenait qu'elle. Elle oubliait alors l'autre fulgurance : le plaisir engendré par la brutalité de l'autre. Le plaisir de se sentir dominée, manipulée, salie, explorée jusqu'au plus profond de la tourmente qui se retourne en un plaisir effrayant.

– C'est compliqué, elle soupirait... Tu sais ?

– Je sais...

– J'ai su que tu savais, la première fois que je t'ai vue... La première fois qu'on a parlé... Tu te souviens ?

– Je me souviens.

Ça fait mal et pourtant...

C'est moi qui l'arrêtais.

– Ne dis pas les mots, Louise, s'il te plaît. S'il te plaît... Laisse-les enterrés, muets dans le silence.

Elle continuait, pourtant, acharnée à extraire la vérité.

– Et après, on a honte... On ne comprend plus. On contemple son reflet dans la glace, pâle et effrayée. On a honte d'avoir connu cette douleur, de l'avoir délayée dans le plaisir. On la recherche tout le temps, l'échine ployée, confuse comme la bête battue qui revient se coucher auprès de son maître. On n'ose pas dire, mais on met l'autre sur la voie, on lui donne des indices pour en faire un complice.

Ce goût du cruel complice dont on ne peut se défaire...

– C'était ça, George Marshall, Louise ?

Elle hocha la tête, grave et recueillie.

– Tu vois, ce n'était pas de l'amour... C'était le souvenir de cette délicieuse souffrance qu'il avait reconnue en moi et qu'il s'ingéniait à raviver quand j'étais dans ses bras. Que j'abandonnais tout pour m'abandonner dans ses bras... Oh ! ce plaisir-là... Il n'avait pas besoin de m'ouvrir le front chaque fois. Il lui suffisait d'emprunter le ton de monsieur Plume, de me donner un ordre, approche-toi, viens là, mets tes bras derrière le dos, ne crie pas... et je retrouvais, sous la voix sèche et impérieuse, le trouble et lourd secret qui avait défiguré et enflammé mon enfance. Chaque homme qui me menaçait devenait un maître dont je ne pouvais me défaire.

Mais chaque homme n'était pas de taille à devenir ce maître-là.

– Je ne pouvais pas le décider ! Je ne pouvais pas le lui ordonner. Ç'aurait été du chiqué. Je ne pouvais pas dire. Il fallait qu'il devine. Qu'il lise dans mon regard l'acquiescement terrifié et silencieux, l'encouragement muet... qu'il repère le tremblement dans la courbe de mes lèvres, le frémissement inquiet et voluptueux que faisait naître le son de sa voix irritée, cassante. Et pour cela... pour cela, oui, il fallait de l'amour... Une attention généreuse, tatillonne car, moi, je ne réclamais pas ! Jamais ! Je devais même résister, me débattre jusqu'à ce qu'il m'impose son infâme loi qui m'entraînait dans un plaisir que je ne disais pas mais qu'il lisait, avide, sur mon visage. Et tu sais quoi ? C'était le seul moment où il me plaisait d'obéir... Debout, j'étais rebelle, toujours, toujours. Je ne me soumettais jamais, je prenais la mouche à la moindre intonation autoritaire mais dans ses bras, j'obéissais toujours.

Elle ne disait pas de mal de monsieur Plume. Il lui avait appris ce plaisir-là. Le vertige de la chute dans un abîme inconnu.

Le saut dans l'inconnu...

Ce qui l'avait blessée, c'était l'indifférence. L'indifférence de sa mère à qui elle raconta la première fois que monsieur Plume l'avait forcée. Sa mère déclara que c'était de sa faute. De sa faute à elle, petite fille de neuf ans. Elle l'avait bien cherché. C'est elle qui l'avait provoqué.

Elle préférait encore la brutalité de monsieur Plume à l'indifférence de cette femme qui se disait sa mère et ne la protégeait pas.

– Laisse-moi, Louise, laisse-moi. Tu vois bien que je suis occupée...

– Mais tu es tout le temps occupée !

– On ne me dérange pas quand je suis au piano. Écoute Debussy, sa phrase syncopée, écoute Bach...

Louise tremblait de colère. Elle regardait les longs doigts de sa mère courir sur le clavier. Elle tapait du pied, réclamait, criait.

Laisse-moi, Louise, tu vois bien que je suis occupée...

Elle avait fini par pardonner.

Pire, par oublier.

Sa mère avait ses raisons, après tout. Elle n'aimait pas ses enfants. Elle n'aimait pas son mari. Elle n'aimait pas la vie qu'elle menait à Cherryvale ou Wichita. Elle aimait Bach et Debussy. Elle aimait les livres. Il n'y avait jamais assez de place pour Bach et Debussy dans la vie qu'elle s'était résignée à vivre, dans la vie qu'elle se détestait de mener entre son mari, ses enfants, ses voisines, son petit salon victorien, la messe du dimanche et les recettes de confitures.

– Comment pouvait-elle m'aimer, moi, si elle ne s'aimait pas, elle ? disait Louise. C'était impossible. Elle n'a pas triché. Elle a dit ce qu'elle pensait. Débrouille-toi, c'est ton problème, c'est de ta faute. Elle ne m'a pas menti. Ce fut rude, mais c'était la vérité, sa vérité.

Elle oublia donc.

Mais ce qu'elle n'oublia jamais, jamais...

C'est l'œil noir du père contre le trou de la serrure de la salle de bains qui l'observait quand elle se déshabillait et se glissait dans la baignoire.

Jamais elle n'oublia, jamais elle ne lui pardonna.

Elle ne me parlait jamais de lui, non plus.

Sauf ce jour-là...

Le jour de notre dernière rencontre.

Léonard Brooks était un homme de loi, raide et compassé. Un homme pratique sans imagination ni culture. Il n'entendait rien à la musique, rien au cinéma, rien aux livres. Quand il voulait briller, sa femme et sa fille le regardaient de haut. « Ce petit homme pitoyable », disait Louise sur son lit de malade. Il désirait plus que tout devenir juge et ne le fut jamais. Il semblait dépassé par la vie que menaient sa femme et sa fille aînée. Les regardait partir, revenir, repartir avec la même égalité d'humeur. Quand il parlait cinéma avec Louise, quand il essayait de lui parler de ses films, il était si maladroit, si emprunté, si ridicule qu'elle claquait la porte, humiliée et blessée. Elle n'avait aucune indulgence pour lui. Je sentais, au ton de sa voix, qu'elle le méprisait.

Il était derrière la porte et il me regardait. Je savais qu'il me regardait. Et je ne pouvais rien faire. C'était mon père. Et il se cachait. Je ne pouvais pas le prendre sur le fait. On n'était pas à égalité. Monsieur Plume, je pouvais le regarder droit dans les yeux, mon père, je ne pouvais pas.

Ce regard-là, elle le subissait.

Elle dans la baignoire, honteuse d'être nue, honteuse d'être l'objet d'un sale désir et lui derrière la porte, caché. Innocent. Propre.

Le code de la loi dans sa poche.

C'est ce regard-là qui la précipita au plus bas d'elle-même.

Le jour où elle me parla, elle me demanda d'attendre vingt ans avant d'écrire cela, d'attendre que tous ses proches soient morts.

– Après tu parleras. Tu écriras. Dans vingt ans...

Moi aussi, j'ai connu monsieur Plume.

C'est le sort de beaucoup de petites filles. Beaucoup ne parlent pas. Elles ont honte de ce qu'on leur a fait. J'avais parlé. À ma mère. Comme Louise. J'avais connu aussi l'indifférence d'une mère qui hausse les épaules. La colère de la mère du garçon qui martelait : « C'est de sa faute à elle, c'est de sa faute à elle, mon

fils n'aurait pas fait ça tout seul, elle l'a encouragé. »
Et elle frappait ses hauts talons aiguilles contre le parquet vitrifié de l'entrée où elle nous avait reçues, ma
mère et moi, comme deux domestiques qui viennent
réclamer leurs gages et qu'on n'autorise pas à s'asseoir
dans le salon, sur les beaux fauteuils du salon.

Les hauts talons pointus résonnaient arrogants, sans
pitié.

Et le fils de vingt-quatre ans me regardait en ricanant.

Le fils des voisins.

Je savais que ce n'était pas « de ma faute ». Je le
savais.

Je m'étais dit alors que c'était comme ça. Que c'était
la vie, qu'il ne fallait pas en faire tout un plat. Il faut
être forte dans la vie, disait ma mère, sinon tu coules...
Sois forte ! Serre les dents ! Apprends !

J'avais appris.

Je n'en avais pas fait tout un plat. J'étais devenue
incolore, transparente, cachée derrière les apparences
d'une petite fille tranquille qui travaille bien à l'école,
ne se fait pas remarquer, se lave les dents, se lave
derrière les oreilles, sourit tout le temps et observe la
comédie de la vie autour d'elle. La vie, ça pouvait être
ça alors ? Cette injustice énorme qui m'écrasait d'un
coup de talons aiguilles, c'est de sa faute, c'est de sa
faute...

Ce n'était pas de ma faute et je le savais.

Ça me permettait de résister. En silence. Il ne
m'aurait pas une seconde fois. Je croisais dans l'escalier mon tourmenteur innocenté qui continuait à habiter
sur le même palier, et prenait un air graveleux et ricanant quand il me rencontrait, mais je ne pliais pas... Je

ne me laissais pas faire. Je plantais mes dents, mes poings, mes griffes quand il s'approchait de trop près. Je le menaçais d'aller chercher l'autre, le costaud, celui qui allait le terrasser s'il recommençait. Et lui, il ne te fera pas de cadeau, lui, il t'écrabouillera comme un ver de terre infâme et tu n'auras même plus de dents pour t'expliquer... Tu le connais, celui-là ? Tu sais de qui je parle ? Tu l'as déjà vu même s'il n'habite plus ici ? T'as vu comme il est grand et fort !

Mon papa...

À la différence de Louise, j'avais un père pour me protéger.

Un père que je protégeais.

Si j'avais parlé, si je lui avais raconté, brave et confiante comme la première fois que je me confiai à ma mère, il aurait tué monsieur Plume, il l'aurait massacré, écumant de rage. Il me suffisait d'entendre sa voix inquiète quand j'avais de la peine et qu'il demandait personne ne te fait du mal, mon amour, ma beauté, personne, hein ? Sinon tu me le dis et couic !

Et il tranchait du plat d'une main assurée et ferme la gorge tendue d'un ennemi supposé, en mimant un horrible rictus d'assassin sanguinaire. Il me faisait trembler de peur et je le croyais. Il lui arrivait d'être si violent. De s'emporter contre un chauffeur de taxi qui lui parlait mal, de le provoquer sur le trottoir et je le retenais par la manche non, papa, n'y va pas, n'y va pas...

Un jour... dans la cour de récréation de l'école, une fille m'avait traitée de pot-de-colle-fille-de-pauvres parce que je n'avais pas les bonnes chaussures et insistais pour devenir son amie. J'étais rentrée à la maison en pleurant à gros bouillons, il m'avait calée entre ses grandes jambes, m'avait écoutée sans rien dire, s'était levé, m'avait prise par la main pour aller retrouver l'auteur de l'insulte. Et pendant qu'on marchait côte à côte dans la rue, que je sautais en l'air pour suivre ses grandes enjambées, remorquée par sa main aux phalanges blanches de rage, je voyais ses yeux se gonfler de larmes furieuses, les veines de son cou se tendre de colère et j'avais eu un éblouissant pressentiment : s'il la retrouvait, le sang allait gicler. Il va la tuer, je m'étais dit, il va la tuer et il va aller en prison... À tous les coups, il finit en prison. Il avait tant de violence en lui et si peu de maîtrise de soi. Surtout quand il s'agissait de sa fille...

Je ne lui avais rien dit au sujet de monsieur Plume.

Mais je me servais de lui comme d'une arme pour me protéger.

Et ça me suffisait. J'avais son regard plein d'amour attentif et inquiet qui me rendait ma couronne de reine. Qui me sauvait de la boue et me sacrait la plus forte, la plus belle. Ma fille, ma beauté, mon amour...

Il rachetait tous les autres. Il me réconciliait d'avance avec tous les autres. Il me rendait l'appétit des autres.

Louise n'avait pas été protégée. Ni par son père ni par sa mère. Ni par un remords tardif de monsieur Plume.

Il lui fallut longtemps avant de me faire cet aveu...

Cet aveu impossible.

C'est pour cela, peut-être, qu'elle ne voulut jamais faire de psychanalyse. Il aurait fallu qu'elle dise.

Et elle ne pouvait pas.

Alors, elle ne parlait jamais de son père.

De sa mère, oui, mais jamais, jamais de son père.

Cet homme qui le premier, et le plus irrémédiablement, la fit chuter.

Son père qui lui donna la certitude d'être toujours un objet de convoitise, la certitude d'être toujours sale et fautive. Il n'y avait plus de bonheur possible à partir du moment où l'ennemi derrière la porte portait le nom de père et avait le beau rôle. Elle allait être une perdante toute sa vie. Une perdante magnifique.

C'est tout ce qu'elle pouvait faire. Transformer sa chute en chute magnifique.

Jusqu'au jour où le regard de Bill Paley la rattrapa et la délivra du regard qui l'avait conduite en enfer.

Elle eut pour la première fois de sa vie une histoire d'amour au climat tempéré même si, c'était plus fort qu'elle, elle réussit à y introduire bourrasques et tempêtes, coups et bris de glace.

« Nous croyons pouvoir changer le cours des choses selon notre volonté parce que c'est la seule solution heureuse que nous puissions envisager. Nous ne pensons pas à ce qui se produit généralement et qui est aussi une solution heureuse : les choses ne changent pas, ce sont nos désirs qui finissent par changer. » Cette phrase de Proust, elle l'avait soulignée et annotée dans son gros volume de *La Recherche*. Dans la marge, elle avait écrit, Jimmy...

Jimmy Card.

Un homme de dix ans son cadet, brillant cinéphile, directeur de l'International Museum of Photography de George Eastman House à Rochester, qui, en 1953, de passage à Paris, alla trouver Henri Langlois, directeur de la Cinémathèque française, et lui demanda de lui montrer les deux films de Pabst dans lesquels jouait

Louise Brooks. Il l'avait vue, enfant, dans un cinéma de Cleveland. Il avait quatorze ans. Il ne se souvenait pas du film, mais il gardait intact le souvenir du visage éblouissant de Louise. Ce visage de femme qui, depuis, le poursuivait comme un motif caché dans la tapisserie de son désir.

Henri Langlois et James Card se firent projeter *Lulu* et *Journal d'une fille perdue* dans la salle de la cinémathèque parisienne, et quand la lumière se ralluma, les deux hommes, enfoncés dans leur fauteuil, demeurèrent muets d'abord puis grondèrent de plaisir extatique. Une star était née. Vingt-cinq ans après le coup de couteau qui l'éteignait sur l'écran. Henri Langlois, abasourdi, voulut tout savoir sur elle. « Il n'y a pas de Garbo ! Il n'y a pas de Dietrich ! Il y a seulement Louise Brooks », déclara-t-il, et il transforma sa phrase en oriflamme qu'il accrocha au fronton de la Cinémathèque française.

James Card se jura de la retrouver.

Le 5 juillet 1955, James Card, qui avait enfin obtenu l'adresse de Louise, lui écrivit pour lui annoncer « qu'après vingt-cinq ans d'oubli, Paris l'avait rétablie dans toute sa gloire[1] ». Louise lui répondit aussitôt : « Que vous deviez, après presque trente ans, me procurer la première joie que m'ait apportée ma carrière cinématographique participe du mystère de la vie. C'est comme si l'on m'ôtait un masque. Quand je pense à toutes ces années où je me suis moquée de moi-même et où tout le monde était ravi de penser que j'avais bien raison... le temps de la fausse humilité est à présent bien révolu. Vous savez, au début, il a fallu

_____

1. *Louise Brooks, op. cit.*

me traîner de force pour me faire faire du cinéma...
On ne savait que faire de moi, je ne correspondais à
aucun type d'actrice bien défini et c'est pourquoi on a
décidé que j'étais une mauvaise actrice [1]. »

Ce temps-là était bien fini.

Celui de la reconnaissance commençait.

James Card et Louise s'écrivirent. Louise lui envoya
des extraits de ce qu'elle avait déjà écrit et il fut ébloui.
Il le lui dit et elle n'en revint pas. Elle se sentait pousser
des ailes. C'était trop beau pour être vrai.

– Tu me connais, maintenant... Je n'y croyais pas !
Je lisais et relisais la lettre. Je me regardais dans la
glace et je voyais de la graisse, de la graisse, encore
de la graisse ! Tu es grosse, je disais au reflet dans la
glace, tu es moche, tu pues ! Je puais le gin. Je me
disais, je vais me réveiller et ça va être terriblement
cruel. Ne rêve pas, ma pauvre fille, ne rêve pas ! La
vie n'aime pas les miracles, elle va te rattraper,
t'estourbir par-derrière...

Au lieu de l'estourbir, la vie lui apporta l'amour de
James Card. Il vint la voir un soir, à New York, dans
son trou à rats. Il y passa la nuit et repartit, amoureux
fou, laissant derrière lui une Louise tout aussi éperdue.
Libre, elle était libre ! Libre d'aimer, libre d'écrire,
libre de peindre. Débarrassée du regard noir qui la
clouait au fond de la baignoire. Elle allait mettre de
l'ordre dans sa vie.

En 1956, elle part vivre à Rochester pour être proche
de James Card.

C'est à Rochester qu'elle voit ses films pour la première fois.

---

1. *Ibid.*

À Rochester qu'elle apprend qu'un de ses articles va être publié.

Elle est reconnue comme actrice. Elle est reconnue comme écrivain. Elle aime un homme qui l'aime, même s'il n'est pas libre et que ça la rend folle parfois. Réhabilitée, mais pas anesthésiée ni guimauve pour autant. Elle a quitté son trou à rats, est sortie au grand jour, voyage, reçoit l'hommage de cinémathèques et de cinéphiles du monde entier, mais ne peut s'empêcher d'envoyer promener les flatteurs, les tièdes ou les empruntés qu'elle vilipende avec toujours autant de vigueur.

Le mythe de Louise Brooks se construisait mais sans son aide. C'était trop tard. Elle avait pris l'habitude de ricaner, de renverser les tables et les hommages et cela ne lui facilitait pas la vie en société.

« Dépose désormais ta haine ! »

Elle n'y arrivait pas. Elle avait survécu en étant en colère tout le temps. Il fallait qu'elle continue. Il ne fallait pas lui demander de se laisser aller au plaisir de savourer ou de perdre la tête. Ce n'était pas pour elle cet abandon-là, ce regard éperdu qu'elle aurait jeté en se retournant sur son ombre, en lui accordant un peu de crédit.

– C'était plus fort que moi, tu comprends ? Je ne savais pas comment me conduire en « bonne personne ». Je refusais les convenances, je refusais de faire semblant, je refusais de tricher, je vivais en cultivant mes refus. Je crois que le succès est venu trop tard. Il m'a amusée au début, il m'a donné confiance en moi et puis après, j'ai vu la vanité de tout ça et j'ai tout balayé. Je crois que, par-dessus tout, j'aimais faire la guerre. Tu ne fais plus la guerre quand on te met dans une cage dorée...

La marque du trèfle n'avait pas disparu. Elle s'était juste atténuée pendant quelques années, le temps que Louise prépare sa retraite et s'y calfeutre.

Ce fut ma dernière visite à Rochester. Je rentrai à Paris. Dans le grand appartement déserté par Simon, j'affrontai la solitude. Son départ me laissait face à moi-même et à un solide examen de conscience.

On ne se sépara pas tout de suite, cependant. Il y eut quelques semaines où il rentrait, embarrassé et silencieux, ne sachant que dire, que faire, me regardant, désolé.

Silencieux et embarrassé devant les cadeaux qu'envoyait Magnifique pour vaincre les dernières réticences de cet homme qui lui résistait. Elle ne comprenait pas et multipliait les offensives. Elle lui faisait une cour à la hussarde, ordonnant tambour battant des défilés de pages luxueux qui venaient déposer sur notre paillasson les gages de sa passion. Des cachemires par paquets. Des bouquets et des montres-bracelets. Des objets de plus en plus volumineux comme si elle voulait marquer son territoire et me signifier mon congé.

Nous étions entrées en guerre, Magnifique et moi.

Simon se tenait sur le côté et regardait nos armées s'affronter.

Embarrassé et silencieux.

Je vais perdre, je lui disais, enroulée autour de lui la nuit, pendant que les soldats de l'armée de Magnifique dormaient mais que je sentais leur ombre terrifiante envahir notre chambre. Je vais perdre, elle est si... magnifique, si forte. Elle sait monter, impériale et blonde, les marches du palais où je trébuche, empêtrée dans ma robe longue. Elle sait les porte-jarretelles, les déshabillés, les balconnets, la soie dont elle couvre son corps désiré par des milliers d'hommes... Je ne sais pas. Je vais perdre.

Il me serrait contre lui et disait ce n'est pas vrai, vous êtes à égalité.

Il le disait pour s'en convaincre. Je ne le croyais pas.

Le jour où un somptueux bar Art déco fut livré par deux costauds en salopette qui ne purent franchir le passage de l'entrée, je compris qu'il fallait que je parte. C'était comme un bélier qui défonçait l'appartement. L'ennemi n'allait pas tarder à s'essuyer les pieds sur la moquette gris pâle, à abattre une cloison afin que « son » meuble prenne place dans le salon et à suspendre, désinvolte et féline, son déshabillé à la patère de notre salle de bains.

Elle avait gagné. Je n'avais plus qu'à plier mes jeans, ranger mes baskets et rendre les clés.

Il fallait passer sous le bar, se courber en deux, avancer à quatre pattes pour atteindre le trône... des toilettes ou se laver les dents.

Simon grattait son long nez...

Silencieux et embarrassé.

Il était le butin dont elle allait s'emparer.

Il la regardait s'approcher avec le délicieux plaisir d'être la proie que se disputent deux femmes, deux guerrières acharnées.

J'allais perdre, je le savais.

C'était inscrit dans les plans de bataille que traçait

Magnifique, habituée à capturer les hommes comme autant de petits soldats de plomb.

Je n'éprouvais aucun ressentiment envers Magnifique. Au contraire. Je la regardais guerroyer et elle me remplissait d'admiration. Elle poursuivait Simon avec la science d'une stratège rusée. Elle ne relâchait jamais son effort. Attaquait sur tous les fronts, passant d'une stratégie de guerre au répit d'un moment de paix. Un soir qu'elle l'avait attiré dans une boîte de nuit, elle remarqua que le pied de Simon battait la mesure sous la table lorsque passait *Angie* des Rolling Stones. Jusque-là, il avait refusé de danser, se tenant soigneusement à distance, enfermé dans son silence et son hésitation. Elle glissa de son siège à l'oreille du disquaire pour lui ordonner de passer à nouveau ce morceau puis se planta devant lui, et devant tous l'invita à danser.

Devant tous, elle appuya son front contre le sien et l'invita à l'embrasser... Devant tous, il se déroba.

S'enfuit au sous-sol dans une cabine téléphonique et m'appela. Elle m'a invité à danser, elle m'a demandé de l'embrasser... Et alors ? je lui demandai en regardant l'heure au cadran du réveil qui indiquait quatre heures du matin. Et alors...

Il ne l'avait pas embrassée.

Mais pourquoi ? Pourquoi ?

Je rentre et je te raconte tout, il m'avait dit avant de raccrocher. Attends-moi, ne te rendors pas !

Il résista longtemps.

Elle ne s'avoua pas vaincue. Je savais qu'elle avait raison. Elle finirait par triompher. Son audace même devenait une faiblesse aux yeux de Simon qui réclamait une faille chez cette femme pour s'y faufiler. Il ne pouvait pas s'engouffrer dans son armure de femme magnifique.

Je le savais. Pourtant je l'encourageais... J'aurais voulu que sa force à lui triomphe et qu'on en finisse. Qu'une étreinte vienne conclure ce long état de siège qui nous affamait Simon et moi, nous maintenant éveillés et fébriles aux portes de la ville, guettant le prochain mouvement de troupes qui verrait peut-être notre reddition. Notre vie n'était plus rythmée que par les campagnes de Magnifique.

J'admirais sa force, sa détermination, la variété de ses attaques. J'admirais même son ignorance de l'obstacle que je représentais. Je n'étais qu'un buisson à déplacer, une rivière à sauter, un accident sur sa carte topographique, qu'elle allait supprimer d'un revers de la main le jour où il s'inclinerait...

Je téléphonais à Louise pour lui raconter. Cela la faisait rire. Encore des détails, encore ! Quel culot ! s'extasiait-elle. Elle doit avoir beaucoup d'argent... Comment fait-elle pour avoir tant d'argent... Les actrices ne sont jamais riches. Ce doit être une fameuse femme d'affaires. Il ne doit pas falloir lui marcher sur les pieds à celle-là !

C'était la seule chose qui l'intéressait.

Sa voix faiblissait au téléphone. Sa santé déclinait. Ses phrases se terminaient en quintes de toux sèches et je l'entendais boire son verre d'eau, je l'imaginais rejeter sa tête en arrière, happer l'air par petites bouffées...

Je ne l'appelais plus tous les jours à deux heures et demie pile.

– Tu m'oublies, tu m'oublies...

Je protestais, elle rétorquait ne mens pas, s'il te plaît.

Garde ce dernier courage, dis-moi la vérité. Et elle raccrochait.

Je déménageai. J'allai m'enfermer dans un appartement peuplé de souris grises et essayai de comprendre l'étendue du malheur qui me frappait debout et me fendait en deux. Seule. Avec mes livres et mon vieux chien qui observait d'une paupière lasse le ballet des rongeuses encouragées par son flegme. Sans gin, ni petites pilules, sans homme pour m'entretenir. Quand je l'avais encore au téléphone, Louise s'émerveillait de ce que je pouvais survivre sans l'argent d'aucun homme. L'argent et le cul, ce sont les deux vérités incontournables de la vie, elle ajoutait de sa voix essoufflée... Je n'ai réussi ni dans l'un ni dans l'autre. Je n'ai aimé personne et je suis une assistée. Je suis un véritable échec... La prochaine fois que tu viens me voir, apporte-moi un revolver, que j'en finisse !

L'œil noir de son père l'avait rattrapée et la clouait à nouveau au fond de la baignoire.

Je demeure un long moment silencieuse, face à l'ordinateur du marchand de journaux. La sirène d'une voiture de pompiers me rappelle que je suis à New York.

Je regarde la lune bleue de l'icône Internet qui clignote, clignote.

Tapote d'un doigt distrait mon adresse de courrier pour aller vérifier mes mails. Tape mon nom, mon code secret...

Je peux ? je demande à mon copain qui passe la tête par la porte entrebâillée. C'est okay, il me répond en faisant un large signe de la main comme un policier

chargé de la circulation. Tu veux un thé à la menthe ?
C'est bon quand il fait chaud et qu'on transpire.

J'accepte en dodelinant de la tête. « Vous avez du
courrier », m'annonce l'ordinateur. Je vais cliquer dans
la petite enveloppe rouge, une longue liste de messages
s'affiche. Je ne les ai pas relevés depuis que j'ai quitté
Paris. Je jette un œil distrait... lis un mail, puis deux...

– Je pose le thé là, si ça ne te dérange pas, dit mon
copain en poussant un jeu de cartes à jouer pour faire
de la place pour le plateau.

C'est un épais jeu de cartes violettes avec des fleurs
jaunes en forme de trèfles sur le dessus. On dirait un
jeu de tarot. Il doit bien y avoir une soixantaine de
cartes. Qu'est-ce que c'est ? je demande, intriguée.
C'est le tarot de Rajneesh, répond mon ami. C'est qui
Rajneesh ? Un vieux sage ou un escroc selon les gens !
Moi, je ne retiens de lui que les contes qu'il raconte
et l'enseignement que j'en tire. Le reste m'importe
peu... Il prédit l'avenir ? En quelque sorte... Pas à votre
manière occidentale et pressée ! Mais à notre manière
à nous, plus intérieure, plus réfléchie. Vous savez les
tirer ? Je sais les lire et les interpréter, mais c'est à toi
de méditer après avoir lu l'enseignement de la carte...

– Vous avez le temps de me le faire ?

Il s'adresse d'une voix rauque au jeune garçon à la
gameboy et vient s'asseoir en tailleur à côté de moi.

– D'abord, il faut respirer plusieurs fois profondé-
ment... de grandes respirations des poumons jusqu'au
ventre... et puis te remplir le cœur d'amour. La question
doit être posée avec beaucoup de bienveillance...

Je respire, lui souris, ce n'est pas difficile d'être
bienveillante avec lui, ferme les yeux et me concentre.

– Maintenant, tu vas tirer une carte parmi toutes celles du jeu en pensant très fort à ta question...

Est-ce que je vais revoir Mathias ?

Est-ce que Mathias a envie de me revoir ?

Est-ce que quelque chose est encore possible entre nous ?

J'étends la main vers l'éventail de cartes violettes à fleurs jaunes. Le jeu est vieux, certaines cartes sont recouvertes de scotch jauni, d'autres sont si usées qu'elles ne glissent même plus, pelucheuses, molles, écornées, ce doit être celles qui sortent le plus souvent, je les ignore et continue à survoler l'éventail à la recherche d'une carte presque neuve.

– Tu ne dois pas te laisser impressionner par l'aspect des cartes, tu dois écouter la question qui résonne dans ton cœur.

Il me montre l'emplacement de son cœur, prend ma main et la pose sur le mien.

Je pense à Mathias fort, très fort. Je revois sa tête d'homme buté, ses sourcils noirs, ses yeux bleu dur, sa large bouche aux lèvres minces, sa démarche décidée, ses épaules voûtées... Je le revois comme je l'ai aperçu la dernière fois devant le Cosmic Café, mordant dans son beignet, les dents voraces, la bouche pleine de sucre, j'entends sa voix, c'est moi, je suis là, je plisse les yeux jusqu'à ce que des cercles lumineux envahissent mes paupières, m'éblouissent et se referment sur l'image de Mathias dans les rues de New York. J'étends une main aveugle, tâtonne, hésite, mon destin se décide dans cette prise-là, pars en avant, reviens en arrière, m'empare enfin d'une carte, l'extrais de l'éventail et la tends vers le marchand de journaux, pleine de curiosité et d'espoir.

Elle est molle, pelucheuse, les trèfles jaunes ont perdu leur reflet doré et le plastique se décolle comme un timbre qui bâille. Je fais une moue déçue.

Il me regarde en souriant, lit la carte attentivement, les sourcils relevés en un étonnement respectueux. Des gouttes de sueur perlent sur son front. Il ferme les yeux, dépose ses mains ouvertes sur ses genoux, les rouvre et pose sur moi le regard d'un vieux sage.

– Je la connais très bien, cette carte, dit-il. C'est la carte du désir...

J'ai fermé les yeux et j'ai tiré la carte du désir. La carte emblématique de toute ma vie. « La vie, c'est le désir... » « Mais on ne construit rien sur le désir... » Chaplin et Virgile et Simon et Mathias... Une ronde de désirs, un résumé de ma vie entière en une seule carte.

– Je peux la voir ?

Il me tend la carte et je contemple attentivement le dessin qui l'illustre. Une main tend une écuelle vers un sac de pièces d'or qui se déversent en pluie. Bon présage, me dis-je, mon désir va être prospère !

– Ça a l'air d'être une bonne carte... je dis au marchand de journaux qui feuillette le livre de Rajneesh[1] à la recherche de l'enseignement du maître.

– Écoute plutôt... Je te le traduis au fur et à mesure... en anglais, mon français est encore trop faible...

Je l'excuse d'une main impatiente, vite, vite, je veux savoir. Je veux entendre la confirmation de l'immense bonheur que je sens monter en moi. Tout est trop lent chez cet homme. Il me fait languir. Il sent mon impatience, sourit et commence à traduire.

---

1. *Le Tarot de Rajneesh*, Osho Rajneesh, éditions Le Voyage intérieur.

« Un roi, un jour, remarqua un mendiant posté sur le trajet de sa promenade matinale.

– Que veux-tu ? lui demanda-t-il.

– Tu me poses cette question comme si tu étais en mesure de me satisfaire, répondit le mendiant.

Blessé dans sa vanité, le roi rétorqua :

– Bien sûr que je peux combler tes désirs ! Que veux-tu ? Parle !

Le mendiant l'avertit :

– Réfléchis à deux fois avant de promettre quoi que ce soit.

– Je suis riche et puissant. Que pourrais-tu demander que je sois incapable de te donner ?

– C'est simple, fit le mendiant, remplis mon bol.

Le roi fit appeler ses vizirs et leur ordonna de remplir le bol de pièces d'or. Quelle ne fut leur surprise en constatant que les pièces disparaissaient en tombant dans le récipient ! La nouvelle que le roi ne parvenait pas à remplir le bol d'un mendiant se répandit comme une traînée de poudre. Le roi s'en inquiéta et dit à ses vizirs :

– Même si cela me coûte mon royaume, je ne puis accepter d'être ridiculisé par ce va-nu-pieds.

On versa alors des perles dans le bol, des émeraudes et tout ce qu'on put trouver de précieux dans le trésor royal. Mais le récipient restait vide. Le soir venu, une foule silencieuse s'était rassemblée devant le palais pour connaître l'issue de l'affaire. Le roi sentit soudain toute tentative de suprématie le quitter. Il se prosterna devant le mendiant et dit :

– Tu as gagné, je le reconnais. Mais dis-moi, de quoi ce bol magique est-il fait ?

– C'est un crâne humain, répondit le mendiant, il est fait de pensées, de désirs, c'est là son secret. »

Le vendeur de journaux relève la tête.

– Tu as compris ? Sinon je continue... car il y a toujours un conte d'abord, un enseignement et une explication ensuite.

– Continuez, s'il vous plaît...

– L'enseignement : le temps est venu de ne plus chercher à l'extérieur ce qui peut vous rendre heureux. Regardez en vous-même.

Je fais la moue. Je n'ai que faire de ces phrases sibyllines qui me parlent de retraite quand tout en moi réclame l'éclair, la joie, le bond en avant.

– Et ensuite ?

– Ensuite, Rajneesh dit : comprendre, cela transforme votre vie. Observez attentivement un désir. Quel est son mécanisme. Tout d'abord survient une excitation, une exaltation, la sensation que quelque chose de nouveau va survenir dans votre vie. Puis l'événement a lieu : vous achetez la voiture ou le bateau, vous vous installez dans la maison que vous convoitiez, vous allez au rendez-vous amoureux tant attendu...

Son regard brun et chaud se pose sur moi.

– C'est cela, votre question, vous avez un rendez-vous avec un amoureux ?

Je fais oui de la tête. Il poursuit :

– Quelque temps plus tard, l'euphorie a disparu. Que s'est-il passé ? Votre mental se désintéresse très vite de ce qu'il a conquis. L'excitation venait de la poursuite, l'ivresse du désir vous a fait oublier la sensation de vide qui vous ronge intérieurement. Quand l'objet de vos rêves est en votre possession, la voiture devant votre porte, l'argent placé en banque, la nouvelle conquête dans votre lit, cela ne vous stimule plus. Le vertige secret réapparaît et il vous faut un autre désir pour échapper à l'angoisse. C'est ainsi que l'homme court d'un mirage à l'autre et devient un mendiant. Mille fois la vie vous a appris que les désirs n'apportent que déception. Le but atteint réveille votre état de manque et la frustration vous lance à la poursuite d'un nouveau leurre. Le jour où vous comprendrez que le désir mène toujours à l'échec marquera le tournant de votre vie. La vraie aventure aura commencé, elle est intérieure. Plongez en vous-même, rentrez chez vous...

Il se tait, verse le thé dans nos tasses, en boit une gorgée, repose sa tasse. L'ordinateur clignote et me rappelle que j'ai des messages à lire. Je le délaisse pour observer le visage du marchand de journaux. Il paraît grave, intense, retiré des bruits de la ville. Il n'entend ni les clients qui réclament l'édition spéciale d'un journal ni les voitures qui klaxonnent au-dehors. Il est enfermé dans son silence, serein, détaché de tout. Il médite ma carte.

– Je pourrais trouver votre livre à New York ou à Paris ?

– Rajneesh est très connu. Tu peux le trouver partout...

– J'aimerais bien relire la carte...

– Je peux t'écrire la traduction sur un papier. En anglais...

– Vous feriez cela pour moi ?

– Tu as bien pris le temps de m'apprendre les poules du couvent couvent et le passé composé et tu ne me connaissais pas...

– Merci beaucoup.

– Merci à toi...

Il joint ses deux mains paume contre paume et s'incline. Je l'imite, légère, vaguement euphorique. Je n'ai plus peur. Le conte m'a fait du bien. Il faut que j'y pense encore.

– Tu pourras m'apprendre la différence entre le « tu » et le « vous » en français ? Ça aussi, c'est compliqué...

– D'accord. Quand vous aurez maîtrisé le passé composé...

– Vous aurez maîtrisé ? il répète, les yeux écarquillés. C'est un autre temps ? Encore un autre temps à apprendre !

Je bois une gorgée de thé à la menthe brûlant. Il se déplie, se frotte les cuisses et me montre avant de sortir l'ordinateur allumé.

– N'oublie pas de l'éteindre avant de partir...

Je me sens bien dans cette pièce étroite et sombre. Les murs ont été peints en jaune, le chambranle de la porte décoré de fleurs en papier et de petites guirlandes lumineuses comme on en voit sur les camions au Pakistan. Une lanterne diffuse une lumière rouge et les vapeurs de menthe s'échappent de la théière mal fermée, toute cabossée. Dans un coin, j'aperçois des matelas empilés les uns sur les autres, recouverts d'un tissu de madras safran, un lavabo, des brosses à dents, une crème à raser...

– Tout à l'heure, il y avait trois hommes étranges ici, je lui dis alors qu'il s'apprête à franchir le seuil de la petite pièce pour rejoindre la boutique éclairée par la lumière crue du néon au plafond.

Son regard perd soudain sa lumineuse sérénité et il souffle, je sais, je ne les aime pas, ce sont des relations du propriétaire, ils profitent toujours de mes absences pour se glisser ici... Je me suis opposé à eux une fois et le propriétaire m'a menacé de me renvoyer. Depuis on s'évite... J'ai besoin de ce travail. J'ai besoin de ce patron pour avoir mes papiers et vivre en toute légitimité...

– C'est pour eux, les matelas ?

Il hoche la tête sans parler.

– On aurait dit de dangereux trafiquants... Je me suis fait tout un roman dans ma tête !

J'ai dit cela d'un ton gai pour dissiper la peur que je lis dans ses yeux. Mais il ne sourit pas. Il ajoute, je préfère ne pas en parler, le moins j'en sais, le mieux c'est pour moi... Et pour toi aussi !

– Vraiment ? je demande, incrédule.

– Vraiment...

Et il rejoint la boutique sans m'en dire davantage.

L'ordinateur, les matelas, le lavabo, et comme alibi, le commerce des journaux. Une cachette idéale en plein Manhattan.

L'ordinateur clignote toujours et ma main fait défiler les messages. Des messages de Paris où il fait froid. Les terrasses de café ont rentré leurs chaises et leurs tables. On ne sait plus comment s'habiller, on est enrhumé à Paris. Je souris et essuie la moiteur de mon front. Un message, daté d'hier, de la Morgan Stanley, une banque américaine. C'est pour ouvrir un compte ? Faire fructifier mes maigres économies ? Ils doivent manquer de clientèle pour recruter sur Internet. Je clique dessus et l'ouvre...

« C'est moi. Je suis là. Je veux te revoir, mais je

veux que tu m'attendes. *To je moja podminka.*
Mathias. »

Je relève brusquement la tête comme s'il allait apparaître sur le seuil. Mais il n'y a personne...

« C'est moi, je suis là... »

Ainsi je n'ai pas rêvé : il est à New York. Il travaille à la banque Morgan Stanley. Il a lu ma lettre. Il me répond et déjà impose sa loi.

« Je veux te revoir, mais je veux que tu m'attendes... »

C'est un ordre qu'il me donne. Il ignore le conditionnel, le mot tendre, le mot qui trahit la joie de me tenir à nouveau contre lui. Il impose l'attente, abolit le temps, les obligations, l'heure de l'avion sur le billet du retour. Il reprend son rôle d'homme. Lui, homme, moi, femme. Nord, Sud. Trajectoire bien tirée, bien droite.

« *To je moja podminka.* »

Il parle sa langue. À moi de faire l'effort et de comprendre. C'est là qu'il a posé son abandon. Quatre mots indéchiffrables pour moi qui n'ai jamais voulu apprendre la langue de son enfance. Un jour, par ruse ou par désir fou de lui arracher les trois mots français qu'il se refusait à prononcer, je lui avais demandé comment on dit « je t'aime » en tchèque. J'avais répété maladroitement pour qu'il me le répète encore et encore...

Il devenait un autre quand il parlait tchèque. Je l'avais regardé comme si je ne le connaissais pas et m'étais jetée contre lui. Parle-moi tchèque encore, je suppliais pendant qu'il s'étendait sur moi...

Comment sonnaient ces mots ? Ces petits mots de rien du tout qu'il se refusait à prononcer en français ?

To je moja podminka ?

Les mots dansent sous mes yeux et je les habille comme je veux. Je les ébouriffe, leur fais la raie sur le côté, les tresse en longues nattes de rasta. Moi aimer toi à la folie. Moi aimer toi pour la vie. C'est ça ! C'est sûrement ça... Il peut bien ordonner en français, je garde les mots inconnus comme un gage précieux.

To je moja podminka. To je moja podminka. To je moja podminka.

Ils ressemblent drôlement à un aveu masqué.

J'appuie sur IMPRIMER pour les graver sur le papier. Plie soigneusement la feuille, la glisse dans ma poche. Me ravise. En fais une copie, puis une autre et encore une autre. Les cache dans mes poches, dans mon sac, dans mon soutien-gorge, talismans sacrés qui me feraient faire le tour du monde à cloche-pied s'il me le demandait.

– Vous ne parlez pas tchèque ? je demande au marchand de journaux en faisant irruption dans la boutique.

– Non, pourquoi ?

– Et vous ne connaissez personne qui parle cette langue ?

Il me regarde, désolé de ne pouvoir me rendre ce service.

– Ce n'est pas grave, merci !

Je me précipite vers la sortie.

– Attends, attends, crie le marchand de journaux qui me tend un papier. Je t'ai recopié la carte de Rajneesh... L'enseignement, pas la fable... La fable, tu t'en souviens...

– Oh ! merci, c'est très gentil...

Je marque un temps. J'aimerais lui demander son nom. Hésite, je ne voudrais pas passer pour une intruse.

Une qui se permet d'être familière. Il devine ma demande, sa peau s'empourpre sous le hâle doré, il baisse les yeux, timide, et articule Khourram.

– Merci, Khourram.

J'enfourne son papier dans mon sac et pars en gambadant. Il m'a écrit, il m'aime, on va se revoir, j'attendrai le temps qu'il faudra. J'ai tout mon temps pour lui, une éternité à son crédit. Je serai Pénélope et j'apprendrai à tisser.

Il m'a écrit ! On va se revoir ! Je vais embrasser sa bouche, me couler contre lui, poser ma tête sur son ventre, compter les battements de son cœur, partout dans son corps. On va battre la campagne ensemble. Il est là, pas loin. Il me guette. Il m'épie peut-être... Je sens des yeux se poser sur mes hanches. Je me retourne brusquement.

Personne.

Personne, mais il est là... Il respire le même air que moi, lève le nez sur le même bleu glacier du ciel, traverse sur les mêmes passages piétons, éponge la même transpiration qui perle sur son front, s'endort en serrant un oreiller contre lui quand la même nuit tombe et qu'il fait enfin frais.

Au croisement de Lexington et de la 57ᵉ Rue, un vétéran de la guerre du Viêt-nam (c'est ce qui est inscrit sur l'écriteau autour de son cou) est enchaîné, sur une chaise roulante, au poteau de l'arrêt d'autobus. Ce n'est pas la première fois que je le vois. D'habitude, je le dépasse, gênée, et mon regard file de côté pour ignorer les chaînes solides qui l'arriment au trottoir. Il est toujours là. Il braille, invective les passants qui font un détour pour l'éviter. On doit le déposer le matin et le reprendre le soir. Parfois, il reste jusqu'à minuit, une heure du matin. Parfois, on l'oublie. Il reste enchaîné toute la nuit. À ses côtés, il y a une grosse bombonne reliée à deux tuyaux qui lui entrent dans le nez. Il est amputé des deux jambes et porte un short crasseux d'où sortent deux moignons sur lesquels est posé un gros transistor. Un tee-shirt rouge FUCK THE WAR moule son torse puissant. Un bandana, rouge aussi, recouvre son œil gauche. Il me tend une tasse et je m'arrête, y dépose un dollar. Ça, c'est gentil, il dit, vous n'auriez pas une cigarette ? plus personne ne fume ici... Je sors mon paquet de cigarettes et le lui glisse dans la main. Ça, c'est encore plus gentil ! Et du feu ? Vous en auriez par hasard ? Je lui donne mon briquet. C'est mon jour de chance, il dit. Vous avez fait la guerre ? je lui demande. Ouais ! Mais je ne ferai pas la prochaine, c'est sûr, il rit. Celle qu'ils préparent en ce moment... Tous ces drapeaux partout ! ça me fait dégueuler ! Vous n'iriez pas m'acheter une bière ? Sans problème, je lui dis... N'importe laquelle à condition que ce ne soit pas une légère...

J'entre chez le Coréen, face à l'arrêt d'autobus, m'empare d'un pack de bières glacées dans le compartiment à boissons et le lui apporte. Vous êtes une gentille fille ! Il saisit le pack de bières, prend une cannette et coince les autres sous son fauteuil roulant. Du transistor monte une vieille chanson des Rolling Stones. Il pousse le bouton du poste à fond. Ses yeux se plissent et ses bras martèlent, sur les accoudoirs du fauteuil, les mots métalliques que crache Mick Jagger. *« I want you back, again... I... want your love, again. I know you find it hard to reason with me but this time is different, darling you'll see... Tell me you're coming back to me...* » C'est bon avec la bière glacée ! il dit en m'envoyant un baiser, quand j'avais mes jambes, je dansais sur cette chanson... Je lui renvoie son baiser. Revenez quand vous voulez, il dit, je suis toujours ouvert ! Et il éclate d'un grand rire. *You've made my day !*

L'autobus vient se garer tout contre lui et il recule son fauteuil roulant d'un coup de reins rapide en l'insultant. Connard ! Vous avez vu, il a failli me renverser ! Je lève les yeux sur le chauffeur d'autobus qui nous domine de son siège haut perché. Il ne l'a même pas vu, je parie... Je sors un billet de dix dollars et les lui glisse dans la main. Je reviendrai, je lui dis, je reviendrai.

Je m'éloigne en dansant, je me retourne pour lui faire des signes de la main.

To je moja podminka. To je moja podminka.

Une voiture me frôle et klaxonne. Je marchais, sans m'en apercevoir, sur la chaussée. Je remonte sur le trottoir en lui lançant un grand sourire. La vie est belle, la vie est belle, vous ne savez pas à quel point elle est belle ! Je vais aller voir Candy et tout lui raconter. Je vais laisser un message dans le sac de Virgile et tout lui avouer ; je lui demanderai pardon, pardon, pardon. Je vais rentrer chez Bonnie et vider le carton. Tout jeter !

Neuve et belle pour lui.

Me préparer comme ces fiancées marocaines qu'on présente lavées, épilées, frictionnées, maquillées, parfumées, ornées de bijoux sur un grand plateau doré. Je veux être une fiancée.

La fiancée d'un homme.

To je moja podminka. Je ne dois pas bien prononcer. Il faudrait que je m'entraîne. Il doit bien se trouver quelque part dans la ville un consulat tchèque, avec un planton tchèque à l'entrée. Je lui montrerai mon parchemin sacré et il m'apprendra la musique de ces quatre mots-là. Où mettre l'accent tonique, comment mouiller les consonnes pour qu'elles se fondent en une chanson joyeuse. Il m'aime, il m'aime. Il m'aime à la folie, si ça se trouve... ou il m'aime comme sa vie. Ou il m'aime à s'en rouler par terre... C'est un aveu qu'il chuchote dans sa langue, la langue des émotions. Je demanderai aussi au planton de m'apprendre quelques mots de tchèque pour prouver à Mathias que je me rends sans conditions. Et juste avant qu'il ne m'embrasse, juste avant qu'il ne vienne déposer lentement le premier baiser sur mes lèvres recueillies, je lui dirai : « attends... attends... » et hop ! j'articulerai ma phrase en tchèque ! *To je moja podminka...* Je l'aurai écrite phonétiquement sur un petit papier pour ne pas l'oublier ni faire de fautes. Ce serait trop bête.

On vivra ensemble à New York. Il partira travailler le matin, le roi du monde, et je l'attendrai en écrivant. Il partira travailler le matin et j'attendrai qu'il revienne. Il ne me dira jamais quand... Pour que je l'attende toujours. J'apprendrai à ne plus rien demander, à lire dans ses silences, dans la caverne de ses yeux, dans le dessin inflexible de sa bouche. Il suffira qu'il me répète de temps en temps *to je moja podminka* pour tamiser la peur qui étreint tous les amoureux, la peur de le perdre. Et puis, petit à petit, je n'aurai plus peur.

Je ne peux pas danser sur Lexington. Il y a des trous partout dans le macadam, trop de monde sur les trottoirs, trop de bruit, trop de camions. Ils crachent en redémarrant une bouillie de gouttes grasses et noires qui m'asphyxie. Je traverse au feu rouge, oblique vers Park Avenue, ah ! j'allais oublier ! Virgile ! Je fais demi-tour et retourne chez le marchand de journaux. Il me regarde, étonné. Tu as oublié quelque chose ? il me dit en français. Bravo, je lui dis, bravo, passé composé impeccable ! Vous faites des progrès ! Je voudrais juste laisser un mot à mon ami dans le sac bleu de Gap, vous pouvez me prêter un morceau de papier et un crayon ? Et j'écris Virgile, pardon de t'avoir offensé, pardon d'avoir douté de toi, je t'aime tant, pardonne-moi... J'ai été méchante, méchante. Mathias m'a laissé un message, il est à New York et devine quoi ? Je vais le revoir ! Je suis si heureuse, Virgile, si heureuse, on se retrouve à la maison et on fait la fête ! Je t'aime, je t'aime, je t'aime.

Je tourne la tête vers l'arrière-boutique et aperçois les trois hommes sinistres penchés sur l'ordinateur. Le vendeur de journaux hausse les épaules et je lui fais cadeau d'un nouveau mot. Patibulaires, j'articule en montrant les trois hommes qui me tournent le dos. Patibulaires ? il répète, étonné. Oui, ça veut dire qui fait peur, d'aspect inquiétant, menaçant, c'est un joli mot, non ?

Patibulaires, il répète en laissant tomber sa tête lourde sur le côté.

Pas tibulaire mais presque, disait Simon pour me faire rire. Ou si jeune et déjà ponais... et je riais, riais. Ou encore il vaut mieux être belle et rebelle que moche et re-moche !

Il faut que j'arrête de penser à Simon. De parler de Simon. Poubelle, carton, jeter, fini.

Tu écris comment patibulaire ? demande Khourram.

Je le lui écris en lettres majuscules. Il contemple le mot avec tant de recueillement que j'ai envie de l'embrasser. Je tends la main vers lui et la pose affectueusement sur son épaule, je vous aime beaucoup, beaucoup. Moi aussi, il dit. Merci pour le mot nouveau !

Je reprends ma route, tourne sur Madison. Madison, c'est joli. Il y a des boutiques de luxe des deux côtés, des restaurants français, des marchands de fleurs, des galeries de peinture, des hommes bronzés en Lacoste noire et des femmes décolletées aux cheveux blond luxueux, aux lèvres bien pleines qui se pendent à leur bras.

Je remonte Madison et contemple les vitrines. Je vais m'acheter une tenue rien que pour lui. Une vraie tenue de fiancée. Il aimait bien les jupes et je n'en portais jamais. J'achète une jupe blanche, fendue sur le côté. Je la garde sur moi, je dis à la vendeuse.

Je marche dans la rue, m'épie dans les vitrines des magasins : la jupe est toujours jolie sur moi. Je me méfie des jupes : elles me font de l'œil dans le magasin pour que je les achète et se transforment en haillons dès que je les enfile à la maison !

Merde ! Il faut que je m'épile ! C'est le problème avec les jupes, il faut avoir les jambes nettes. Je regarde mes ongles, ils sont courts, envahis de petites peaux, pas très propres. C'est un autre problème avec les jupes, il faut aussi avoir les ongles nets.

Je remonte Madison à la recherche d'un institut de beauté.

M'arrête devant l'Iris Palace. Entre. Une douzaine d'Asiatiques en blouse rose sont penchées sur des tables de manucure. Je peux me faire beauté des mains, beauté des pieds, beauté de partout ? je demande en souriant à la fille derrière la caisse. Vous comprenez, je viens d'acheter une jupe blanche fendue et...

Elle hèle d'une main autoritaire une petite femme éteinte dans sa blouse rose et me présente Nina. Suivez-la, m'ordonne-t-elle, l'air impénétrable. Pas un muscle de son visage n'a bougé.

Beauté des mains, d'abord ? suggère Nina. Je tends les mains par-dessus la table et me laisse faire. Nina a des pustules sur tout le visage et renifle sans arrêt en me limant les ongles. Arrondis ou carrés ? Arrondis, je dis. Elle a l'air déçue. C'est plus facile carré ? je demande, pleine de sollicitude. Elle hausse les épaules. Elle a la goutte au nez et se détourne pour renifler une nouvelle fois. Vous pouvez vous moucher, je propose. Ça ne sert à rien, répond-elle, lugubre, je suis allergique aux produits que j'emploie. Faut changer de métier, je suggère en souriant. Elle ne trouve pas ça drôle du tout et me jette un regard meurtrier. Je suis désolée, je ne voulais pas vous blesser... Elle renifle et ne répond pas. Mais il en faut davantage pour entamer ma joie. Vous venez de quel pays ? Du Népal, elle me dit. Ah ! c'est beau le Népal. Je n'y suis jamais allée, je m'excuse presque, mais j'imagine des montagnes enneigées, des fleurs qui se balancent toute l'année au soleil, des arbres baobabs au pied desquels les amoureux se couchent enlacés, des petites voitures tirées par des ânes, l'air pur des sommets, la sérénité d'un peuple qui vaque, indolent, à la cueillette du riz et balance de l'encens dans les temples pour remercier ses dieux d'être si cléments envers lui... Et vous viviez où au Népal ? Au pied des neiges éternelles ? Dans un bidonville, au milieu d'immondices, me réplique-t-elle d'un air sinistre en ravalant la morve qui lui pend au nez. Alors vous devez être heureuse ici ? Je ne me laisserai pas faire. Personne ne me fera broyer du noir aujourd'hui. *To je moja podminka. To je moja podminka.* Je déteste vivre ici, elle répond en me plongeant une main dans un bol d'eau tiède où flottent des filaments pâles de citron.

Je comprends pourquoi j'ai été prise tout de suite, sans rendez-vous. Nina attendait, désœuvrée dans son coin, qu'une cliente hilare se pointe. À ma mine réjouie, l'hôtesse a dû se dire, celle-là, je peux lui caser Nina, elle tiendra le coup. Elle a l'air si heureuse qu'elle ne sera rebutée ni par la goutte au nez, ni par les pustules, ni par les répliques maussades. C'est peut-être un mauvais présage ? Je regarde Nina par en dessous. Elle arbore une moue dégoûtée, voire méprisante, devant mes ongles mous et effrités. J'ai envie de retirer mes mains, de replier mes doigts sous la table, mais je ne peux pas. L'une trempe dans le bol aux filaments pâles de citron, l'autre se fait rééduquer par Fleur de Lotus contrariée. Je me tais et me laisse faire, résignée. Regarde le zeste de citron pâle tourner en rond dans la coupelle avec l'indolence appliquée d'un poisson rouge, et si c'était vraiment un mauvais présage ?

Non, non. Il n'aurait pas répondu s'il ne voulait pas me revoir. Tandis que là, glissée dans mon soutien-gorge, j'ai la preuve que tout est possible à nouveau. « Je veux te revoir, mais je veux que tu m'attendes. » Il l'a écrit.

Le sourire me revient et une grande compassion m'envahit pour Fleur de Lotus contrariée. Je n'aimerais pas devoir quitter mon pays, mes montagnes enneigées, mes vaches sacrées pour enfiler une blouse rose en nylon et servir des blondes parfumées. Fleur de Lotus contrariée a sa fierté, elle a appris à se défendre dans son bidonville, elle avait ses repères. Non, je n'aimerais pas exercer un métier guère exaltant, qui me file des allergies, bientôt des démangeaisons, des plaques purulentes. Voir défiler toute la journée de riches désœuvrées que je dois désherber, toiletter, masser, dorloter. Écouter leurs gémissements de femmes accablées, leur bonne les a quittées, leur caniche a une cystite, leur blond luxueux vire au jaune paille. Elle doit avoir envie de leur planter sa lime dans le cœur. Au lieu de cela, elle se courbe devant leurs mains, leurs pieds, leurs chairs molles étalées sur la table de massage. C'est votre vrai nom, Nina ? Elle me foudroie du regard et me balance un nom qui dure dix syllabes et finit en ah. Et ça veut dire quoi en anglais ? Lumière du soleil levant qui rase la montagne les matins de printemps... Ah bon... C'est original ! Vous avez des enfants ?

Beauté des pieds ? elle m'ordonne en ravalant la goutte qui menace de tomber sur mes mains devenues impeccables. Et je file me répandre sur un fauteuil de dentiste qui se termine en pédiluve à remous. Vernis assorti aux mains ? J'acquiesce, muette à chaque aboiement. Je ne parlerai plus.

Cette femme-là doit porter la guigne.

Les autres blouses roses me semblent plus joviales, plus détendues. Elles rient d'un air complice avec leurs clientes et les manipulent avec affection. Je les compte, appliquée, il doit bien y en avoir une douzaine, plus la fille à l'entrée. Je calcule combien rapporte chaque comptoir à l'heure, multiplie par vingt, elles ne font pas les trente-cinq heures ici, doivent au moins aligner dix heures de travail par jour, j'ajoute les pourboires. La patronne doit regagner son palais en Rolls, le soir ! tandis que Nina se tape deux heures de métro pour atteindre sa lointaine banlieue, je n'ose demander laquelle de peur d'être rabrouée une nouvelle fois.

Beauté des pieds m'endort et je ne calcule plus.

Beauté des jambes lisses me réveille à peine.

Beauté de la note à payer me réveille tout à fait. Et le service n'est pas compris, murmure Fleur de Lotus contrariée. Et c'est combien le service ? vingt pour cent quand la cliente est satisfaite, insinue Fleur de Lotus toujours contrariée.

J'abandonne un paquet de billets verts à la caisse. Note le nom et l'adresse de l'Iris Palace pour ne plus jamais y retourner. On est sur Madison, il est vrai. Tout est plus cher sur cette avenue de riches. J'aurais dû rester sur Lexington.

Je fais un rapide bilan : j'ai la jupe fendue, des ongles de poupée, les jambes lisses et parfumées, il ne me manque plus que les chaussures et je serai parfaite. Un petit talon mettrait la jupe en valeur.

Je pousse la porte d'une boutique de chaussures, en ressors chaussée de petites mules exquises, fragiles, deux bulles de verre filé ornées d'arabesques multicolores qui font clic-clac quand je marche. Je flotte, aérienne, telle la fée Clochette. Je les ai gardées tellement elles m'enchantent. Clic-clac, clic-clac... j'ai des pieds de ballerine, m'invente une traîne pailletée qui glisse sur le trottoir et fait des étincelles. *I... want you back... Again... I... want your love... Again...* Je passe près d'un homme qui lit le journal au feu rouge, fais clic-clac, clic-clac à ses côtés ; il me jette un regard qui me dit vous êtes belle avec vos petites mules qui claquent au soleil ! Je refais clic-clac, clic-clac, pince ma traîne entre mes doigts légers et m'incline avec grâce. Il sourit et son sourire a la chaleur d'un hommage. C'est un beau sourire qui me hisse vers la féminité suprême. La vie est belle si l'homme de la rue lève les yeux de son journal et me regarde. J'ai vaincu les maléfices de Fleur de Lotus contrariée. Je suis rassurée et le remercie à mon tour par un grand sourire de vestale parfumée. Le bus arrive, il replie son journal et monte en me disant : « *Take care...* »

Je prendrai soin de moi, promis. Un homme m'a regardée à Manhattan. Tous les espoirs sont permis. La vie est belle ! La vie est belle ! *To je moja podminka. To je moja podminka.*

Depuis combien de temps n'ai-je plus regardé l'heure ?

C'est mon estomac qui me rappelle à l'ordre. Il me commande de jeter les yeux sur un cadran de montre. Quatorze heures trente ! Je n'ai rien avalé depuis la tasse de café offerte par Bonnie pour me tirer du lit. Et si j'allais engouffrer un Combo onion rings and french fries au Cosmic Café ? J'attendrai que Candy ait fini son service en lisant *Vanity Fair* qui déteint dans mes mains.

Je m'apprête à héler un taxi quand mon regard est attiré par une plaque dorée sur un immeuble de Madison, une plaque qui brille au soleil et proclame, pompeuse, Mission permanente de la République tchèque auprès des Nations unies.

Je vais enfin savoir...

J'avance vers l'immeuble blanc, cossu ; mes mules ne font plus le même son joyeux. Elles résonnent, hésitantes, maladroites, claudiquent sur le macadam noir, ploc-ploc. *To je moja podminka.* Et si ça voulait dire va te faire foutre ?

Il n'y a pas de planton à l'entrée. Rien qu'une plante verte aux feuilles larges et découpées comme les doigts géants d'un gant de cuisine en caoutchouc. Une plante menaçante qui s'étale sur le sol et rampe telle une grosse couleuvre. En liberté, elle pourrait bien être cannibale et me happer d'un large coup de langue-pistil. Derrière une cage vitrée, un garde en uniforme porte un badge SECURITY... *Yes, mâme ?* il me demande, sourcilleux, les lèvres taillées en sifflet. J'attends quelqu'un, je lui réponds avec un sourire tremblant. Je me laisse tomber sur une banquette et contemple le bout de mes pieds qui dépassent des petites mules en berne.

Des hommes passent devant moi. Je tends l'oreille. Ils parlent anglais. Puis un groupe de trois filles qui s'exclament en se tenant par le bras. Anglais aussi. Elles ont l'air pressées et se séparent sur le seuil de l'immeuble en clignant des yeux au soleil. Mon ventre crie famine et je lui crie de se calmer. Je suis en mission, attends un peu, je vais bien finir par trouver une âme tchèque compatissante.

J'attends, j'attends et l'œil du garde se fait plus sévère. Il prend son téléphone et conciliabule en me regardant. Je détourne la tête, détaille les glaces qui agrandissent le hall d'entrée, reflètent le soleil et chauffent le sol. Je sens le regard du garde sur ma nuque. Le prochain qui passe, je lui saute dessus ! Homme ou femme ! Américain ou Tchèque !

C'est un homme, petit, voûté. Habillé en noir et blanc. Il porte un cartable et un gros dossier jaune qui lui déforme l'épaule. Je marche vers lui comme si je le connaissais. *Hello !* Je me présente, déroule mon histoire et sors mon papier. Il sourit et me répond en français. Il est tchèque, a passé cinq ans en poste à Paris. Il habitait avenue de Suffren, près de l'Unesco. Un appartement avec une terrasse. Mais on s'en sert très peu des terrasses à Paris. Il pleut tout le temps ! Nous voilà partis à parler météo, giboulées, caprices du temps, réchauffement de la planète, fonte des glaciers, éruptions volcaniques, tremblements de terre. Il a l'air érudit en la matière. Très concerné. D'ailleurs, à l'observer de plus près, il ressemble à un pingouin un peu frêle et voûté, qui bat des ailes sous la chaleur de la ville. Dans la rue, le changement de température est si brutal qu'il lui vient de la buée sur ses lunettes. Il tente de les essuyer, mais est bien embarrassé avec son cartable et le gros dossier jaune. Je propose de l'aider, le déleste du cartable, du dossier, il me remercie d'un air gêné et essuie ses lunettes du bout de sa cravate avec circonspection, les tend vers la lumière pour vérifier qu'elles sont bien propres et nous repartons, moi chargée, lui allégé, les épaules plus droites.

Je lui tends mon papier, humide dans mes paumes moites. C'est une lettre d'amour ? il demande avant de lire. J'espère bien ! je lui réponds, le ventre noué. Mes mules fondent dans le macadam et refusent d'avancer. Il fronce les sourcils, se concentre, humecte ses lèvres et hésite. Comment vous dire cela ? C'est une drôle de phrase. Surtout si l'on considère les mots qui la précèdent...

C'est bien ma chance ! Je suis tombée sur un tatillon. Un fort en thème qui pèse chaque mot et cherche le terme précis. Il répète plusieurs fois « C'est moi. Je suis là. Je veux te revoir, mais je veux que tu m'attendes. *To je moja podminka.* » Attendez un peu, comment traduire cela... Sans me froisser ? je demande d'un ton faussement désinvolte, en serrant mes poings sur le cartable et le dossier jaune. La menace redoutée, celle qui me serre le ventre et le remplit d'un coup d'une angoisse familière, se précise. Le ciel s'obscurcit d'une lueur menaçante et je reste là, pantelante, à guetter les mots qui vont tomber tel un couperet sur la joie qui me faisait gambader l'instant d'avant. Mes yeux se rétrécissent et soutiennent l'effort de l'homme en train de déchiffrer, se posent sur ses lèvres minces, s'en emparent, les tordent, les façonnent afin qu'elles laissent échapper les mots espérés et confirment le bonheur entrevu quelques heures durant dans l'allégresse d'une ville que j'arpentais en triomphatrice romaine. Il transpire, chasse la chaleur accablante d'une main lasse et laisse tomber, épuisé, on pourrait traduire par « c'est ma condition... ». La condition que je pose pour te revoir ! Oui, c'est cela, je crois...

C'est ma condition ! Ces quatre mots dont je m'enivre depuis ce matin claquent aussi froids et définitifs que les termes d'un contrat passé entre un propriétaire arrogant et sa tremblante locataire. C'est ma condition ! Je veux que tu m'attendes, c'est ma condition... Rien d'autre ? je quémande, le regard lourd d'un reproche injuste. Rien d'autre dans ces quatre mots tombés de la feuille chargée il y a peu de tant d'espoir, de tant de promesses ? Pas un soupçon d'amour ou de tendresse ? Une annonce subtile qui vous aurait échappé à vous, délégué administratif auprès des Nations unies ? Vous êtes sûr ?

Non. C'est tout. Ce ne sont que quatre mots,

remarquez. On ne peut pas y mettre grand-chose ! Il fait de l'esprit en vain, pour tenter de ramener le sourire évanoui sur mes lèvres, effacer la grimace de ma bouche qui tremble et réclame d'autres mots.

Mais où est l'amour là-dedans ? je rugis presque. Le pingouin me fixe, désemparé, prêt à capituler, à retourner les mots cruels en perles irisées de bonheur magnifique. Où est l'amour ? je répète, entraînée dans ma chute par le poids du cartable et du gros dossier jaune. Je suis désolé, il dit, et il étend la main pour reprendre son bien avant qu'il ne s'écrase sur le macadam chauffé à blanc. Vraiment désolé, mais c'est ce qui est écrit, je ne peux pas vous tromper... Vous attendiez du sentiment, je le vois bien, et vous êtes déçue ? Déçue ? Le mot est faible, je pense, égarée dans ma détresse, j'aurais dit poignardée, mutilée, amputée des deux jambes, des deux bras, d'un cœur gonflé comme une montgolfière qui volait si haut que je la regardais le nez en l'air et la suivais, confiante. N'étaient sa tenue si soignée, sa cravate si droite, la lueur inquiète qui guette derrière les verres embués, je lui arracherais les yeux à ce messager de mauvais augure. Mais je reprends ma lettre et, soudain dégrisée, je murmure merci, ce n'est pas de votre faute, j'ai rêvé si fort, si fort et... Il rit d'un petit rire embarrassé, se rajuste, reprend sa dignité de fonctionnaire détaché auprès d'un organisme prestigieux et s'incline. Je suis désolé, désolé, croyez-le bien...

Je le crois. Je dois faire peine à voir, cueillie en plein vol par cette formule juridique. Vous n'avez plus besoin de moi ? il ajoute avec la mauvaise conscience de l'homme prêt à prendre la fuite devant le corps mutilé d'un accidenté de la route. Non, je balbutie. Je pourrais fondre en sanglots, délacer le nœud qui m'étreint du plexus à la gorge et me fait presque claquer des dents sous la canicule de cet après-midi de juin. Mais après, c'en sera fini de moi. Je ne posséderai plus cette force fière qui me permet d'avancer le menton haut et la prunelle glacée. Je connais le danger. On pleure d'abord pour se soulager, puis on y prend goût, on se plaint, on se dorlote, on marine dans un flot de larmes tièdes dont on ressort bouffie, zébrée et plus triste qu'avant. Brisons là ! Quittons ce petit homme à l'allure de pingouin désolé sur un dernier acte de bravoure.

Ah si ! je me ravise en arrachant la flèche qui vient de me percer. Pouvez-vous me traduire une autre phrase ? Une phrase assassine que j'irai lui décocher en plein cœur pour lui clouer le bec. Comment dit-on en tchèque : l'amour, c'est de ne jamais poser de conditions...

C'est une belle réponse et elle vous honore, acquiesce mon traducteur, ravi que je reprenne du poil de la bête. Il glisse un doigt moite sur sa tempe, se gratte le front et laisse tomber : *Làska, nikdy neklade podminky*. Normalement, il conviendrait de mettre des accents que ne possèdent pas vos machines occidentales, mais il comprendra...

Je sors mon carnet, mon stylo, lui demande de marquer ces mots que je recopierai et n'apprendrai jamais. *Làska, nikdy neklade podminky*. De me les écrire aussi en phonétique que je puisse les dire sans rougir.

Ce sera, c'est décidé, mon unique et dernière leçon de tchèque.

Ne plus le voir. Ne plus le voir. Ne plus le voir. Plus jamais. Plus jamais. Plus jamais. Mes petites mules scandent ma détermination, vibrent tambours dans ma tête et me remplissent d'une détermination sauvage.

« C'est ma condition... »

C'est un peu rude, tout de même.

Il aurait pu y ajouter un peu d'humour, de tendresse. Il aurait pu dire tant de choses. Il n'est pas maladroit avec les mots. Il sait les trouver quand il le faut. « C'est sous mon regard que tu deviens la femme qu'on regarde... Et moi, je t'ai regardée dès que je t'ai vue, ce soir de jeudi, le premier jour. » Il sait que je tombe sous le charme ou le couteau des mots. Il m'est arrivé de quitter un homme, sur-le-champ, à cause d'un mot, d'un groupe de mots qui me blessait, qui touchait à mon intégrité, à ma vérité, au petit noyau dur au fond de moi qui fait que je suis moi et non pas une autre. Ce petit noyau que j'ai façonné au fil des années et qui me fait tenir droite, il ne faut pas y toucher.

Il aurait pu dire : « C'est ma condition... ma nuit blanche. » Ou ma bicyclette. N'importe quoi avec un possessif devant. Alors, emportée par ce simple adjectif possessif, je serais rentrée dans le jeu terrible de l'amour. Je me serais rendue. Je n'aurais pas reculé.

Je me serais enchaînée, mendiante abandonnée, à un poteau de feux tricolores, nuit et jour, la main tendue vers la sienne, les jambes repliées pour mieux réapprendre à marcher. Et si le possessif était trop difficile à écrire, je me serais accommodée d'une formule plus anodine. D'un clin d'œil à la lune au plafond de ma chambre...

« C'est ma condition pour que la lune brille encore et encore... »

Il l'a peut-être écrit et je ne l'ai pas vu ! La phrase est allée se cacher dans la pliure du papier ! Parfois, on est si avide de lire que l'on saute des mots ! Je déplie la lettre. La défroisse, la repasse du dos de la main, la relis : « *To je moja podminka*. Mathias. » C'est tout. Pas de phrase cachée dans la pliure du papier, pas de place pour y glisser un espoir.

Ne plus le voir. Ne plus le voir. Ne plus le voir. Plus jamais. Plus jamais. Plus jamais.

Ne pas tricher. Ne pas remplir ses mots d'un sens caché, d'une tendresse déguisée, d'un élan retenu que la pudeur l'empêcherait de formuler. Les regarder bien en face. Les dresser comme des menhirs. En faire le tour. Ne pas les poncer, ne pas les polir. Ne pas prélever une minuscule poussière dorée de la pulpe du doigt, ne pas la brandir au soleil comme un trophée, ne pas la disposer en rayon autour du grand astre, ne pas diriger son faisceau sur Mathias.

Établir un constat. M'éloigner de lui. Prendre mes jambes à mon cou. Ne plus me laisser reprendre. Ne pas écouter la petite voix du désir qui, dans un instant, va murmurer à mon oreille ce n'est pas si terrible, c'est sa manière à lui de te dire qu'il tient à toi, n'en fais pas toute une histoire, imagine ses dents sur ta nuque, ses mains dans tes cheveux qui...

Plus jamais !

J'ai faim ! crie mon ventre affamé. Arrête ! J'ai bien d'autres choses à faire qu'à engloutir des glaces et des beignets... Beignet ! Un mot que je dois bannir de mon vocabulaire si je veux rester droite, résolue. Et quoi d'autre encore ? Où se cachent les autres pièges dentés prêts à se refermer sur mes plaies ? Ces moments où je me croirai guérie, où je gambaderai, insouciante, pour m'arrêter soudain, foudroyée par une odeur de Nivéa bleu marine... Et je resterai figée, une main en l'air, un mot boiteux dans la bouche, guettant la douleur, la sentant se lover telle une bête vorace dans mon ventre et réclamer son lot de chair fraîche.

Je mets le cap sur Candy.

Mes petites mules brodées martèlent avec moi mes fermes résolutions. Ne plus le voir, ne plus le voir. Clic-clac, clic-clac, plus jamais, plus jamais... Ravaler cette peine au rang de toutes les autres, celles dont j'ai toujours su émerger, lui rabattre le caquet. Fanfaronner j'ai connu pire et j'ai survécu. C'est juste une péripétie.

Pauvre petite conne...

Il serait temps de passer à autre chose ! Écoute Rajneesh ! Il te fera mendiante sur le bord de la route, ton désir ! Épuisée, flapie, tendant une sébile sans fond vers des hommes qui ne te regarderont plus tellement tu seras vieille, ridée, inutile ! Relis le conte de Rajneesh !

Pas envie ! C'est bon pour les hindous qui ont renoncé à tout et vivent en petite culotte, les jambes autour du cou et des bras qui poussent de partout !

Je vais aller voir Candy.

Mes petites mules repartent, clic-clac, clic-clac. Mais c'est plus fort que moi, j'entends le bruit des pièces qui tombent dans l'écuelle du mendiant, le bruit des pierres précieuses qui dégringolent en pluie caillouteuse dans le bol sans fond. Qu'est-ce qu'elle disait déjà la carte du yogi ? Où l'ai-je rangée ?

Je fouille dans mes poches, dans mon sac et la retrouve, écrasée entre ma brosse à cheveux et la crème de huit heures. Je m'appuie sur le couvercle arrondi d'une boîte à lettres de l'US Post Office, frappée de l'aigle américain aux ailes déployées, prêt à fondre sur l'ennemi. Les mots écrits en lettres majuscules par Khourram me sautent au visage : « LE TEMPS EST VENU DE NE PLUS CHERCHER À L'EXTÉRIEUR CE QUI PEUT VOUS RENDRE HEUREUX. REGARDEZ EN VOUS-MÊME. » Et un peu plus loin... « LE JOUR OÙ VOUS COMPRENDREZ QUE LE DÉSIR MÈNE TOUJOURS À L'ÉCHEC MARQUERA LE TOURNANT DE VOTRE VIE. LA VRAIE AVENTURE AURA COMMENCÉ, ELLE EST INTÉRIEURE. PLONGEZ EN VOUS-MÊME, RENTREZ CHEZ VOUS. »

Comment on fait pour rentrer chez soi ? je demande aux petites mules. Il faudrait que je vous transforme en palmes géantes pour plonger tout au fond de moi...

On danse toutes seules, elles me répondent en faisant scintiller leurs pierreries au soleil. On n'attend plus le regard de l'autre pour esquisser le premier pas. On écoute la musique en soi et on s'élance. Souviens-toi de ce jour où tu dansais dans les rues de Manhattan, où tu voulais embrasser le monde entier...

Embrassez-moi...

Embrassez-moi..., lançais-tu à chaque inconnu, chaque croisement de rue, chaque arbre rabougri. Tu te penchais vers eux, tu les trouvais beaux. Tu les rendais beaux. Le désir venait de toi. Tu débordais d'une joie intérieure, inexplicable. Elle était là, tu ne savais pas pourquoi, elle bondissait de ta poitrine et faisait des gerbes de bonheur qui éclaboussaient chaque passant, chaque instant. Tu l'observais, enchantée. Elle te paraissait fragile, évanescente parce que jamais tu ne pris la peine de l'immobiliser et de la contempler. De te l'approprier. Tu la traitais en bulle de savon. Tu la renvoyais d'une chiquenaude alors qu'elle t'emplissait d'une joie immense.

Oui mais... comment la retrouver ?

Viens, on va te montrer...

Et elles m'entraînent dans une danse patiente, une valse à trois temps qu'on enseigne aux débutants... Elles me montrent les pas. Un-deux-trois, un-deux-trois, prends la force du monde en toi, fais-la tienne. Elle est là pour que tu apprennes, la vie n'est pas gratuite, la vie a un sens, le sais-tu ? elle se présente à toi pour te former, t'instruire, te faire grandir. Un-deux-trois, un-deux-trois, entre au plus profond de toi, observe, fais le tri, ceci est bon, je le garde, cela est mauvais, je le jette, cela m'embarrasse, cela me ralentit, fais le tri... Un-deux-trois, un-deux-trois, ne répète pas aveuglément ce que tu connais déjà, les expériences de ton passé qui te collent à la peau et empêchent ta pensée de s'élever... si tu répètes, tu piétines, pire... tu finis par marcher à reculons et la vie t'assénera de plus en plus fort ce que tu ne veux pas comprendre... Un-deux-trois, un-deux-trois, regarde droit devant toi, apprends pas à pas, ne désespère pas si tu trébuches et reprends ta route...

Allez, vas-y, danse toute seule. Fais les premiers pas...

Je m'élance, maladroite, hésitante.

Un-deux-trois, un-deux-trois, ne pas tricher, me prendre en flagrant délit d'ignorance, de paresse, de cupidité. Et corriger, corriger... Un-deux-trois, un-deux-trois, chasser mes faux plis, mes pentes faciles, mes erreurs toujours recommencées, ne pas m'en accommoder... Un-deux-trois, un-deux-trois, commence donc par cela, après on verra !

Et elles me laissent, étourdie, sur une dernière pirouette.

Devant le Cosmic Café.

Je pousse la porte et vais m'asseoir au comptoir, face à Candy. Sous un grand ventilateur qui brasse l'air conditionné et soulève doucement les cheveux des clients. Ses yeux pétillent de joie, elle virevolte derrière le comptoir. Elle sifflote, envoie des *honey* à chaque client accoudé, empoche un pourboire d'une main rapide, le glisse dans sa poche de devant, négligemment. Elle n'en a cure du pourboire, toute son attitude le proclame. Elle le ramasse, bonne fille, sur le comptoir pour ne pas faire désordre. Elle passe le chiffon, frotte la trace d'un verre et ses yeux croisent les miens, m'envoient un éclair de lumière. Elle a changé. Ce n'est plus la petite serveuse qui subit la vie, les loyers trop chers, les dettes chez le pharmacien, les auditions sans suite. Elle s'est déployée et ses ailes l'emportent loin du Cosmic Café. Elle a changé de coiffure, effacé le rouge à lèvres qui la vieillissait, choisi un nouveau gloss transparent qui lui donne l'air d'une adolescente effrontée.

– Devine quoi ? elle me lance de ses lèvres qui rient.

– Je ne sais pas... Il a appelé ? Il est venu ? Tu l'as vu ? Il t'a parlé ?

– Non pas ça ! Moi, moi, moi ! Hollywood and Vine ! Hollywood and Vine !

Je la regarde, bouche bée.

– Hollywood and Vine ?

– Mais si... Marilyn... dans *Bus stop* ! Elle a tracé sur une carte routière une ligne qui représente sa carrière et va tout droit à Hollywood ! Hollywood and Vine ! C'est son but !

– Tu as décroché un contrat ?

– Tout juste ! Mon agent m'a appelée et ça y est ! Un tournage, un vrai ! Un petit rôle peut-être, mais un film ! Avec de vrais acteurs, un vrai metteur, un vrai salaire, un vrai tournage, quoi ! Hollywood and Vine !

Elle étreint son torchon avec la ferveur de Marilyn, déambule en actrice prête à signer des autographes, tend le ketchup à un pauvre type attablé comme si elle lui offrait sa main à baiser.

– Je pars la semaine prochaine pour Hollywood. Je laisse tout en plan ici... J'ai obtenu un très bon contrat. Mon agent lui-même n'en revient pas... Je ne pouvais pas te le raconter au téléphone parce que le patron était là... C'est hier que tout s'est déclenché ! Regarde-moi bien parce que la petite serveuse du Cosmic Café, c'est fini, fini... Hollywood and Vine !

Elle étend les bras en l'air et clame sa victoire.

– Et ton fiancé ?

– Il est fou de joie ! Je l'ai appelé tout de suite ! Il a poussé un cri ! J'en ai le tympan droit crevé ! Tu vois, j'ai eu raison d'espérer et de m'entêter... Ils m'ont remarquée dans une publicité que j'ai tournée il y a six mois. En arrière-plan, je faisais une demeurée ! et paf ! engagée ! Un contrat, une caravane, un maquilleur, un coiffeur ! Le grand jeu !

Elle repart servir un client, crie, heureuse, vers la cuisine : « *One chocolate sundae and two fried eggs sunny side up !* », se retourne vers moi, me considère, inquiète :

– Et toi ? Rien de nouveau ?

– Si, j'ai faim. Donne-moi la même chose !

– Il a appelé ?

Je n'ai pas envie de lui raconter l'histoire de la lettre en tchèque. Ça ferait une grosse tache sur le comptoir qu'éclabousse sa joie.

– Il a appelé, ton ange ?

– Ce n'est pas mon ange ! Ce serait plutôt mon démon ! je réponds en grinçant.

– Oh ! je vois ! Tu es de mauvais poil !

– Ça ira mieux quand j'aurai mangé...

Ce n'est pas de sa faute, après tout. Elle n'y est pour rien si je fais du surplace quand elle avance à grands pas. Hollywood and Vine !

– Je me suis acheté de jolies mules, je dis pour changer de sujet de conversation.

– Fais voir !

J'élève mes petites mules à la hauteur du comptoir. Tourne les pieds dans tous les sens. Jolies, elle dit pour me faire plaisir. Très jolies...

– Tu te préparais à le retrouver... C'est pour ça !

– Oui et je me suis ravisée... je ne le retrouverai pas ! Plus jamais !

– Oh ! Tu es vraiment de mauvais poil !

– T'as raison... Je ferais mieux de me taire !

– Je finis dans une demi-heure... Si tu veux, on descend downtown retrouver mon agent. Il organise une fête pour célébrer mon contrat. Tu verras des gens, ça te changera les idées...

– Ouais... on peut faire ça !

– Oh, là, là ! Tu vois tout en noir ! Souris, ça t'aidera...

– Pas envie de sourire, pas envie du tout...

– Si tu ne souris pas, personne ne viendra vers toi !

– Ça tombe bien, j'ai envie de voir personne !

Si je m'écoutais, je pleurerais. « C'est ma condition, c'est ma condition... » L'amour, c'est de ne jamais poser de conditions. Je me tasse sur le comptoir et attends ma commande.

– Bon alors, laisse-moi deviner...

Pas la peine, t'arriveras pas ! C'est plutôt moche !

– Il t'a répondu mais pas comme tu l'espérais et tu es toute déconfite !

– Bingo !

– Tu vois ! C'est à force d'observer... Je comprends tout sans qu'on ait besoin de mettre des sous-titres !

– T'es forte, alors !

– Ben oui... je suis devenue forte ! Mais c'est du boulot, tu sais ! Et c'est pas fini !

– Tu veux pas me prendre en thérapie ? J'aurais besoin de leçons ! De satanées leçons ! Passe-moi le ketchup, s'il te plaît Marilyn !

– Faut commencer humblement ! Par les détails... Est-ce que je fais ça ? Pourquoi ? Est-ce que je dis oui ou non ? Pourquoi ? Réfléchir... Décider... S'engager. Petit à petit, tu te construis et après les choses s'ordonnent et se réalisent. Mais gare ! Faut pas relâcher l'attention ! Pas transiger avec soi-même ! Rester vigilante ! Ne pas se leurrer !

– T'as lu Rajneesh, toi ?

– Qui c'est celui-là ? Un agent ?

– Non, laisse tomber !

Elle repart encaisser un client au comptoir. Astique sa place libre d'un coup de torchon royal. Regarde l'heure. Passe sa langue sur ses lèvres et me sourit. Allez, ma vieille, redresse-toi, murmure son regard bienveillant qui se pose sur moi. Je lui retourne un sourire las et elle secoue la tête, désemparée. Ma commande attend sur le passe-plat et je la lui montre du doigt.

– Je vais commencer par manger... Ça ira mieux après, je te promets !

Elle regarde l'heure et trépigne sur place.

– Jamais vu une horloge si lente !

– C'est toujours comme ça quand on attend ! Et tu n'as pas fini d'attendre...

– Je sais... Mais au moins, j'attendrai pour quelque chose ! Je vais me battre, tu sais, je vais me battre et je vais y arriver !

– C'est tout le mal que je te souhaite ! je marmonne en engouffrant mes œufs au plat sur un morceau de toast grillé.

– Oh vous, les Français, vous êtes si négatifs ! J'en ai vu passer des Français à ce comptoir ! Ils se plaignent tout le temps ! Ils ont beau vivre ici depuis un moment, ils se plaignent ! Jamais contents !

Je hausse les épaules, aspire une gorgée de mon *chocolate sundae*.

– C'est un mal national ! je dis pour m'excuser.

La nourriture me rassasie et je lui décroche un premier vrai sourire.

– Ah ! Tu reprends figure humaine... J'aime mieux ça !

Ne plus le voir, ne plus le voir. Ne plus rechercher la souffrance délicieuse qui me projette d'un coup de catapulte dans le souvenir d'une autre souffrance ancienne. Ne pas faire comme Louise qui, toute sa vie, a recherché dans chaque homme la trace de cette souffrance-là. Cette souffrance dans laquelle elle sautait à pieds joints. Tu ne sautais pas dans l'inconnu, Louise, tu sautais dans du trop-connu... Extraire cette souffrance comme une longue épine. Mais comment fait-on ? Comment fait-on ? je m'interroge en mâchouillant mes œufs au plat. Tu le sais, Candy ? Tu le sais, ça ? Es-tu une de ces petites filles écrasées par la force brutale d'un homme et qui se soumettent ensuite à la force de tous les hommes ? Es-tu une de celles-là ? Dis-moi, dis-moi...

Je n'ose pas lui demander. On se connaît à peine. Je pique du nez dans mon plat, aspire une gorgée de chocolat. Mon estomac ne crie plus famine. Mon corps se détend, repu, et mes coudes glissent sur le comptoir en parenthèses lasses. J'observe les mains roses et laiteuses de Candy qui frappent le comptoir, encourageant la grande horloge du restaurant à pousser ses aiguilles en avant. Elle fixe l'horloge, suspendue à l'heure, et s'écrie enfin six heures ! J'y vais ! Attends-moi, je vais me changer ! Je la regarde filer en cuisine, j'entends la grande porte du vestiaire s'ouvrir puis claquer, entends un camion freiner brutalement dans la rue, un groupe d'hommes bruyants s'engouffrer dans le restaurant et réclamer le menu de toute urgence, ils meurent de faim. Faut fêter ça ! Quelle affaire ! J'ai bien cru qu'on n'arriverait jamais à la boucler avant ce soir ! s'écrie l'un d'eux. S'il n'y avait eu que toi, on y serait encore ! se moque un autre, quel empoté ! J'ai bien cru que t'allais tout faire rater ! Oui mais j'étais là, j'étais là, moi, j'ai rattrapé le coup ! T'as calculé combien on a gagné finalement ? Un paquet, mon vieux, un paquet ! Et demain Washington ! Qui s'y colle ? Pas toi, Bill ! Tu vas te faire rouler dans la farine !

Le brouhaha du café couvre les voix et je reprends ma pose d'objet face à la machine à café, serre mes petites mules l'une contre l'autre. Un-deux-trois, un-deux-trois... En entrant, ils ont laissé la porte du restaurant ouverte et les bruits de la rue envahissent le café. Le camion a dû s'arrêter pour décharger sa livraison, j'entends le bruit de palettes qu'on descend brutalement, qui heurtent le sol en faisant un bruit métallique avant d'aller s'échouer sur le chariot. J'entends le livreur qui jure contre le poids à pousser. La porte ! crie un client, la porte !

Une nappe de chaleur venue de la rue se répand dans le restaurant. Le patron augmente la vitesse des ventilateurs qui se mettent à tourner à grande vitesse et sifflent comme des pales d'hélicoptères. La porte ! hurle le client qui perd patience. Okay ! répond un homme dans la salle, j'y vais...

Je ne le vois pas, mais j'entends dans mon dos des pas d'homme pressé, qui se jette sur la porte pour la fermer. J'entends sa voix qui me rappelle une autre voix. Je secoue la tête. Je dois me tromper... Puis les pas s'arrêtent brusquement derrière mon dos. Je les entends qui suspendent leur course, je sens une masse s'arrêter à ma hauteur, interroger mon dos immobile, ma nuque qui s'incline. Je dois me tromper, je dois me tromper...

Ne pas bouger.

Une main se pose sur mon épaule d'un geste lourd. Une main qui ne se donne pas la peine de remuer, qui prend possession de ma nuque et me reconnaît. Une main que je reconnais aussi. Je reconnais sa pression et sa chaleur me passe dans le sang, enflammant mon visage d'une rougeur écarlate. La sueur me perle au front.

Ne pas bouger. Ne pas me retourner. Ne plus le voir. Plus jamais.

Ne pas baisser les yeux, ne pas baisser la tête, la main le sentirait et accentuerait sa prise. Ne pas me retourner. Attendre que Candy sorte du vestiaire et vite, vite, m'accrocher à sa traîne de reine et filer. Sans demander mon compte.

Sans me retourner.

Candy tarde à sortir et je sens ma volonté faiblir.

Il ne bouge pas. Il attend que je me retourne. Il sait, au brusque tassement de mon dos, que j'ai reconnu l'emprise de sa main. Je ne me suis pas retournée, en colère, pour cingler l'étranger qui osait me toucher... Non... Je me suis ployée, déjà consentante. Il n'a pas besoin de parler, d'ordonner. Les petites mules glissent de mes pieds et tombent sur le sol en faisant un bruit sourd. Je ne me baisse pas pour les ramasser. Mes jambes restent collées, s'enfoncent dans le battant en bois sous le comptoir pour s'y arrimer. Mon dos se redresse, ma nuque se raidit. Ne pas faiblir, ne pas bouger, ne pas me retourner. La main s'impatiente. Ses doigts s'incrustent dans ma chair, se plantent pour prendre appui et me faire pivoter, je résiste, garde les yeux rivés sur la porte du vestiaire, ne pas bouger, ne pas me retourner, je n'aurai plus de force après... Je n'aurai plus de forces si je me retourne.

– Allez, viens, il dit d'un ton sec. Viens... suis-moi.

Par la fenêtre, j'aperçois une cheminée noire en forme de croix qui ressemble à celle d'un paquebot. Elle se détache sur le toit plat d'un immeuble en briques rouges à deux étages qui fait l'angle de la rue. La nuit est tombée maintenant et un réverbère unique éclaire faiblement la large rue d'une lumière blafarde et blanche. Plus loin, sur la droite, accrochée au-dessus d'un large auvent rectangulaire, une baleine blanche en métal peint ouvre sa gueule sur le vide. Sa queue recourbée ressemble à celle d'un scorpion.

La nuit est tombée et j'ouvre enfin les yeux.

La nuit est tombée, il dort dans le grand lit aux draps froissés. Il dort. Moi, je ne peux pas dormir. Je suis trop heureuse pour dormir.

C'est un quartier d'entrepôts abandonnés, en bas de la ville, pas loin des quais de l'Hudson River. Un quartier pas encore rénové par la voracité des investisseurs immobiliers, pas encore envahi de petits couples qui s'encanaillent ou de célibataires affairés qui convertissent leurs dollars en placements immobiliers, en mètres carrés si chers, si chers... On dirait un quartier de banlieue, une rue malfamée du Bronx où les immeubles ont été incendiés pour toucher la prime d'assurance. Ils ne valaient plus rien à la vente. Les rues pavées sont défoncées et les rares voitures qui y roulent à cette heure de la nuit tombent dans des trous et font un bruit de casseroles en ressortant. J'entends couiner les amortisseurs. Des camionnettes rouillées sont garées sur les côtés. Les fenêtres des immeubles voisins sont murées ou fermées par des contreplaqués. Une seule fenêtre brille au loin, un petit rectangle jaune allumé qui ne s'éteint pas. Est-ce une femme qui attend un homme ou un étudiant qui révise ses cours ?

C'est chez moi, a dit Mathias quand le taxi s'est garé devant un immeuble surmonté d'une grande verrière aux montants métalliques. Une inscription presque effacée demeure sur le fronton et je déchiffre le mot ENGINE... Un ancien garage que j'ai racheté, j'habite au premier. J'ai pas encore eu le temps de l'aménager mais j'aime comme ça... pas arrangé... Je m'y sens bien... Tu vas voir...

On est restés silencieux pendant tout le trajet. Il n'y avait rien à dire. Silencieux et éloignés, chacun à un bout de la banquette défoncée du taxi jaune. Je le regardais à la dérobée. Il n'avait pas changé depuis la dernière fois que je l'avais vu dans ce café de la porte des Lilas. Les mêmes sourcils noirs au-dessus d'un regard très bleu, les mêmes pommettes aiguisées, le même visage carré, le même sourire carnassier qui contemple, satisfait, les rues de Manhattan comme les allées de son royaume. Il n'a pas besoin de me regarder. Il me tient. Je suis sa prisonnière. Il le sait. Seule son allure a changé, il porte un costume noir de banquier, une chemise blanche, une cravate qu'il a dénouée en se laissant tomber sur la banquette du taxi tout en lançant l'adresse au chauffeur. C'est son uniforme pour travailler. Son regard brille en se posant sur la ville. New York, New York, il a réalisé son rêve. Son rêve de petit immigrant tchèque qui rêvait de la grande ville américaine.

C'est là, c'est chez moi, il dit en poussant la porte du loft, après qu'on eut monté un escalier en bois, étroit et raide. C'est là que devaient se trouver les bureaux, la comptabilité, les stocks de pièces de rechange, j'ai fait abattre toutes les cloisons pour ne garder qu'une seule grande pièce...

Ça se voit. Dans la grande pièce, il y a des pans de murs vert foncé, d'autres marron, d'autres jaune sale, vestiges des anciens bureaux du garage. La peinture s'écaille par endroits, faisant apparaître de larges taches blanches, dessinant des cartes de géographie inconnue. Le sol est en béton lissé, gris pâle. Il n'est pas égal et des marches rappellent l'emplacement des anciennes pièces. Dans un coin, il y a une cuisinière, un frigidaire, une machine à café, un grille-pain, un long comptoir en bois et de hauts tabourets. Dans un autre, des portants à habits où pendent des vêtements accrochés sur des cintres. Un peu plus loin, une longue planche sur tréteaux recouverte de papiers, de livres, de bols remplis de crayons, de Bic. Un ordinateur, une imprimante. Par terre, d'autres livres, des CD, une chaîne et une télé. Et au milieu de la pièce, un grand lit défait... Mon regard glisse sur le lit, l'évite.

– Je me souviens, tu disais toujours qu'un jour tu aurais un loft à New York...

– Et voilà, je l'ai !

– Tu arrives toujours à tes fins, n'est-ce pas ?

– Toujours !

– Et maintenant, tu veux quoi ?

– Je veux passer la nuit avec toi...

J'ai envie de demander : « C'est tout ? » Je me tais.

J'ai envie de me précipiter sur le lit défait, d'enfouir mon visage dans les oreillers... Pas bouger, pas bouger. Rien n'est encore joué. Je peux encore dire non et partir. M'assurer que les petites mules tiennent bien à mes pieds et les écouter, un-deux-trois, un-deux-trois, fais ce qui est bon pour toi... Un-deux-trois, un-deux-trois... relève la tête, ne te soumets pas, un-deux-trois, un-deux-trois, ne te précipite pas, un-deux-trois, un-deux-trois, c'est trop facile de répéter, trop facile, un-deux-trois...

Je ne sais plus.

Je l'entends qui dit ça t'ennuie si je prends une douche ? Il fait si chaud !

Je secoue la tête. Ça me laissera un répit.

Il disparaît dans un coin du loft, derrière un rideau blanc en plastique et j'entends l'eau qui crachote, tousse dans les tuyaux, s'ébranle, c'est un vieil immeuble, il n'a pas fait refaire la robinetterie, les tuyaux tremblent, gémissent et l'eau jaillit, se met à couler brûlante puis froide, il pousse un cri de surprise, puis un cri de bonheur animal, je l'entends qui s'ébroue sous l'eau, se frotte, rugit de plaisir.

C'est si simple, tout à coup. C'est lui qui décide, moi qui obéis.

Viens, suis-moi...

Il fait chaud, je prends une douche.

Je veux passer la nuit avec toi.

Il est là, à deux pas de moi l'homme que je voulais quitter tout à l'heure et je ne sais plus. Je frissonne devant le vide qui s'ouvre dans mon corps et m'ordonne de tomber. Rien qu'une fois, rien qu'une fois...

Encore un peu, s'il te plaît, supplie mon corps affamé, énervé par sa présence.

Il est là et tout paraît simple.

Je veux passer la nuit avec toi...

Je vais m'asseoir sur le bord du lit. Il n'y a pas d'autre siège, à part les hauts tabourets. Je regarde les grandes verrières en demi-lunes. Elles sont sales et grises. La lumière y pénètre en faisant danser des particules de poussière dans ses rayons pâles. L'un des rayons tombe sur mes pieds et chauffe mes petites mules...

Un-deux-trois, un-deux-trois, je ne bouge plus, je réfléchis. Un-deux-trois, respire et tiens-toi droite... Un-deux-trois, laisse-le s'approcher, faire les premiers pas... Mesurer mon impatience, mesurer son impatience afin qu'il doute et ne s'approche pas en conquérant... Un-deux-trois, c'est un progrès, ça ?

D'habitude, c'est toujours moi qui me jette sur lui, qui demande, qui quémande et lui, muet, immobile, me laisse parcourir tout le chemin sur les genoux en repentie... Ensuite, quand tout est fini, quand le plaisir s'est retiré, que nos deux corps reposent délivrés, j'ouvre mes mains et elles sont vides. Comme le bol du mendiant. Et je ressens ce vide dans tout mon corps, dans toute mon âme, il me déchire, je voudrais recommencer encore, encore un petit peu, mais lui... Il dort, étranger et heureux.

Il sort de la douche, une serviette blanche autour des reins. Il s'étire et un sourire électrique claque sur son visage tel un coup de fouet. Il me regarde. Il m'évalue. Il a l'air heureux que je sois là, au bout du lit. Il va parler, mais il ne dira rien. Il ne prononcera pas les mots qui nous uniront ou nous sépareront. Je veux passer la nuit avec toi. C'est la seule information qu'il me délivrera, je le sais.

– Tu veux boire quelque chose ? Un Coca ? Un jus d'orange ? Un verre de champagne pour célébrer ?

Il a parlé d'une voix ironique et douce. Je réclame un jus d'orange. Il n'y a rien à célébrer que ma défaite que je sens se préciser et que je repousse encore par un reste de fierté, en agitant les petites mules à mes pieds.

– Ainsi, tu es à New York ?

Je fais oui de la tête.

– Et tu es tombée sur moi, par hasard ?

Encore cette voix ironique et douce. Il me soupçonne de l'avoir suivi ou d'avoir engagé un détective ?

– Tout à fait par hasard... Je ne savais pas que tu étais ici.

– Et tu as laissé ce mot...

– Je n'aurais pas dû ?

Je suis prête à mordre, à me défendre.

– Si... c'est une très bonne idée...

– Mais tu crois que c'est un guet-apens !

– Non...

Il a dit non, mais il pense oui. Il se méfie, il me croit capable de toutes les supercheries. Il sourit doucement, il sourit au ralenti, si libre, si léger, si aimable devant ma mine renfrognée. Si je me garde, si je m'épie, lui danse la valse, sans le savoir.

Je veux passer la nuit avec toi. Ce n'est que du désir, encore et encore. Sa ligne à lui est toute tracée. Je me trouve là, il me prend, mais demain est une autre histoire... Demain lui appartient. Demain n'appartient qu'à lui. Personne ne doit l'entraver, s'inscrire sur sa trajectoire, la faire dévier.

– Et tu es venue faire quoi, à New York ?

– Vider l'appartement de Bonnie, une copine... Elle le loue et a besoin que je la débarrasse de mes cartons... J'ai habité souvent avec elle et j'avais laissé des affaires à moi...

– Tu es arrivée quand ?

– Il y a une semaine, à peu près...

S'il me demande quand je pars, j'aurai gagné un millimètre d'espoir. Me serai inscrite dans une durée imperceptible, suggérée, un début de continuité.

Mais il ne me le demande pas.

Il me tend mon jus d'orange et j'en bois une gorgée. Je devrais faire comme lui. Gagner du temps. Me rafraîchir, aller prendre une douche et parler comme si de rien n'était. Le laisser venir. Danser ma valse dans mon coin. Un-deux-trois, un-deux-trois... Puis aussitôt, je pense : avant la fin de la nuit, je serai fixée. Et cela me soulage. Avant la fin de la nuit, je connaîtrai mon sort et je l'accepterai. Un-deux-trois, un-deux-trois, ce n'est que du désir et tu le prends comme ça, tu t'entraînes, tu muselles ta colère, ton impatience, tu acceptes ce que t'offre la vie et tu ne demandes rien d'autre... Si tu t'en sens capable... Si c'est trop difficile, alors tu t'enfuis. Mais c'est toi qui décides. Ce n'est plus lui. C'est toi qui te mets au centre de ta vie. Tu ne subis plus.

Et cette idée me déride.

– Je peux prendre une douche, moi aussi ? je demande soudain. Il fait si chaud et j'ai marché toute la journée...

Il me regarde, surpris par ma nouvelle attitude, et me montre la salle de bains d'un geste large.

– Fais comme chez toi. Il y a des serviettes dans le placard sous l'évier... Et même un peignoir ! Tu peux le prendre...

– Merci, c'est très aimable à toi...

Je disparais derrière le rideau blanc en plastique, me déshabille, ouvre les robinets et me glisse sous la douche. L'eau ruisselle sur mon corps et me lave de toute l'attente, de toutes les questions accumulées pendant cet après-midi.

J'enfile le peignoir blanc et le rejoins. Attrape le verre de jus d'orange, m'étire vers le plafond en poussant un soupir de bien-être.

– Ouf ! Ça va mieux ! Tu avais raison...

Je lis sur son visage une perplexité profonde devant mon changement d'attitude et je le sens, en même temps, soulagé. Je ne vais pas lui poser de questions, je ne vais pas le menacer, exiger, récriminer, disposer des obstacles avant qu'il n'ait enfin le droit de me renverser et de connaître ce plaisir que nous savons si bien inventer.

– Tu es venue seule ? demande-t-il.

– Non... pas vraiment !

– Ah !

Et ce Ah ! m'apporte la confirmation que la situation est en train de changer. Bientôt, si je reste aussi sereine, c'est lui qui froncera les sourcils et se réfugiera sous sa grotte de questions. Je regarde mes petites mules avec affection. Un-deux-trois, un-deux-trois, c'est moi qui marque la cadence.

On se tait. Je ne développe pas ma réponse et il ne me demande rien, attendant sans doute que je me livre comme je sais si bien le faire. Mais je demeure muette et mystérieuse. On retrouve alors le terrain neutre des questions d'ordre général. Et ton boulot ? Et tes livres ? Et l'Europe, c'est fini ? Et ton rêve de faire fortune pour améliorer le monde ? Je l'ai toujours, il dit un peu contrarié de repartir dans ce dialogue poli qui ne nous engage ni l'un ni l'autre et lui fait perdre son pouvoir sur moi. Je me dis toujours que lorsque j'aurai fait fortune, vraiment fortune, je m'arrêterai et me consacrerai à ce que j'aime... C'est bien, je réponds, réfléchie et concernée. C'est bien que tu n'aies pas oublié... Non, je n'ai pas oublié et c'est beaucoup grâce à toi, tu sais... Tu as été une rencontre très importante dans ma vie.

Retour à la case intimité, celle que je dois à tout prix éviter si je ne veux pas retomber pieds et poings liés sous sa coupe. Retour à la table de bistrot, porte des Lilas, et au doigt qui bifurque brusquement en rencontrant le paquet de cigarettes... J'avais été prête à renverser la table et à me jeter sur lui, mais le doigt était reparti, obstiné sur sa route, et j'étais restée silencieuse, abandonnée. Le souvenir de ce jour-là revient si fort que je me sens diminuée, vulnérable.

– Au moins, j'aurai servi à quelque chose ! je dis en souriant d'un pauvre sourire de fille jetée sur le bas-côté.

Erreur ! Erreur ! Je viens d'avouer ma faiblesse, et je lis aussitôt mon faux pas dans son attitude. Son dos se redresse et son regard redevient propriétaire et dur.

Revenir sur le terrain des généralités. Vite, vite !

– Je doute toujours ! De tout, tu le sais... Le jour où je ne douterai plus de rien, c'est que je serai morte !

– Et tu ne veux pas mourir !

– Non, j'aime trop la vie...

Je le fixe avec mon air de gourmande résolue, celui que j'affiche devant un bon plat, un bon vin, un bon plateau de fromages. Celui-là même qui le faisait rire... et dire tu le veux ce gâteau ? Ce morceau de comté ? Ce petit vin millésimé ? On l'achète et on va se coucher ? Oui, oui, je réclamais en me suspendant à son bras. Parfois, mon regard tombait sur un bel homme qui passait devant moi. Mathias l'attrapait au vol et ordonnait : « Je t'ai vue... Ne le regarde pas ! » et il fronçait les sourcils.

Ouf ! Je me suis reprise. Je pousse un petit soupir satisfait. Il se méprend, s'informe si j'ai faim, si je désire qu'il commande un repas par téléphone...

– Quelle heure est-il ? je demande négligemment.

– Sept heures et demie... Pourquoi ? Quelqu'un t'attend ?

Je réfléchis, songeuse. Oui après tout, quelqu'un m'attend puisque j'ai décidé que je n'étais pas venue seule... Il s'est retourné vers moi et me fixe d'un air sombre. Je vais partir, c'est ça ? Je ne peux pas rester à cause de l'autre ?

– Je peux passer un coup de fil ?

– Le téléphone est sur le bureau...

Il me le montre du menton et je lis dans son regard bleu l'orage qui gronde. Alors quoi ? Il me dit qu'il veut passer la nuit avec moi et j'hésite ? Après l'avoir traqué, poursuivi avec des promesses mensongères, je t'attends, je t'attends... Je le plante là ! Pour un autre ! C'est bien toi qui as écrit ça, dit son regard en colère, et maintenant tu te défiles ? Parce que l'autre t'attend ? Tu es libre mais à certaines conditions. C'est ça, hein ? C'est ça ?

Je lis la salve de questions dans ses yeux bleus qui ont viré au noir et je me retourne pour ne pas danser une gigue de joie. Je fais des progrès, j'avance, j'avance, je dis à mes pieds nus qui n'ont plus besoin de mules pour danser...

Seulement, je ne sais plus quoi faire ! Je suis si novice à ce jeu-là. Je suis prise entre les pas de danse que j'apprends et mon cœur qui bat à tout casser et me déséquilibre. Je n'ai qu'une envie, c'est me jeter contre lui et plonger dans le grand lit ouvert.

Repousser ce moment-là. Me diriger vers le téléphone, appeler chez Bonnie. Je vais sûrement tomber sur le répondeur. Je laisserai un message tendre, mais décidé, pour faire croire à l'homme qui m'attend que j'ai un empêchement, que je rentrerai tard. J'écoute le roulement des voitures qui s'écrasent avec fracas dans les trous de la chaussée, guette le soleil qui tombe à l'horizon et colore de poussière rose la verrière grise de l'atelier. La voix aiguë de Bonnie retentit à mon oreille et je me penche sur l'appareil pour y murmurer mon message. Très bas comme si je m'excusais de ne pas rentrer, comme si je prenais une liberté envers l'homme qui m'attend... Cet homme que je mets de côté le temps d'une nuit peut-être... ou davantage. Je sens dans mon dos le regard furieux de Mathias, il aimerait bien entendre ce que je dis, mais je prends soin d'étouffer ma voix, de parler sur un ton coupable de femme adultère. C'est une victoire pour lui, certes, mais une victoire pour une nuit... Et la même pensée revient avec insistance : avant la fin de la nuit, je serai fixée, je connaîtrai mon sort.

Quand je me retourne, il me contemple, silencieux, et deux lignes dures barrent son front d'homme qui enrage. Je me souviens maintenant, lui, homme, moi, femme. Et, entre nous, tout le silence de ceux qui ne parlent pas la même langue.

– Alors tu restes ?

– Il n'y a personne... j'ai laissé un message... Si tu as faim, on peut commander quelque chose.

– Chinois ? Ça te va ?

J'opine. Chinois ou éthiopien, tout me va. Je n'ai pas faim de nourriture, ce soir.

Il vient se placer contre moi et commande deux repas par téléphone. Je sens son odeur de Nivéa et détourne la tête. C'est un homme, après tout, c'est un homme, un être humain comme moi. Il m'a écrit je veux te revoir, il a posé sa main sur moi, il m'a dit viens, suis-moi, il m'a emmenée avec lui dans son loft, son loft où j'ai beau chercher je ne vois aucune photo d'une autre, aucune trace d'une autre dans la salle de bains, tout respire l'homme seul ici, j'ai mesuré le lit, mesuré le désordre des draps, il a dormi seul cette nuit, il a dormi seul et, ce soir, il veut dormir avec moi, il doit bien y avoir un moyen de lui parler pour de vrai, d'arrêter de jouer à ce jeu-là. Je suis fatiguée de jouer. C'est cela même que je dois décider cette nuit, si je continue à jouer ou si j'arrête. C'est simple... Je ne demande pas la bague au doigt, un serment pour la vie, une routine, des notes de gaz, de téléphone, d'électricité, je demande seulement une complicité, un engagement, pouvoir me dire, c'est lui, c'est mon homme même si on est séparés par un océan, des vies différentes, juste pouvoir dire c'est lui, je suis sa fiancée, la fiancée d'un homme...

Je renfonce les mots dans ma bouche. Je commande un canard laqué avec des champignons noirs. Il demande une bouteille de vin rouge. Vous avez du vin français ? Une bonne bouteille de vin français ? Il sait que le vin m'alanguit, me fera parler, renverra à l'aurore l'homme qui attend dans l'appartement. Je lui souris, je souris à cette connaissance de moi.

Je me dégage de l'odeur de Nivéa, de l'odeur propre qui monte de son torse et me donne envie de le respirer

347

tout entier. Je vais me jucher sur un des tabourets du coin bar.

Loin de lui.

Il a raccroché, s'est levé et m'a suivie. S'est assis à son tour sur l'un des tabourets, le dos arrondi dans une pose de jaguar qui guette sa proie. Il surveille mes mains, il surveille mon corps, se demande quand je vais tout lâcher pour venir m'engouffrer contre lui. Il dit « alors ? » et je répète « alors ? » avec la même interrogation amusée. Je ne poserai pas le pied la première sur le champ de mines qui s'étend devant nous. À lui l'honneur ! je me défends.

– Alors... tu écris des mots que tu ne penses pas ? Tu écris trois fois « je t'attends » et il y a un autre homme avec toi ?

– Je les pense puisque je suis là... puisque je t'ai suivi sans protester.

– Tu es là... mais tu n'es pas là... je te connais ! Tu veux gagner sur tous les tableaux !

Il a sauté du tabouret et marche dans le grand atelier, énervé. Il se retourne brusquement et :

– Ce n'est que du désir, alors ? Que du désir ? Tu es comme toutes ces femmes affamées qui ne veulent que posséder, et quand on les a bien remplies, vous laissent tomber ? C'est ça, hein ?

– C'est toi qui le dis, ce n'est pas moi...

– Tu trouvais ça drôle ce qu'il se passait entre nous ? Tu me guettais, tu m'espionnais, tu attendais que je me rende, que je te dise « je t'aime » pour m'épingler à ton tableau de chasse.

– Ce n'était pas ça du tout, Mathias...

Rester à l'imparfait. C'est plus sûr. Le laisser parler, lui qui ne parlait jamais. Connaître enfin le secret de son silence. Même si mon cœur crie le contraire, crie que je voulais tout de lui. Que je voulais vivre avec lui, beurrer mes tartines avec lui, regarder le soleil se coucher avec lui, voyager avec lui, refaire le monde avec lui. J'ajoute simplement pour qu'il continue à s'expliquer :

– Et tu le savais...

Il arpente l'atelier, et ses pas sont de plus en plus grands, de plus en plus saccadés. Il tourne et retourne entre les pans de murs marron, vert, jaune comme un animal emprisonné dans sa cage. Il devrait se méfier de sa colère, il va me livrer ses plus terribles confidences et il ne pourra plus les reprendre ensuite. Il devrait se méfier de son impatience. Mais je reste muette et le laisse me défier. M'insulter, si ça lui fait du bien... Je suis prête à tout entendre à condition qu'il parle. C'est parce que je reste immobile que soudain tu déverses ta colère sur moi et me laisses entendre une rage qui me remplit de joie, me dit qu'il y avait autre chose entre toi et moi ?

– C'était si facile pour toi... si facile de dire « parle, parle, Mathias » ! Parle, livre-toi. Et moi, je me méfiais et j'avais bien raison de me méfier ! J'avais appris à vous connaître, vous les femmes de l'Ouest !

Je souris, amusée. M'imagine en pionnière, en wagon bâché, un tablier autour des reins, penchée sur une grosse marmite que convoitent les Indiens.

– Vous êtes toutes pareilles ! Il faut donner, donner et je t'ai donné ce que j'avais de meilleur en moi, même si je n'y mettais pas les mots. Toi, tu réclamais les mots comme une comptable pointilleuse réclame une facture ! On ne m'avait pas appris les mots, enfant. L'amour allait de soi. Il ne fallait pas le souligner, le mettre en bouquets, en petits mots sucrés. J'ai appris l'amour avec ma mère. Elle donnait tout, toujours... et elle ne demandait jamais rien en échange. Elle se levait tôt le matin, partait au travail quand il faisait nuit encore, rentrait le soir, faisait la queue pour les courses, épluchait les pommes de terre, mettait la table, écoutait les problèmes de mon père, débarrassait, faisait la vaisselle, nous donnait le bain, faisait chauffer nos pyjamas roulés dans le four pour qu'on n'ait pas froid, nous mettait au lit et allait se coucher, sans rien dire, jamais... Ça a été toute sa vie, cette routine... Et plus tard, elle nous a laissés partir à l'autre bout du monde. Sans rien demander. Sans jamais se plaindre. Elle nous donnait toute la place, elle nous donnait toute sa force et je me disais, c'est ça aimer, c'est ça... Je croyais que toutes les femmes seraient comme elle ! Et je ne suis tombé que sur des comptables ! Sur des filles en embuscade ! Et toi ! Toi, tu n'en avais jamais assez ! Jamais ! Tu réclamais toujours plus ! Tu faisais des listes de reproches que tu me détaillais en pointant toutes mes fautes... Il est comment l'autre ? Celui qui va attendre toute la nuit que tu veuilles bien rentrer ? Il se couche à tes pieds, il obéit ?

Il attrape son verre de Coca et le boit d'un trait pour éteindre la colère qui bout en lui. Encore Mathias ! Encore des reproches ! Je t'écoute et tout mon corps est tendu vers toi, pas pour te posséder comme tu le crois mais pour apprendre. Je te croyais statue de glace et voilà que tu fonds sous mes yeux...

Encore des mots d'amour et de colère !

Je ne bouge pas de mon tabouret. Je baisse les yeux pour justifier sa colère, pour l'attiser par mon silence de femme qui ne proteste pas.

– Et moi, entre tes bras, j'étais quoi ? Un homme qui te baisait exactement comme tu voulais, comme tu le désirais sans oser le dire. Je te rendais si heureuse que tu t'abandonnais, que tu abandonnais ton corps et ta tête le temps d'une étreinte... Parce que tu te reprenais très vite après ! Tu me faisais payer cette suprématie au lit ! Tu te moquais de moi, de mon manque de culture, de mes airs lourdauds d'étranger qui ne savait pas manger le poisson avec le bon couvert, tu méprisais l'homme en short rouge ! Tu crois que j'ai oublié ? Je n'ai pas oublié... Ce jour-là quand je suis arrivé en short rouge et gros nu-pieds le regard que tu m'as jeté ! Je ne pouvais pas le croire ! Je m'y suis repris à plusieurs fois avant de le croire ! Et je me disais c'est ça pour elle, l'amour ? Ressembler à une image ? À une photo de beau mec dans les journaux ? Ce jour-là, j'ai juré que tu ne m'aurais jamais ! Tu m'entends : jamais !

Il s'emporte, se plante devant moi, me foudroie du regard, repart déclamer sa rage, les talons frappant le sol, le cou enfoncé dans les épaules qui roulent dans un tangage furieux. Il aimerait bien que je proteste mais je ne proteste pas. Je veux savoir pourquoi. Pourquoi il se refusait toujours...

– Il fallait que je ressemble à l'image de l'homme que tu te faisais. J'étais une image ! Une image que tu te payais ! Tu te faisais un immigré mal dégrossi pour sa science au lit ! Mais sitôt sortie du lit, tu me considérais avec toute ta morgue de femme affranchie, qui juge, qui décide ce qui est bien ou non... Il n'y avait qu'au lit que tu te taisais ! Qu'au lit que tu redevenais une petite fille qui m'attendrissait... Au lit, tu n'étais pas libre... Mais dès que tu te levais ! Fallait te voir quand tu étais debout ! Fallait t'écouter ! Un avis sur tout ! Un jugement impitoyable !

Il s'arrête devant moi et me force à le regarder dans les yeux. Ses doigts me meurtrissent le menton et le laissent retomber avec un rictus dégoûté.

– Vous les avez massacrés les hommes, avec vos grands airs de femmes libérées. Et ici, dans cette ville, c'est encore pire ! Ce n'est que de l'échange de peaux... Ou des contrats que l'on passe quand l'homme est devenu riche et qu'il peut servir de porte-monnaie ! Je ne suis pas dupe, tu sais ! Je les vois faire, je les entends penser, compter les sous, évaluer les possibilités, peser l'avenir, les chances de réussite ! Mais, tout au fond de vous, il y a ce vieux besoin d'être prises. Les filles, ici, ont presque toutes un godemiché sous leur lit ! Tu le sais ! Tu as vécu ici... Et tu sais pourquoi ? Vous n'avez pas encore réussi à le liquider ce besoin-là ! Il vous tient au corps, il fait votre malheur ! Vous ne savez pas qu'en faire ! Il vous fait un peu honte, mais vous ne pouvez pas encore vous en passer ! Ce vieux besoin que vous nous faites payer !

– Parce que tu es devenu le champion de la cause des hommes, maintenant ? je demande, sarcastique.

Je perds mon sang-froid, commence à me défendre parce que soudain, soudain, je me dis qu'il n'a peut-être pas tort. Le short rouge vient me rappeler, petit détail dérangeant, que lorsqu'on aime, on aime le short rouge, les grosses sandales, les cuisses de campeur musclé.

– Tu réclamais des mots d'amour et tu t'enfuyais devant un short rouge ! C'est de l'amour, ça ? Non, c'est du désir... Du désir de petite fille gâtée, pourrie par la mise en scène du plaisir dans votre sale société capitaliste !

– Ah ! Nous voilà revenus au bon vieux temps de la lutte des classes, je m'écrie en colère. Je croyais que tu avais fui cette société-là !

– J'ai raison et tu le sais... Et tu es bien embarrassée... Tu n'as rien à me répondre. Tu dis n'importe quoi ! Et tu parlais, tu parlais... tu parlais pour moi, et tu me jugeais ! Tu n'as pas le droit de parler pour moi ! Tu n'as pas le droit de me juger ! C'est une offense à ma sensibilité, à mon intelligence, à la sécurité que je me suis construite tout seul depuis que j'ai quitté mon pays, que je me démène dans votre monde à vous qui fait de l'offre et de la demande la seule loi que vous respectez ! Tu voulais me travestir en gravure d'homme bien habillé, bien poli qui obéit, qui dit les mots qu'il faut, les mots que tu veux entendre ! Jamais ! tu m'entends ? Jamais ! Tu dois m'aimer comme je suis... Si tu es capable d'aimer...

Sa voix tombe et devient amère. Il ne crie plus, il chuchote sa colère. Il baisse les bras, enroule ses épaules devant le constat cru qu'il vient de faire.

– C'est ta condition ? je demande, toute douce, pour l'apaiser.

Il est passé au présent, il a dit « tu dois m'aimer » et non « tu aurais dû m'aimer ». Il est passé au présent et il ne s'en est pas aperçu !

– C'est plus qu'une condition... c'est une exigence pour survivre ! Pour qu'il se passe quelque chose d'intéressant entre deux personnes. Tu dois m'aimer, pauvre, en prison, criminel, rejeté par tous... Tu dois toujours être à mes côtés.

Alors je me lève et vais chercher mon sac. Le sol en béton lissé accroche mes pieds, je ne danse plus. Je cherche la feuille de papier où le pingouin a traduit ma phrase. Je reviens m'asseoir sur le tabouret et lis la phrase tchèque qui dit : « L'amour, c'est de ne jamais poser de conditions. » Je la lis phonétiquement comme je l'ai recopiée.

Sa colère tombe tout d'un coup et il lève vers moi un regard d'enfant, un regard plein d'espoir.

– Tu as appris le tchèque ?

– Non. J'ai appris ces mots-là... tout à l'heure... Un diplomate auprès des Nations unies me les a dictés quand je lui ai montré ta lettre...

– Mais avant il faudrait que tu apprennes l'amour... C'est le premier mot de ta phrase, non ? Et ça, tu ne sais pas...

J'ai failli dire apprends-moi, apprends-moi, je veux bien apprendre avec toi. Tout recommencer, Mathias, tout recommencer avec toi... mais on a sonné à la porte du garage, en bas. C'était le Chinois qui livrait le dîner et Mathias a crié du haut de l'escalier j'arrive, a enfilé une chemise, un jean et a dévalé les marches me laissant seule, perchée sur mon tabouret, remplie de questions, de doutes.

Et alors...

Il y a eu un instant magique.

La vérité s'est posée sur moi.

Un bloc de lumière m'est tombé sur la tête et m'a remplie de grâce. Une évidence habillée d'une lumière blanche. Comme si un ange descendait du Ciel et venait me parler. Me dire cet homme-là t'aime, c'est ton homme. Il t'aime depuis le premier soir, il ne ment pas. Et toi, tu n'as fait que le désirer, tu l'as utilisé, tu t'es servie de lui, tu t'es emparée de sa force au lit, de son intuition, de sa générosité à te faire revivre encore et encore cette vieille blessure dont tu te repais comme un animal qui lèche ses plaies... Tu t'es servie de lui alors qu'il t'aimait, qu'il voulait tout te donner, mais sans se perdre. Car cet homme possède ce qui te manque : il a la force en lui et c'est pour garder cette force qu'il s'est enfui... il t'aime, écoute ce que je te dis, il t'aime et c'est ton homme. Ne l'oublie pas ! Ne passe pas à côté de lui !

L'ange m'a souri, la lumière blanche a illuminé encore un instant le comptoir en bois, la verrière grise et sale, la pièce aux murs de géographie, puis l'ange a replié ses ailes et est reparti.

Un instant de grâce et de vérité.

J'ai tout faux, je me suis dit, j'ai tout faux...

J'ai eu tout faux avec Mathias, je n'ai rien compris. Tout faux avec Simon, tout faux avec les autres. Je réclamais de l'amour à grands cris et n'éprouvais que du désir, le désir de revivre sans fin cette ancienne blessure. Je cherchais un metteur en scène, je repoussais l'homme qui m'aimait, qui m'aurait aidée à grandir, à guérir. Je réclamais de la douleur encore et encore, cette vieille douleur devenue comme une amie, une complice qui m'enfermait dans mon passé, me gardait prisonnière en me donnant l'illusion d'être libre. J'ai vacillé sur mon haut tabouret. J'ai regardé les cartes de géographie sur les murs et je me suis dit que j'entrais dans un monde inconnu...

J'ai ouvert le placard au-dessus de l'évier, j'ai sorti deux assiettes, deux verres, des couverts, des serviettes en papier. J'ai mis la table en silence, les fourchettes à l'ouest, les couteaux à l'est, le verre au nord, le tabouret au sud. La serviette en papier au centre de l'assiette. Le silence dans ma tête. Des questions dans ma tête. Plein ma tête.

Et s'il avait raison ?

Et s'il avait raison ?

Quand il est remonté, je me taisais, je n'étais plus si sûre de moi. Il a dit tu as mis la table, c'est bien... a posé le sac en plastique, a sorti les plats un à un, les a rangés sur le comptoir, a posé la bouteille de vin, fouillé dans un tiroir pour chercher un tire-bouchon. Je regardais chacun de ses gestes comme si je ne l'avais jamais vu faire... Tout ce silence dans sa tête, c'était donc ça : une grande méfiance envers ce qu'on appelle l'amour, le spectacle que je lui donnais de l'amour. Une grande méfiance envers moi qui réclamais de l'amour, mais lui donnais toutes les preuves que je ne l'aimais pas.

Pas vraiment.

Pas pour de bon.

Pas assez pour oublier le short rouge.

J'ai soupiré. Il m'a regardée, surpris. Tu as soif ? Il a ouvert la bouteille de bon vin, a lu l'étiquette tout haut. Château de Tabuteau, Lussac-Saint-Émilion. Ça te va ? il a dit. Il n'avait que ça...

– Ça me va très bien...

On a goûté le vin, en silence. Il devait être épuisé d'avoir tant parlé et moi j'étais épuisée d'avoir tant à apprendre. Il a ouvert une à une les barquettes d'aluminium de nos plats. A ouvert la boîte en carton blanc où se trouvait le riz. A sorti les baguettes, m'en a tendu une paire.

Fourchettes ou baguettes ? il a dit.

Baguettes...

Canard laqué aux champignons noirs ?

Poulet au basilic ?

Riz blanc ou riz cantonais ?

Sauce de soja ou sauce piquante ?

On se limitait aux mots du menu chinois. Les autres étaient trop dangereux. On avait besoin d'un répit. On mâchait en silence. De temps en temps, il me regardait comme s'il allait parler puis reprenait ses baguettes et mastiquait. Il mangeait comme un ogre. Il mangeait « mal poli ». C'est ce que je lui disais avant...

Avant...

– Tu ne le rappelles pas ? il a demandé, les sourcils froncés. Il doit s'inquiéter...

Je l'ai regardé, surprise. Il parlait de qui ?

Et je me suis souvenue... L'homme qui m'attend à l'appartement. L'homme inventé. L'homme instrument pour attiser sa colère. L'homme pour faire semblant que tout va bien, que je peux vivre sans lui... Ses yeux bleus me détaillaient et lisaient mon mensonge. Il attendait ma réponse. Il avait repris de la distance. Il avait démasqué ma petite comédie et attendait de voir ce que j'allais faire. Si j'allais mentir à nouveau et rester dans mon ancien monde ou si j'allais avouer et prendre le risque de m'embarquer avec lui à la découverte d'un monde nouveau.

Je savais tout cela. Je le lisais dans le plissement de ses yeux, la raideur de ses épaules. Notre histoire allait se jouer là, maintenant...

– Ah, lui ? j'ai dit d'abord pour gagner du temps.

– Oui, lui... Parlons-en !

Il ne lâchait pas. J'étais acculée. Allais-je prendre le risque ? Le risque insensé de lui avouer. De ne plus tricher. De mettre un pied justement dans ce qu'il appelait, lui, l'amour. J'ai hésité, hésité... Je n'étais pas encore sûre d'avoir tout compris, pas encore sûre de pouvoir lui faire confiance.

– Tu ne le rappelles pas ? il a demandé à nouveau d'une voix douce et ferme. Une voix qui ne tremblait pas, qui attendait le verdict.

Il sait qu'il n'existe pas, il a deviné, il connaît mes ruses et mes stratégies. Il me teste. Est-ce l'ultime épreuve qu'il m'impose avant qu'on ne passe tous les deux à autre chose ?

Si je mens, s'il sait que je mens, on restera alors dans le domaine du désir... On ira au lit, on fera l'amour et je repartirai aussi vide et insatisfaite qu'avant...

Si j'avoue...

Si j'avoue, je me lance dans une aventure inconnue, une aventure exaltante mais je me mets à sa merci. C'est ça l'amour : se mettre à la merci de l'autre ? sans conditions ? Après tout, c'est moi qui l'ai écrite cette phrase : « L'amour, c'est de ne jamais poser de conditions. » J'étais fière de l'avoir trouvée. Je croyais avoir compris quelque chose.

Mais maintenant, j'ai peur. J'ai peur parce que je ne sais pas. Alors je choisis la fuite dans une autre question... gagner du temps...

– Pourquoi tu ne m'as rien dit quand on était ensemble ? Pourquoi ? J'aurais appris avec toi. J'avais tellement envie d'apprendre avec toi !

– Pourquoi tu emploies le passé ?

– J'ai employé le passé ?

– Tu as employé le passé... Tu as dit : « J'avais tellement envie d'apprendre avec toi ! »

– Parce que...

Je voudrais me jeter contre lui pour ne pas parler, ne pas répondre, retrouver le désir qui monte, monte, qui se mélange à la peur qui me tenaille, la peur délicieuse, l'effarement secret, mais il le devine, il étend les bras pour me tenir à distance.

– C'est si facile de coucher ensemble. Si facile...

– Pas si facile, je me défends.

– Réponds-moi. Ne te défie pas ! Ne calcule pas ! Tu vois comment tu es... Tu vois comme tu calcules ! L'offre et la demande ! Toujours !

Il jette ses baguettes sur le comptoir. Elles rebondissent et tombent par terre. Il étend un bras furieux, balaie le riz, balaie les plats qui tombent avec fracas et je me raidis.

– J'ai peur, Mathias, j'ai si peur...

– Tu as peur de quoi, tu as peur de l'appeler, de lui dire que tu passes la nuit avec moi ?

– Il n'existe pas... je l'ai inventé...

– Imagine-toi que je le savais... Je te connais... J'ai fini par te connaître... Je n'aime pas ce jeu que tu joues. Je le trouve méprisable... si petit !

Alors je parle comme si je me parlais à moi, comme si ça ne le regardait pas.

– J'invente parce que j'ai peur de m'abandonner et que tu en profites, que tu me jettes après... Que je reste toute seule dans l'escalier...

– Et quoi encore ?

– J'ai tellement de choses à apprendre, tellement de choses... De l'amour, je ne connais que la conquête brutale, l'humiliation, la défense... Je ne sais rien d'autre.

– Tu n'arriveras jamais à rien si tu te laisses gouverner par la peur. C'est justement quand on a peur qu'il faut y aller. Affronter la peur. Ce n'est que comme ça que tu apprends... sinon tu répètes toujours. Tu te souviens quand je te faisais raconter tes histoires d'amour ? Tu m'en racontais une, tu me les avais toutes racontées ! T'en as pas marre ?

– Si...

– Vas-y, dis-le...

– J'en ai marre de répéter toujours la même histoire. Je connais le début, je connais le milieu et je connais la fin. J'ai l'impression que j'ai deux cents ans en amour...

– Tente autre chose ! Qu'est-ce que tu as à perdre ?

– Qu'est-ce qui est arrivé à ta mère, Mathias ?

Il se détourne et ne veut pas répondre. Cou raidi, corps raidi dans le silence et le refus. Par la fenêtre, j'aperçois la baleine blanche dont la queue tremble au vent et une petite fenêtre allumée qui dessine un rectangle posé droit dans l'obscurité.

– Je peux te la raconter, moi, l'histoire de ta mère... Je ne la connais pas, mais j'en ai vu plein d'histoires où la femme donne tout et où l'homme s'en va... Pour une plus jeune qu'elle, une moins abîmée, une qui le fait rêver, qui le fait bander... L'amour, c'est magnifique mais l'amour, c'est dangereux... et j'ai peur de ce danger-là. J'ai peur de tout donner et de me retrouver vieille, inutile, blessée...

– Tu veux gagner tout le temps...

– Non. Je ne veux pas qu'on me fasse du mal...

360

– Tu ne laisseras jamais personne te faire du mal !
Tu es trop forte ! Tu es indestructible !

– C'est faux ! j'ai crié... C'est faux ! Plus que faux !

J'avais parlé. L'aveu était sorti de moi comme le premier cri d'une femme qui se livre, qui entre dans la géographie de l'inconnu. Il a levé son regard vers moi, me l'a tendu comme une perche...

– Tu m'as fait du mal, beaucoup de mal... Quand tu es parti, je ne l'ai dit à personne mais j'ai cru mourir, Mathias. Mourir... J'ai fait semblant, je suis si habituée à faire semblant... Mais tu m'as tuée en partant ! Abattue en plein vol !

– Des mots ! Encore des mots ! Tu es très forte avec les mots !

Je ne l'entends plus. Le souvenir de cette soirée avec Virgile me revient comme un coup de couteau. Je croyais l'avoir jeté à la poubelle, mais il surgit, précis, et la même douleur me tenaille au côté gauche. Ma bouche se déforme en une grimace de souffrance insupportable.

– J'ai bien failli mourir, d'ailleurs. Mon cœur s'est arrêté de battre... Un soir...

– Tu mens !

– On regardait un vieux mélo à la télé, avec Virgile. *Un amour désespéré*, c'était le titre français... On était là tous les deux devant nos assiettes vides et sales, devant les croûtes de camembert, devant nos verres de vin rouge... Laurence Olivier et Jennifer Jones... Un film de William Wyler... Je me souviens, tu vois, je n'invente pas... Quand tu es parti, je n'ai pas versé une larme devant Virgile, pas une seule petite larme. Je crânais, je crânais tout le temps. Et il ne me lâchait pas. Il me tenait la main, venait partout avec moi, me

demandait tout le temps, ça va ? T'es sûre que ça va ?
Et je disais oui, ça va passer, t'en fais pas ! Je suis
costaud ! J'en ai vu d'autres ! Je n'ai jamais pleuré
pour un homme ! Ce soir-là, j'ai profité du film pour
lâcher toutes les larmes de mon corps... J'ai pleuré,
pleuré... Virgile aussi pleurait. L'histoire était si triste...
Laurence Olivier si faible, battu d'avance, cueilli en
plein vol lui aussi... À la fin, il devient clochard et il
revient la voir... Il revient mendier à la sortie du théâtre
où elle joue parce qu'il meurt de faim... Elle lui ouvre
sa bourse, la glisse entre ses mains, elle lui offre de
repartir de zéro, elle lui promet de le sortir de sa misère,
mais c'est trop tard ! Il est cassé. Il n'ose pas toucher
au billet de dix dollars. Il prend une pièce de vingt
sous dans le porte-monnaie alors qu'elle est sortie un
instant et il disparaît... Il n'a plus la force de recommencer. Je regardais l'écran et je ne pouvais plus
m'arrêter de pleurer, j'ai tellement pleuré, tellement
pleuré que j'ai senti une grande douleur dans la poitrine, une crampe glaciale... J'ai eu l'impression qu'un
grand drap froid m'enveloppait, faisait un nœud, serrait
très fort, je suis tombée en avant en me tenant le côté
et si Virgile n'avait pas été là pour me conduire aux
urgences, ce soir-là, je serais morte...

– Pourquoi tu ne me l'as pas dit ?

– Plutôt mourir, je dis en souriant, très lasse.

– Pourquoi tu ne me l'as pas dit ? il répète, furieux,
prêt à se jeter sur moi.

– Pour te faire pitié ? Jamais !

Ses yeux très bleus sont devenus très graves. Il reste
un long moment silencieux et ajoute en buvant une
gorgée de vin :

– C'est maintenant que tu me fais pitié...

– Je m'en fous de ta pitié !

– Alors, tu attends quoi de moi ?

Je ne veux pas pleurer. Je ne veux pas dire. Je secoue la tête vigoureusement.

– Tu attends quoi de moi ? Dis-le !

– Je ne sais pas, Mathias... Je ne sais pas l'amour... Je crois que je n'ai jamais aimé personne, j'ai dit en ouvrant mes mains vides et en les tendant vers lui. Regarde, ce sont des mains d'ignorante !

Alors il a pris mes mains, s'est approché de moi tout doucement, il a mis ses bras autour de mon cou, il a approché sa bouche de mon oreille...

– Je serais venu te soigner, je serais venu te laver, je serais venu te nourrir, j'aurais versé du bon vin dans ta bouche, j'aurais épongé ton front, je t'aurais couverte de baisers, je t'aurais suppliée de ne pas mourir...

J'ai entendu les mots mais c'est comme si je ne les entendais pas. Comme s'il y avait une paroi de verre entre lui et moi. Je les avais trop attendus pour qu'ils sonnent pour de vrai. Je le regardais, je regardais sa bouche s'ouvrir, se refermer, je lisais sur ses lèvres, je lisais les mots sur ses lèvres, mais je ne les comprenais pas.

– Il faut que tu me croies... J'aurais chassé les cauchemars, chassé les fièvres, chassé le froid, chassé le mal, je t'aurais prise contre moi et bercée comme mon petit bébé...

Et ce fut comme si une digue s'ouvrait en moi, une vieille digue toute fissurée retenant des torrents d'eau bouillonnante, des torrents de colère... je me suis jetée contre lui et j'ai éclaté en sanglots.

Et puis...

On s'est allongés sur le grand lit au milieu des cartes de géographie. Je pleurais toujours, je ne pouvais pas m'arrêter. Il me serrait contre lui, me caressait la tête doucement, me disait pleure, pleure, arrête de faire ta crâneuse, arrête de faire la fière... et mes sanglots redoublaient, et mes cheveux se collaient à mes yeux et je ne voyais plus, je n'entendais plus, j'étais comme dans un long couloir, dans un long brouillard et tout revenait, tout, des ombres menaçantes fondaient sur moi, m'attaquaient, me déchiquetaient, je criais, je pleurais, j'enfonçais mes ongles dans ses bras, je le griffais, je le mordais, je me débattais, je le frappais... je criais je ne veux pas, je ne veux pas... laisse-moi, je veux rester seule, toute seule... personne n'a le droit, personne...

Et puis...

Il m'a prise par le menton, m'a relevé la tête, a approché sa bouche de ma bouche et très lentement m'a embrassée. Tout doucement. Il a léché les larmes qui coulaient sur mon visage, il a essuyé mon visage avec le haut du drap, et après, après... j'ai entendu, mais je n'en suis pas sûre, j'ai entendu ou j'ai rêvé que j'entendais...

– Je suis revenu parce que je ne peux pas vivre sans toi, je suis revenu parce que je t'aime...

J'ai eu un hoquet de surprise, j'ai voulu dire encore, s'il te plaît, encore ces mots-là... mais il m'a bâillonnée de sa bouche et après...

Après, c'était si simple...

Il s'est posé sur moi et tout doucement, tout douce-ment, on a fait l'amour. Comme si c'était la première fois... Et le paradis est descendu sur terre. C'est ça le paradis, c'est ça, il n'est pas ailleurs, il est ici avec nous, sur terre, je me suis dit avant de sombrer dans le sommeil. J'étais si fatiguée, si fatiguée...

Vers cinq heures du matin, j'ai entendu un roulement de tonnerre. J'ai d'abord pensé que c'était un camion qui roulait sur la chaussée défoncée et puis quelque temps après, il y a eu un éclair...

Je me suis levée et je suis venue m'asseoir devant la verrière. J'ai dû marcher dans du riz renversé, dans des restes de canard laqué et de champignons noirs car j'ai failli glisser. J'ai fait la grimace, j'ai essuyé mes plantes de pieds. J'ai décollé les grains de riz un à un du bout des ongles et j'ai regardé dehors.

La cheminée noire en forme de croix qui ressemble à une cheminée de paquebot transatlantique, les immeubles en briques rouges aux fenêtres murées, les rues défoncées, la lumière blafarde du réverbère solitaire au coin de la rue, la baleine dont la queue bat au vent qui se lève...

Et la lune blanche qui apparaît puis disparaît entre deux gros nuages noirs. La lune, suspendue au-dessus de ma tête, qui me surveille, me fait un clin d'œil en souriant, la lune qui dit tu vois, ça s'est arrangé, ne t'en fais pas, je veille sur toi. La lune a toujours l'air confiante.

Je suis là, dans le loft de Mathias, et je contemple la lune, accrochée dans le ciel, loin de la terre. La lune blanche qui se tient à distance, qui s'éclipse, couverte de gros nuages noirs. Noir, blanc, noir, blanc.

Des éclairs zèbrent la nuit, révélant le paysage menaçant de ce quartier d'entrepôts aux rideaux de fer rouillés. La petite fenêtre est toujours allumée. Est-ce une femme qui attend ou un étudiant qui révise ses cours ? Ce doit être une femme, je me dis... Elle attend un homme derrière sa petite vitre éclairée. Un homme qui ne reviendra pas. Un homme qu'elle a aimé à la folie, à qui elle a tout donné et qui est parti... Elle l'attend, jour et nuit. Elle ne sait plus quand c'est le jour, quand c'est la nuit. Elle ne sait plus faire que ça : attendre. Elle ne mange plus, elle ne bouge plus, elle joue avec de vieilles écorces d'orange sur ses genoux. Elle respire, narines pincées, pour économiser l'air, pour économiser ses forces, elle a des racines blanches à ses cheveux, elle les regarde dans le petit miroir posé sur la table, et elle mesure le temps qui passe à la longueur de ses racines. Elle se dit quand je serai toute blanche, quand toute ma tête sera blanche, il n'y aura plus d'espoir. Ce sera l'heure et alors je m'éteindrai, tout doucement. C'est toujours comme ça les histoires d'amour. C'est toujours comme ça. Celui qui donne tout sans compter se retrouve dévalisé... Comme Laurence Olivier... Il a les cheveux tout blancs à la fin du film.

Et la peur revient sournoise, sifflante... pénètre dans ma tête, dans mes os, m'enlace, me glace...

Mathias !

Il est parti ?

Mathias dort. Les bras en croix, le drap rejeté sur le côté.

Je ne peux plus dormir. J'ai peur. J'ai peur et je suis si heureuse. J'avance en funambule dans un monde que je ne connais pas. Aimer, faire confiance, donner sans rien demander... Donner à cœur perdu. L'orage gronde au loin. Il doit se trouver au-dessus de Central Park et je pense à Bonnie, endormie. À l'amour de Bonnie pour Jimmy. Elle avait posé ses trois conditions : riche, riche et riche. Il avait signé. Il remplissait sa part de contrat, elle remplissait la sienne. Décorait le bel appartement, décorait son visage et son corps pour rester une femme élégante dans le bel appartement, donnait de belles réceptions, allait faire du ski à Aspen, se cultiver à Paris, Londres ou Venise d'un coup d'avion. Elle roulait en limousine, elle portait de longues robes aux premières du Metropolitan Opera et Jimmy était fier de l'avoir à son bras. Elle avait juste perdu le désir. Il n'était pas compris dans son contrat.

Mathias, ce soir, exigeait tout : l'amour, le désir, loin des apparences, loin des promesses factices, loin du commerce facile : je te donne, tu me donnes et chacun tient son rôle. Il ne m'a rien promis... Et j'ai peur de me retrouver à attendre derrière une petite fenêtre éclairée, derrière un petit rectangle jaune.

Le vent s'engouffre d'un coup dans la rue. S'affiche un éclair suivi d'un coup de tonnerre. De grosses gouttes de pluie s'écrasent sur la verrière. Je lève la tête, craignant qu'un carreau ne se brise et que l'orage ne se déverse dans le grand atelier. De grosses gouttes d'abord, des gouttes que je peux compter une, deux, trois, quatre, puis une rafale de vent, un éclair, le tonnerre et toute la verrière qui tremble dans un bruit de ferraille... La chaleur s'efface, un courant froid s'engouffre dans le loft. L'orage se rapproche, il va crever la bulle moite et collante de la journée.

J'entends le tonnerre gronder, le vent souffler furieux dans la large rue, claquer sur les rideaux de fer des entrepôts, s'acharner sur la tôle gondolée, soulever des cannettes de bière, les faire rouler sur le pavé. Mathias a choisi le quartier le plus pauvre de la ville pour s'installer. C'est là qu'il se sent bien, dans ce décor de tiers-monde battu par les vents. L'air frais gonfle le lourd rideau blanc devant la verrière du loft. Les nuages se font de plus en plus menaçants, de plus en plus noirs, de larges gouttes d'eau tombent sur le rebord de la fenêtre. Je lève un pan de fenêtre, repousse le rideau et tends mes joues à la pluie qui ne va pas manquer de s'abattre. Les nuages sombres s'illuminent d'un éclair venu de loin car il faut compter de longues secondes avant que le tonnerre ne retentisse, secouant à nouveau la verrière qui branle sur sa charpente. Je me faufile sur le rebord de la fenêtre, me colle contre le mur, étends les jambes et observe la rue où roulent de vieux papiers, des journaux dépliés... L'orage va éclater au-dessus du garage, bientôt... je l'attends, je le réclame.

Je lève les yeux vers le ciel qui s'ouvre en deux, libérant un rideau de pluie. Je me sens moi aussi ouverte et libérée par une force incroyable qui me vient de lui, de cette nuit avec lui. J'ai fait un pas de géant, cette nuit. J'ai accordé ma confiance à un homme. J'ai desserré mon poing, abandonné ma main dans celle d'un autre... Sans la lâcher. Sans m'échapper.

Je n'oublierai jamais la lune qui rit, cette rue, cet orage. Je n'oublierai jamais. Quoi qu'il arrive avec Mathias. Ce soir, pour la première fois, j'ai enjambé ma peur.

J'ai fait des pas... UN-DEUX-TROIS... Des pas de sept lieues.

Les larges gouttes de pluie deviennent fines aiguillettes d'eau qui s'écrasent sur la verrière en un joyeux rideau. Elles crépitent, imitent le bruit de talons hauts, lancés dans une danse endiablée sur le parquet d'un château.

Et...

Je fonds en larmes sans savoir pourquoi. Je fonds en larmes comme une petite fille effrayée. J'entends les talons aiguilles de la pluie qui dansent sur ma tête, j'entends une valse endiablée, qui change brusquement de rengaine et grince c'est de sa faute, c'est de sa faute à elle, c'est elle qui, c'est elle qui... et ma main dans la main de ma mère glisse, moite, terrifiée. C'est de sa faute à elle, c'est de sa faute à elle, scandent les hauts talons sur le parquet de cet appartement bourgeois, dont ma mère parle avec crainte et respect. Ce sont des gens bien, tu sais... C'est de sa faute, mon fils n'aurait jamais, mon fils n'aurait jamais... Le fils des voisins aura un beau métier, tu pourrais l'épouser... Il est fils unique, ils ont du bien... Sois gentille avec lui, sois gentille, va à son anniversaire... Mais je suis si petite, maman, il ne me regarde pas ! Il a vingt-quatre ans ! Il te regardera, je te mettrai un peu de rouge sur les lèvres, un peu de noir sur les yeux, je te mettrai une belle robe et il te regardera... C'est de sa faute, c'est de sa faute, j'ai bien vu comme elle le provoquait ! Comme elle s'habillait pour venir le voir ! Et ma mère qui recule, embarrassée par le parquet brillant, par le lustre imposant qui l'écrase, qui écrase ses rêves de parvenue, ma mère qui murmure vous devez avoir raison, on croit toujours les petites filles innocentes alors que... vous avez raison, c'est sûr, on va rentrer chez nous, on n'en parlera plus, je vous promets... Mon mari va rentrer et je lui raconterai tout si vous ne faites pas d'excuses... C'était un malentendu, un malentendu, allez, fais des excuses... Je ne peux pas, je ne peux pas

faire des excuses... Excusez-la, madame, excusez-la...
J'entends la peur dans la voix de ma mère, j'entends
la peur dans les talons qui trépignent, la peur du scandale, la peur du scandale à laquelle j'avais été sacrifiée.
Plus jamais je n'avais pu faire confiance.

C'est vrai, c'est pour de vrai ? j'ai envie de
demander à Mathias. Je me tourne vers lui, prête à le
réveiller, à le secouer. Tu ne vas pas me renvoyer,
indifférent, au petit matin ? Ai-je raison de m'aventurer
avec toi sur ce chemin ? J'aurai besoin de ta main au
début, je ne sais pas marcher sur ce chemin-là...

L'orage a réveillé Mathias.

Il s'étire dans le lit, lance un bras pour m'attraper,
se redresse étonné de rencontrer le vide, me cherche
du regard et m'aperçoit sur le rebord de la verrière. Il
s'enroule dans le drap et vient regarder l'orage avec
moi. Tu ne dors pas ? il demande en bâillant. Je ne
peux pas... Il me prend dans ses bras, m'enveloppe
dans le drap blanc avec lui, on dirait un suaire, il dit
en souriant, et je frissonne. Tu as peur, tu as encore
peur ? Je dis oui en claquant des dents. Il ne faut pas
avoir peur tout le temps... Quand tu es là contre moi,
je n'ai plus peur, je dis... C'est bien, il répond, content.
Et je ris en entendant son ton si sûr de lui.

– Si tu étais morte, j'aurais fait comment, moi ?

– Tu ne l'aurais pas su, j'avais interdit à Virgile de
te le dire... Tu l'as revu Virgile ? Je veux dire... Tu l'as
revu sans moi ?

– Un jour, c'était juste après qu'on s'est parlé dans
ce café porte des Lilas... J'ai appelé Virgile. Je voulais
savoir si c'était vrai que tu avais un mec... Je ne

comprenais pas comment tu avais pu passer si vite
d'une histoire à l'autre !

– Comment j'avais pu t'oublier si vite ?

– Oui... moi, je ne pouvais pas. J'essayais, mais
chaque fois que je me penchais sur une fille, c'était toi
que j'embrassais... Alors, j'ai appelé Virgile. Je suis
allé à son bureau. C'était le soir, il était tout seul dans
son grand bureau d'architecte avec des maquettes de
paysages partout. Des maquettes de parcs, de jardins,
de jets d'eau, de massifs, d'allées de petits cailloux
blancs. Il avait l'air d'un enfant abandonné au milieu
de ses jouets. Il m'a vu entrer, il m'a regardé, méfiant,
et puis, il s'est mis à tourner autour de moi, sans rien
dire... Tu sais, avec ce drôle de regard qu'il a parfois,
un regard de fou qui glisse sur le côté, la langue qui
pend, les yeux qui roulent... Il tournait autour de moi,
j'essayais de parler, je disais n'importe quoi, mais il
ne répondait pas. Comme s'il ne savait pas quoi faire
de moi... Il tordait sa bouche, il tordait ses mains, il
faisait glisser sa mèche sur ses yeux pour que je ne
voie pas son regard... À un moment, j'ai cru qu'il allait
se jeter sur moi. J'ai senti une sorte de... comment te
dire ? Comment trouver les mots sans déformer ce que
j'ai ressenti... C'était à la fois un danger, comme s'il
cherchait la meilleure prise, le meilleur angle pour me
donner des coups... et une sorte de désir... le désir de
se fondre en moi comme toi... comme toi, tu te fonds
en moi quand je te prends...

J'ai tremblé. J'ai levé ma bouche vers la sienne pour
qu'il m'embrasse, qu'il me morde... Il m'a serrée
contre lui dans le grand drap blanc.

– C'était à la fois l'envie de me tuer parce que je
t'avais fait du mal, je le comprends maintenant, je ne

savais pas à l'époque que tu avais failli mourir et... l'envie de m'appartenir. C'était étrange, c'était dérangeant, troublant. Je me suis senti convoité ! Et, en même temps, menacé par cet homme qui tremblait d'amour pour toi... cet homme qui n'arrivait pas à décider s'il devait me laisser vivre ou... Je n'ose pas le dire !

– Ou te donner un baiser ? C'est cela, hein, Mathias ?

Il hoche la tête et ne dit plus rien.

– Je me suis posé la même question que toi... L'autre jour, dans le taxi, je me suis demandé si Virgile ne t'avait pas revu, s'il ne t'avait pas retrouvé avant moi ici même à New York et si... Il est si étrange, Virgile...

– Il t'aime tellement... Je l'ai senti ce soir-là, dans son bureau. Et j'ai compris que je ne pourrais pas parler avec lui... Je l'aurais blessé, parce que Virgile, il faut que tu le saches, ne l'oublie jamais, Virgile n'a pas ta force. Il est fragile, démuni face à ses sentiments, ses émotions... Avec toi, il donne tout, il s'offre comme un petit enfant. Ce doit être la première fois. Mais il n'a pas de colonne vertébrale. Il flotte et tu es son seul point d'ancrage... Tu es responsable de lui, tu dois le protéger même contre lui, parfois...

– Je sais, je sais...

Je prends Virgile en pensée contre moi. Je le pose dans mon cœur. Je garde son secret enfermé sur mes lèvres, scellé à tout jamais. Je garde ses mensonges, je garde ses faiblesses, je chéris ses maladresses. Je l'aime comme il est. Il ne m'a jamais fait peur, Virgile. Jamais. Je ne raconterai pas à Mathias le secret de Virgile, le secret des lèvres de Virgile, le secret des

baisers de Virgile. Je ne livrerai pas le trèfle de Virgile
à Mathias.

– Ce soir-là, il était resté travailler tard pour toi...

– Pour moi ?

– Un terrain... Un terrain de famille dont il a hérité.
Dans la campagne, près de Marseille. Il m'a dit le nom
du village, mais je l'ai oublié... tu vois, il m'a dit, je
l'aménage... c'est pour elle, pour elle et moi, quand on
sera vieux. On habitera ensemble, elle écrira des livres,
elle me les lira le soir... On vivra là-bas, dans le Midi,
et moi, je serai heureux... Je vais lui faire un beau jardin,
et je vais retaper la maison. Elle ne le sait pas encore,
c'est une surprise, ne le lui dis pas ! Il avait l'air effrayé
que je trahisse son secret. Alors, je lui ai dit que c'était
bien fini entre nous, qu'on ne se reverrait plus et il a
paru soulagé... Je me souviens qu'il y a une source sur
ce terrain et il m'a expliqué que tout le monde voulait
le lui acheter à cause de la source mais qu'il le gardait
pour toi, toi et lui... Je me suis dit mais si elle rencontre
quelqu'un, ça va être terrible pour lui ! Et je me suis
senti comme un intrus... Je suis parti sans rien demander.

La pluie tombe maintenant, régulière et forte. La
verrière fuit par endroits et des flaques se forment sur
le sol en béton lissé.

– C'est une mappemonde, ton loft, je dis, rêveuse.
Il y a des reliefs, des continents et maintenant des
océans...

– Je me sens bien, ici..., il a dit en posant son menton
sur ma tête.

La petite fenêtre est toujours allumée. Le jour va se
lever...

– J'ai faim, je dis en bâillant... Tu sais quand les
gens se prennent en photo ou plutôt se font prendre en

photo, l'homme passe son bras sur les épaules de la femme et quand la photo est prise, il l'enlève d'un coup sec... Chaque fois, ça me fait de la peine, je me dis qu'il n'aime sa femme que le temps de la photo, le temps de faire semblant pour la photo...

– Pourquoi tu dis ça ?

– Je ne sais pas... Une idée qui vient comme ça...

– Parce que le jour se lève, que je vais partir travailler, et que je ne t'ai pas encore demandé quand tu repars, quand on se revoit ? Parce que tu as à nouveau peur ?

– Ce doit être ça...

– Tu repars quand ?

– Ce soir... Par l'avion d'Air France de vingt-deux heures cinquante-cinq. Mais je peux changer mon billet. Je m'étais dit que je resterais jusqu'à ce que je te voie. J'étais prête à attendre... Je peux rester si tu veux... j'ai envie de rester avec toi, de ne plus te quitter.

– Aujourd'hui, je dois travailler comme un fou, conclure l'affaire que nous avons décrochée hier et que nous célébrions au Cosmic Café quand je t'ai retrouvée... Peut-être aller à Washington, aller-retour dans la journée... Mais tu sais ce qu'on va faire ?

– Non, je dis en tremblant.

– Tu vas partir pour Paris, ranger toutes tes petites affaires de femme libre et revenir ici... Tu pourras écrire ici, tu seras bien...

C'est vrai ? j'ai failli dire. Mais je me suis reprise et j'ai dit : « C'est bien. »

C'est comme ça que ça doit être maintenant.

C'est comme ça que je dois parler, que je dois penser.

C'est bien.

J'avais les petites mules qui dansaient à mes pieds.

J'avais la jupe blanche, achetée sur Madison, la veille, qui moulait mes hanches, qui ne me boudait pas, ne se moquait pas de moi.

J'avais sa main dans la mienne dans le taxi qui l'emmenait au bureau, sa bouche qui m'a mordue quand on s'est quittés.

J'avais la lèvre enflée et je la touchais, émerveillée.

J'avais son numéro de téléphone et son adresse qu'il m'avait glissés dans la main en me disant à très, très vite... je t'attends.

J'avais le soleil encore clément du matin...

J'avais le bonheur qui chantait dans ma tête, dessinait des promesses de matins et de soirs new-yorkais à regarder le soleil se lever, se coucher, à écrire derrière la grande verrière en demi-lune, à apprendre les continents nouveaux sur les murs écaillés, les océans dans les bassines pleines, les plissements hercyniens dans le sol en béton lissé.

Appendre à aimer, apprendre à l'aimer.

Avoir foi en moi, avoir foi en lui.

Une autre frontière à franchir.

Une nouvelle frontière...

Je chantonnais Mathias, Mathias...

J'avais le regard des hommes qui se posait sur moi et je leur envoyais un sourire de femme magnanime.

Je regardais mes petites mules en leur disant je ne vous ai pas oubliées, je n'ai pas oublié la valse lente pour débutante, je vous promets que je valserai à nouveau avec vous sans tricher... un-deux-trois, un-deux-trois, je vous promets que je vais apprendre à aimer.

J'ai pris un café au comptoir avec Candy. Je lui ai offert un flacon d'eau de toilette de Guerlain. *French, so french, romantic, so romantic*, elle a soupiré en respirant le flacon de Guerlain. Sur l'emballage, j'ai écrit le téléphone de Mathias et son adresse et je lui ai promis qu'on irait la voir à Hollywood and Vine dans sa grande caravane... Mathias et moi, Mathias et moi, la main dans la main, ma lèvre enflée... Que je découperais tous les articles parus sur elle, que je serais sa groupie la plus fervente... que j'écrirais en anglais une pièce de théâtre pour elle, rien que pour elle... Elle a claqué son torchon sur l'épaule et a poussé un Youpeee qui m'a crevé les oreilles !

J'ai poussé la porte d'Universal Magazines, j'ai posé un baiser sur le front soucieux de Khourram qui faisait ses comptes de la veille et constatait, désolé, que deux cents dollars manquaient. Il mordait son crayon et avait du noir sur ses dents blanches. J'ai déposé sous ses yeux soucieux une *Grammaire Larousse* verte, la seule qui explique sobrement les règles de notre langue compliquée, celle que j'avais trouvée à la librairie française au Rockefeller Center, ce matin en quittant Mathias, en quittant Candy... en attendant, patiente, que le rideau en fer de la librairie monte et qu'apparaisse un libraire renfrogné mais méticuleux qui connaissait la bonne grammaire pour Khourram. Je lui ai dit, je pars demain, mais je reviens, je reviens... Et je te donnerai des leçons de français sous la grande verrière de l'appartement de mon fiancé. Car je suis devenue la fiancée d'un homme, hier soir... J'ai posé un pied dans l'amour et je vais apprendre toutes les exceptions, les bizarreries, les règles tordues de cette langue inconnue, je vais tout apprendre... La carte avait raison, Khourram, la carte avait raison, le désir est un bol sans fond... Il a tiré de sous le comptoir le *Tarot de Rajneesh* en anglais... C'est pour toi, il a dit, je l'ai trouvé hier au Strand, tu sais la vieille librairie près d'Union Square où l'on vend tous les livres d'occasion. Il a pris le livre, a joint les mains, s'est incliné, me l'a tendu. Je me suis inclinée, les mains jointes, le cœur dans les mains.

Et il a replongé ses yeux soucieux dans ses comptes qui ne tournaient pas rond.

Et j'ai vidé mon porte-monnaie dans la sébile du vétéran du Viêt-nam attaché au poteau de l'arrêt d'autobus... Et je suis entrée chez le Coréen lui acheter un pack de bières bien glacées parce qu'il va encore faire chaud aujourd'hui, très très chaud... Et il a frotté sa main sur son tee-shirt *Fuck the War* et m'a envoyé un baiser...

J'ai envoyé un baiser à Walter en entrant dans le hall de l'immeuble où l'air conditionné soufflait sa bise glacée. *How are you, Walter ? Life is beautiful today, beautiful ! I'm so happy ! so happy !* J'ai esquissé deux pas de danse. Il a levé sa casquette en hommage et m'a envoyé un éclat éblouissant de son dentier blanc. Et le lavabo ? Il est toujours bouché ? Je vais venir vous le réparer, moi-même, ce matin dès que j'aurai fini de trier le courrier ! Très bonne idée, j'ai répondu, très bonne idée... et vous ne voulez pas venir assécher des océans de pluie dans un loft délabré ? Il a haussé les épaules, a soupiré « ah ! les femmes ! ah ! les femmes ! » en replaçant sa casquette bien droite sur ses cheveux blancs et en augmentant le son de son poste ficelé d'élastiques multicolores.

Et les Beach Boys se sont mis à chanter, chanter... *Fun, fun, fun...* Et j'ai chanté aussi.

J'ai poussé la porte de l'appartement.

Il y faisait nuit encore.

Virgile dormait.

J'ai préparé un bon café, deux muffins dorés, du beurre, de la confiture sur un grand plateau et j'ai ouvert les rideaux. La lumière du matin a jailli, blanche, éclatante, en un long turban qui s'est déroulé dans la chambre. Virgile a protesté, a placé ses bras devant ses yeux en gémissant non, non, s'il te plaît, pas maintenant, je dormais si bien... J'ai sauté sur le lit, attrapé le plateau sans rien laisser tomber ni rien renverser et j'ai dit maintenant écoute, écoute-moi, j'ai tant de choses à te raconter. Oh ! non, il a gémi, pas maintenant, je suis rentré si tard, je voudrais dormir... Pas dormir ! Écouter ! Écouter, j'ai dit... Tu l'as revu ? Et il va t'épouser, je parie, il a grogné en regardant, dégoûté, mes muffins et le café.

– Je l'ai revu et je suis sa fiancée ! Oh ! Virgile ! Je suis heureuse, laisse-moi te raconter !

– J'aime pas cette idée, il a dit en bougonnant, j'aime pas du tout cette idée.

– Non ! C'est différent ! Je suis sa fiancée... J'ai des preuves : son adresse, son téléphone et ces derniers mots je t'attends, je t'attends, vite, vite... C'est pas des preuves, ça ?

Il a haussé les épaules et s'est retourné dans le lit en disant j'ai pas faim, laisse-moi dormir...

– Mais il faut que je raconte à quelqu'un, j'ai dit, sinon je vais mourir étouffée ! C'est trop de bonheur ! Il faut que je partage !

– Oh non... Pas de chantage ! il a dit.

Mais il avait les yeux ouverts. Et je me suis glissée dans le lit tout habillée.

– Tu as lu ma lettre ou plutôt le mot que je t'ai écrit et que j'ai laissé à Khourram, le marchand de journaux ?

Il a remué la tête sur l'oreiller.

– Parce qu'il s'appelle Khourram ?

– Alors je te répète, je te demande pardon de t'avoir offensé... Je ne le ferai plus, je te promets...

– Tu as été méchante, très méchante...

– Je sais. Tu me pardonnes ? Tu veux un peu de café ?

– Je te pardonne, mais je ne veux pas de café...

Il s'est redressé sur les oreillers, a cligné des yeux comme un lapin effrayé et a dit je ne veux rien savoir, rien du tout... Et puis d'abord, on part ce soir et je ne donne pas cher de votre amour, chacun d'un côté de l'océan... Il s'est gratté l'épaule et a frissonné. Son torse fragile, presque glabre faisait une tache blanche sur les draps roses de Bonnie et il l'a recouvert d'un geste rapide comme s'il souffrait d'être exposé presque nu.

– Mais je vais revenir habiter avec lui ! On va vivre ensemble dans son grand loft abandonné, tout en bas de la ville, sur les quais crasseux du West Side, tu te souviens du restaurant Pastis où on avait bu un café en revenant de la statue de la Liberté ? Il habite en face, un ancien garage transformé en loft. C'est là que j'habiterai désormais, c'est mon adresse de fiancée...

Il s'est redressé tout à fait et m'a regardée, choqué. A porté la main à son épaule, a enfoncé les ongles dans sa peau, laissant de longues traces de griffures. Il s'écorchait, il s'écorchait et répétait je ne peux pas le croire, je ne peux pas le croire...

– Si, si. On l'a décidé tous les deux. On s'est parlé, enfin... Il a parlé, parlé et c'était bien, Virgile, c'était si bien... Tu veux que je te dise un secret ? Je crois qu'il m'aime et je crois l'aimer aussi. J'en suis sûre, même... je suis si heureuse, Virgile, si heureuse !

– Tu vas venir habiter ici ? il a demandé, les yeux écarquillés, drapé dans le drap rose.

– Oui... et tu pourras venir nous voir quand tu voudras... Tu n'es pas heureux comme ça ? Tu auras une adresse à New York !

– Je ne le crois pas, je ne le crois pas... il a répété, hébété. Et tu dis qu'il habite où ?

– En face du café Pastis presque sur les quais... Il pleut dans son loft et, sur les murs, la peinture écaillée dessine des grandes cartes de géographie. Rien qu'en passant le doigt dessus, tu peux voyager, voyager...

– En face du café Pastis... C'est là qu'il habite..., il répétait en se grattant l'épaule.

– C'est là que nous allons habiter ! Oh ! Virgile ! Virgile !

– Et moi ? il a crié. Et moi ? Tu y as pensé ?

Il a poussé un cri horrible, un cri de bête blessée, les premières notes de la mélopée qu'il laisse échapper quand il se croit à l'abri sous la douche.

Toute ma joie nouvelle s'est effondrée.

380

– Mais... tu viendras nous voir... comme avant... quand on vivait à trois... Tu te souviens ?

– Mais non... L'amour, ça ne se vit pas à trois, tu le sais très bien. J'ai pas de place dans cette histoire !

– Mais si... je t'en fais, moi, de la place !

– Mais non... Non ! il a répété, buté. Non ! il a presque crié en prolongeant sa plainte. Il n'en est pas question !

Sa main gauche est repartie sur l'épaule, s'est remise à gratter, gratter. Je lui ai attrapé le poignet, l'ai immobilisé, il s'est dégagé d'un geste brusque et a recommencé à griffer la peau tendre de son épaule.

– Oh ! Virgile, s'il te plaît...

Son regard me traverse sans me voir, me change en fantôme.

– Je ne peux pas le croire, je ne peux pas le croire ! Il répète comme dans un mauvais rêve.

– Mais si... C'est pour de vrai, Virgile ! Regarde-moi. C'est écrit là... sur mon front, sur ma bouche, sur tout mon corps ! Tu veux que je te le prouve, que je me mette à danser ? Je l'aime, Virgile ! Je l'aime ! et il m'aime aussi ! La vie est belle ! La vie est belle !

– Jusqu'au jour où je te ramasserai, suffocante, la main sur ton bras gauche, gémissant j'ai mal, j'ai mal... J'ai couru jusqu'au téléphone, couru jusqu'au taxi, couru jusqu'aux urgences où je t'ai déposée à moitié morte, tu as oublié peut-être ?

Ses yeux roulent sur le côté, ses doigts s'acharnent sur la peau tendre de son épaule, la grattent et raclent sans relâche. Le sang perle. Je pousse un petit cri d'effroi qui le réveille et son regard tombe sur moi, me considère comme une première fois. Je lui tends la main, je parle doucement calme-toi, Virgile, calme toi, mais il recule, affolé. Il se dégage et s'enroule dans le drap comme une momie vivante.

– Virgile... s'il te plaît !

– Tu es nulle, il crie, tu n'apprendras jamais ! Je te déteste !

Il se jette sur sa colère, s'en saisit, s'en repaît. Je le regarde, effarée. Je l'entends vociférer. Il crie seul dans son grand théâtre, il se nourrit de rage.

– Il part et il revient ! Il part et il revient ! Et toi, tu le reprends toujours ! Tu as oublié ce jour où il est parti ? Monsieur Mathias était lassé... Monsieur Mathias s'ennuyait ! Monsieur Mathias vit seul depuis l'âge de quinze ans ! Monsieur Mathias ne veut ni fiancée ni femme ni enfants ! Monsieur Mathias à trente-six ans n'a jamais partagé un bout de vie, un chagrin, une émotion avec âme qui vive... Monsieur Mathias ment quand il dit qu'il t'aime... Monsieur Mathias veut juste te récupérer ! Réparer son amour-propre que tu as piétiné !

– Arrête, Virgile, arrête ! Ce n'est pas vrai ! Et arrête de te gratter comme ça ! Tu saignes ! T'as vu ! Tu saignes !

Il ne m'écoute pas et poursuit, de plus en plus pâle, le chant de sa colère.

– Tu vas souffrir encore et je vais souffrir encore de te voir souffrir ! Je ne veux plus revivre ça, plus jamais ! Je n'ai plus la force ! Je ne te laisserai pas faire, je t'empêcherai.

– Oh ! Virgile... Il s'est passé quelque chose de magique hier soir entre lui et moi. Un ange est descendu, il a étendu ses ailes sur nos âmes tourmentées et on a fait la paix !

Il bondit hors du lit, file dans la salle de bains. Ferme la porte à clé. Marmonne je ne peux pas le croire, je ne peux pas le croire...

– Virgile, je crie, Virgile, écoute-moi !

– Et il est où à l'heure qu'il est ? Il a osé m'affronter ? Me demander ta main ?

– Il n'a pas à te demander ma main ! Virgile ! T'es fou !

– Mais si... C'est le pacte qu'on avait fait un soir, tous les deux, dans mon bureau... Il était venu me trouver à mon agence. Il voulait savoir si tu l'avais oublié avec un autre homme. Il était vexé d'être remplacé si vite... Je ne t'avais pas trahie. Je n'avais rien dit. Je lui avais dit ne t'approche plus d'elle ! Ou alors demande-moi avant... que j'étende mes ailes, que je la prépare, la protège, lui donne la force de te faire face... C'est moi, ton ange gardien, ce n'est pas un autre que tu convoques quand cela te convient ! Tu vois, il a oublié sa promesse ! Ce n'est pas un homme de confiance... Tu feras toujours la guerre avec cet homme-là ! La guerre que tu portes en toi...

Je me laisse tomber contre la porte, troublée. Qui ment ? Virgile, Mathias ou moi ?

– Le lavabo est encore bouché ? je demande.

– Le lavabo est toujours bouché, il répond sombrement.

– Walter va venir le déboucher...

Je ne sais plus quoi dire. Je suis là, à genoux devant la porte d'une salle de bains. En train de parler à une porte de salle de bains. De fracasser ma foi toute neuve contre une porte de salle de bains fermée à clé. C'est de ma faute, j'aurais jamais dû te laisser toute seule, marmonne Virgile d'une voix étouffée. Je te croyais guérie... Tu n'y es pour rien, Virgile... Ce qui ne va pas chez moi, c'est en moi, incrusté en moi. Tu n'es pas responsable... J'en suis la seule responsable. Et je dois apprendre à le dominer ou ça me dominera toute ma vie... J'aurais jamais dû, jamais dû..., il grommelle encore.

Après, je n'entends plus.

Après, c'est le bruit d'un homme sous la douche. Le bruit d'un autre homme sous la douche. Le bruit d'un homme qui sort de la douche, se rase, se tamponne le visage de lotion après-rasage, le bruit d'un homme qui sort de la salle de bains, s'ébroue, file dans la chambre...

Je m'écarte. Je le laisse passer...

Son épaule saigne et tache la chemise blanche toute chiffonnée qu'il enfile en la boutonnant de travers.

Il s'habille en se tortillant sous la serviette de bain comme les garçons qui rougissent d'être vus nus à la piscine. Il m'ignore. Je me tais. Je n'ai plus rien à raconter. Il a versé du poison dans ma bouche de communiante. Il s'agite, il répète je ne peux pas le croire, je ne peux pas le croire...

Il cherche son blouson marron. Je le lui montre du doigt sur le fauteuil rose bonbon. Il l'enfile en relevant d'un geste nerveux sa longue mèche brune qui tombe et retombe sur ses yeux. Il enfonce dans sa poche son billet d'avion, son passeport, ses dollars. Il enfourne dans son sac noir à peine défait ses affaires de toilette. Son regard fait un détour pour ne pas me rencontrer.

– Tu vas où ? j'interroge, ramassée sur la moquette.
– J'ai des adieux à faire...
– Des adieux ? j'articule.
– Des adieux... il répète.

– On part ce soir... tu n'as pas oublié ?

– On se retrouvera à l'aéroport...

– À l'aéroport, je répète, imbécile.

Il empoigne son sac. Il ouvre la porte.

La porte claque, il est parti.

Après, je me souviens, on a sonné et j'ai couru vers la porte. J'ai couru. J'ai ouvert la porte en grand, prête à me jeter contre Virgile, à lui dire je t'aime, j'aime tes mensonges, les rêves que tu inventes, la maison que tu dessines dans le Midi, la petite source qui coule rien que pour nous, les arbustes de garrigue que tu vas tailler, ordonner, le jardin que tu vas inventer, j'aime les voyages qu'on n'a pas faits, j'aime Tahiti, j'aime Cuba, j'aime tout ce que tu inventes pour moi... j'aime tes bras qui ne savent pas m'enlacer, j'aime ta bouche qui ne me donne pas de baisers, j'aime ton mugissement de bête blessée, ta langue d'idiot qui pend, la mèche de cheveux qui te cache...

C'était Walter avec une petite sacoche noire remplie d'outils de plombier. Walter et son dentier éblouissant qui venait réparer le lavabo de la salle de bains.

Alors, il a dit, montrez-moi l'objet du délit...

Je l'ai conduit à la salle de bains. Il s'est agenouillé en soufflant sous le meuble du lavabo, a vérifié de ses doigts noueux d'où venait l'étranglement dans les tuyaux et a sifflé, sentencieux, il y a un gros bouchon, il faut tout dévisser, tout vider, tout nettoyer...

Il a ôté sa casquette, ôté sa veste, s'est glissé sous le meuble du lavabo et m'a demandé de lui tendre les outils un à un. Il est encore parti, votre ami ? il a dit, essoufflé, suant, rendu rouge par l'effort qu'il faisait pour dévisser le joint du lavabo.

– Oui, j'ai dit, il n'arrête pas de partir et de revenir...

– Il devrait surveiller ses fréquentations. Je l'ai surpris en grande discussion avec Carmine. Il sortait des dollars et des dollars de sa poche... Il devait lui acheter quelque chose. Mais quoi ? Je ne sais pas. J'aime bien Carmine, vous le savez, mais il se livre à de drôles de trafics. Son salaire de doorman ne lui suffit pas pour vivre comme il l'entend et je le soupçonne de fréquenter les Pakistanais de la boutique au coin de la rue... Ils trafiquent un peu de tout, des armes, des drogues, des caméras, je sais, moi ! Passez-moi la clé à molette !

– C'est laquelle ? je demande devant les nombreux pinces, clés, tournevis, rangés dans sa sacoche.

– Celle qui a un manche rouge et long...

Je la lui tends. Il disparaît maintenant presque tout à fait sous le lavabo et je n'entends plus que sa voix qui marmonne c'est une vraie saloperie là-dedans ! Ça n'a pas été nettoyé depuis combien de temps ?

– Je sais pas... Faudrait demander à Bonnie !

– Depuis qu'elle est mariée, Bonnie Mailer ne s'intéresse plus beaucoup à son appartement. C'est un défilé insensé là-dedans. C'est bien ce que je pensais... C'est le siphon qui est bouché. Va falloir défaire la collerette pour le vider... Donnez-moi la clé double, celle en acier, la grosse...

Je la cherche des yeux parmi sa collection d'outils, la trouve et la place dans sa main ouverte, tendue vers moi.

– Il y a des bouts de Kleenex, des bouts de coton, des cheveux, un bouchon de tube de dentifrice... C'est dégoûtant ! C'est pour ça qu'il ne se vide pas ! Fallait y mettre les doigts... Et bien sûr, on ne peut pas compter sur Carmine pour faire ça ! Celui-là, il va avoir des problèmes un de ces jours ! Je l'ai prévenu, mais il ne m'écoute pas ! Il pense que je suis un vieux con... Il a peut-être raison ! Allez me chercher un sac en plastique que je puisse vider toute cette merde !

Je reviens avec un sac D'Agostino vert et blanc, et le lui donne, en m'accroupissant. Il retire une sorte de bouillie noire, gluante qu'il me tend et dont je remplis, dégoûtée, le sac en plastique.

– Ah ! c'est pas beau à voir... C'est pas beau ! Mais ça va se vider comme un rapide du Grand Canyon maintenant ! Vous allez pouvoir vous laver les dents sans problèmes !

– Je pars ce soir...

– Ah ! Ben... ça sera pour les prochains ! De toute façon, fallait bien le vider, ils auraient râlé les autres aussi ! Au prix où on loue les appartements ici ! Vous repartez à Paris ?

– Je pars et je reviens... Je vais habiter en bas de la ville avec mon fiancé...

– Il était temps que vous vous casiez, vous aussi ! D'abord Bonnie, puis vous... Je vous aurai connues toutes les deux célibataires et folles ! C'était un autre temps ! J'étais plus jeune, moi aussi. Je me fais vieux, c'est pas un boulot pour moi de vider des siphons ! C'est bien parce que c'est vous !

Il sort de sous le meuble du lavabo, se redresse, se frotte les reins et s'essuie le front. Je souris et le remercie.

– Alors votre copain qui habite ici, ce n'est pas le même que celui que vous appelez votre fiancé ?

– Non, Walter...

Il est en bras de chemise, assis sur le rebord de la baignoire. Il souffle comme une vieille otarie épuisée par l'effort.

– Je me fais vieux... Je comprends plus rien à la vie d'aujourd'hui. Moi, ça fait presque cinquante ans que je suis marié avec la même femme ! On va fêter ça la semaine prochaine... Alors toutes vos histoires à Bonnie et à vous, vous pensez que ça me paraît pas sérieux du tout !

– Mais, moi, cette fois, c'est sérieux, très sérieux, Walter...

– Et bien, tant mieux ! Il était temps !

Il se redresse en s'appuyant sur le lavabo, récupère sa veste, sa casquette, ferme sa sacoche après avoir soigneusement rangé tous ses outils, les avoir comptés et recomptés.

– Et n'oubliez pas ! Dites à votre copain de se méfier de Carmine !

– J'y manquerai pas, Walter, promis...

Sur le pas de la porte, il se retourne et me demande, soucieux, il ne se droguerait pas un peu, votre pote ? Parce que ces Pakistanais, ils font le trafic de tout, vous savez ! D'absolument tout ! Tant qu'il y a de l'argent à empocher, le scrupule ne les étouffe pas !

J'ai failli dire non, Virgile ne se drogue pas, et puis je me suis reprise, embarrassée. Qu'est-ce que je sais de Virgile ?

– Ne vous en faites pas, Walter, on part ce soir. Il ne risque plus rien !

– Il peut s'en passer des choses d'ici ce soir ! Gardez un œil sur lui si c'est votre ami !

Je le lui promets et il s'éloigne pour ranger sa sacoche de plombier dans son local et reprendre sa place derrière le comptoir.

– Walter, je crie soudain, Walter !

Il se retourne.

– J'ai plein de cartons à jeter, je les mets où ?

– Il y a des bouteilles, du verre ?

– Non, ce n'est que du papier, des photos, des coupures de journaux...

– Il y a des grands sacs-poubelles dans le local à ordures, vous trouverez tout ce qu'il vous faut... mais faut faire le tri !

Faire le tri, ranger, jeter mes vieux cartons, tout mon passé.

Attendre que Mathias appelle.

Attendre que Virgile me rejoigne à l'aéroport.

Faire mes valises.

Monter dans l'avion et revenir.

Revenir.

La journée a passé, lente, lente.

Mathias a appelé, avant de prendre l'avion pour Washington. Je reviens ce soir, il a dit, j'atterris à La Guardia et je dois filer au bureau pour faire signer les derniers papiers. On ne se verra pas avant ton départ, mais retiens bien ça : je t'aime, j'ai envie de vivre avec toi et je peux te le dire maintenant, c'est la première fois que cela m'arrive ! La première fois ! Ne doute plus jamais de moi ! Plus jamais ! Répète...

J'ai frissonné en entendant l'ordre dans sa voix et j'ai répété, docile :

– Je t'aime et je ne douterai plus jamais de toi...

– C'est bien, il a dit.

J'ai entendu une voix d'aéroport qui appelait le vol pour Washington. J'ai serré le fil du téléphone très fort entre mes doigts et j'ai dit je t'aime, je t'aime... Il y a eu la tonalité de la ligne qui signifiait qu'il avait raccroché. J'ai ouvert la fenêtre de la cuisine pour guetter son avion qui allait passer au-dessus de moi et je lui ai envoyé un baiser.

J'ai rangé tous les cartons. J'ai tout jeté. Je n'ai gardé que les lettres de Simon, les places de cirque et le petit magnétophone avec la voix de Louise. J'ai appuyé sur le bouton pour l'écouter encore une fois. Je n'ai jamais aimé, jamais, je n'ai jamais aimé un homme, disait la voix éraillée et précise de Louise. Je ne crois pas à toutes ces balivernes d'amoureux qui se tiennent par la main et se regardent dans les yeux, l'amour, c'est la guerre tout le temps... Tu vois, je lui ai dit, moi je vais y arriver, tout doucement, mais je vais y arriver... J'apprends à vivre en paix.

J'ai eu envie de lui raconter. Il était deux heures et demie, l'heure à laquelle je l'appelais quand j'habitais New York et qu'elle vivait à Rochester. Tous les jours, je cherchais un téléphone au coin d'une rue, pas trop bruyante pour que je puisse lui parler. J'avais ma provision de quarters dans une main, qui salissaient ma paume, qui salissaient mes doigts. Je glissais les pièces une à une. Elle décrochait tout de suite. Elle s'énervait quand le fracas des voitures couvrait ma voix. J'entends mal, trouve un autre téléphone ou rappelle-moi de chez toi. Parfois, quand je n'étais pas trop loin, je rentrais chez moi, parfois j'errais à la recherche d'un téléphone bien à l'abri...

Je lui aurais raconté...

Hier soir, Mathias et moi, nous avons fait l'amour si doucement... Elle aurait eu son drôle de sourire, son sourire narquois à moitié de visage. Elle m'aurait traitée de midinette. L'amour, ça rend bête. J'ai toujours trouvé les amoureux complètement crétins... Mais tu as été crétine toi aussi, Louise ! Je le sais, maintenant ! J'ai lu dans ta biographie [1] des lettres que tu as envoyées à James Card. Tu étais retombée en enfance comme tous les amoureux du monde. Ah bon ?

---

1. Barry Paris, *op. cit.*

Il les a publiées ? Sans mon autorisation ? Tu étais morte, Louise ! Ah bon...

Et tu m'aurais parlé de la dernière émission de télévision qui t'avait énervée. De ces shows où les gens vident leurs entrailles en direct, en se couvrant d'insultes... et après, ils signent des contrats mirifiques, tu le sais ? Ils deviennent des stars, ils vendent de la mayonnaise, des céréales, ils font des animations dans les supermarchés et distribuent des autographes !

J'ai rangé les papiers. J'ai jeté les stylos à la pointe séchée, les tubes de rouge à lèvres qui sentaient le rance, les vieux poudriers, les ombres à paupières passées, les flacons de vitamines périmés, des échantillons de crèmes de beauté, de shampoing, des barrettes, des élastiques, des vieux carnets remplis de notes, des sachets d'infusion, de thé. J'ai jeté les lettres d'amour d'hommes que je n'avais pas aimés.

J'ai porté les sacs et les cartons vides dans le local à poubelles.

La vieille dame m'a crié « bon dimanche », et j'ai dit : « à vous aussi ! » On était jeudi. Je suis allée boire un grand verre de jus de carottes au Juice Bar du coin de la rue. J'ai acheté un sandwich avec du pain noir, des alfasprout, du soja, de la salade, des rondelles de tomate, de concombre, du thon et de la mayonnaise légère. J'ai fait un tour de pâté de maisons, cligné de l'œil au soleil, regardé les vitrines de Bloomingdales, lu les gros titres du *New York Post* accrochés aux flancs du kiosque à journaux, acheté une paire de Converse noires sur Lexington, puis je suis rentrée à la maison.

C'était l'heure de la promenade de la vieille dame du quinzième étage. Elle est sortie de l'ascenseur, penchée sur sa canne à trois pattes comme je pénétrais dans le hall de l'immeuble en mordant dans mon sand-wich à pleines dents. Profitez, elle m'a dit, vous n'aurez pas toujours vos dents ! J'ai ri, la bouche pleine, et elle a ajouté ni vos jambes, ni votre tête ! Il n'y a que le cœur qui ne vieillit pas mais plus personne n'en veut ! Walter a protesté, elle l'a regardé, mali-cieuse. Même vous, Walter, même vous ! Vous me donnez le bras galamment, mais vous n'avez pas remarqué que j'avais mis une belle robe aujourd'hui ! Vous ne me faites plus jamais de compliment ! J'ai allumé la télé. J'étais trop fébrile pour lire un livre. Mon attention sautait tout le temps. Il fallait que je me lève, redresse le pli d'un rideau, ferme la porte d'un placard, me fasse un café, soulève le téléphone, le repose. Je devais revenir en arrière, à chaque page, pour comprendre ce que je lisais. J'entendais de loin le rire joyeux de Walter dans l'entrée, je recomposais son visage, ses lunettes, sa casquette, j'écoutais les allées et venues des habitants de l'immeuble. Je flairais un danger. Je ne savais pas lequel, mais je flairais un danger... Virgile et les Pakistanais ? Virgile en train d'acheter de la drogue ? Une arme pour se suicider ? Ou Virgile se jetant sous une rame de métro ?

J'ai allumé la télé. Oprah Winfrey, ce jour-là, s'inté-ressait à l'obésité des enfants. Elle était entourée d'enfants si gros qu'ils ne pouvaient se déplacer tout seuls sur le plateau. On les avait hissés en début d'émis-sion sur une estrade. Elle racontait les efforts pour les installer un à un, montrait du doigt les hommes bara-qués qui les avaient portés. Ils gisaient, éléphants échoués, les jambes en équerre, les yeux émergeant à peine des plis de graisse, pendant que leurs mères racontaient leurs malheurs à l'animatrice. L'une d'elles clamait je suis fière que ma fille soit grosse, elle est belle, ma fille, elle est belle ! Elle menaçait du poing quiconque oserait proclamer le contraire. Une autre s'était mise à dévorer pour devenir aussi grosse que sa fille de dix ans. Ce n'est pas bien, disait une psy si maigre qu'elle en paraissait concave, il faut donner des limites aux enfants, les parents sont là pour fixer ces limites... La mère et la fille écoutaient, placides, molles, les yeux comme deux points noirs tremblant dans la gélatine du visage. Elles suivaient les mots sur les lèvres de la psy avec l'application d'enfants qui apprennent à lire et se concentrent.

Sur une autre chaîne, un couple s'empoignait au-dessus d'un chérubin de dix-huit mois à la bouche baveuse. Je t'ai menti, tu n'es pas le père ! hurlait la femme au rouquin hirsute et débraillé, c'est lui le vrai père ! Elle désignait un homme chétif prostré sur une chaise à côté d'elle. C'est mon fils, il est à moi ! vociférait le rouquin en se jetant sur elle. Deux gros malabars le maîtrisèrent et il fut jeté à terre. Le bébé faisait des bulles avec sa bave, jouait avec ses pieds. Une pause de publicité, annonça le présentateur en veste à carreaux, et nous accueillerons un huissier qui nous dira, grâce au test ADN, qui est le père légitime de l'enfant. Restez avec nous surtout ! Tu avais raison, Louise, tu avais raison... Ils signeront des autographes en sortant de l'émission !

En fin d'après-midi, Mathias a appelé de Washington. Il était à l'aéroport et s'apprêtait à repartir pour New York. Tout s'était très bien passé. Je suis l'homme le plus heureux du monde, il a dit. Je ne lui ai pas parlé de Virgile. Il n'aime pas parler au téléphone. Je le sais. J'ai raccroché en lui disant je t'appellerai de Paris demain, je te donnerai la date exacte de mon retour. Il a dit c'est bien, je viendrai te chercher.

Le soir, j'ai pris un taxi pour l'aéroport.

J'ai regardé les tours de Manhattan disparaître dans la vitre arrière. Je me suis dit qu'il y avait un grand trou à la place des Twin Towers, qu'ils auraient beau construire encore plus haut, encore plus beau, elles manqueraient toujours dans le paysage. Depuis qu'elles s'étaient effondrées, je me perdais dans Manhattan, je ne savais plus où étaient le Nord et le Sud, l'Est et l'Ouest.

Je suis arrivée tôt à l'aéroport. J'ai enregistré mon grand sac noir. J'y avais accroché un foulard en gaze rouge que j'avais retrouvé dans un carton. Un foulard rouge que Simon m'avait offert comme porte-bonheur. J'ai attendu dans l'aéroport. Je guettais des yeux le blouson marron de Virgile. Et s'il ne venait pas ? Et s'il avait commis une bêtise ? Et si je ne devais plus jamais le revoir ?

Les paroles de la grand-mère de Virgile revenaient en écho dans ma tête. Virgile, l'*Énéide*, « dépose désormais ta haine », il jouait tous les rôles, il tuait, il mourait, il pouvait être si violent... Il s'était griffé jusqu'à se faire une plaie. Il s'était mutilé devant moi, happé par la colère.

« La vie dans un gémissement s'enfuit, indignée, sous les ombres. »

Il pourrait retourner le glaive contre lui ? Mourir à New York ? Il serait capable de trouver ça romantique...

Une voix a annoncé que le vol pour Paris embarquait. J'ai avancé dans la file de voyageurs, le cou tordu en arrière pour tenter d'apercevoir Virgile.

Je suis montée dans l'avion la dernière.

La place à côté de moi est restée vide.

La voix du commandant a annoncé que le décollage était prévu dans dix minutes, cinq avions attendaient devant nous. J'ai regardé par le hublot les lumières de l'aéroport qui s'éloignaient, floues, dans le lointain.

J'ai attaché ma ceinture. La peur ne me quittait plus, j'avais les mains et le front moites et glacés.

On avait décollé depuis deux heures quand, dans un grésillement de mauvais augure, le commandant de bord a annoncé qu'un problème technique nous obligeait à nous poser à Terre-Neuve. Il nous a demandé d'attacher nos ceintures et de nous mettre dans la positon du fœtus, la tête entre les jambes, les épaules repliées.

Les passagers se sont regardés, interloqués. Les hôtesses sont allées s'asseoir à leurs sièges réservés et le silence a régné dans l'avion. C'était donc cela, je me suis dit, la raison de mon angoisse. Je vais mourir et je ne reverrai pas Mathias.

J'ai regardé mes pieds. Ils ne dansaient plus. J'avais rangé mes petites mules dans le grand sac noir. J'ai relevé la tête une seconde et j'ai aperçu la totalité des passagers enroulés sur eux-mêmes. Certains gémissaient, d'autres pleuraient silencieusement, sans bouger, d'autres encore tournaient la tête vers les hublots pour tenter de calculer la distance avec le sol. La voix du commandant nous a prévenus qu'il allait tenter un atterrissage à haut risque et nous a ordonné à nouveau de ne pas bouger de notre siège, de demeurer attachés, enroulés sur nous-mêmes. Il y a eu quelques cris qui appelaient Dieu... Maman... un homme a crié Pierrette !

Et l'avion s'est posé en tanguant fortement, dans un bruit fracassant de pneus qui hurlent. On a été projetés en avant, en arrière, sur le côté, des casiers se sont ouverts, des manteaux ont jailli, des sacs, des ordinateurs, les passagers se protégeaient la tête, poussaient des petits cris. Une forte odeur de caoutchouc brûlé a envahi l'appareil et on s'est bouché le nez en toussant.

Puis plus rien...

Un silence terrifiant régnait dans la cabine. Les gens se demandaient s'ils étaient vivants ou morts. Ils se touchaient les bras, ils se touchaient la tête, ils n'osaient pas parler. On s'est tous redressés. On a regardé par les hublots... On a aperçu au loin des hangars, des camions, des petits avions de tourisme. Un passager a applaudi, suivi par tous les autres.

Les hôtesses nous ont demandé d'emporter avec nous les coussins et les couvertures mis à notre disposition. Elles ne savaient pas combien de temps durerait l'escale technique. Un bus est venu nous prendre et nous a conduits à travers la nuit dans un long bâtiment blanc, à l'intérieur duquel se trouvait une cafétéria qui était fermée. Les toilettes furent prises d'assaut. Les hôtesses s'efforçaient de sourire en se mordant les lèvres et le commandant de bord donnait des renseignements techniques à un groupe d'hommes qui l'écoutaient, avec déférence.

Il n'y avait que quatre cabines téléphoniques et la file d'attente était déjà longue. Je me suis mise dans la file et j'ai attendu. Les gens protestaient en demandant que les conversations ne soient pas trop longues afin de réduire l'attente des autres passagers qui, eux aussi, voulaient appeler chez eux.

Dehors, la nuit était noire et je n'apercevais rien.

Quand j'ai enfin réussi à décrocher la ligne, j'ai appelé Mathias à New York. Il ne répondit pas. J'ai regardé l'heure au cadran de ma montre : trois heures du matin... J'ai appelé chez Bonnie dans l'espoir de joindre Virgile et j'ai parlé au répondeur.

Une heure plus tard, le commandant de bord a fait une annonce : la panne était sérieuse. Nous étions obligés de passer la nuit à Terre-Neuve et d'attendre le matin afin que des techniciens puissent réparer l'appareil. Je me suis allongée sur un banc avec ma couverture et mon oreiller et me suis endormie, sans écouter les protestations des autres passagers.

Le lendemain matin, on nous a distribué des brosses à dents, du dentifrice, des savonnettes, des lingettes rafraîchissantes et il a fallu faire la queue devant une salle de douches réservée au personnel du petit aéroport de Saint John. J'ai pris une douche, remis les vêtements de la veille, vidé le petit tube de dentifrice sur la brosse et me suis brossé les dents à en faire saigner mes gencives.

La cafétéria avait ouvert, les gens l'emplissaient en files automates, prenaient des plateaux, se servaient de café, de jus d'orange, de petits pains, de petits pots de confiture. Ils se regardaient, désemparés, dépouillés de leurs habits propres, de leur eau de toilette, les yeux cernés. On nous a donné des journaux, des jeux de cartes, des sachets de crayons de couleurs pour les enfants. Je n'avais pas de livre. Je pensais dormir dans l'avion. Dormir pour arriver fraîche à Paris, sauter dans un taxi, ramasser mes affaires et repartir...

Il était huit heures du matin, j'ai pensé appeler Mathias.

J'ai pris mon plateau de petit-déjeuner et je suis allée m'installer à une table à côté d'un couple de retraités. On s'est dit bonjour, ils étaient français, et chacun a mangé en silence.

À un moment, le commandant est venu nous expliquer qu'il y avait une pièce défectueuse dans un moteur, qu'il attendait la pièce de rechange qui venait de Montréal. Les passagers ont soupiré et ont repris leur routine, résignés, tassés sur leur siège, déjà organisés dans le désordre de l'attente.

On nous a servi un déjeuner. Une hôtesse nous a avertis que nous avions le droit de sortir sur le terrain vague devant l'aéroport mais qu'il était formellement interdit d'aller se promener sur la piste d'atterrissage. Les passagers ont poussé un soupir et se sont rués d'un même élan vers la porte de sortie.

J'en ai profité pour aller téléphoner à Mathias. Il était une heure et demie et ça ne répondait ni chez lui ni sur son portable. J'ai appelé son bureau, mais personne ne savait où il était. Ils l'attendaient.

Cela faisait presque vingt-quatre heures que j'avais quitté le petit appartement de Bonnie Mailer entre Lexington et la 56e Rue. Une journée entière qui n'existait pas, perdue au fond du Canada. Une journée passée à la trappe du temps. Des couples se formaient. Une fille blonde s'appuyait sur l'épaule d'un garçon sombre, un homme passait son bras autour du cou d'une petite femme brune et nerveuse qui se rongeait les ongles, deux ados partageaient les écouteurs du même walkman et remuaient la tête, indifférents à l'agitation autour d'eux.

Des mères couraient derrière leurs enfants qui entraient et sortaient.

Des pères faisaient la queue pour téléphoner, l'air soucieux.

Une femme s'était assise dans un coin du hangar en position de lotus et faisait des exercices de yoga. Un couple s'empiffrait au buffet improvisé et se remplissait les poches de petits pots de confiture et de petits pains. D'autres jouaient aux cartes et se grattaient le menton pour se défausser correctement. Les hôtesses, assises à une table, se racontaient leur vie, leurs escales manquées, échangeaient des adresses de boutiques, d'hôtels. Des voyageurs venaient les interroger, on repart quand ? C'est grave ? Vous avez des nouvelles ? Certains râlaient, disaient c'est incroyable tout de même ! J'avais des rendez-vous importants à Paris, moi ! Une correspondance ! Des contrats à signer ! Une maison à vendre ! Le baptême de mon petit-fils ! Les hôtesses, lasses, secouaient la tête, elles ne savaient rien de plus... On attendait le commandant de bord.

Je tentai à nouveau d'appeler Mathias, mais il ne répondit pas. Il était six heures et demie du soir à Terre-Neuve. Peut-être était-il encore en train de clore sa transaction et avait-il préféré couper son téléphone pour ne pas être dérangé ? Peut-être avait-il rencontré des obstacles imprévus qui l'avaient retenu au bureau ? Peut-être que...

Peut-être qu'il ne pensait pas un mot des mots tendres qu'il m'avait dits ?

Peut-être qu'il m'avait oubliée, déjà ?

L'angoisse se dilatait en moi, me remplissait, m'empêchait de respirer. Un sentiment animal de peur qui me paralysait. J'affichais un sourire crispé pour donner le change. Que cela ne se voie pas. Faire semblant que tout va bien surtout... L'agitation des passagers autour des tables rendait l'atmosphère encore plus étouffante. Leurs vêtements fripés, leurs mines inquiètes, leurs récriminations incessantes sur le ton plaintif d'enfants gâtés me faisaient tourner la tête. Je voulus prendre l'air et sortis sur une grande terrasse où des plantes vertes faméliques jaunissaient. J'ai pensé à Virgile, j'ai pensé à Mathias. Je n'ai plus voulu penser.

J'ai regardé les passagers derrière les vitres du restaurant.

J'ai regardé le soleil blanc qui chauffait la terrasse.

Et j'ai eu très froid.

J'ai pris une profonde inspiration. Ne pas me laisser submerger par l'angoisse, ne pas signer ma défaite. C'est un cap à passer, une première épreuve. Laisser l'imprévu se faufiler dans ma vie, le poser à distance et l'observer. Ce n'était qu'une panne, une panne mécanique, le temps de la réparer et nous serions repartis. On aurait pu s'écraser, mourir dans un fracas de tôles brûlées, et je n'aurais plus jamais eu l'occasion de revenir...

De le retrouver.

Je cherchais la vie, je réclamais de l'oxygène. Je réclamais ses bras, je réclamais sa bouche, je réclamais la nuit pour tout oublier et tout recommencer. Je ne pouvais plus attendre. Je voulais être lavée, décapée, j'avais hâte de faire mes premiers pas avec lui.

Le soir, le commandant, la mine joviale, est venu nous annoncer qu'on repartirait le lendemain matin, à huit heures quinze et nous a conseillé de régler nos réveils pour ne pas rater l'avion. Il avait cru faire un trait d'humour. Il en fut pour ses frais et reçut en guise de sourires des regards noirs qui le clouèrent au pilori.

J'essayai encore d'appeler Mathias. Une fois de plus, il ne répondit pas. Alors j'eus vraiment peur.

Il se passait quelque chose... puis je me repris : il était resté à Washington ! Il ne savait pas comment me joindre ! Il n'avait pas emporté sa batterie de portable ! J'allai écouter la télé posée au-dessus du bar pour savoir s'il y avait eu un accident d'avion à New York, écoutai attentivement les informations, mais aucun accident n'était signalé.

Le lendemain matin, l'avion repartait pour Paris. Le commandant eut un petit ton triomphant quand il fit son annonce de départ.

Les hôtesses bâillaient et se penchaient sur les passagers pour vérifier que leur ceinture était bien attachée.

Les couples d'amoureux dormaient serrés l'un contre l'autre.

Les enfants couraient dans l'avion et leurs mères les poursuivaient.

La yogi respirait par le ventre et émettait des petits bruits saccadés.

Les joueurs de cartes s'étaient réunis et tapaient le carton, au fond de l'avion.

On s'est posés à Roissy sans problème et tout le monde a applaudi.

On a fait la queue pour passer le contrôle d'identité et tout le monde a râlé parce que certains resquillaient, que les files d'attente n'étaient pas droites, qu'on mélangeait les citoyens européens et les autres, qu'il n'y avait pas assez de policiers derrière les guichets.

On a passé la douane, cohorte de femmes délavées, d'hommes hirsutes, mal rasés, d'enfants geignards aux yeux collés.

J'ai poussé mon chariot dans le hall de Roissy. Les passagers se séparaient, en se promettant de se revoir, en se serrant la main, en commençant à raconter à ceux qui étaient venus les chercher l'incroyable odyssée qui leur était arrivée. Ils débarquaient en héros fatigués et se redressaient pour en adopter la posture. Les amoureux s'embrassaient, échangeaient leurs adresses et leurs numéros de téléphone.

J'ai cherché un téléphone dans le grand hall de l'aéroport. Mes yeux sont tombés sur un kiosque à journaux. Une grande carotte rouge en surplombait l'entrée. Je me suis dit en souriant que j'étais de retour en France. J'allais pouvoir fumer sans subir le regard lourd des passants. Mathias ne fume pas. Il fronce les sourcils chaque fois que je prends une cigarette. Je ferai un effort, j'irai fumer dehors. Comme tous les fumeurs de Manhattan qui arpentent le macadam, la clope aux lèvres, l'air coupable du junkie qui s'expose. Ou j'arrêterai de fumer...

Ce sera encore mieux.

Enfin... j'essaierai.

J'ai glissé ma carte de crédit, composé le numéro de Mathias chez lui, attendu une, deux, trois sonneries. Un homme a décroché. Je n'ai pas reconnu la voix de Mathias.

– Je voudrais parler à Mathias, j'ai demandé en tremblant.

Qui était cet homme ? Que faisait-il chez lui ?

– Qui êtes-vous ? a-t-il répondu, sec et cassant.

– Je suis sa fiancée, j'ai dit en frissonnant.

– Nom, prénom, nationalité, adresse ?

C'était une plaisanterie ?

Il n'avait pas l'air de plaisanter.

Je me suis exécutée de mauvais gré. Je n'aimais pas le ton de cet homme. Je l'ai entendu qui répétait tout haut ce que je lui disais comme s'il le notait sur un calepin. Il m'a demandé d'épeler mon nom de famille, mon adresse à Paris. Je me souviens très bien. Je l'ai fait presque sans y penser, en me demandant pourquoi il voulait savoir tout ça. Un délit d'initié ? Et j'étais complice peut-être ? Il avait trouvé mon nom dans le carnet d'adresses de Mathias ? Mon grand sac accroché en bandoulière bâillait, ouvert, menaçait de se renverser. Je l'ai remis d'aplomb d'un coup d'épaule. J'ai frissonné encore. J'ai attendu un moment qu'il me réponde. Il ne parlait pas, il semblait consulter des fiches, des papiers. J'entendais un bruit de feuilles froissées dans l'appareil.

– Je peux parler à Mathias ? j'ai insisté.

– Il est arrivé quelque chose à votre ami, il a répondu, en mangeant ses mots.

Sa voix n'était plus coupante ni menaçante. Il avait dû vérifier que j'avais dit vrai. J'ai reconnu le ton qu'ont les flics dans les feuilletons américains quand ils doivent annoncer une mauvaise nouvelle. L'inspecteur Sipowitz dans *NYPD Blues*, par exemple. Je ne ratais jamais un épisode de *NYPD Blues*, le samedi soir, jamais. Et j'ai vu en un éclair une scène que j'avais peut-être déjà vue à la télé. J'ai vu Mathias, allongé dans une mare de sang, recroquevillé par terre et j'ai hurlé il est mort, c'est ça, il est mort ?

J'ai crié, crié et comme il ne répondait pas, qu'il attendait que mes cordes vocales se rompent et me laissent épuisée, muette, j'ai entendu une plainte qui s'élevait dans le loft, une plainte familière, sinistre, qui résonnait, s'amplifiait, couvrait ma voix, la plainte de l'homme coupé en deux, de l'homme à la bouche en trèfle sanglant. La mélopée lugubre de Virgile vibrait dans le grand loft de Mathias et répondait à toutes les questions que je n'osais pas poser.

J'ai hurlé : « Mathias ! Virgile ! »

Il y a eu une déflagration. La foudre a arraché mes vêtements, a arraché mes jambes et mes bras. Traversé ma peau, mes cheveux, mes yeux, blanchi mes os, fait flamber mon cœur dans un éclair. Je suis tombée à terre, j'ai entendu ma tête rebondir sur le sol, une fois, deux fois, ça a fait un bruit sourd d'objet lourd qui tombe, j'ai senti une explosion dans mon crâne et je suis tombée, tombée dans un précipice sans fin. J'ai touché des langues de feu, empoigné les racines humides de la terre, je m'y suis accrochée, mais j'ai continué à dégringoler dans une course folle, transpercée d'éclairs. Au-dessus de moi, la lune a heurté la terre. La lune est entrée dans la terre. Encore un éclair. Encore une déflagration.

Après...

J'ai entendu le bruit de mon sac qui se renversait, des clés qui roulaient, des exclamations, un bruit de talons aiguilles qui tournaient autour de moi, frappaient le sol, trépignaient, une voix de femme qui hurlait faites quelque chose... mais faites quelque chose ! Elle saigne ! Vous voyez pas qu'elle saigne ! Et les hauts talons frappaient, frappaient le sol glacé de l'aéroport blanc, tout blanc...

Quand je me suis réveillée...

J'étais à l'hôpital et un policier m'a tout raconté. Tout doucement. Avec des bons yeux et une voix douce. Il s'appelait Michel, je me rappelle. Mais je savais déjà tout. Il suffisait que je ferme les yeux pour que la plainte lancinante de Virgile vienne déchirer le blanc de mes paupières... et que les mots de l'*Énéide* martèlent mes tempes.

« À ces mots, il lui enfonce son épée droit dans la poitrine, bouillant de rage ; le corps se glace et se dénoue, la vie dans un gémissement s'enfuit indignée sous les ombres... »

La vie dans un gémissement s'enfuit indignée sous les ombres...

Le policier expliquait. L'arme achetée par Carmine pour Virgile chez les Pakistanais, l'attente de Virgile dans l'obscurité en face du café Pastis, l'arrivée de Mathias chez lui à son retour de Washington, Virgile qui surgit, Mathias qui l'aperçoit et étend le bras vers lui... Son salut étonné devant la mine hagarde de Virgile, il le fait monter dans son loft, il lui offre un Coca glacé, une paille, parce qu'il se souvient des lèvres de Virgile refermées sur la paille, qui aspirent, font des bulles, il lui demande comment ça va ? Je l'ai revue tu sais, elle t'a raconté ? Je l'ai revue et on va vivre ensemble, ici ! Alors c'est vrai, dit Virgile, c'est vrai ? Je ne peux pas le croire... C'est plus que vrai, dit Mathias et c'est très bien ainsi... Il regarde Virgile qui s'approche, vacille, trébuche, qui ne tient presque plus debout... et sa bouche s'agrandit d'effroi quand il voit l'arme pointée sur lui, quand il entend la déflagration et tombe aux pieds de Virgile qui le regarde tomber, et tire, tire encore...

Tire jusqu'à ce qu'il n'ait plus de balles.

Cherche un siège pour s'asseoir.

Pose le revolver sur le comptoir en bois.

S'assoit sur un haut tabouret.

Attend qu'on vienne le chercher, ne tente pas de s'enfuir...

C'est la femme de ménage qui avait appelé la police.

C'est ce que m'a raconté le policier à l'hôpital.

Chaque fois que j'y pense, je ferme les yeux et c'est comme si la vie se retirait. Je deviens toute froide, mon cœur se serre, ma bouche se remplit de larmes lourdes comme des cailloux...

Louise la Jeune a soupiré en posant ses mains à plat sur son cœur.

– Les pires blessures sont celles qui touchent le cœur. Vous avez connu l'amour une nuit avec Mathias et aujourd'hui, il ne vous reste plus qu'une cicatrice... Vous pouvez la regarder avec fierté pour le reste de votre vie ! Vous avez aimé !

– Je m'en veux tellement ! J'aurais dû prévoir ce qui est arrivé ! Je n'ai pas fait attention aux détails. La démence qui voilait par instants le regard de Virgile, ses mensonges, ses trafics avec Carmine... Le récit de la grand-mère aurait dû m'alarmer, Walter a essayé de me prévenir... Je n'ai rien voulu voir !

– Pourquoi vous rendre coupable ? a dit Louise. C'est une sale maladie... Grâce à votre livre, Mathias n'est pas mort et il ne mourra plus jamais... Je suis tombée amoureuse de lui, moi... J'aimerais rencontrer un garçon comme Mathias...

– C'est pour ça que vous aviez les larmes aux yeux

à un moment quand je lisais ? Ne mentez pas ! Je vous ai vue !

Elle n'a pas répondu.

– C'est un beau cadeau que vous m'avez fait en me permettant de vous accompagner tout au long de l'écriture... J'ai appris beaucoup de choses en six mois ! Je ne regarderai plus les livres de la même manière...

Puis changeant de ton et regardant par la fenêtre qui ouvrait sur un parc :

– On pourrait aller marcher dans le parc ? Soulever les feuilles mortes... Bientôt il fera froid, ce sera l'hiver...

Pas envie, j'ai dit. Il faisait trop beau. Trop de lumière, trop de vie, trop de vivants dans les allées du parc. Je n'avais pas encore quitté le livre. La dernière scène me hantait. J'étais debout à l'aéroport, accrochée au fil du téléphone, un froid glacial me paralysait, mon cœur se tordait, mes jambes se dérobaient. J'entendais Virgile qui hululait, assis sur sa chaise, encadré de deux policiers. Sa langue pendait sur le côté, sa tête lourde roulait sur son épaule... Ils l'avaient interrogé en anglais. Il avait fallu faire venir un interprète. Puis un psychiatre. Virgile disait qu'il m'attendait, j'allais revenir le chercher, je saurais traduire, parler à sa place, je pourrais tout leur expliquer.

– J'ai une confession à vous faire, a dit Louise en se redressant au bout de mon lit. Un secret que je vous ai caché depuis le début...

– Un secret qui fait mal ? j'ai demandé en me tenant le cœur.

– Non...

Elle a renversé la tête comme Louise quand elle riait.

– Un secret innocent... Vous savez, quand vous avez évoqué Louise Brooks, la première fois à Rochester...

– C'est à ce moment-là que vous avez eu les larmes aux yeux, je me souviens...

– Elle vous a parlé d'une petite Française qui était venue se poser sur son paillasson, qui était restée trois jours, assise devant sa porte... La petite Française qu'elle a menacée d'appeler les flics si elle ne déguerpissait pas ?

– Elle disait cela pour me faire peur, pour se protéger... Elle mentait !

– Elle ne mentait jamais. Vous me l'avez dit, vous-même !

Louise la Jeune a étendu ses jambes et posé son regard sur la pointe de ses chaussures blanches au bout arrondi.

– C'était ma mère. Louise Brooks était son idole. Elle avait traversé l'Atlantique pour aller la voir. Elle ne désirait pas grand-chose, elle voulait juste passer quelques heures avec elle. Une heure ou deux, pas davantage. Elle avait fait une enquête pour obtenir son adresse. Comme vous. Cela lui avait pris un an aussi. Elle avait économisé pour payer le billet d'avion, le taxi, l'hôtel à Rochester... Elle n'a pas eu votre chance. Elle est restée sur le paillasson.

Je l'ai contemplée, désolée.

– Et elle vous a appelée Louise ? Elle vous a coupé les cheveux comme Louise... Vous a inscrite à un cours de danse ? Vous a appris l'anglais ? Vous a montré ses films ?

Elle a hoché la tête, grave et recueillie, et elle a ajouté :

– Alors, ce qui me ferait vraiment plaisir, ce n'est pas d'aller nous promener dans le parc où il fait si beau... ce serait qu'on aille la voir et que vous lui parliez de Louise Brooks...

Louise la Jeune m'a regardée avec le même regard fixe et déterminé de Louise l'Ancienne, ce regard impitoyable qui me disait vous êtes sauvée maintenant, vous avez ce gros tas de feuilles blanches pour vous reposer, vous délivrer, vous avez ces milliers de mots qui vont se poser comme des pansements sur votre cœur... Mais là-bas, il y a une femme qui n'a pas eu votre chance, qui a trouvé porte close, qui est revenue, déçue, meurtrie, dépossédée d'un rêve immense... Vous avez eu cette chance. Partagez-la avec une autre.

Du fond de mon lit, appuyée sur mes oreillers, j'ai contemplé le profil parfait de Louise la Jeune, son casque brillant de cheveux noirs, sa frange de rebelle, son petit nez en l'air, et je lui ai dit oui, je vais me lever, je vais marcher, un-deux-trois, pas à pas, et j'irai avec vous rencontrer votre mère. J'irai lui raconter Louise Brooks, ses rires et ses colères, mon amour pour elle, mon amour pour la vie que le fantôme de Louise est venu me redonner goutte à goutte comme à une transfusée, en empruntant l'uniforme blanc d'une jeune infirmière française.

Louise s'est retournée vers moi, elle m'a souri, elle a dit je peux vous embrasser ?

Merci à toi, Louise, qui m'ouvris ta porte un jour de novembre, il y a vingt ans, et ne la referma jamais...

Merci à Geneviève Leroy, sans laquelle je n'aurais jamais eu les moyens de rencontrer Louise Brooks et de nouer cette merveilleuse amitié qui dura près de deux ans et demi...

Merci à Laurent, mon premier lecteur.
Merci à Sylvie, à Richard, toujours attentifs.
À Mireille, à Jean, toujours sur le pont quand je flanche ! Quelle générosité et quelle patience !
À Charlotte et à Clément qui ont accepté patiemment mes « absences »... « T'es où, maman, là ? T'es pas avec nous ! » « Non, mes amours, je suis dans mon livre mais je vais redescendre, promis... »
À Coco, fidèle lieutenante...
À Christine, « venceremos » !
À Pascalinette (sister for ever, as you say...)
À Jean-Marie qui lit par-dessus mon épaule...

Merci à Barry Paris pour sa superbe biographie de Louise Brooks qui m'a permis d'éclaircir certains points restés obscurs et de remettre en place certaines dates brouillées dans la mémoire de Louise.

Merci enfin au vieux Schubert dont les « Complete Trios » m'ont accompagnée tout le temps que j'écrivais à New York, à Paris, aux Petites Dalles...

Le Livre de Poche s'engage pour
l'environnement en réduisant
l'empreinte carbone de ses livres.
Celle de cet exemplaire est de :
550 g éq. CO$_2$
Rendez-vous sur
www.livredepoche-durable.fr

PAPIER À BASE DE
FIBRES CERTIFIÉES

Achevé d'imprimer en octobre 2012 en Espagne par
Black Print CPI Iberica, S.L.
Sant Andreu de la Barca (08740)
Dépôt légal 1re publication : octobre 2005
Édition 15 - octobre 2012
LIBRAIRIE GÉNÉRALE FRANÇAISE – 31, rue de Fleurus – 75278 Paris Cedex 06

31/1465/9